RED LEAVES

붉은
낙엽

Red Leaves by Thomas H. Cook
Copyright © 2005 by Thomas H. Cook
Published by arrangement with
Houghton Mifflin Harcourt Publishing Company
All rights reserved

Korean translation copyright © 2012 by Koreaone
Korean translation rights arranged with HOUGHTON MIFFLIN HARCOURT
through EYA(Eric Yang Agency)

이 책의 한국어판 저작권은 EYA(Eric Yang Agency)를 통한
HOUGHTON MIFFLIN HARCOURT사와의 독점계약으로
한국어 판권을 '(주)고려원북스'가 소유합니다.
저작권법에 의하여 한국 내에서 보호를 받는 저작물이므로
무단전재와 복제를 금합니다.

THOMAS H. COOK
RED LEAVES

토머스 H. 쿡 지음 | 장은재 옮김

(주)고려원북스

오, 영(零)으로 돌아가라, 마스터가 말했다.
집 주위에 누워 있는 것을 써라.
그저 슬프게만 만들어라.

-스티븐 던, '마스터 방문하기'

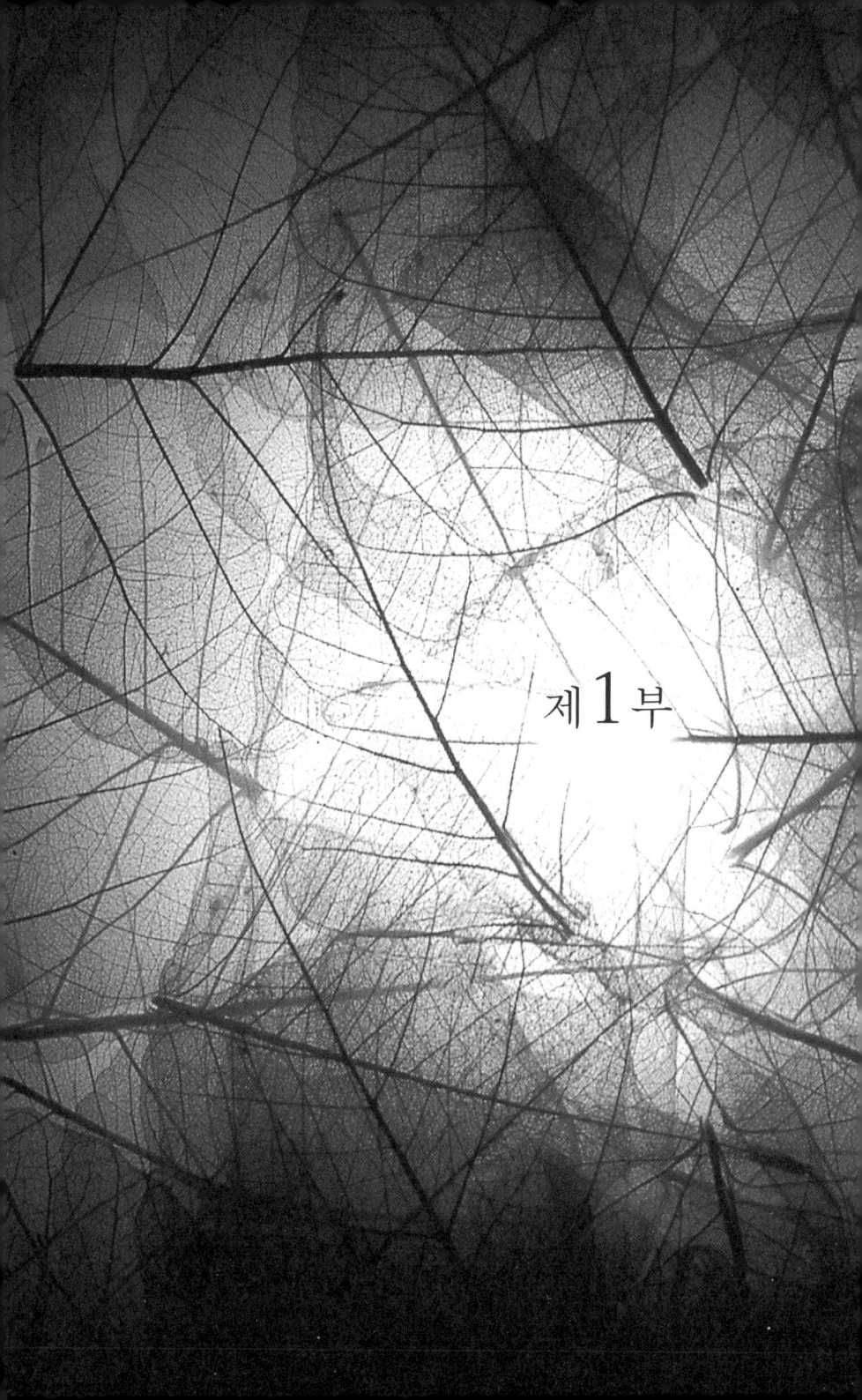

돌아보면, 그 시절은 몇 장의 사진으로 온다. 너와 결혼하던 날의 메러디스가 보인다. 밝고 화창한 봄날, 너와 메러디스는 법원 건물 밖에 서 있다. 하얀 드레스를 입은 메러디스는 너와 팔짱을 꼈고, 드레스에는 하얀 코르사주가 핀으로 꽂혀 있다. 메러디스와 너는 카메라를 의식하기보다 서로를 바라보기 바쁘다. 둘의 눈엔 생기가 넘치고, 주위엔 부드러운 바람이 춤추고 있다.

키이스가 태어니기 전에 갔던 짧은 휴가 여행이 보인다. 메러디스와 너는 콜로라도 강에 떠 있는 뗏목 위에 있다. 뉴햄프셔의 화려한 단풍에 눈부셔 하는 모습도 보인다. 엠파이어스테이트 빌딩의 관망대에서, 둘은 우스꽝스런 자세로 카메라를 보고 있다. 발을 넓게 벌리고 서서, 주먹 쥔 손을 허리에 대고 마치 우주의 주인이라도 되는 양. 너는 스물네 살, 메러디스는 스물한 살. 둘이 함께 선 모습에는 뭔가 장엄한 확신 같은, 거의 자만이라 해도 좋을 자신감이 엿보인다. 아무 두려움도 없어 보인다. 그때까지 두 사람이 선택한 사랑이 바깥세상에 대해 갑옷 역할을 하고 있는 것 같다.

아들 키이스는 메러디스의 오른팔에 안긴 모습으로 처음 등장한다. 메러디스는 병원 침대에 누워 있다. 땀으로 범벅이 된 얼굴, 흐트러진 머리카락. 키이스의 작은 몸은 구겨진 이불의 소용돌이 위에 떠 있다. 키이스의 얼굴은 옆모습만 보이는데, 작은 분홍 손은 본능적으로 아직 뜨지 못한 눈이 볼 수 없는 뭔가를 찾아, 옷으로 느슨하게 가려진 엄마의 가슴 쪽을 향해 있다. 메러디스가 아이의 이런 모습을 보며 활짝 웃고 있다. 너는 회상한다. 메러디스 역시 아이의 이런 행동에 홀딱 반해서, 높은 지능이나 조숙한 모험심, 혹은 세상에 흔적을 남기고 싶은 야망을 보여주는 신호일지 모른다고 생각했다. 너는 자기 아들의 나이는 몇 분에 불과하다는 메러디스의 농담을 기억한다. "맞아요. 정말 얘는 태어난 지 몇 분밖에 안 됐잖아요." 메러디스는 그렇게 말했었다.

여기 키이스 두 살 적의 사진이 있다. 네 형 워렌이 크리스마스 선물로 준 배불뚝이 곰 인형을 향해 뒤뚱거리며 걸어가는 모습이다. 워렌은 소파에 앉아 있고, 그 옆에 메러디스가 보인다. 워렌은 앞쪽으로 몸을 수그리고 있는데, 크고 통통한 손이 번진 채 찍혀 있다. 네가 사진을 찍을 때, 워렌이 키이스를 앞으로 떠미는 부드러운 바람이라도 일으키려는 것처럼 힘껏 손뼉을 치고 있었기 때문이다. "넌 참 운이 좋아, 에릭. 이 모든 것을 갖고 있으니, 정말 운이 좋아." 워렌은 떠나며 문 앞에서 네게 말할 것이다.

네가 가진 모든 것 앞에 자세를 취하고 있는 모습도 자주 보인다. 너는 메러디스, 키이스와 함께 서 있고, 이제 여섯 살인 키이스는 플라스틱 야구 방망이를 쥐고 있다. 너희들은 크랜베리 길에 있는 작은 집 앞에 서 있다. 너는 금융 신용 상태가 가장 빈약할 때 이 집을 샀고, 메러디스는 대출이 승인되지 않을까 봐 걱정했었다. 그래서 대출 승인이 떨어지자, 너희들은 비싸지 않은 샴페인을 따서 자기 집 소유자 신분이 된 것을 축하했다. 너와 메러디스가 샴페인 잔을 들고 찍은 사진이 있다. 여섯 살 키이스는 너와 메러디스 사이에서 사과 주스가 든 잔을 들고 엄마아빠의 자세를 따라 하고 있다.

너는 사업을 일으키고, 좀 더 한적한 곳의 더 큰 집을 두 번째로 사들인다. 그 집에서 추수감사절이며 크리스마스를 맞이한다. 너는 칠면조를 썰고, 진짜 나무에 장식물들을 매단다. 나중엔 화재가 두려워 인조 나무로 바꾸긴 했지만. 사진 속에서 너는 크리스마스 선물 포장에 열중해 있고, 세월이 지나서는 여러 개의 생일 축하 촛불 속에 환히 빛나는 네 얼굴이 보인다.

너는 메러디스에게 결혼 15주년 기념 반지를 사주고, 키이스와 워렌이 지켜보는 가운데 다시 결혼식을 올린다. 사진 속의 너는 지금 결혼서약서에 서명하는 중이다. 그날 밤 포근한 어둠에 싸인 침대 속에서 메러디스는 그동안 너를 사랑할 수밖에 없었다며, 자신의 눈에 눈물이 흐르지 않도록 해주기만을 바란다고 말한다.

너는 아들에게 열 살 생일 선물로 단순하고 비싸지 않은 자전거를, 열네 살 생일엔 12단 변속 기어가 장착된 정교한 자전거를 선물한다. 그 후로 얼마 동안, 너는 아이에게 좀 덜 복잡한 자전거가 좋을지 물어본다. 아이는 그것도 괜찮겠지만, 기어는 복잡한 것과는 아무 상관이 없다고 답한다. 키이스는 뭐든 덜 복잡한 것이 낫다고 네게 말하지만, 아이의 눈빛을 보면 내면에는 숨겨진 깊이와 짐작도 못할 복잡성이 숨어 있을지도 모른다는 느낌이 든다. 하지만 너는 이런 느낌을 입 밖에 내지 않고, 두고두고 혼자 궁금해 한다. 혹시 네 아들, 한때는 메러디스의 품 안에서 안전하게 쉬고 있던 키이스가, 이제는 네가 그토록 신경 써 그 애 주위에 지어놓은 안

락한 고치를 벗어나기 시작한 것이 아닌가 하고. 그렇다면 그건 반가운 일이고, 메러디스도 분명 기뻐할 것이다.

또 한 해가 간다. 키이스는 거의 너만큼이나 키가 컸고, 메러디스의 얼굴은 그 어느 때보다 활짝 피어 있다. 따스한 만족감이 너를 감싸며 내려앉고 너는 깨닫는다. 너를 성취감으로 뿌듯하게 채워주는 것은 집이나 사업이 아니다. 네 삶에 깊이를 주고 중심을 잡게 해준 것은 가족이다. 가족으로부터, 조용히 뿌리를 내린 느낌과 안온한 행복을 결코 얻은 적이 없었음을 그 여름의 막바지에 깨달았던 네 아버지와 달리, 너는 너의 가족을 통해 일생 최고의 승리를 거두었음을 알게 된 것이다.

그래서 너는 사진을 찍기로 한다. 삼각대를 세우고 밖에 있는 키이스와 메러디스를 부른다. 너는 키이스와 메러디스 사이에 자리 잡고, 한 팔은 아들 어깨 위에, 다른 팔은 아내의 어깨 위에 놓는다. 카메라 시간을 맞춘다. 깜박거리는 카메라 경고등을 보며 두 사람을 네 옆으로 바짝 끌어당긴다. 그리고 너는 말한다. "자, 준비하고, 치즈."

1

가족사진은 언제나 거짓말을 한다.

그것이 내 집을 떠나던 그 마지막 날 오후 일어났던 일이다. 그래서 나는 사진 두 장만을 가져왔다.

첫 번째 사진은 내가 맨 처음 찍었던 가족사진. 내가 아빠가 아니라 아들일 때 찍은 것이다. 사진 속에서 나는 어머니와 아버지, 형 워렌, 여동생 제니와 함께 서 있다. 나는 웃고 있다. 이 사진을 찍기 바로 진에 일류 사립학교의 입학허가 통보를 받았으니 행복하기도 할 것이다. 하지만 지금 보니 다른 사람들이 짓고 있는 미소는 거짓이란 생각이 든다. 왜냐하면 그때는 벌써 그들이 지탱해온 안정된 행복에 커다란 금이 가 있었을 게 틀림없기 때문이다. 행복의 불빛 바로 너머에 사나운 짐승들이 몸을 도사리고 있었다.

그 여름의 끝 무렵, 아버지는 터무니없는 투자와 사치스러운 낭비로 보낸 몇 년 세월에 발목이 잡힌 것을 알았을 테고, 몇 달이란 짧은 시간 안에 파산과 그에 따른 수모가 덮쳐오리라는 사실 또한 알고 있었을 게 틀림없었다. 하지만 아버지가 그 당시에, 당신 말년의 몸

서리나는 황량함, 한때 우리 모두가 함께 살았던 거대한 저택과 잃어버린 다른 재산들을 떠올리면서, 적막한 양로원의 레이스 커튼 주름 사이로 밖을 내다보며 몇 시간이고 하릴없이 앉아 지겨운 시간이 흘러가기만을 바라게 될 미래를 마음속에 그려볼 수 있었을지는 의문이다.

이 모든 일에도 불구하고, 어쩌면 그 때문에, 아버지는 카메라에 대고 허세 가득한 웃음을 보였는지도 모른다. 아마 이 노인네는 그렇게 큰 억지웃음이, 한데 모여서 호시탐탐 최후의 일격을 준비하고 있는 분노한 채권자들을 한 방에 날려줄지도 모른다는 헛된 바람을 품고 있었으리라. 어머니의 미소는 좀 더 조심스러워 보인다. 어머니의 희미한 미소에는 망설임 같은 게 엿보인다. 마치 진짜 얼굴이 흐릿하게 비쳐 보이는 투명한 가면을 쓰고 있는 듯하다. 억지로 짜낸 미소였다. 어머니의 입꼬리는 뭔가 무거운 것을 매단 듯 처져 있다. 내가 그때 생각에 빠져 있지 않았다면 어머니의 망설이는 듯한 태도를 눈치챘을 테고, 나중에라도 적당한 때 물어봤을 것이다. 어머니가 살아 있는 동안은 끝내 묻지 못하고, 그 후로 마음속에서 끝없이 되풀이되던 그 질문. '어머니, 당신 마음속에 무슨 일이 일어나고 있었나요?'

결국 나는 어머니가 몰던 차가 밴 코틀랜드 다리 아래로 떨어지던 날까지 묻지 못했다. 저녁식사를 위해 준비할 요리와 사고 당일 오후까지도 식구들 각자의 침대에 단정하게 개어둔 세탁물에 대한 것 말고, 어머니가 다른 생각을 하실 거라고는 짐작조차 할 수 없었다.

워렌 형은 어정쩡하게 내 옆에 서 있다. 그때 형의 나이는 열다섯에 불과했다. 하지만 지금 형의 머리카락은 벌써 듬성듬성하고, 심하게 나온 뱃살이 벨트 위에 처져 있다. 기묘하게도 그 나이에 벌써 형은 인생의 한창때를 지난 사람처럼 보인다. 물론 워렌도 웃고 있다. 웃으면 안 될 이유 같은 것은 낌새조차 없다. 하지만 나중에 나는 그때 이미 워렌의 몸짓에서 어떤 두려움 같은 것이 배어 나오고 있었던 것은 아닐까 의심할 수밖에 없었다. 한참 전에 심은 어떤 씨앗이 벌써부터 암울한 열매를 맺고 있었을 거라는 느낌 같은 것 말이다.

마지막으로 제니가 있다. 일곱 살인데도 너무 아름다워서 여동생이 방으로 들어오면 모두가 제니 쪽으로 고개를 돌린다. 사랑스런 아이, 워렌 형은 늘 제니를 그렇게 불렀다. 워렌은 때때로 그저 감탄을 담은 눈으로 바라보면서 제니의 머리카락을 쓸어주곤 했다. 사랑스러워, 워렌은 그렇게 말하곤 했다. 그리고 제니는 정말로 사랑스러웠다. 제니는 명석하고 눈치도 빨랐다. 제니가 학교에 갔던 첫날, 집에 돌아와 내게 물었다. 왜 학교 선생님은 몇 번씩 말을 되풀이하냐고. 나는 제니에게 말해주었다. 한 번 말해시는 알아듣지 못하는 사람들도 꽤 있다고. 제니는 내 말을 듣고 잠시 생각에 잠겼다. 마치 자연이 보여주는 불평등을 자기 상황에 맞춰 이해해보려 애쓰는 것도 같고, 그 불평등으로 인해 생겨나는 희생자 수를 헤아려보는 것도 같았다. 마침내 제니가 바다처럼 푸른 눈을 들어 나를 보며 말했다. "정말 슬퍼. 못 알아듣는 건 그 사람들 잘못이 아닌데."

이 특별한 사진 속에서 제니의 미소는 크고 해맑다. 이후에 찍은 사진 속 제니의 모습에는 한 줄기 구름 같은 그림자가 분명하게 보인다. 제니의 기막히게 총명한 머릿속에 이미 뿌리내린 것. 처음에는 아주 미세했고 그 다음엔 바늘 끝만 했다가, 점점 자라서 제니로부터 여러 가지를 빼앗아간 그것. 제니 몸의 균형, 영롱한 목소리, 모든 것을 차례로 빼앗아갔지만, 생명을 앗아갈 때까지 아름다움만큼은 끝내 빼앗지 못한 그것이 이미 제니의 머릿속에 자리 잡고 있었으리라는 생각이 만들어내는 그림자였다.

제니는 그날 오후 집을 떠나고 나서도 가장 자주 떠올랐다. 왜 그런지는 모르겠다. 하지만 나는 제니가 나보다도 온갖 일을 더 잘 이해할지 모른다고 생각했고, 그래서 그 후에 겪은 모든 일을 제니와 함께하고 싶었다. 타버린 퓨즈, 차례로 일어난 폭발을 따라가면서 제니가 갖고 있던 천상의 지혜가 그리웠다. 제니와 함께할 수 있었다면 이렇게 물었으리라. '제니, 너는 일이 이런 식으로 끝날 수밖에 없었다고 생각하니? 아니면 이런 피해는 피할 수 있었고, 사람이 죽지 않아도 될 일이었을까?'

그 마지막 죽음의 저녁, 그는 말했다. "뉴스 시간 전까지는 집에 가 있을 거야." 내 생각에 그가 말한 뉴스는 지역 뉴스였고, 그렇다면 6시 30분까지는 집에 돌아온다는 뜻이었다. 그가 했던 말 속에서는 어떤 불길한 단서도 보이지 않았다. 나쁜 일이 생길 것 같은 느낌도 전혀 없었고, 중심이 무너졌다는 생각도 전혀 들지 않았다.

그날을 회상하다 보면, 상념은 나의 두 번째 가족으로 향한다. 두 번째 가족 안에서 나는 메러디스의 남편이고 키이스의 아버지였다. 두 번째 가족을 떠올릴 때마다 나는, 우리 가족을 덮친 그 흉흉한 적조(赤潮)를 멈추기 위해 내가 어떤 말이나 행동을 했어야 했는지가 궁금해진다. 또한 그것은 다른 사진을 볼 때 떠오르는 생각이기도 하다. 다른 가족의 어린 딸을 찍은 사진. 학생기록부에 부착된 사진으로, 급히 배포하기 위해 만든 전단에 사용됐다. 어린 소녀가 행복하게 웃고 있는 사진 위엔 검고 차가운 말이 인쇄되어 있다. 실종.
에이미 지오다노.
에이미는 빈스 지오다노와 카렌 지오다노의 외동딸이었다. 빈스는 마을의 경계선 바로 외곽에서 웬만한 규모의 농산물 판매장을 운영했다. 빈스는 '빈센트의 신선한 식품Vincent's Fresh Food'이라는 판매장의 인간 광고판인 양 상호가 새겨진 옷을 입고 다녔다. 빈스는 녹색 플란넬 바지를 입고, 녹색 조끼에 녹색 모자를 썼으며, 조끼와 모자에도 가게 이름을 새겨 넣었다. 빈스는 자제력 없는 고등학교 레슬링 선수처럼 보이는 외모를 가진 땅딸한 근육질의 사내였다. 그리고 내가 마지막으로 그를 보았을 때(즉 키이스가 빈스의 집을 향해 떠났던 그날 밤 이전에), 빈스는 여섯 통의 필름이 담긴 갈색 종이봉지를 가져왔다. "형 가족이 일주일 예정으로 우리 집에 왔는데, 형수가 카메라광이거든."
나는 우리 마을 유일한 상점가에, 소형 카메라를 팔고 사진도 인화해주는 가게를 갖고 있었다. 그날 오후 빈센트 지오다노가 맡기고 간 필름 속엔 두 가족의 사진이 들어 있었다. 큰 가족은 네 살부터 열두 살 정도까지로 보이는 네 명의 아이를 두었는데, 이들은 빈스네 집에 다니러 온 형과 '카메라광' 형수의 가족이 분명했다. 다른 가족은 조촐했다. 세 명뿐인 가족은 빈스와 아내 카렌, 그리고 외동딸 에이미로 구성되었다.

사진 속에서 두 가족은 여름의 끝 무렵, 해변의 작은 마을에서 가족사진을 찍는다면 당연히 예상할 수 있는 포즈들을 취하고 있었다. 그들은 접이식 의자에 느긋하게 앉아 있거나, 야외용 탁자 주위에 모여 햄버거나 핫도그를 먹고 있었다. 밝은 무늬의 비치 타월 위에 큰 대 자로 눕거나 빌린 고깃배에 오르는 중이기도 했다. 그들은 웃고 있었고, 행복해 보였으며, 아무것도 감추거나 꺼릴 것이 없어 보였다.

계산해보니, 빈스가 여섯 통의 필름을 맡기고 간 8월 마지막 주의 어느 날부터 빈스와 카렌이 저녁식사를 위해 외출했던 그 운명의 금요일까지는 채 한 달이 안 되는 기간이다. 나중에 빈스는 경찰에게 가족 중의 두 사람만 외출했다고 말했다. 가족 중의 두 사람만…… 에이미를 빼놓고 말이다.

에이미를 보면 늘 제니가 생각나곤 했다. 그 이유는 가족사진에서 본 것처럼 물결치는 긴 머리, 깊고 푸른 눈, 반짝이는 하얀 피부와 같은 에이미의 모습 때문만은 아니었다. 확실히 에이미는 아름다웠고, 제니도 아름다웠다. 하지만 사진 속의 에이미도 제니와 비슷하게 뛰어난 직관력을 갖고 있다는 느낌이 들었다. 에이미의 눈을 들여다보면, 제니가 그랬던 것처럼 에이미도 모든 것을 보고 있다는 생각이 떠올랐다. 피크 형사는 기자에게 '아주 총명하고 생기발랄한 아이'라고 묘사했지만, 그 이상이었다. 에이미는 제니가 그랬던 것처럼 마치 구조를 연구하기라도 하는 듯 사물을 오랫동안 응시하는 버릇이 있었다. 내가 에이미를 마지막으로 봤을 때도 그랬다.

그해 9월의 어느 오후, 카렌이 몇 통의 필름을 맡기러 왔다. 내가 주문서를 쓰고 있는 동안, 에이미는 가게 안을 돌아다니면서 내가 소장하고 있는 대부분 디지털 방식인 소형 카메라와 렌즈들, 광도계, 카메라 가방 등을 찬찬히 검사하듯 들여다보곤 했다. 어느 시점에선가 에이미는 카메라 중 하나를 집어 작고 하얀 손 위에 올려놓고 뒤집어보는 것이었다. 사람을 매혹시키는 장면이었다. 이 아름다운 아이는 조용히, 그러나 강렬한 호기심 속에서 카메라를 꼼꼼히 살펴보며 사고 실험에 빠져들었다. 나는 에이미가 카메라의 버튼, 스위치, 다이얼 같은 여러 가지 작동 메커니즘을 연구하고 있는 중이라는 느낌을 받았다. 대부분의 아이들은 단지 촬영 스위치를 눌러보거나 장난스럽게 웃는 것으로 시작하는데 에이미는 달랐다. 에이미의 얼굴을 들여다보면, 재료와 기계적 기능을 주의 깊게 관찰하는 과학자나 기술자의 표정을 보는 것 같았다. 에이미는 사진을 찍어보려 하지 않았다. 그 대신 에이미는 사진이 어떻게 찍히는지를 알아내고 싶어 했다.

"에이미는 참 특별한 아이였어요." 카렌 지오다노가 기자에게 말했지만, 흔히 부모가 자기 자식을 묘사하기 위해 쓰는 말일 뿐이었다. 그런 말은 대개는 과장되기 마련이어서, 그 아이를 사랑하는 사람들의 눈에만 그럴 뿐, 그렇게 묘사된 아이들의 대다수는 전혀 특별할 것이 없다. 하지만 그건 전혀 중요하지 않다. 중요한 것은 에이미가 카렌 지오다노의 딸이라는 점이다. 그리고 내가 그즈음 동네의 길을 걸어가다 느낀 것은, 멀리 높은 곳에서 사람들의 얼굴을 보면 모래알처럼 구별이 안 되지만, 가까이 다가가서 자세히 보면 어떤 얼굴이든 독특하고 딱 하나뿐이라는 것이었다. 그 얼굴들은 엄마의 얼굴이거나 아빠의 얼굴이고, 누이 혹은 형제의 얼굴이며, 딸의 얼굴이거나 아들의 얼굴이다. 그 얼굴에는 수많은 기억들이 아로새겨져 있어서 다른 누구의 얼굴과도 다르게 보이는 것이다. 이것이 모든 애착의 핵심이고, 그 애착이야말로 인간을 인간답게 만드는 특질이다. 우리가 이런 애착의 기억들을 갖지 못한다면, 우리는 영원히 무관심의 바다에서 허우적거리며 무표정한 눈으로 서로를 알지 못한 채, 가장 기초적인 영양분을 찾아 바다를 떠돌게 될 것이다. 우리는 살 속을 파고든 이빨에 물린 통증과 바위와 산호에 긁힌 쏘는 듯한 통증을 알게 될 것이다. 하지만 우리는 카렌 지오다노의 헌신을 알지 못하고, 그 헌신을 알지 못하는 만큼 그녀의 비통을 알 수 없을 것이다. 회복할 수 없는 손상과 돌이킬 수 없는 손실, 그리고 결국 우리가 알게 되긴 했지만, 뉴스 시간이 되기 전에 집에 돌아오겠다는 단순한 약속 안에 비밀스럽게 숨겨진 고뇌와 폭력에 대해 그녀가 느꼈을 비통한 감정이 얼마나 큰 것이었는지를 우리는 결코 알 수 없는 것이다.

2

그해 여름에는 거의 비가 내리지 않았다. 그래서 우르릉거리는 천둥소리를 듣고 하늘을 올려다봐도, 푸른 화판을 가로질러 엷게 붓질을 한 번 한 것처럼 잘게 찢겨진 듯한 몇 조각 높은 구름들만 보였다.
"마른번개로군." 내가 말했다.
해먹 속에 자리 잡고 있던 메러디스는 고개를 끄덕였지만, 읽고 있던 잡지에서 눈을 떼지 않았다. "오늘 저녁에 과(科) 모임이 있어요."
"금요일인데?"
메러디스는 어깨를 으쓱했다. "내 생각도 그래요. 하지만 메이스 박사는 우리가 새해의 일을 미리 살펴봐야 한다는 거예요. 목표라든가 뭐 그런 걸 확실히 해둬야 한다는 거죠."
지난 8년 동안 메러디스는 지역 전문대의 영문과에서 학생들을 가르쳤지만 낮은 직급의 보조 역할에 불과했다. 그러다 갑자기 교수 한 명이 죽어 전임 강사 자리를 얻은 후, 메러디스는 점점 많은 관리 책임을 맡았다. 전문가다운 경력을 쌓기 시작했고, 보스턴이나 뉴욕에서 열리는 세미나에도 참석하게 되었다. 메러디스는 책임이 추가될

수록 자신감이 커져갔다. 그리고 지금 와서 생각해보면, 그날 저녁때처럼 메러디스가 행복하게 보였던 적은 없었던 것 같다. 메러디스는 자신에게 가장 적합한 경력과 가족을 돌보는 일 사이에 균형을 찾아낸 여자답게 긴장 없이 홀가분한 모습이었다.

"10시까지는 집에 돌아올 거예요." 메러디스가 말했다.

나는 벽돌로 만든 그릴 앞에 서 있었다. 4년 전 여름에 내가 만든 이 그릴은 불필요할 정도로 거대했다. 나는 그릴을 만드는 동안, 좋아하는 기술을 맘껏 과시하며 즐겼다. 이 그릴에는 벽돌로 만든 곡선도 있고, 벽돌 계단이며 벽돌 선반까지 있었다. 나는 그 순수한 견고성이 좋았다. 아무리 강한 바람이 불어도 끄떡없을 터였다. 그릴을 만드는 동안 모르타르의 뻑뻑하게 젖은 느낌부터 벽돌의 육중한 느낌까지 모든 면이 마음에 들었다. 이렇게 만든 벽돌 그릴에는 엉성한 부분이 전혀 없었고, 약하거나 임시로 때운, 무너질 만한 부분이 전혀 없었다. 언젠가 메러디스가 말했다. 이 벽돌 그릴은 사물의 속성에 대한 것이 아니라, 내가 사물에 관해 바라는 속성에 대한 은유라고. 모든 것은 반듯하게 줄이 맞았고, 견고하고 고집스러운 재료들로 끝끝내 유지될 수 있도록 지어진 것이었다.

지금 생각해보면, 우리 집 역시 같은 수준의 단호한 견고성을 갖고 있었다. 거칠게 베어내서 거의 돌처럼 되다시피 한 오래되고 단단한 목재로 지어진 집이었다. 거실의 천장은 45도 각도로 올렸고, 두터운 기둥으로 보강했으며, 거실 끝에는 회색 화산암으로 만든 벽난로가 자리했다. 바닥 또한 의심의 여지없이 안전을 지향하는 마음의 산물이었다. 마당에는 키 큰 나무들과 함께 야생의 덤불이 무성해 바깥

길에서는 집이 보이지 않았다. 비포장 길이 집 앞에서 완만한 원을 그리며 휘어졌고, 그 길은 작은 언덕을 타고 올라간 다음 크게 한 바퀴 돌아 주도로에 연결되었다. 그렇게 찻길로 들어선 주도로는 곧바로 빽빽이 우거진 숲 속으로 사라졌다. 나무들이 잠깐 없어진 모습에 주의하지 않는다면, 어느 누구라도 근처에 한 가족이 사는 집이 있으리라고는 생각하기 어려울 것이다. 메러디스가 언젠가 한 번 말했던 것처럼, 우리는 숲 속 한가운데 있는 무인도에 살았다.

나는 햄버거를 몇 개 더 그릴에 올려놓았다. 한참 전에 워렌 형이 전화했는데, 형의 목소리는 종일 집에 페인트칠을 한 끝이라서인지 지친 듯했다. 워렌이 금요일 밤을 혼자 보내는 것을 끔찍이도 싫어하는 줄 알고 있었기 때문에 야외식사에 초대했다. 최근 몇 주 동안 워렌은 술이 더 늘기 시작했고, '좋은 여자를 찾아보겠다'는 덧없는 노력도 빈도와 강도가 줄어들었다. 작년에 워렌은 세 들어 사는 작은 2층집 지붕의 썩은 부분을 수리하다가 사다리에서 떨어졌다. 그 바람에 골빈뼈가 부서진 워렌은 한 달 기까이 누워 지내야만 했다. 형은 돌봐줄 아내도 아이도 없었다. 그래서 워렌은 요양을 위해 키이스의 방으로 옮겨왔고, 그곳에서 지내는 동안 컴퓨터 게임을 하고 비디오를 보았다. 형은 대개 모험영화를 봤는데, 특히 모험영화를 좋아하는 이유는, 그 자신이 자조하는 듯한 웃음을 지으며 작은 목소리로 말한 것처럼 "마음속에 잊어야 할 것이 많아서"였다.

워렌은 5시 좀 안 되어 도착했다. 그릴 쪽으로 이어진 구부러진 보도를 따라 느릿느릿 다가왔다. 워렌의 주위에 낮게 기운 해가 보내는 빛을 받은 나뭇잎들의 빛깔이 하도 찬란해서, 마치 빛이 일렁이는 유화(油畵) 속을 걸어오는 것처럼 보였다. 나무 잎사귀들은 언제나 장관이었지만, 내가 가장 감탄하는 것은 보도 끝 쪽에 심어놓은 일본단풍나무였다. 빨간 잎을 가득 단 그 나무의 우아한 가지들은 누군가를 감싸 안는 팔처럼 펼쳐져 있어서, 흡사 사람을 그 가지 안으로 끌어들여 안전하게 보호하려는 모습처럼 보였다.

"그래, 주방장께선 어찌 지내시나?" 형은 메러디스로부터 몇 미터 떨어진 곳에 있는 야외용 의자에 털썩 주저앉으며 물었다.

"저이는 여름에만 요리사죠." 메러디스가 읽고 있던 잡지를 내려놓으며 가볍게 말을 받았다. "그릴에서가 아니면 손가락 하나도 까딱 않거든요."

메러디스는 해먹에서 몸을 빼내고, "옷 갈아입고 올게요."라는 말과 함께 집 쪽으로 걸어갔다.

"무슨 일로 옷을 갈아입는대?" 워렌이 물었다.

"과 모임이 있대요." 내가 대답했다.

집 안에서 전화가 울렸고, 정면의 창을 통해 키이스가 전화를 받기 위해 뛰어가는 모습이 보였다. 키이스의 움직임이 평소보다 활기차 보여서, 잠시 나는 전화를 건 사람이 분명 키이스가 오랫동안 기다려 온 여자친구가 아닐까 하는 느낌이 들었다. 키이스는 짧은 통화를 끝내고 전화를 내려놓고는 문간으로 왔다.

"오늘 밤 아이 돌보러 가도 돼요?" 키이스가 물었다. "지오다노 부인이 평소 부르던 베이비시터가 오늘은 못 온대요."

카렌 지오다노는 남편과 외출할 일이 있을 때, 대개는 베스 카펜터를 베이비시터로 썼지만 간혹 베스가 올 수 없는 경우에 키이스를 불렀다. 키이스는 늘 네 시간이나 다섯 시간 정도 아이를 봐주고 11시 이전에 집으로 돌아오곤 했는데, 그때마다 에이미에 관한 이야기를 풀어놓았다. 에이미가 얼마나 총명한지, 예의 바른지 등을 감탄 섞어 말하면서, 자신이 에이미에게 지어준 '완벽공주'라는 별명에 정말 손색이 없다고 했다.

"숙제는 다했니?" 내가 물었다.

"대수(代數)만 하면 돼요. 그리고 오늘은 금요일이잖아요, 아빠. 내일, 모레 이틀이나 시간이 있는데요, 뭐." 키이스는 내가 얘기의 요점을 못 알아들었을까 봐서인지 얼굴을 살짝 찌푸렸다. "그러니까 가도 되죠?"

나는 어깨를 으쓱하며 말했다. "좋아."

키이스는 집 안으로 돌아갔고, 나는 다시 유리창을 통해 그 애의 모습을 볼 수 있었다. 전화기에 대고 얘기하는 키이스는, 곱슬거리는 검은 머리를 대걸레처럼 넘긴 열다섯 살의 키 크고 홀쭉한 소년이었고, 창백하고 부드러운 피부는 민저보면 거의 여자애 깉있다.

"에릭, 너는 참 좋은 아들을 뒀어." 워렌이 말했다. 그러고는 그릴을 훑어보며 덧붙였다. "냄새 죽이는데."

몇 분 후, 우리는 피크닉 테이블 주위에 모였다. 메러디스는 전문가에 어울리는 복장을 하고, 실크 스카프와 적당한 굽 높이의 검은색 펌프스를 신었다. 키이스는 평소 입던 청바지에 트레이닝셔츠를 입고, 늘 신는 끈 없는 테니스화 차림이었다.

그날 저녁에 있었던 대화 주제는 몇 가지로 한정되었던 것 같다. 나는 아침에 현상한 한 통의 필름이 모두 똑같은 금붕어를 찍은 것이었다는 이야기를 했다. 메러디스는 옛날보다 더욱 딜런 토머스(1914~1953. 영국의 시인. 삶과 죽음, 성과 사랑이라는 주제를 풍부한 상상력과 참신한 이미지로 시화했다 — 옮긴이)를 좋아하게 됐는데, 특히 런던에서 화재로 죽은 어린 소녀에 관한 시가 마음에 든다고 했다. "그는 이 어린 소녀에 대한 시를 써달라는 부탁을 받았대요. 하지만 제의를 거부하고 좀 더 보편적인 시를 썼어요." 메러디스는 이렇게 말했다.

워렌은 엉덩이가 여전히 아프다고 내내 우는소리를 했고, 1~2년 안에 수술해야 될 것 같다고 말했다. 형은 늘 다른 사람의 동정이 필요한 사람이었고, 본인 역시 동정을 받고 싶어 했다. 누가 보면 워렌이 어린 시절 고아가 된 탓에 영원히 어머니의 따뜻한 손길을 그리워하는 사람인 줄 알 것이다. 아버지는 형이 야심이 없고 나약한 사람임을 알았고, 형이 없을 때는 '날품팔이나 할 놈'이라고 했다. 어머니에게는 워렌을 어린애처럼 대하지 말라고 경고까지 했다. 하지만 아버지의 그 요구는 어머니가 전혀 복종할 의사가 없는 아버지의 몇 안 되는 지시 가운데 하나였다.

키이스는 평소보다 조용해 보였다. 그 애는 왠지 우리와 눈 마주치기를 부끄러워하는 듯 음식 접시 위로 잔뜩 머리를 수그리고 있었다. 키이스는 늘 수줍어하는 애였다. 자주 어색해 하고 내성적이며, 상처를 잘 받고, 일찍부터 신체 접촉도 싫어했다. 키이스는 스포츠를 싫어했지만 악기 연주와 같은 활동까지 싫어하지는 않았다. 악기 연주가 흥미롭거나 취향에 맞는다기보다, 다른 사람과 몸을 부딪칠 염려가 없기 때문인 것 같았다. 무엇보다 키이스에게는 바깥으로 손 내밀기를 꺼리고, 자기 자신 속으로 움츠러드는 어딘지 모르게 폐쇄적인 분위기가 있었다.

메러디스는 두어 번 키이스를 전문가에게 데려가 보이는 것이 어떨지 물었다. 그 제안에 반대하는 것은 아니었지만, 누구에게 키이스를 데려가야 할지 뾰족한 생각은 없었다. 내 생각에 진짜 문제는, 키이스가 스포츠를 하려 들지 않고 친구들이 없는 게 아니라, 키이스가 행복한가 아닌가 하는 것이었다. 하지만 나는 키이스의 행복 여부를 알 도리가 없었다. 때문에 나는 키이스를 그냥 방치했고, 아들의 사춘기 첫해는 거의 적적하다 싶을 정도로 조용히 흘러 이제 여름의 끝자락에 이르렀다. 키이스는 접시에 코를 박을 듯 수그린 채 앉아 있었고, 메러디스는 차를 몰고 모임에 갔고, 워렌 형은 해먹에 몸을 묻고 있고, 나는 테이블을 치우고 그릴을 닦고 있었다.

"아빠가 데려다줄래요?" 키이스가 집에서 나오며 물었다. 아들은 선선한 가을 저녁에 맞춘 옷차림이었다. 카키색 바지와 울 셔츠, 푸른색 파카.

"너 꽤나 멋져 보이는데." 내가 말했다.

키이스는 끙 하는 신음소리를 냈다. "그렇죠, 뭐."

"아니, 내 말은 네가 자라서……."

키이스가 손을 들어 내 말을 끊었다. "그래서 나를 데려다줄 거예요?"

내가 대답할 사이도 없이, 워렌이 애를 써서 해먹으로부터 몸을 빼내며 말했다. "네 아빠는 설거지하게 두자. 내가 데려다줄게."

내 형과 내 아들은 막 떠났고, 벽돌로 된 보도를 따라 으스름한 빛

속으로 내려갔다. 한 사람은 옆으로 퍼지고 축 늘어진 모습, 다른 사람은 면도날처럼 가늘고 꼿꼿한 모습. 마치 두 개의 칼날이 공기를 가르고 있는 것처럼 보였다.

키이스와 워렌이 떠난 후, 나는 까맣게 그을린 그릴을 조심스럽게 문질러 닦은 다음 집 안으로 들어갔다. 테이블 위에 메러디스가 두고 간 책이 눈에 띄었다. 《딜런 토머스 시선집》이었다. 책을 집어 들고 내 의자로 가지고 가서 거위 목 스탠드의 불을 켰다. 나는 책을 펴고, 저녁 먹을 때 메러디스가 얘기했던 시를 찾아 읽었다. 따라가기 쉽지는 않았지만 꽤 흥미로웠고, 특히 마지막 구절의 비통한 감정이 마음에 와 닿았다. "첫 번째 죽음이 있은 뒤, 또 다른 죽음은 없다."

몇 시간이나 지났을까, 의자에 앉은 채 잠깐 눈을 붙이다가 전화벨 소리에 잠에서 깼다.

키이스였다. "저 데리러 오실 필요 없어요, 잠깐 밖에 더 있다 갈게요. 다른 사람들과 어울리게 될 것 같거든요."

그때까지 키이스가 다른 사람을 찾는 일은 전혀 없었다. 하지만 키이스의 문제인 외로움을 생각했을 때, 아들의 지금 얘기는 그 애가 정상이라는 고무적인 신호로 느껴져 기뻤다.

"그럼 언제 돌아올 건데?"

"모르겠어요. 아마 12시 전에는…… 괜찮죠?"

"좋아. 하지만 더 늦지는 말아라, 엄마가 걱정하니까."

"알았어요, 아빠."

키이스는 전화를 끊었고 나는 방금까지 앉아 있던 의자로 돌아왔다. 이번에는 딜런 토머스의 시집은 들고 가지 않았다. 나는 문학에 대해 특별히 세련된 취향을 가진 적이 없다. 대개는 논픽션을 읽고, 어쩌다가 본격소설이 끼어드는 정도랄까. 이 특별한 밤의 메뉴는 아프리카의 어느 종족에 관한 책이었다. 이 종족은 농사를 짓고 살던 땅에서 쫓겨나, 바위투성이 땅에 드문드문 식물이 보일 뿐 사람이 살기 어려운 지역으로 옮겨갔다. 종족이 처한 상황은 점점 절망적이 되어갔고, 오랜 옛날부터 지켜오던 종교와 사회제도는 붕괴되었다. 한때 그리도 굳건해 보이던 모든 것이 허물어졌다. 그들의 온갖 습관이며 사람들 간의 관계 등 모든 것이 바스라졌다. 이 책에 따르면 확고한 인간 본성 같은 건 없고, 그저 충족된 욕구와 충족되지 않은 욕구가 있을 따름이었다. 우리의 가장 깊은 뿌리는 흐르는 모래 속에 가라앉아 있는 것이었다.

책 읽기를 끝냈을 때 메러디스가 돌아왔다.

아내는 내가 아직 잠자리에 들지 않은 것을 보고 놀란 표정을 지었다.

"키이스가 전화했어. 좀 늦을 거라네." 내가 말했다.

메러디스는 지갑을 소파에 던져놓고 구두를 벗기 시작했다. "지오다노 부부가 늦게까지 파티에 있을 건가 봐요?"

"아니, 키이스는 벌써 에이미네 집에서 나왔어. 키이스 말로는 사람들하고 어울릴 거라던데." 들은 대로 메러디스에게 전해주었다.

메러디스는 조금 놀란 표정으로 고개를 발딱 젖혔다. "재미있는 발전이네요. 그게 정말이라면 말이죠."

'정말이라면' 하는 메러디스의 마지막 말에 예상치도 않았던 의심이 고개를 들었다.

"정말? 왜 정말이 아닐 수 있지?"

아내는 다가와서 내 얼굴을 만졌다. 그녀의 눈길이 기묘할 정도로 너그러웠다. 마치 어린 남자애에게 인생을 설명해주는 엄마 같은 표정이었다. "사람들은 거짓말을 하기 때문이에요, 에릭."

"사람들과 어울리는 게 아니라면 키이스가 왜 바깥에 머물겠어?"

메러디스는 어깨를 으쓱하고는 장난스럽게 말을 이었다. "약을 살 수도 있고, 뭔가 훔쳐볼 게 있을지도 모르죠."

내가 웃음을 터뜨리자 메러디스도 따라 웃었다. 우리의 아들이 어둠 속에 숨어서 누구네 창문을 몰래 들여다본다는 상상이 우스꽝스러웠기 때문이다. 키이스가 그런 짓을 한다는 건 도대체 상상이 안 되는 일이었다.

"키이스에게 자정 전까지는 들어오라고 말해두었어."

메러디스가 내게 손을 내밀며 말했다. "우리 자러 가요."

메러디스는 잠들기 전에 몇 시간씩 뒤척이는 일이 잦았는데, 그날 밤엔 달랐다. 아내는 종일 일해서 피곤에 지친 사람처럼 곧바로 잠에 빠져들었다. 잠든 메러디스의 모습을 살펴보는 동안 마음속에서 기쁨이 솟아올랐다. 이렇게 영리하고 사랑스러운 여인이 다시 어디에 있을 것이며, 함께한 지난 세월은 또 얼마나 만족스러웠던가? 내게는 이혼한 친구도 많았고, 이혼한 것보다 낫다고 할 수 없는 친구들도 많았다. 부부가 서로에게 예의 없이 대하거나 상대를 경멸하며, 한때 함께 느꼈던 기쁨이나 즐거움은 이제 먼 기억 속의 얘기가 되어버린 사람들.

우리는 메러디스가 대학 졸업반일 때 만나서 6개월간 데이트하고 결혼했다. 한동안은 보스턴에서 살았다. 메러디스는 지역 공립학교에서 교사로 일했고, 나는 제약회사에 다녔다. 우리 둘 다 각자의 일을 증오했다. 그래서 키이스가 태어나고 몇 달 후 우리는 일을 저질러버렸다. 웨슬리로 이사하고, 어찌어찌 담보를 잡히고 자금을 빌려, 사진 현상을 해주고 액자에 맞춰주는 사진관을 사들였다. 처음 7년 동안 메러디스는 집안일만 했지만 나중에 전문대학의 시간강사 자리를 얻었다. 키이스가 자라면서 메러디스는 강의 시간을 늘렸고, 예전에 하던 집안일을 피부 각질 제거하듯 털어냈으며, 점점 젊어지고 활기가 넘쳤다. 적어도 내 눈엔 그래 보였다. 그런 상황이었으니만큼 그날 밤 문득, 잠든 메러디스의 입꼬리가 올라가며 얼굴에 조용한 미소가 떠오를 때 전혀 놀라지 않았다.

아내의 미소를 가만히 들여다보고 있는데, 진입로 맨 끝에 차가 정차하는 끼익 소리가 들렸다. 침대에 일어나 앉아 창밖을 내다보았다. 차 한 대가 노로 쪽으로 후신해, 두 줄기 선소등 불빛이 삽목 넘불을 유령같이 부드럽고 우아하게 쓸고 지나갔다. 몇 초 후, 키이스가 집의 현관 앞을 원형으로 돌아가는 비포장 진입로를 따라 내려오는 모습이 보였다. 멈칫거리며 느릿느릿 걸어오는 아들의 머리는 적의를 갖고 불어오는 바람에 저항이라도 하는 듯 땅바닥을 보고 있었다.

곧 키이스가 시야에서 사라졌다. 그리고 현관문을 여는 금속성의 딸깍하는 소리가 들렸고, 계단을 올라 우리 침실을 지나 자기 방으로 통하는 복도를 걸어가는 발소리가 들렸다.

내가 복도로 나섰을 때, 키이스는 막 자기 방문을 열던 참이었다.

"안녕?" 내가 말했다.

아들은 나를 향해 돌아서지 않고 자기 방문을 보는 자세로 서 있었는데, 이상할 정도로 몸이 뻣뻣해 보였다.

"친구들과 즐겁게 보냈니?" 가벼운 어조로 물었다.

키이스가 고개를 끄덕이자 헝클어진 커튼 같은 긴 머리카락이 아들의 움직임에 따라 흔들렸다.

"좋아." 내가 말했다.

키이스가 내 얼굴을 보기 위해 천천히 움직일 때, 나는 그 애의 셔츠 자락이 헝클어진 모습을 보았다. 급하게 구겨 넣은 것 같았다.

"이제 자러 가도 돼죠?" 키이스가 좀 퉁명스럽게 느껴지는 어조로 물었다. 하지만 이 정도의 퉁명스러움은 참을성 없는 10대들에게서 흔히 볼 수 있는 것이었다.

"그래라, 난 그냥 네가 아무 일이 없는지 확인하고 싶어서."

키이스는 급히 돌아서서 자기 방으로 사라졌다. 나를 침침한 복도에 혼자 남겨두고.

침대로 돌아왔지만 잠은 완전히 달아났고, 설명하기 어려운 불편한 기분이었다. 사물의 본성에 내재한 무엇인가가 암암리에 내게 적대적인 방향으로 바뀌고, 내 오랜 확신을 약화시키는 느낌. 마치 집의 튼튼한 기초 아래의 땅속 어딘가에서 미세한 떨림이 생겨난 듯했다.

3

 다음 날 아침 내가 주방에 들어갔을 때, 메러디스는 벌써 식사를 준비하고 있었다.
 "안녕, 잠꾸러기 씨." 메러디스가 쾌활하게 말했다.
 주방 안의 공기에는 베이컨의 짭짤한 냄새와 끓는 커피 향이 짙게 배어 있었다. 이 냄새는 가정을 가진 남자의 확실한 표시일 것이다. 싸구려 향수 냄새가 양아치 같은 남자의 정체를 드러내주는 것과 마찬가지로.
 "당신, 오늘 아침엔 굉장히 힘이 넘치는 것 같군." 내가 말했다.
 메러디스는 베이컨을 포크로 찍어 키친타월 위에 올려 기름기를 뺐다. "배가 고파서 깼어요. 당신은 배가 고파서 일어난 적 없어요?"
 메러디스의 질문에는 희미하게 나를 비난하는 듯한 느낌이 실려 있었다. 이른 아침에 식욕이 없는 내 상태는 좀 더 깊은 결함을 상징하는 것일 수 있다는 느낌 말이다. 마치 '당신은 야망도 없죠?'라고 묻는 것 같았다. 그리고 열정도? 나는 배고픔이나 갈망이 부족한 사람이었던가?

메러디스는 키친타월에서 베이컨을 집어 들고 얼른 한입 베어 물었다. 메러디스는 흐느적거리는 베이컨의 끝을 물고 이빨로 끊어서, 고기를 작은 조각으로 찢었다. 흡사 늑대같이. 메러디스에게서 으르렁거리는 소리가 들릴 듯했다.

지금 와서 생각하면 메러디스가 정말로 그런 행동을 했는지 의문이 들기도 한다. 그녀가 그렇게 행동하는 모습을 봤다는 것은 나만의 생각일지도 모른다. 설사 실제로 그런 일이 있었다고 해도, 내가 알고 있는 것은 정말로 아는 것이 아니고, 이전에 알고 있다고 생각한 것들이 사실은 전부 피상적인 수준에 불과할지 모른다는 아주 기이한 예감, 모호하고 형언키 어려운 느낌을 떨칠 수가 없었다.

나는 테이블에 앉아 신문을 집어 들고 제목들을 훑어보았다. 최근에 발의된 마을의 예산이 눈에 들어왔다.

"키이스는 늦게 들어왔어." 나는 천천히 신문을 넘기며 말했다. 사흘 전에 내가 낸 광고가 보였다. "아마 자정쯤이었을 거야."

메러디스는 커피메이커에서 포트를 집어 자기와 내 잔에 김이 모락모락 나는 커피를 따랐다.

"나는 키이스가 들어오는 소리를 들었는데, 당신은 완전히 꿈나라에 가 있더군."

메러디스는 의자에 앉아 커피를 한 모금 마시더니, 길거리 술집 여자들이 하듯 머리를 발딱 젖혀 반짝이는 머리카락을 흩트렸다.

"아름다운 아침이예요." 메러디스는 웃음을 터뜨렸다.

"뭐가 그렇게 재밌어?"

"아아, 어제 모임에서 메이스 박사가 얘기한 엉뚱한 농담이 생각나서요."

"무슨 얘긴데?"

메러디스는 손을 저었다. "당신은 재미없다고 생각할 거예요."

"무슨 농담인데 그래?"

"바보 같은 얘기에요, 에릭. 당신은 아마 안 좋아할 거야."

"해봐. 나도 좀 들어보게."

메러디스가 어깨를 으쓱했다. "좋아요, 말하죠. 이건 정말 농담도 아니에요. 그냥 인용하는 거지. 레니 브루스(1960년대 미국에서 활동한 코미디언 — 옮긴이)가 말한 거래요." 아내가 다시 낄낄대며 웃었다. "그 사람 말에 따르면 남자와 여자의 차이는 말이죠. 판유리로 된 창문에 여자를 던지면, 그 여자는 섹스에 대한 생각을 하지 않는대요."

"메이스 박사가 그런 말을 했다고?" 놀라서 물었다. "두꺼운 안경을 끼고, 트위드 재킷을 입고 해포석 파이프를 들고 다니는 그 메이스 박사가?"

메러디스가 커피를 한 모금 더 마셨다. "바로 그 사람이요."

나는 신문을 접어 테이블 위에 놓았다. "메이스 박사 같은 사람도 레니 브루스를 안다니 놀랐는걸."

메러디스는 접시에 놓인 베이컨을 잡아채듯 들고는 입을 오므려 한입 베어 물고 말했다. "사람들이 항상 겉보기와 같진 않죠."

"난 안 그래." 내가 팔을 펼치며 말했다. "한 치도 틀림없이 보이는 모습 그대로야."

메러디스는 바로 대답하려다가 잠깐 멈추더니 말했다. "당신은 그래요, 에릭. 틀림없이 남에게 보이는 그대로의 사람이죠."

나는 또다시 아내의 말속에서 비난하는 느낌을 받았다. 무덤덤하고 일차원적이며 규칙대로만 하는, 맥없고 투명한 사람이라고 비난하는 듯한 느낌 말이다. 아버지가 생각났다. 불가사의한 남자, 가족 아무에게도 온다 간다는 말없이 사라졌다가 느닷없이 가족의 일원으로 돌아오곤 했던 행동, 저녁 식탁에 가족이 모였을 때 비어 있던 아버지의 자리, 무심코 그 빈자리에 눈길을 보내면 어머니의 눈에 떠오르던 멍한 표정들이 생각난다. 나는 펼쳤던 팔을 거둬들이며 물었다. "그건 좋은 일이지, 안 그래?"

"뭐가 좋은 일이죠?"

"내가 보이는 대로의 사람이란 것 말이지." 내가 대답했다. "안 그러면 당신도 나를 두려워하지 않겠어?"

"두려워한다고요?"

"내가 갑자기 다른 사람이 된다고 해봐. 살인자나 뭐 그런 것 말이야. 어느 날 일을 마치고 집에 돌아와서는 가족들 모두를 난도질해 죽이는 그런 인간도 있잖아."

메러디스는 희미하게 놀란 빛을 보였다. "그런 식으로 말하지 말아요, 에릭." 아내의 시선이 힐끗 다른 쪽을 보는 것 같더니 내게로 돌아왔다. 그녀의 눈이 어둡게 반짝였다. 마치 형세가 역전되어 메러디스가 나의 내면에 있는 짐승을 알아차린 것 같았다.

"나는 그냥 요점을 말한 것뿐이야. 만약 사람들 모두가 밖으로 내보이는 것과 다르다면 우리는 서로 믿지 못하게 될걸. 정말 그렇게 되면 세상 모든 게 산산조각 날 거야, 안 그렇겠어?"

메러디스는 내 질문을 마음속으로 받아들인 것 같았고, 어떤 식으로든 결론을 내린 것 같았다. 그 결론이 뭔지는 아무 힌트도 주지 않았지만. 대신 메러디스는 자리에서 일어나 싱크대 쪽으로 걸어갔다. 그곳에서 메러디스는 마당 쪽을 내다보았다. 피크닉 테이블에서부터 그릴, 그릴 근처 소나무 가지에 걸린 나무로 만든 새 먹이통까지 차례로 눈길을 주었다.

"겨울이 오겠죠." 아내가 입을 열었다. "나는 겨울이 싫은데."

메러디스가 그런 감정을 표현한 것은 처음 있는 일이었다. "겨울이 싫다고? 당신이 겨울을 좋아하는 줄 알았는데. 난롯불이며, 아늑함 같은 것 말이야."

메러디스가 나를 돌아보았다. "당신 말이 맞아요. 내가 싫어하는 건 가을일지도 몰라."

"왜지?"

메러디스의 눈길이 다시 창 쪽을 향했다. 아내의 오른손이 살짝 올라갔다. 마치 그녀가 의식하지 않는 동안 저절로 들어 올려진 것 같았다. 창백한 새처럼 보이는 하얀 손이 그녀의 목 근처까지 올리기디 멈췄다. 메러디스가 입을 열었다. "모르겠어요. 그냥 나뭇잎이 전부 떨어지는 게 싫은가 봐요."

나뭇잎들 중 몇 개는 벌써 떨어졌다. 내 차까지 보도를 따라 내려가는 동안 떨어진 잎들을 볼 수 있었다. 크고 노랗고, 작은 갈색 점이 박혀 있는 잎들이었다. 왠지 그 갈색 점이 눈에 거슬렸는데, 나뭇잎의 살 속에 박힌 미세한 암세포처럼 보였기 때문이었다.

아마도 그래서 길을 따라 걷는 동안 계속 제니가 생각난 것 같다.

의사가 처음 제니의 암을 선고했을 때, 어머니와 아버지를 꿰뚫고 지나갔을 게 분명한 얼음처럼 차가운 전율을 나로서는 상상하기 어렵다. 어쩌면 그 전율은 칼날처럼 느껴졌을지도 모른다. 어머니와 아버지의 살을 잘게 저며 벌리고, 미래의 행복이란 희망을 차가운 타일 바닥에 핏물처럼 쏟아버리게 만드는 칼날. 쾌활하고 총명한 아이, 제니는 죽음을 눈앞에 두고 있었다. 그러니 더 성장한 제니와 함께 찍은 가족사진은 없을 테고, 학교 연극에서 연기하는 모습도, 졸업하고 결혼하고 아이를 가진 모습을 찍은 사진도 없을 터였다. 이상의 생각이 어머니와 아버지의 머리를 강타했을 게 분명하고, 확신컨대 어머니와 아버지가 기대했던 삶, 제니의 삶과 어머니와 아버지 당신들의 삶은 그때 막 폭발해버려 매캐한 연기 말고는 아무것도 남지 않았을 것이었다.

차에 도착해 문을 열고 타려고 하는데, 열린 현관문 앞에서 메러디스가 팔을 한껏 뻗고 흔드는 모습이 보였다. 집으로 돌아오라는 몸짓이었다.

"무슨 일인데?" 내가 소리쳤다.

메러디스는 대답 없이 계속 손을 흔들었다. 결국 나는 차 문을 닫고 집으로 발길을 돌렸다.

"빈스 지오다노 씨 전화예요." 메러디스가 말하며 주방 전화기를 고개로 가리켰다.

나는 아내를 향해 짓궂은 눈길을 보내고 전화기 쪽으로 갔다. "어이, 빈스."

"에릭," 빈스가 삭막한 어조로 말했다. "잘 듣게. 나는 메러디스를 걱정하게 만들고 싶지는 않아. 그런데 자네, 나는 꼭 알아야겠네만 자네 혹시 오늘 아침 키이스를 봤나?"

"아니, 못 봤어. 키이스는 토요일 아침마다 늦잠을 자거든."

"키이스는 집에 있나? 어젯밤에 늦게 들어오지 않았어?"

"맞아. 그 애는 어제 늦게 들어왔지."

"키이스가 언제 들어왔는지 아나?"

갑자기 내 대답에 예상도 못한 무게가 실리는 걸 느낄 수 있었다.

"자정쯤이었지, 아마."

짧은 침묵 후에 빈스가 말했다. "에이미를 잃어버렸다네."

나는 빈스의 말이 끝나기를 기다렸다. 에이미가 뭘 잃어버렸다는 말인가? 반지? 시계? 키이스가 에이미를 도와서 찾아야 할 게 뭔지 말해주기를 기다렸다.

"에이미는 오늘 아침 자기 방에 없었어." 빈스가 덧붙였다. "우리는 에이미가 일어나서 아래층으로 내려오길 기다렸지만, 내려오지 않았네. 그래서 우리가 깨우려고 가보니…… 에이미는…… 없었네."

나중에 내가 떠올리기로는, 빈스의 한마디 한마디는 말을 하는 것 같지가 않았다. 먼 곳에서 울리는 종소리 같았다. 이런 생각과 함께 내 주위의 공기가 알아차릴 수 있을 만큼 무거워졌다.

"우린 찾아볼 수 있는 데를 다 찾아봤어. 집 안 구석구석 전부 찾아봤고, 이웃집도 다 찾아봤지. 어디서도 에이미를 찾을 수 없었어. 그래서 내 생각엔 아마…… 키이스가……."

"내가 키이스를 깨우지. 그리고 바로 자네에게 전화할게." 나는 서둘러 말했다.

"고맙네." 빈스가 부드럽게 말했다. "고마워."

전화기를 내려놓고 메러디스를 쳐다보았다. 내 표정을 살피는 그녀는 갑자기 불안해 보였다.

"에이미 얘기야. 에이미를 못 찾겠대. 오늘 아침 그 애 방에 없었다는군. 온갖 곳을 다 찾아봤지만 아직까지 못 찾았대."

"오, 안 돼." 메러디스가 속삭이듯 낮은 소리로 말했다.

"키이스에게 말해줘야 해."

메러디스와 나는 함께 위층으로 올라갔다. 내가 키이스의 방문을 두드렸다. 답이 없었다. 다시 두드렸다. "키이스?"

여전히 대답이 없었다. 문을 열려고 해봤지만 늘 그렇듯 잠겨 있었다. 재차 문을 두드렸다. 이번에는 훨씬 세게 두드렸다. "키이스, 일어나! 중요한 일이야!"

투덜거리는 소리가 들리고 문 쪽으로 다가오는 키이스의 발소리가 들렸다. "뭐예요?" 키이스는 문을 열지 않고 꿍얼거렸다.

"에이미 지오다노 일이야." 내가 말했다. "에이미 아빠가 전화했어. 에이미가 어디 있는지 찾을 수 없단다."

방문이 살짝 열리고 물기 많은 눈이 내게로 헤엄쳐 오는 것처럼 나타났다. 푸른색 작은 물고기가 수족관의 흐린 물을 헤치고 다가오는 것 같았다.

"에이미를 찾을 수 없다고요?" 키이스가 물었다.

"그래, 그 말이다."

메러디스는 방문에 바짝 붙어 있었다. "옷 입고 아래층으로 내려와. 서둘러." 메러디스의 목소리는 아주 단호했고, 교사가 학생에게 던지는 말투 같았다.
 우리는 아래층으로 물러나 주방 테이블 가에 앉아서 키이스가 내려오기를 기다렸다.
 "아마 에이미는 그냥 산책을 나간 걸지도 몰라." 내가 말했다.
 메러디스는 걱정스런 표정으로 나를 바라봤다. "에이미한테 무슨 일이라도 생기면, 키이스도 의심받게 될 거예요."
 "메러디스, 그럴 일은 없……."
 "레오에게 전화해야 할지도 몰라요."
 "레오? 아냐. 키이스에겐 변호사가 필요 없어."
 "그래요. 하지만……."
 "메러디스, 우리가 할 일은 키이스에게 몇 가지 질문을 하는 게 다야. 키이스가 마지막으로 에이미를 본 게 언제였나. 그때 에이미가 별일 없이 괜찮아 보였다면 나는 빈스에게 전화해서 키이스가 말한 내용을 전해주면 돼." 나는 메러디스를 쏘아보며 덧붙였다. "됐지?"
 메러디스가 강하게 고개를 끄덕거렸다. "그래요."
 키이스가 구부정한 자세로 계단을 내려왔다. 아직 졸음이 가시지 않은 얼굴로 머리를 긁적거렸다. "그러니까…… 에이미가 어쨌다고요?" 키이스가 중얼거리듯 말하며 주방 테이블 옆 의자에 털썩 주저앉았다.
 "에이미가 실종됐단다." 내가 키이스에게 말해주었다.
 키이스는 주먹으로 눈을 비볐다. "말도 안 돼." 가볍지만 경멸과 불평이 담긴 목소리였다.
 메러디스가 몸을 앞으로 수그렸다. 아내의 목소리는 침착했다.

"이건 심각한 일이야, 키이스. 어젯밤 네가 지오다노 씨 집에서 나올 때 에이미는 어디 있었니?"

"그 애 침실이요." 키이스가 대답했다. 여전히 졸음이 가시지 않은 목소리였지만 이젠 좀 정신이 든 것 같았다. "에이미한테 동화책을 읽어줬어요. 그러고는 거실로 가서 텔레비전을 봤거든요."

"동화책을 읽어준 게 언제니?"

"8시 반쯤이었을 거예요, 아마."

"추측으로 말하지 마. 아무것도 추측으로 말해선 안 돼, 키이스." 메러디스가 쏘아붙였다.

그제야 처음으로 키이스의 얼굴에 상황의 심각성을 짐작하는 듯한 표정이 떠올랐다. "에이미가 정말로 실종된 거예요?" 지금까지의 모든 것이 농담 아니었냐는 어조였다.

"우리가 얘기한 걸 뭐라고 생각한 거니?" 메러디스가 물었다.

"잘 들어." 내가 키이스에게 말했다. "나는 네가 조심스럽게 생각했으면 한다. 아빠는 지오다노 씨에게 전화해서 네가 말한 걸 그대로 전해야 하거든. 그러니까 키이스, 엄마 말처럼 아무것도 추측해선 안 돼. 알겠니?"

키이스가 고개를 끄덕였다. 상황을 충분히 이해한 것처럼 보였다. "좋아요, 확실하게 할게요." 키이스가 말했다.

"좋아." 내가 말을 시작했다. "너는 에이미를 다시 본 적이 없어, 맞지? 네가 그 애에게 동화책을 읽어준 다음엔 말이다."

"그래요."

"정말이지?"

"네." 키이스가 고분고분해진 어조로 대답했다. 아들의 눈길은 메러디스에게 고정되었다. "에이미를 다시 본 적 없어요."

"에이미가 어디 있을지 생각나는 것 없니?" 내가 물었다.

키이스는 갑자기 공격당한 것처럼 보였다. "당연히 없죠."

키이스는 메러디스와 나를 번갈아 쳐다보았다. 그러고는 울부짖듯 말했다. "진짜예요, 다시 그 앨 본 적이 없다고요."

"뭐 다른 걸 본 건 없니?" 내가 물었다.

"무슨 말이에요?"

"평소와 다른 것 아무거나."

"그러니까 아빠 말은 에이미가 웃기는 짓을 했다거나…… 아니면 뭐 그런 거……."

"우스운 짓, 이상한 행동. 즐겁지 않아 했다든가. 어쩌면 집에서 도망치고 싶어 했을지도 모르지. 그런 낌새는 없었니?"

"네."

"좋아, 다른 것은 뭐 없었어? 누가 집 주위에 있었다든가. 몰래 훔쳐보거나 뭐 그런 것 말이다." 내가 말했다.

키이스는 고개를 저었다. "아무것도 못 봤어요, 아빠." 메러디스를 훑어보는 아들 눈에 걱정스러운 빛이 역력했다. "저 이제 큰일 난 건가요?"

메러디스가 살짝 물러앉았다. 아내가 바로 답하기 곤란할 때 늘 보이는 자세였다.

키이스가 메러디스를 뚫어지게 쳐다보며 말했다. "경찰이 나를 심문할까요?"

메러디스가 어깨를 움츠리며 말했다. "상황에 따라 다르겠지."
"어떤 상황이요?"
메러디스는 침묵했다.
키이스의 눈길이 나를 향했다. "어떤 상황 말이죠, 아빠?"
내가 해줄 수 있는 답도 별게 없었다. "에이미에게 무슨 일이 일어나느냐에 따라 다르겠지, 그렇지 않겠니?"

4

 나중에 나는 그 처음 몇 분 동안 느꼈던 불편한 기분의 정체가 무엇이었는지 곰곰이 생각해봤다. 빈스에게 걸려온 전화 내용을 검토해보고, 메러디스와 함께 계단을 올라갔다가 주방으로 돌아와 키이스를 기다렸던 일을 기억했다. 통화 중간에 있었던 침묵의 시간 동안 다른 소리가 들렸는지 떠올리려고 애썼다. 작은 곤충이 뭔가를 갉는 소리나, 일정하게 떨어지는 물소리, 혹은 작고 끈질기게 발밑을 가차없이 파고 들어오는 소리를 들었던 건 아닐까? 이제 나는 안다. 우리가 그토록 조심스럽게 구축해놓은 삶 아래에 아주 깊은 틈이 입을 벌리고 있다는 사실을. 나는 총성을 듣고, 체념의 중얼거림을 듣는다. 그리고 그런 소리들 속에 내가 몰랐던 모든 것이 밝고 분명하게 번쩍거리고 있다.
 나는 무엇을 알았던 걸까? 대답은 확실하다. 아무것도 몰랐다. 그리고 아무것도 모를 때 너는 어떻게 하는가? 너는 무지 속에서 다음 발걸음을 떼어놓는다. 앞으로 갈 수밖에 없기 때문에. 너는 그렇게 떼어놓는 발걸음이 얼마나 무모한 짓인지, 혹은 그 결과로 생겨나는 보이지 않는 일들이 얼마큼 심각한 것일지 도저히 알 수 없다.

키이스가 제 방으로 돌아간 후, 빈스 지오다노에게 전화를 걸어 내 아들이 한 말을 가감 없이 전했다. 그와 통화하면서 나는 키이스와 메러디스, 내가 에이미의 일에 얽히는 순간은 이것으로 끝날 수도 있다고 믿고 싶었다. 에이미 지오다노에게 어떤 끔찍한 일, 죽거나 다치는 일이 일어나더라도 말이다. 에이미의 피가 흘렀다 하더라도 남아 있는 우리가 그 피를 뒤집어쓸 일은 없을 거라고 믿고 싶었다.

"미안해, 빈스. 좀 더 도움이 됐으면 하지만, 키이스도 에이미가 어디 있을지에 대해선 아무 짐작도 못하고 있어서."

잠시 침묵한 뒤, 빈스가 말했다. "자네에게 이걸 반드시 물어봐야겠네."

"뭐든 물어보게."

"에이미와 함께 있었던 동안 키이스가 집을 비운 적이 있었나?"

나는 키이스가 빈스의 집에 있었던 동안, 어느 시점에 집을 비운 적이 있는지에 대해서는 알지 못했다. 하지만 나는 어떻게든 대답을 해야 한다는 조바심을 느꼈고, 내가 진실이길 바라는 대답을 하고 말았다.

"절대로 떠난 적 없어."

"내가 키이스한테 물어봐도 될까?" 빈스의 목소리는 애원에 가까웠다. "우리는 무슨 일이 일어났는지 종잡을 수가 없다네."

"물론이지."

"키이스한테 이렇게만 물어봐줘. 에이미를 떠난 적이 있느냐고…… 단 몇 분 동안이라도 말이야." 빈스가 되풀이해서 말했다.

"바로 전화할게." 나는 전화기를 내려놓고 계단을 올라갔다. 주방에는 더욱 걱정스러운 표정의 메러디스만 남았다.

키이스의 방문은 닫혀 있었지만 한 번 두드리자 곧바로 열렸다. 삐죽 열린 문틈으로 키이스의 얼굴은 절반쯤만 보였고, 좁은 틈새로 키이스의 눈 하나가 나를 응시하고 있었다.

"지오다노 씨는 네가 어젯밤 아무 때고 지오다노 씨 집을 비운 적이 있는지 알고 싶어 하는구나."

키이스의 눈이 힘없이 깜빡거렸다. 흡사 천천히 내려가던 커튼이 마지못해 올라가는 것처럼.

"그래, 너 비운 적 있니?"

"아뇨."

단호한 부정이었다. 하지만 키이스의 대답은 잠깐의 주저 끝에 나왔다. 뭔가 계산할 시간이 필요했던 걸까?

"너 그 말 확실하지, 키이스?"

이때는 주저 없이 답이 돌아왔다. "네."

"절대로 확실하니? 바로 돌아가서 지오다노 씨에게 전해줘야 한단 말이야."

"나는 집을 비운 적이 없어요." 키이스가 재차 확인시켜주었다.

"네가 집을 비웠다 해도 큰일은 아냐. 그건 혹시 네가……."

"혹시 내가 뭐요, 아빠?" 키이스가 물었다. 딱딱거리는 말투였다.

"무슨 뜻인지 알잖니."

"혹……시 내가 에이미를 죽였다면요? 아니면 무슨 일이라도 생기면?" 키이스가 물었다.

"아빠는 네가 에이미에게 무슨 짓을 했을 거라고 믿지 않는단다. 네가 나한테 섭섭해 하는 게 그거라면 말이다."

"정말로요?" 키이스가 반문했다. 심술궂은 어조였다. "아빠가 나를 의심하는 것처럼 들리는데요? 엄마도 마찬가지고. 엄마 아빠는 내가 무슨 짓을 했다고 생각하는 것 같아요."

"너한테만 그렇게 들리는 거야, 키이스." 내 말투는 어느새 키이스의 기세에 눌려 방어적으로 변해 있었다. "사실 말이지, 나는 지오다노 씨한테 네가 우리 집에 돌아올 때까지 그 집을 비운 적이 없다고 말했단다."

키이스는 내 말을 믿지 않는 것 같았지만 의심하는 표정을 누그러뜨렸다.

"어쨌든 나는 지금 돌아가서 지오다노 씨에게 전화해야 해." 그렇게 말하고 몸을 돌려 빠른 걸음으로 계단을 내려왔다. 뒤에서 키이스의 방문이 쾅 소리를 내며 닫혔다. 나를 후려치는 것처럼 강하고 매몰차게.

카렌 지오다노가 전화를 받았다.
"카렌, 에릭 무어입니다."
"아, 안녕하세요, 에릭." 카렌의 목소리에 살짝 콧소리가 섞여 있었다. 울고 있던 중이었을까.
"뭐라도 상황이 바뀐 게 없나요?"
"아뇨." 카렌의 목소리엔 힘이 없었다. "에이미가 어디 있는지 아직도 못 찾았어요."

평상시 카렌은 쾌활한 여자였다. 하지만 지금 그녀의 모든 쾌활함은 물이 빠지듯 전부 사라졌다. 카렌이 말을 계속했다. "사방에 전화해봤어요. 이웃 사람들 전부 다, 모든 사람에게요."

카렌의 목소리는 점점 맥이 빠져 기묘한 애원조가 되어갔다. 그래서 두려움은 일종의 겸손, 즉 사람이 자신의 무력함을 받아들이는 것이고, 결국은 우리가 전혀 통제할 수 없는 것이 아닌가 하는 생각이 머릿속을 스쳐갔다. "아무도 에이미를 보지 못했다고 하네요."

나는 카렌에게 확신을 주고 싶었다. 모든 일이 다 잘 될 거라고. 에이미가 옷장 속에서나 커튼 뒤에서 "짠, 놀랬지." 소리치며 나타나는 식으로 해결될 거라고 믿게 해주고 싶었다. 하지만 나는 험한 일이 일어날 수도 있다고 확신할 만큼 너무나 많은 뉴스를 보아왔다. 뉴스 속의 여자아이들은 정말로 사라졌고, 그 애들을 아무 데서도 찾을 수 없다면…… 늘 너무 늦은 것이었다. 여전히 한 가지 가능성은 있었다. "혹시 에이미가…… 그러니까…… 아마도…… 주장하고 싶은 것이 있어서 무슨 일을 한 건 아닐까요?"

"주장이요?" 카렌이 물었다.

"그러니까 선언 말이죠." 내가 덧붙였는데, 그 순간 이 단어가 우스꽝스러울 정도로 격식을 차린 것이란 사실을 깨달았다. "아마도 에이미는 부모가 자신을 그리워하게 만들고 싶어서, 그래서……."

"도망쳤다고요?" 카렌이 말을 잘랐다.

"뭐 그 비슷한 행동 말이죠. 아이들은 별 희한한 짓을 다 하잖습니까?"

카렌이 뭔가 말을 하려고 하는 듯했는데, 갑자기 빈스가 전화를 받왔다.

"키이스는 뭐라던가?" 그가 급하게 물었다.

"키이스는 집을 비운 적이 없다고 하네."

빈스가 한숨을 쉬었다. "음, 키이스가 그렇게 말한다면 나는 경찰에 연락할 수밖에 없네, 에릭."

"그래야겠지."

잠시 침묵이 있었고, 나는 빈스가 나 그리고 아마도 내 아들에게 마지막 한 번의 기회를 주고 있다는 느낌이 들었다. 내가 볼 때 빈스는 내 아들이 자기 딸에게 끔찍한 짓을 저질렀다고 믿는데, 나는 그렇지 않다고 빈스를 설득할 수 있는 재료가 아무것도 없었다. 내겐 꼭 아들을 보호하려는 부성애에서 나온 것만은 아니라고 빈스가 생각하고 믿어줄 만한 뭔가가 전혀 없는 것이었다. 빈스와 나는 이웃이기 전에, 우호적인 마을에서 함께 살아가는 동료 상인이었다. 함께 사업을 하고 서로에게 손을 흔들고 미소를 교환하는 사이였다. 그러나 이제 나는 빈스의 상상 속 내 아들이 저지른 범죄의 부속물이었다.

"경찰에 꼭 알려야 한다고 생각하네, 빈스."

내 반응이 빈스를 놀라게 한 것 같아 나 역시 놀랐다. 빈스는 내가 경찰에 알리겠다는 자신의 주장을 반박하리라고 예상했을 터였다.

"경찰은 키이스를 심문하려 할 거야." 빈스가 경고했다.

"키이스는 경찰에 진술하는 걸 꺼려 하지 않을 게 틀림없네."

"좋아." 빈스의 어조는 이상하게 풀이 죽은 것처럼 느껴졌다. 피하기를 갈망하던 일을 어쩔 수 없이 하게 된 사람 같았다.

"빈스." 내가 말을 꺼냈다. "만약 내가 뭐라도 도울 일이……."

"그래야겠지. 다시 연락할게."
그 말과 함께 전화가 끊어졌다.

"빈스가 말한 건 그게 다예요?" 몇 분 뒤, 차를 향해 가는 나를 따라 걸으며 메러디스가 물었다. "빈스가 연락하겠다고 했어요?"
우리는 일본단풍나무 가지를 훑듯이 스쳐 지나갔다. 부드러운 분홍빛이 단풍나무 잎사귀들 사이로 배어 나왔다.
"빈스는 경찰을 부를 거야."
"키이스가 무슨 짓을 한 걸로 생각하는군요."
"아마 그런 거 같아."
메러디스는 차에 이를 때까지 말이 없었다. 차 옆에서 그녀가 말했다. "두려워요, 에릭."
나는 메러디스의 얼굴을 보듬었다. "속단해선 안 돼. 내 말은, 무슨 일이 있었다는 아무 증거도 없으니······."
"레오에게 전화해야 되지 않을까요?"
나는 고개를 흔들었다. "아직은 아냐."
나는 차 문을 열고 운전대 뒤로 몸을 밀어 넣었다. 하지만 바로 출발할 마음은 들지 않아 차창을 내리고 길 위에 서 있는 아내의 모습을 바라보았다. 길 위에 서 있는 메러디스의 모습은 훗날 내게 충격적일 정도로 강렬한 향수를 느끼게 했다. 그녀는 아무 걸림돌 없이 홀가분했던 그전까지 우리 삶의 나날들이 줄어드는 상황에서 이미 벗어나 표류하기 시작했거나, 어떤 식으로든 변하고 있는 것 같았다. 지나간 모든 것, 다시 말해 우리 생애 최고의 날들은 위태롭게 유지되던 균형이자, 일종의 오만이라 할 수 있는 행복, 우리가 당연하게 여겼던 풍요였을 뿐, 유일하게 분명한 것은 아직까지는 멀리 있을지 몰라도 죽음, 그리고 지금 우리를 덮치는 위험뿐인 것처럼 느껴졌다. 이런 어두운 예감에도 불구하고 나는 말했다. "괜찮아질 거야, 메러디스. 정말로."

메러디스가 내 말을 믿지 않는다는 것을 알 수 있었다. 메러디스에게 이상한 일은 아니었다. 아내는 늘 전사 같았고, 형편이 정말로 빠듯해지기 전에 미리 생활비에 신경을 썼으며, 키이스의 아주 사소한 비행까지도 낱낱이 살펴서 잘못될 싹이 보이면 언제든 잘라낼 태세를 갖추고 있었다. 반면 나는 낙관주의로 대응했다. 밝은 면을 보면서, 여전히 그런 자세를 유지할 필요가 있다고 생각했다.

"절대로 감정적으로 욱하면 안 돼. 에이미에게 안 좋은 일이 생긴다 해도, 우리와는 아무 상관없을 거야."

"그건 중요하지 않아요."

"당연히 중요한 문제지."

"아뇨, 중요하지 않아요. 왜냐하면 일단 이 비슷한 일이 생기면, 한번 그들이 질문을 시작하면……."

"키이스는 지오다노 부부가 집에 돌아올 때까지 그 집을 비운 적이 없었어." 나는 달래는 말투로 말했다. "그러니까 그 질문에 대해서라면 아무 문제가 없단 말이지. 키이스에겐 대답할 말이 있잖아."

메러디스가 길게 숨을 쉬었다.

"좋아요, 에릭." 부서질 듯 엷은 미소를 지으며 메러디스가 말했다. "당신이 무슨 말을 하든 상관없어요."

메러디스가 몸을 돌려 집을 향해 걸어갔다. 그녀 앞에서 한 줄기 서늘한 돌풍이 일어나 땅을 휩쓸었고, 한 시간 전에 내가 봤던 갈색 반점에 시달리는 노란 나뭇잎들을 맹렬하고 사악하게 공중으로 차올렸다. 돌풍에 실린 나뭇잎들이 나선을 그리며 계속해서 떠올랐는데, 그 나뭇잎을 따라가던 내 눈에 자기 방 창문으로 나를 내려다보고 있는 키이스의 모습이 들어왔다. 키이스는 냉랭하고 원망스러운 눈길로 나를 쏘아보고 있었다. 내가 더 이상 자기 아버지가 아닌 듯이. 그리고 더 이상은 보호자도 후원자도 아니라는 듯이. 하지만 키이스가 나를 어떻게 생각하든 폭도들은 곧 전열을 정비할 테고, 모여든 폭도들 중 일부는 그 애의 머리를 자르겠다고 아우성칠 것이었다.

"어서 오세요." 가게에 들어서는 내게 닐이 인사했다.

9시가 다 된 시각이라서, 나는 벌써 닐이 사진 현상기를 가동할 준비를 하고 가게를 청소해놓았으리라는 사실을 알고 있었다. 닐은 그런 면에서는 철저하고 믿을 만한 종업원이었다. 무엇보다 최고인 깃은 닐이 내 가게에서 일하는 것 말고 별달리 큰 야심이 없어 보인다는 점이었다.

그는 적은 봉급을 모아 몇 안 되는, 적당한 즐길 거리에 탐닉할 뿐이었다. 닐은 2년에 한 번 꼴로 뉴욕에 가서 네다섯 개의 브로드웨이 쇼를 보곤 했다. 주로 대형 뮤지컬을 선호했는데, 분명 거기 나오는 현란한 곡에 전율했을 것이다. 닐은 뉴욕에 머무는 동안 첼시의 싸구려 호텔에 묵고 길거리 음식을 먹으며 절약했지만 마지막 날 밤에는 이탈리안 레스토랑에서 남은 돈을 물 쓰듯 하며 즐겼다. 그리고 대개 돌아올 때는 여행 기념품 수집 목록에 새로운 스노볼snow globe을 몇 개 추가했다. 짧은 기간이었지만 고든이라는 이름의 애인도 사귀었다. 둥글둥글하게 생긴 고든은 턱수염을 길렀고, 가끔씩 지역 극장에서 하는 연극에 얼굴을 보였다. 하지만 명색만 배우일 뿐 프로그램에 '이웃사람1'이라든가 '간수'로 소개되는 단역으로 주로 출연했다. 닐의 마음 상태는 고든의 심각한 기분 변화에 밀접하게 맞물려 돌아갔다. 닐의 우울하거나 활기찬 상태는 그 시점에 고든이 어떤 쇼에든 출연하게 되었느냐 아니냐에 달려 있었다. 그러니 둘의 사이는 깨질 수밖에 없었고, 그 후 닐은 병든 어머니와 함께 마을에 몇 남지 않은 비포장도로에 면한 작은 집에서 살았다. 이런 상황에 타협하고 살면서도 닐은 완벽하게 만족하는 듯 보였는데, 그 이유를 이렇게 말한 적이 있다. "달리 살려고 하면 너무나 많은 노력이 필요하거든요."

"시작이 좀 늦었네요, 사장님." 닐이 말했다.

나는 말없이 고개를 끄덕였다.

닐이 오른쪽을 향해 고개를 쳐들었다. "이런, 아침부터 안 좋은 일이 있으신가 봐요."

"좀 그래." 내가 인정했다.

"음, 일단 돈이 밀려 들어오기 시작하면 기운이 나실 거예요. 말을 하다 보니 생각났는데, 은행엘 좀 다녀와야 할까 봐요. 거스름돈이 얼마 안 남았거든요."

닐은 곧 외출했고, 나는 늘 하는 개점 준비를 했다. 진열대를 정리하고 가게 앞의 보도를 대충 쓸었다. 그러면서 에이미 지오다노에 관해 생각했고, 혹시 에이미에게 무슨 일이라도 일어나면 빈스가 어떤 식으로 키이스에게 죄를 뒤집어씌울 작정일까 생각해보았다.
 물론 답을 얻기 어려운 생각이었다. 무엇보다 에이미에게 무슨 일이 닥쳤는지 알 수 없었다. 에이미가 스스로 가출한 것인지, 험악한 운명에 시달리고 있는지부터가 모를 일이었다. 그래서 나는 기분이 편치 않을 때, 즉 돈 문제나 키이스의 학교 성적, 혹은 다른 수백 가지 자잘한 걱정거리로 머리가 복잡할 때 늘 찾곤 하는 피난처로 퇴각했다.
 내 작은 피난처는 가게 뒤편에 있었다. 그냥 큰 탁자가 하나 있고, 적당히 분류해놓은 액자용 착색 나무틀 무더기 위에 네모난 파티클보드 한 장이 걸려 있는 장소였다. 내가 주문받는 가족사진용 액자를 짜는 데는 특별한 기술이 필요하지 않았다. 대부분의 사람들은 자신이 찍은 경치에 어울린다고 생각하는 액자 색깔을 선택했다. 바닷가에서 찍은 가족사진에는 푸른색, 가족이 숲 속에서 캠핑하며 찍은 사진에는 녹색과 붉은색, 가까운 항구에 장식된 키 큰 해초 옆에서 가족들이 포즈를 취한 사진 같으면 금색이나 은색, 고래 구경을 나가 찍은 사진에는 흰색, 뭐 그런 식이었다.
 야외에서 웃으며 찍은 사진의 틀을 짜는 일은 언제나 나의 긴장을 풀어주었고 안정감을 주었다. 하지만 액자틀은 액자틀일 뿐이었고, 액자틀에 담긴 삶은 얼어붙고 정지된 것이라서, 미래에 닥칠 사건과는 아무 관련이 없었다. 실제의 삶은 또 다른 문제인 것이다.
 전화벨이 울려 받아보니 메러디스였다. "에릭, 집으로 와요."
 "왜?" 내가 물었다.
 메러디스가 말했다. "그 사람들이 왔어요."

5

두 사람이 와 있었다. 둘 다 어두운 색깔의 정장을 입었는데, 키가 크고 날카로운 얼굴의 이름은 크라우스, 그보다는 좀 작고 둥글둥글한 인상을 가진 사람의 이름은 피크였다. 내가 도착하자, 거실에 앉아 있던 두 사람은 예의 바른 웃음을 지으며 자신들을 소개했다.

크라우스가 입을 열었다. "지오다노 씨가 오늘 아침 전화했다고 들었습니다만."

"그래요."

우리는 모두 선 채로 말을 나눴다. 크라우스의 어둡게 가라앉은 눈이 곧바로 나를 쏘아보았고, 내게서 왼쪽으로 좀 떨어진 곳에 서 있는 피크는 꽤 흥미로워 하는 표정(그렇게 보인 것뿐인지도 모르지만)으로 내가 4년 전에 찍은 가족사진을 들여다보고 있었다. 사진 속에서 우리 가족 셋은 키이스가 6학년 때 과학 프로젝트로 만든 인체 석고상 앞에 자세를 취하고 있었다. 신체 내부에 있는 장기를 붉은색 심장, 푸른색 허파, 갈색 간 등으로 표현한 석고상이었다.

"에이미는 여전히 실종 상태입니다." 크라우스가 알려주었다.

"유감이군요." 내가 말했다.

사진을 보던 피크가 느닷없이 끼어들었다. "해부에 흥미가 있나 봅니다, 아드님이."

"해부요?"

"과학 숙제 같은데," 피크가 말했다. "이 사진 속에 있는 것 말이죠. 장기들이네요?"

"그렇죠."

"그러니까 해부에 관심이 있는 거죠, 댁의 아드님이. 아닌가요?"

나는 고개를 저었다. "실제로는 안 그래요, 아닙니다."

크라우스의 미소는 엷고 생기가 없어 억지로 웃는 것 같았다. "그러면 아드님은 왜 그런 숙제를 했지요?" 크라우스가 물었다.

"그 애에게는 그게 쉬웠기 때문이죠."

"쉽다고요?"

"다른 애들은 훨씬 복잡한 것들을 만들었어요."

"그때는 아드님이 뛰어난 학생이 아니었나 보고요."

"네."

"아드님이 어떤 애인지 좀 진술해주시죠." 크라우스가 요구했다.

"키이스 말입니까? 나도 잘 모르겠어요. 10대 소년이죠. 좀 이상한 데가 있다고나 할까?"

"키이스가 어떤 식으로 이상한가요?"

"글쎄요, 정확히 말하면 이상한 것은 아니고." 내가 서둘러 덧붙였다. "조용하죠."

크라우스는 피크를 바라보며 희미하게 고개를 끄덕였다. 그 고갯

짓을 신호로 덩치가 작은 피크는 갑자기 본 게임으로 들어왔다.
"불안해 하실 필요는 없습니다." 피크가 말했다.
"불안하지 않아요."
두 남자가 시선을 교환했다.
"두 분은 키이스와 이야기하고 싶으실 텐데요." 내가 덧붙였다, 단호하고 자신감 있는 목소리를 내기 위해 주의하면서.
나는 아들에 대해 속속들이 알고 있고, 추호도 아들을 의심하지 않는 아버지라는 인상을 주고 싶었다. 아들에 관해서라면 모르는 게 아무것도 없다고 그들이 믿게 만들고 싶었다. 다시 말해, 나는 키이스의 옷장과 침실에 있는 책상 서랍을 뒤져보았고, 밤에 그 애가 돌아오면 입에서 나는 냄새를 맡아보고, 정기적으로 가족 주치의에게 끌고 가서 약물 검사를 해온 아빠라고 말하고 싶었다. 키이스가 읽는 책들, 듣는 음악, 방문하는 인터넷 사이트를 점검했다고 말하고 싶었다. 키이스가 어울리는 친구들의 가족사 또한 모두 조사했기 때문에 내 아들에 대해 나만큼 아는 이는 신밖에 없을 거라고 자신 있게 주장하고 싶었다.
"네, 그렇습니다." 크라우스가 말했다.
"키이스를 데려오겠습니다."
"지금 키이스는 없어요." 메러디스가 급히 말했다.
나는 메러디스를 의아한 표정으로 쳐다보며 물었다. "어디 갔는데?"
"산책 나갔어요."
내가 더 말을 하려는데 크라우스가 물었다. "어디서 산책하죠?"

왠지 모르게 메러디스는 그 질문을 되뇌기만 했다. "어디서 산책 하냐……."

피크는 집 뒤쪽의 나무가 무성한 땅을 향하는, 커다란 창문을 내다보았다. "저 뒤쪽, 저기는 보호지구 맞죠? 집도 없고. 길도 없고요."

"네, 거긴 전부 보호지구입니다." 내가 말했다. "아무도 집을 지을 수 없고, 또……."

"그러니까 아주 고립된 곳이군요." 피크가 말하면서 메러디스에게 돌아섰다. "키이스가 그런 산책을 나간 곳이 저기인가요? 저 뒤쪽 숲?"

갑자기 '그런 산책을 나간 곳'이란 단어가 불길한 기운을 몰고 왔고, 피크와 크라우스가 키이스에 대해 하고 있는 게 틀림없는 상상을 나도 덩달아 하게 됐다. 덤불 속에 웅크린 사람의 모습, 축축한 땅바닥을 필사적으로 파내고 피로 얼룩진 머리채 같은, 에이미 지오다노와 관련된 뭔가를 묻고 있는 모습이 떠올랐다.

"아뇨, 키이스는 저 뒤쪽으로는 가지 않아요." 내가 급히 말했다. "거긴 아무도 갈 수 없어요. 덤불이 너무 빽빽한데다 오솔길 같은 것도 없거든요."

크라우스가 내 아내를 쳐다보았고, 미심쩍어 하는 강렬한 시선이 그녀에게 고정되었다. "그럼 키이스는 어디 있습니까?"

"야구장에요. 키이스는 산책할 때 보통 야구장 쪽으로 내려가곤 해요." 메러디스가 대답했다.

"저 뒤쪽 말인가요?" 피크가 물었다.

메러디스가 힘없이 고개를 끄덕였고, 나는 이제 질문이 끝났기를 바랐다. 하지만 피크가 입을 열었다. "키이스는 언제 산책을 나갑니까? 주로 아침에 가나요?"

"아니에요." 메러디스가 대답했다. "대개는 오후에 나가요, 아니면 저녁 먹은 뒤에 나가기도 하고."

크라우스가 말했다. "그러면 아침에는 잘 안 간다는 말이군요. 오늘 아침만 빼고, 맞습니까?"

메러디스가 조심스레 고개를 끄덕였다. 동의하기는 싫지만 인정하지 않을 수 없어 마지못해 고개를 끄덕이는 것 같았다.

"보도 끝에 자전거가 있던데, 키이스 건가요?" 피크가 말했다.

"맞아요." 내가 말을 받았다. "방과 후에 내 가게의 물건을 배달하는 데 쓰죠."

"키이스가 어디로 배달합니까?" 크라우스가 물었다.

"내 가게에서 자전거로 갈 수 있는 거리면 어디든 갑니다."

"그러니까 그게 어딥니까, 무어 씨?" 피크가 물었다.

"내 가게는 달튼 스퀘어에 있습니다."

"키이스가 뭘 배달하죠?" 크라우스가 물었다.

"사진입니다." 내가 답했다. "주로 가족사진이죠."

"가족사진이라, 나도 몇 장 있죠." 얼굴에 웃음기를 띠면서 피크가 말했다.

크라우스는 다음 주먹을 날리려고 준비하는 복서처럼 자세를 고쳤다. "그런 사진들을 배달한 지는 얼마나 됐습니까?"

다시 '그런'이란 어투에서 사악하고, 기묘하게 비난하는 듯한 느낌이 들었지만 키이스에게 죄를 뒤집어씌우려는 의도에서 나온 것인지, 아니면 크라우스가 이제부터 비난의 의도를 나에게까지 확장하려 한 것인지는 확신하기 어려웠다.

"몇 년 됐어요." 내가 대답했다. "그런 일을 금지하는 법은 없는 걸로 아는데, 아닌가요?"

"뭐라고요?" 피크가 되물으며 작은 소리로 낄낄 웃었다. "그럼요. 당연히 위법이 아니죠, 무어 씨."

피크는 크라우스를 힐끗 보고는 내게 눈을 돌렸다. "그런데 왜 그렇게 생각하십니까?"

내가 대답할 틈을 주지 않고 메러디스가 끼어들었다. "원하신다면 제가 가서 아이를 데려올게요."

피크가 자기 손목의 시계를 보았다. "아니요, 우리가 가죠. 야구장은 경찰서로 돌아가는 길목에 있으니까 우리가 가서……."

"아닙니다!" 나는 불쑥 말을 내뱉었다. "내가 가서 이리로 데려오지요."

피크와 크라우스가 동시에 나를 쳐다보았다. 순간 무거운 침묵이 흐르고 두 사람 모두 내 말을 기다렸다.

"키이스가 겁을 먹을 수도 있잖아요." 내가 설명했다.

"아드님이 왜 겁을 먹죠?" 크라우스가 물었다.

"아시잖아요, 처음 보는 두 사람을 만나는데……."

"아드님이 겁이 많은가요?" 피크가 물었다.

생전 처음 듣는 질문이었지만 불현듯 키이스가 겁이 많은 아이라는 생각이 떠올랐다. 키이스는 학교생활을 잘하지 못해 메러디스를 실망시킬까 겁을 냈고, 여자친구 하나 사귀지 못해 애비인 나를 실망시킬까 또 겁을 냈다. 좋은 대학에 들어가지 못할까 겁을 냈고, 일생 하고 싶은 일을 찾지 못할까 겁을 냈고, 자기가 찾아낸 일에서 실패할까 겁을 냈다. 아들에겐 친구가 없었고, 그 사실 또한 그 애를 겁먹게 했을 터였다. 하나하나 키이스가 겁내는 일들을 추가하다 보니, 그 애는 거의 모든 것을 겁내며 남의 눈에 드러나지 않게 웅크린 채로 살고 있었다.

나는 곧 이런 생각을 떨치고 말했다. "아뇨, 나는 키이스가 특별히 겁내는 게 없다고 생각합니다. 하지만 두 사람, 그것도 경찰이라면 누구라도 겁을 먹을 거예요, 그렇지 않습니까?"

크라우스와 피크는 서로를 쳐다보았고, 이어서 피크가 말했다. "좋습니다, 무어 씨. 키이스를 데려오셔도 됩니다." 피크는 쌀쌀맞게 나를 쳐다보며 아까 했던 말을 반복했다. "불안해 하실 필요는 없습니다."

나는 버논 로드 위의 어딘가에서 키이스를 만날 거라고 생각했다. 우리 집 앞을 지나는 버논 로드는 곧바로 시가지 쪽으로 뻗는데, 그곳에서 메인 스트리트가 시작되고 다시 휘어져 2킬로미터쯤 떨어진 야구장으로 연결되는 길이었다. 집에서부터 야구장까지는 5킬로미터 정도의 거리였다.

내 예상과 달리 키이스는 시가지 광장 근처의 놀이터에 하릴없이 서 있었다. 사람들이 일상적으로 어린아이를 데리고 와서 모래상자를 뒤적거리거나 나무로 된 성 주위를 뛰어다니며 놀게 하는 곳이었다. 키이스는 놀이터의 연철 울타리에 깊숙이 몸을 기대고 있었다.

키이스는 어깨로 울타리를 누르고 있었고, 발끝으로는 규칙적으로 땅을 찼다.

내가 놀이터에서 몇 미터 떨어진 보도 경계선에 차를 댈 때까지 키이스는 나를 발견하지 못했다. 때문에 내가 차에서 내려 잔디밭을 가로질러 다가갔을 때 키이스는 미처 담배를 감출 시간이 없었다.

"담배를 피우는지 몰랐구나." 내가 다가가며 말했다.

키이스는 빙그르르 몸을 돌렸고 분명 놀란 듯했다. 아들의 눈길이 먼저 나를 향했다가 긴장한 듯 땅을 향해 꽂혔다. 마치 곧 날아올 저격수의 총탄을 두려워하는 사람처럼.

나는 키이스의 셔츠 주머니에서 살짝 비어져 나온 말보로 담뱃갑을 보며 고개를 끄덕였다. "언제부터 피우기 시작한 거냐?"

키이스는 반항하듯 담배를 길게 한 모금 빨아들였다. 아들의 몸이 퉁명스럽고 건들거리는 10대 특유의 자세를 취했다. "맨날 피우는 건 아니에요."

"그럼 지금은, 무슨 일로 피우는 건데?"

키이스가 어깨를 으쓱했다. "좀 초조해서요."

키이스는 손가락 사이에 있던 담배를 떨어뜨리고, 입고 있던 파카의 깃을 잡아 세웠다. 그 순간 아들은 먼 옛날로 되돌아간 듯 보였다. 이유 없는 반항을 외치던 1950년대 10대들의 퉁명스런 기운이 느껴졌다.

"에이미 일, 그 일 때문에 모두가 초조해 한단다."

"네, 그래요." 키이스는 땅에 떨어진 담배를 신발 끝으로 비벼 가루로 만들더니 셔츠 주머니의 담뱃갑을 잡아채듯 꺼냈고, 손에 든 담뱃갑을 툭툭 쳐서 담배 한 개비를 꺼내 불을 붙였다.
"좀 초조한 건 괜찮아." 내가 말했다.
키이스가 성냥갑을 든 손을 저으며 웃음을 터뜨렸다. "아, 그래요?"
"나라도 초조할 거야."
"그치만 달라요, 아빠." 키이스가 담배를 길게 한 모금 빨아들인 다음 연기를 뿜어냈다. 담배 연기는 내 얼굴을 아슬아슬하게 비켜갔다. "아빠는 그 애의 그 빌어먹을 집에 없었잖아요."
그전까지 키이스는 내 앞에서 상소리를 쓴 적이 없었다. 하지만 지금은 이 문제로 아들을 혼내기에는 적절하지 않은 시간 같았다. 지금 이 정도는 극도로 사소한 문제라는 생각이 들었다. 나는 키이스에게 지금 필요한 것은 절대로 혼나는 일이 아니라고 판단했다.
"널 데리고 집으로 가야 해."
내 말이 키이스를 더 불안하게 만든 것 같았다. 내게 담배 피우는 걸 발각당한 것보다 더.
"잠깐 여기서 더 어슬렁거리다 가고 싶은데요."
"아니, 나하고 지금 가야 해. 너하고 얘기하길 원하는 경찰관들이 집에서 기다리고 있단 말이야."
키이스의 얼굴이 굳어졌고 얼음처럼 차가운 공포의 빛이 눈에 어렸다. "경찰은 내가 그 짓을 한 걸로 생각하는 거죠?"
"무슨 일 말이냐?"
"아시잖아요. 뭐가 됐든 에이미에게 일어난 일 말이에요."
"에이미에게 무슨 일이 생겼다는 증거는 아무것도 없어."

"그래요, 하지만 무슨 일이 벌어졌겠죠. 누군가 무슨 일인가 저질렀어요. 그렇지 않음 에이미가 실종됐겠어요?"

"얘야, 아빠는 네가 경찰들에게 말할 때 아주 주의하길 바란다. 먼저 생각한 다음에 대답해라. 그리고 거짓말은 절대 하지 말고."

"내가 왜 거짓말을 해요?"

"그냥 하지 마라. 네게 하고 싶은 말은 그것뿐이다. 그건 위험신호거든."

키이스는 담배를 떨어뜨린 뒤 기묘할 정도로 잔인해 보이는 동작으로 짓이겼다. 화가 나서 방어할 힘이 없는 작은 짐승의 생명을 마구 짓밟는 광경 같았다. "나는 에이미를 해치지 않았어요."

"아빠도 안다."

"내가 나쁜 놈일지는 모르겠지만 에이미 지오다노를 해치진 않았단 말이에요."

"너는 나쁜 애가 아냐, 키이스. 담배 좀 피운다고 나쁜 놈인 건 아니라고."

키이스에게서 건조하고 냉소적인 웃음이 터져 나왔다. 그게 정확히 무슨 뜻인지는 알 길이 없었다. "맞아요, 아빠."

키이스가 한 말은 그게 전부였다.

내가 키이스를 데리고 집에 돌아갔을 때, 메러디스는 크라우스와 피크에게 커피와 쿠키를 대접하고 있었다. 하지만 경찰들이 진짜 환영받고 있다고 느낄 만한 태도로 메러디스가 두 사람을 대했다고는 상상할 수 없었다.

"이 애가 키이스입니다." 아들을 거실로 안내하며 두 사람에게 말했다.

형사들이 일어나서 웃으며 키이스의 손을 잡고 흔들었다. 그러고 나서 두 사람은 녹색 소파에 앉았고, 키이스는 맞은편의 흔들의자에 앉았다.

"꼭 여기 계실 필요는 없습니다." 피크가 메러디스에게 말했고, 곧이어 나를 쳐다봤다. "당신도 마찬가지입니다, 무어 씨. 이건 그냥 우호적인 잡담 정도예요."

피크는 미소를 지었다. "좀 더 심각한 경우라면 우리는 키이스에게 권리를 읽어주었을 겁니다." 그는 키이스에게 눈길을 주었고, 미소 짓는 입이 더욱 크게 벌어졌다. "텔레비전에 나오는 것처럼 말이다, 알지?"

키이스가 살짝 고개를 끄덕였다.

"나는 내 아들과 함께 있겠습니다." 내가 말했다.

메러디스는 집 뒤쪽 작은 사무실에서 바쁜 일을 처리하는 걸 선택했다. 그래서 키이스에게 질문이 시작될 때는 거실에 세 명의 성인 남자와 한 명의 10대만 남게 되었다.

그리고 거의 순식간에, 상황은 끝이 났다. 내가 빈스 지오다노에게 이미 전했던 내용, 즉 키이스는 에이미 혼자 남겨두고 그 집을 비웠던 적이 없고, 자정이 좀 안 된 시각에 이 집에 돌아왔다는 사실 등이 좀 더 구체화된 것 말고는 새로울 게 없었다. 그나마 새로운 사실은 키이스가 에이미의 집에서 마을로 걸어 들어갔고, 그 마을의 뒷길을 따라 야구장에 들러 관람석에 잠시 혼자 앉아 있다가 집으로 돌아왔다는 것뿐이었다. 키이스가 늦은 밤에 야구장에 머문 일은 누구에게도 얘기한 적이 없었다. 키이스는 10시 직전에 집에 전화했다고 말했다. 내가 그 전화를 받았는데, 키이스는 평소보다 조금 늦은 시각까지 밖에 있고 싶다고 했었다. 나는 키이스에게 차로 데리러 가주길 원하는지 물었고, 키이스는 그럴 필요 없다고 내게 확실히 말했다. 그 시점에서 우리 부자는 키이스가 자정 전에 집에 돌아와야 한다는 데 동의했었다. 그리고 키이스는 자정 전에 집에 돌아왔다고 크라우스와 피크에게 말했다. 키이스의 말에 따르면 집에 돌아온 정확한 시각은 11시 53분이었다. 정확한 시각을 아는 이유는 키이스가 자기 방에 들어가기 전에 현관 안쪽에 걸려 있는 괘종시계를 봤기 때문이었다.

키이스의 대답을 듣다 보니 긴장이 풀렸다. 키이스의 말 중에 나를 놀라게 할 것은 없었고, 내가 이해하는 그날 밤 그 애의 움직임과 행동에 모순되는 것 또한 전혀 없었다.

"그러니까 너는 잠시 야구장을 어슬렁거린 후에 곧바로 집으로 왔다는 거지?" 크라우스가 말했다.

"네."

"지오다노 씨 집을 다시 지나쳤니?"

"아뇨."

"곧장 집으로 왔구나. 모노폴리(주사위를 굴려 보드 위의 말을 이동시켜 돈을 버는 게임—옮긴이)처럼." 피크가 말했다.

키이스가 킬킬거리며 웃었지만, 진짜 즐거워서라기보다 피크의 말을 조롱하는 것 같았다.

그래서 나는 피크의 태도가 곧바로 딱딱해지는 것을 보고도 놀라지 않았다. 피크가 물었다. "이렇게 집에 왔지?"

"걸어서 왔어요."

피크의 눈빛은 아주 고요했다. "걸었다고?"

"네." 키이스가 대답했다.

"차가 없니?" 크라우스가 물었다.

"차도 없고, 운전도 할 수 없어요. 열다섯 살이거든요."

"교육용 임시면허는 있겠지." 피크가 물었다.

"네."

"에이미네 집에는 어떻게 갔지?"

"삼촌이 태워줬어요."

크라우스는 재킷 주머니에서 수첩을 꺼냈다. "삼촌 성함이 어떻게 되지?"

키이스는 대답을 해야 하는지 묻는 것처럼 나를 바라봤다.

"워렌입니다, 워렌 무어." 내가 말했다.

"어디 삽니까?" 크라우스가 물었다.

"배로우 스트리트 1473번지요."

"학교 근처네, 초등학교." 피크가 혼잣말을 했다.

크라우스는 뭔가를 수첩에 끄적거리더니 키이스에게 눈을 돌렸다. "그러니까 네 삼촌이 에이미 집까지 차를 태워줬다. 그러고 나서 지오다노 부부가 집으로 돌아온 다음에 너는 시내로 걸어간 거네. 내가 제대로 이해한 거니?"

"네."

"그 후에 너는 야구장에 갔고, 그 다음에는 집으로 걸어왔다?"
"네."
"마을 중심에서부터 쭉?"
키이스가 고개를 끄덕거렸다.
"차를 얻어 타진 않았고?" 크라우스가 물었다.
키이스는 고개를 저었다. "아뇨, 그러지 않았어요."
"집으로 전화하면 아빠 차를 탈 수도 있었잖아, 안 그러니?"
"물론 그렇죠."
"왜 그러지 않았지?" 피크가 물었다.
"그냥요. 걷는 게 싫지 않아요." 키이스가 대답했다.
"그렇게 늦은 시간에도?" 크라우스가 물었다.
"네." 키이스는 머리를 뒤로 젖히고 손가락으로 헝클어진 머리카락을 잡아당겼다. "나는 밤이 좋아요."

6

나는 밤이 좋아요.

단순한 말 한마디가 얼마나 불길하게 들릴 수 있는지 기이하기 짝이 없었고, 그 말 한마디에 문득 이런 질문들이 생겨난다는 것도 이상한 일이다.

정말 모를 일이었다. 어쩌다가 내 아들은 밤을 좋아하게 된 것일까? 키이스는 밤이 주는 모종의 평화 같은 것을 좋아하는 걸까? 혹은 학교나 집에서 보낸 지겹기만 한 또 하루가 끝났다는 의미로 밤을 좋아하는 걸까? 아니면 밤이 다른 사람의 시선을 막아주기 때문에? 밤의 어둠에 휩싸인 채 푸른색 파카에 달린 모자 아래 숨어 남의 눈에 띄지 않게 살금살금 돌아다닐 수 있어서 밤을 좋아하는 걸까? 고독을 추구하는 수도승, 몸을 숨길 곳을 찾는 스토커와 같은 이유로 밤을 좋아하는 것은 아닐까?

사실 이유는 중요하지 않았다. 중요한 건 내 아들이 형사들과의 대면을 무사히 끝냈다는 것, 그래서 문제가 여기서 끝날 수도 있다는 희망이었다. 형사들과 함께 차를 향해 걸어가는 동안 내 가슴은 희망으로 충만했다.

크라우스는 차에 올라 운전석에 자리를 잡았지만, 피크는 차에 타지 않고 뒷문 밖에서 머뭇거렸다. 짙은 녹색 정장을 입고 비스듬히 비치는 밝은 햇빛 속에 서 있는 피크는 무성한 관목처럼 보였다.

"무어 씨." 피크가 말했다. "아드님과의 경험은 어땠습니까?"

"경험이요?"

"두 사람의 교류, 그런 뜻이죠. 날마다 하는 교류."

"무슨 말인지, 저는 아직 확실히……."

"아드님이 정직했나요?" 피크가 물었다.

갑자기 들쑥날쑥한 덤불을 가로지르던 두 줄기 빛이 생각났고, 방금 전에 키이스가 어젯밤 차를 타고 돌아오지 않았다고 말한 것이 기억났다. 그 말은 사실이었을까? 이제 그것이 궁금해졌다. 모순되는 이미지와 뒤이어 일어나는 의심에도 불구하고 나는 대답했다. "내가 아는 한, 키이스는 늘 진실을 이야기했어요."

피크가 나를 찬찬히 주시했다. "어떤 일에나 그랬습니까?"

"글쎄요, 몇 년 동안 키이스가 몇 가지 사소한 거짓말을 한 것은 맞지만, 아직 어린애일 뿐이에요. 좀 폐쇄적이긴 하지만……." 피크의 눈에 떠오른 기색 때문에 내 말이 잠시 끊겼다. 나는 서둘러 말을 이었다. "그렇지만 정상이죠. 다른 10대 애들과 마찬가지로. 그게 전부입니다."

"그래요, 물론 그렇죠." 피크가 말했다.

피크는 내 말에 더할 나위 없이 만족하는 것처럼 보였다. 하지만 나는 그의 내심은 아니라는 걸 알 수 있었다. "자, 그럼 이만. 감사했고요. 더 필요한 일이 있으면 전화 드리겠습니다."

이내 피크는 뒷좌석에 앉았고, 차가 떠났다.

집에 돌아가 보니 메러디스가 형사들이 사용한 컵을 닦고 있었다. 메러디스는 이상스러울 정도로 허둥거렸고, 거의 폭력적인 수준으로 과격했다. 흡사 남이 덮어씌운 유죄라는 얼룩을 지우려고 애쓰는 사람 같았다.

"생각한 것보다 일이 쉬웠어." 나는 메러디스에게 말했다.

"그 사람들은 다시 돌아올 거예요."

나는 그녀의 확신하는 듯한 어조에 놀랐다. "어떻게 장담할 수 있지?"

내게 등을 돌리고 싱크대를 보고 있던 메러디스가 내 쪽으로 몸을 돌렸다. "왜냐하면 일어날 일은 언제든 일어나니까요, 에릭." 그녀의 눈에 불꽃이 일었다. 지금 메러디스는 에이미 지오다노가 사라진 일에 키이스가 관련되었으리란 것 이상을 말하고 있다는 느낌이 들었다.

"그게 무슨 말이지?"

"일이 망가지는 시점은," 메러디스의 말투는 마른하늘에 날벼락처럼 어처구니없는 사고로 죽은 사람을 애통해 하는 사람처럼 분노와 슬픔이 어우러져 알아듣기 어려웠다. "모든 것이 더할 나위 없이 완벽할 때예요."

"아무것도 망가지지 않아." 나는 부드럽게 위로했다. 한편으로는 우리가 지금껏 함께한 삶이 메러디스에게 그토록 완벽하게 느껴졌다는 사실이 기뻤다. "여보, 우리는 에이미에게 무슨 일이 일어났는지도 아직 모르잖아."

그녀의 눈길이 먼 곳을 향했고, 창밖의 숲에 잠깐 머물렀다가 나무에 걸린 먹이통에 내려앉은 작은 새 두 마리에게로 향했다. "그냥 끔찍스럽게 가라앉는 기분을 느낄 뿐이에요." 그녀가 부드러운 목소리로 말했다.

메러디스에게 다가가 내 품으로 끌어당겼다. 아내의 몸은 뻣뻣하고 잘 부러지는 한 묶음의 나뭇가지 같았다. "아무것도 가라앉지 않아." 그녀를 안심시켜주고 싶었다.

메러디스는 고개를 흔들었다. "나는 두렵기만 해요. 그게 다예요. 전부 다 폭발해버릴 것 같아 두려워요."

메러디스는 내 품을 벗어나 계단 쪽으로 걸어갔다. 따라갈까 하다가 그만두었다. 따라가서 좋을 일이 없을 것 같았다. 스트레스를 받으면 메러디스는 혼자 있고 싶어 했다. 아주 잠시라도.

고독에는 그녀를 진정시키는 뭔가가 있는 듯했다. 그래서 나는 메러디스를 혼자 있게 놔두고 마당으로 나갔다. 빅돌 그릴 옆에 앉아서 키이스가 형사들에게 한 거짓말로 인해 내 마음속에서 커져가고 있는 의심을, 경찰은 물론 키이스에게까지 말하지 않기로 충동적으로 결정한 이유를 생각해보려 애썼다. 그때까지도 내가 왜 그렇게 행동했는지 확신할 수 없었다. 다만 나는 키이스를 혐의에 더 깊이 끌어들이거나, 그 애를 닦달하는 일 없이 이 문제를 해결할 방법을 찾을 수 없었다. 내가 취할 수 있는 행동은 에이미가 안전하고 건강한 상태로 나타나길 기다리며 모든 일을 한껏 뒤로 미루는 것뿐이었다. 키이스와 내가 충돌할 필요가 전혀 없게 되기를 희망하면서.

당시에 나는 그 희망은 정당화될 수 없는 환상이고, 그리 오래 버틸 수 있는 문제도 아니라는 점을 알았어야 했다. 그때 이후로 나는 인생의 절반이 부정(否定)이며, 우리가 사랑하는 것들에서조차 우리를 지탱해주는 것은 우리에게 보이는 것이 아니라, 우리가 못 본 체하기로 결정한 것임을 알게 되었다.

워렌 형의 차가 천천히 진입로를 돌아 집의 정면까지 절반쯤 다가왔을 때, 나는 여전히 같은 장소에 앉아 있었다.

형은 차에서 내려 곧바로 나를 향해 걸어왔는데, 그 어느 때보다 결연한 걸음걸이가 잔뜩 약이 오른 황소처럼 어색하게 느껴졌다.

"방금 그 소식을 라디오에서 들었어." 내 앞까지 온 워렌이 숨 가쁜 어조로 말했다. "수색 팀을 조직한다는군. 자원봉사자들로. 마을 사람 전부가 수색 준비를 하고 있어." 얼굴이 벌겋게 상기되고 약간 부은 듯 보이는 모양새가 술을 마신 것 같았다.

"너는 괜찮냐?" 형이 물었다.

"그냥 에이미가 나타나기를 바라고 있어." 내가 말했다. "에이미가 나타나지 않으면……"

"그런 생각은 하지도 마." 워렌이 내뱉듯이 말했다.

형의 이런 식의 조언은 별로 놀랍지 않은 것이었다. 워렌은 정확히 자신이 하는 충고처럼 살면서 인생을 낭비했다. 나는 형이 아버지의 파산을 어떻게 기억에서 지워버렸는지 기억했다. 우리 가족이 가난한 처지로 몰락한 후에도 워렌은 그런 일이 전혀 일어나지 않은 것처럼 행동했다. 집에 돈 한 푼 없는 상황은 염두에도 없는 듯 내게 대학에 입학하려던 계획을 그대로 밀고 가라고 성화였다. 몇 년 후, 워렌은 지금은 형편없는 양로원에 있는 아버지에게 조경 사업을 하자고 제안했다. 내가 충분한 종잣돈을 어떻게 마련할 거냐고 묻자, 이렇게 대답했다. "글쎄, 너도 알겠지만 아빠가 움직이시기만 하면, 뭐."

그때 우리 아버지는 옛날도 아주 옛날에, 가지고 있던 모든 것, 우리에게 줄 수도 있었던 모든 것을 잃은 상태였다. 워렌은 제니의 병에 대해서도 마찬가지로 반응했다. 그냥 그 상황을 직시하기를 거부했던 것이다. 제니의 뇌 속에 있는 종양이 커져가면서 신체와 정신의 능력을 하나하나 차례로 잃어가며, 끊임없이 쇠약해져 죽어가고 있던 몇 달 동안에도 워렌은 제니가 해볼 가망도 없는 얘기들을 하고 또 해댔다.

형은 '제니가 남자친구를 사귀게 되면'이라든가, '제니가 고등학교에 들어갈 때면' 같은 얘기를 했다. 오직 한 번 제니가 세상을 떠나던 날 오후, 제니가 말도 할 수 없는 무력한 상태(하지만 어떻게는 자신의 의사를 전하기 위해 미친 듯이 애쓸 때)에서 워렌은 제니의 상황에 공감해 실제로 고통을 느끼는 것처럼 보였다. 그때의 광경은 아직도 눈앞에서 보는 듯 생생하다. 제니는 이미 말을 잃은 상태였지만, 마지막 말을 하겠다는 원초적 의지 하나만으로 꿈틀거리고 헉헉거렸다. 그때 워렌은 어쩔 줄 모르고 문 앞에 멍하니 서 있었다. 나는 고개를 숙여 제니의 입 가까이 귀를 대봤지만 아무것도 들리지 않고 횟횟한 숨만 느껴질 뿐이었다. 곧 그런 몸짓도 사위고 혼수 상태에 빠진 제니는 깨어나지 못했다.

지금 워렌은 나와 함께 다시 시련의 시간을 맞이했고, 또 한 번 형은 문제의 본질을 거부하고, 그 문제가 얼마나 중대한 것일 수 있는지 받아들이기를 거부하고 있는 중이었다.

"나는 그냥 일이 잘 풀릴 거라고 말하고 싶은 거야, 에릭."

형과 논쟁해봤자 소용없는 일이라서 간단하게 말했다. "경찰이 벌써 왔다 갔다. 키이스가 그들에게 말했지. 에이미의 집을 떠난 적이 없고, 나중에 혼자 집으로 걸어왔다고."

워렌은 그릴 맞은편의 야외용 의자에 털썩 주저앉더니 손을 모아 배 위에 올려놓았다. "경찰은 키이스와 면담을 해야만 했을 거야. 하지만 키이스가 뭔가 나쁜 짓을 했을 거라고 생각하진 않을걸."

그 말에는 형의 특별한 적응 방식, 다시 말해 아무 생각 없는 낙관주의가 담겨 있었다. 워렌은 자신을 곤란하게 만들지 않을 정보만을 받아들여 생존할 길을 찾아내곤 했다. 고등학교 시절 워렌은 행복한 뚱보를 연기했고, 성인이 된 다음에는 유쾌한 술꾼 역할이 딱 어울렸다. 이제 형은 가족 대소사에 조언을 아끼지 않는, 분별 있는 집안 어른의 역할을 연기하고 있었고, 그 역할이 형을 기쁘게 했음이 틀림없었다. 적어도 내가 입을 열기 전까지는 말이다. "경찰이 형하고도 면담할 것 같던데."

워렌은 미소 지었지만 긴장한 빛을 감추지는 못했다. "나하고? 왜 걔네들이 나와 면담한대? 난 아무 관련이 없는데."

"당연히 관련이 있지."

형의 웃음기는 사라졌다. "어떻게?"

"형이 키이스를 에이미네 집까지 차로 데려다줬잖아." 내가 설명했다.

"그래서?"

"난 그냥 형이 그 사실을 알고 있으라고 말해주는 거야." 나는 말을 이었다. "형사들이 형네 주소를 알려달라고 했어. 아마 형사들은 모든 사람과 만나서 얘기할 거야. 에이미가 사라지기 전에 에이미를 만났던 사람이면 누구라도 말이지."

워렌은 아무 대꾸도 하지 않았지만 머릿속은 바쁘게 돌아가고 있는 게 분명했다.

"형은 어떤 식으로든 에이미와 접촉한 적 없어?" 지나가는 말투로 물었다.

"그걸 접촉했다고 해야 하나? 아닌 것 같은데……."

"에이미를 봤어?"

워렌의 표정이 점점 더 심하게 굳어졌다. "내가 키이스를 에이미네 앞에 내려줄 때 에이미는 마당에서 놀고 있었지. 에이미는 내 차로 다가왔어."

나는 앞으로 고개를 숙였다. "잘 들어, 형. 이건 심각한 일이야. 그러니까 키이스에게 한 말을 형한테도 해주고 싶어. 경찰이 형한테 와서 질문하면 대답하기 전에 한 번 더 생각해. 그리고 사실만을 말하라고."

워렌은 중요한 강의를 듣는 아이처럼 고분고분한 자세로 조용히 고개를 끄덕였다.

"에이미한테 말을 걸었어?" 내가 물었다.

워렌은 고개를 저었다.

"짧은 인사도 안 했어?"

"모르겠어."

"생각해봐, 형."

워렌이 어깨를 움츠렸다. "뭔가 비슷한 걸 한 것 같기도 하고, 네가 말하는 것처럼 말이지. 알겠지만 짧은 인사 같은 거."

"다른 건 없고?"

"없어."

"정말이지?"

"응." 워렌이 대답했다.

이제 워렌이 걱정하고 있다는 게 느껴졌다. 하지만 동시에 나는 그 걱정이 그리 오래가지 않을 거라는 사실도 알고 있었다. 워렌의 순간적인 조바심은 말 그대로 한순간뿐이었다. 나는 그렇게 생각했다. 하지만 놀랍게도 내 형의 얼굴에 드러난 곤란스런 표정은 금방 걷히지 않았다.

"형사들이 나를 의심하는 것 같냐?"

"그 사람들이 왜 형을 의심하겠어?"

형은 어깨를 으쓱했다. "나야 모르지." 그러고는 힘없이 덧붙였다. "그냥 그럴 거 같아."

나는 고개를 흔들었다. "형사들이 형을 의심할 이유는 없어."

하지만 고통스러운 표정은 여전히 워렌의 얼굴에서 지워지지 않았다. 형의 표정을 보니 메러디스와 키이스의 얼굴에 떠올랐던 표정이 생각났다. 마치 골칫거리가 그물처럼 우리 가족을 덮쳐서 모두의 얼굴을 회색으로 찌들게 만든 것 같았다.

"누구에게나 잠깐씩 걱정거리가 있지." 그렇게 말하며 워렌의 어깨에 손을 올려 형제애를 담아 꽉 눌렀다. "하지만 빈스와 카렌이 겪을 수밖에 없는 고통에 비하면 별게 아냐. 실종된 딸, 형은 상상할 수 있겠어?"

워렌이 고개를 끄덕이고는 나직이 말했다. "그래, 그렇게 사랑스러운 여자애가 실종됐단 말이지."

7

환상이 있다. 정상적인 하루는 정상적인 다음 날을 예고하고, 날마다 우리 삶의 수레바퀴가 완전히 새롭게 회전하지는 않는다는 환상. 우리의 삶이 행운의 여신의 변덕에 따라 좌우되는 것은 아니라는 생각 말이다. 그러나 지금 내가 문제의 그날 아침, 전화벨이 울리기 전까지의 그 화창한 아침을 회상할 때면, 내 자신이 거의 전부가 환상으로 이뤄진 세상에 살고 있는 것이 아닌가 하는 생각이 든다. 전화벨이 울리고 빈스 지오다노의 목소리를 들었던 그때, 운명의 수레바퀴가 갑자기 회전을 멈췄다. 빨간 공은 내가 평생 모은 전 재산과 가치 있는 것들을 건 번호, 예전에는 늘 무사하게 도착했던 그 번호를 비켜서 빠르게 구르더니 바퀴 주위에 새로운 원호를 그리고는 완전히 다른 구멍으로 떨어졌다. 그리고 나는 이전까지 바퀴가 돌 때마다 이겼던 도박사처럼, 멍하니 최종 회전의 냉엄한 결과를 응시했다. 그러면서 마음속으로 바퀴를 뒤로 돌려 운명의 구멍으로부터 공을 빼내고, 흡사 순수한 의지의 힘에 의해 그전에 그렇게 여러 번 떨어졌던 곳에 다시 떨어지게 만들 수 있을 것처럼 빼낸 공을 뒤로 돌려 구르게 했다. 에이미 지오다노가 사라진 날 오후까지도 나는 뭔가 변화되었다는 사실을 받아들일 수 없었다.

그래서 나는 가게로 되돌아갔을 때, 아무 걱정거리가 없는 사람처럼 정상적인 체하려고 애썼다.

하지만 닐은 더 잘 알고 있었다. 닐은 들키지 않으려 했겠지만, 자주 나를 몰래 힐끔거렸다. 닐은 내가 뭔가 이상한 증상을 드러내지 않을까 궁금해 하는 것 같았다. 이를테면, 손을 가볍게 떤다거나 허공을 응시하는 것 같은 독특한 징후 말이다.

"뭐 안 좋은 일이라도 있으세요, 사장님?" 마침내 닐이 입을 뗐다.

그때까지 지역 라디오는 몇 시간째 에이미의 실종에 관한 뉴스를 방송하고 있었다. 에이미의 집 주변을 수색하고 나서 더 먼 지역까지 수색이 확대되었으며, 특히 에이미의 집이 있는 구역을 둘러싼 숲을 샅샅이 뒤지고 있었다. 큰 얘깃거리였다. 그러니 에이미가 사라진 밤에 키이스가 그 애를 돌봤다는 사실을 지역 주민 전부가 알게 되는 건 시간문제일 따름이었다.

"에이미 지오다노에 관련된 일이야." 내가 말했다. "어젯밤 키이스가 에이미네 있었어. 집을 지키며 에이미를 돌봐줬지. 오늘 아침 경찰이 키이스와 얘길 했어."

닐이 자신을 표현하는 방법으로 애용하던 태도, 쾌활한 가운데 스스로를 조롱하는 듯한 태도가 떨어져 나갔다. "키이스는 절대로 무슨 잘못을 저지를 아이가 아니에요. 얼마나 책임감이 강한데요."

키이스가 닐의 말처럼 괜찮은 애는 아니란 사실을 나는 알고 있었다. 키이스는 매일 오후 학교가 파하면 곧바로 가게로 오기로 돼 있었지만, 보통 한 시간씩 늦었다. 그것도 대개는 억울해 죽겠다는 표정을 짓고 말이다. 곧바로 집으로 가는 것만이 소원인 듯했고, 집에 도착해서는 휭하니 2층에 있는 자기 방으로 사라지곤 했다. 배달거리가 있으면 배달을 가긴 했지만, 늘 볼이 부어서 마지못해 하는 티를 냈다. 키이스는 학교 공부나 제 몫의 집안일을 하는 데도 책임감이 없었다. 떨어진 잎을 긁어모으라고 시키면 나뭇잎을 더 흩뜨려놓지 않는 정도가 고작이었다. 쓰레기를 버리라고 하면 늘 쓰레기 일부를 쓰레기통 밖에 흘려놓았다. 키이스가 하는 모든 일에는 뭔가 좀 산만하고 건성건성인 구석이 있었다. 그리고 최초로 키이스의 심각한 산만함이 기이하고 불길한 성격을 띠었을 때, 아들의 외부에 대한 부주의와 질서에 대한 무신경을 보고 놀란 나는, 겉으로 드러나는 키이스의 산만함이 내면의 훨씬 심각한 혼란을 보여주는 증표가 아닌가 걱정했었다.

닐이 내 팔을 잡으며 말했다. "키이스에 대해선 걱정하실 필요 없어요. 좋은 아이잖아요."

내 고통을 누그러뜨리기 위해 뭐라도 말해야만 할 때의 전형적인 닐의 말투였다. 내가 떠올릴 수 있는 유일한 반응은, "그래, 키이스는 그렇지."라고 사실이 아닐 수도 있는 말로 빠르게 대꾸하는 것뿐이었다.

닐은 나를 향해 따뜻한 미소를 보이고 자기 일로 돌아갔다. 그렇지만 전화벨이 울릴 때마다 닐이 긴장되고 걱정스러운 눈길로 내 쪽을 쳐다보는 것을 느낄 수 있었다.

그날 오후 2시까지 걸려온 전화들은 모두가 일상적인 내용이었다.

그 몇 시간 동안 나는 굉장한 지혜가 필요하지 않은 선택과 결정의 세계에서, 평범하고 쉽게 맞춰줄 수 있는 요구, 지키기 어렵지 않은 약속의 달콤함을 느꼈다.

1시 54분, 전화가 울렸다.

피크 형사였다. "무어 씨, 이걸 알려드려야 할 것 같아서……."

"에이미를 찾았군요." 불쑥 내뱉었다.

"뭐라고요?"

"에이미를 찾은 거죠?" 내가 반복했다.

"아니요, 그랬으면 좋겠지만. 내가 전화한 이유는 우리가 키이스를 다시 면담할 필요가 생기면 키이스를 데려올 수 있다는 보장을 받아 둘 필요가 있어서입니다."

"물론이죠, 그렇게 하겠습니다."

"이건 공식 요구입니다, 무어 씨." 피크가 말을 이었다. "키이스는 지금 당신 양육권 아래 있으니까요."

양육권. 그 단어가 갑작스럽게 무거운 책임감으로 나를 눌렀다.

"키이스는 아무 데도 가지 않을 겁니다."

"좋아요, 협조에 감사드립니다."

피크는 전화를 끊었지만 한동안 수화기를 귀에서 떼지 못했다. 수화기를 통해 또 하나의 목소리가 들리고, 그 목소리는 에이미가 발견되었고, 무사히 살아 있으며, 그 애는 그저 집을 나와 돌아다니다가 배수관 속에 기어 들어가 잠이 들었던 것뿐이라고 말해주기를 희망하면서.

"사장님?"

닐이었다. 닐은 필름 상자들이 쌓여 있는 카운터 뒤쪽에서 나를 바라보고 있었다.

"경찰이야. 그 사람들은 키이스가 아무 데도 가지 않기를 바란다는군."

닐은 입술을 뗐지만 말을 하지는 않았다.

나는 전화를 내려놓았다. "닐, 아무래도 집에 가봐야 할 것 같네."

"그러셔야죠. 문단속은 제가 할게요. 혹시 사장님이……."

"고맙네."

내 차로 걸어가서 차에 올랐다. 하지만 시동을 걸진 않았다. 거의 꼼짝 않고 운전대 뒤에 앉아서, 인도 위를 걷는 사람들을 유심히 바라보았다. 혼자인 사람도 있고, 함께 걷고 있는 쌍도 몇 있고, 아이와 걷고 있는 가족들도 있었다. 그들은 완벽하게 태평스런 분위기를 풍기면서 작은 가게들 앞을 지나쳐 갔다. 그들은 마치 바다에서 수영하는 사람들, 음침한 지느러미가 수면을 가르고 나타나는 바람에 해변을 향해 허우적거리면서 도망치게 될 때까지는 아무 방해도 받지 않고 근심 걱정 없는 순간에 탐닉하는 사람들 같았다.

집으로 출발하기 전에 휴대폰을 꺼내 아내에게 전화를 걸었다.

"피크가 전화했어. 우리가 키이스를 감시해야 한다더군."

메러디스는 내 목소리를 듣고 내 기분이 불안정하다는 사실을 감지했을 터였다. "경찰이 키이스를 의심한다는 말이네요."

"그렇게 결론을 내려도 될지는 모르겠어."

"제발, 에릭." 메러디스의 목소리에선 희미하게 격앙된 기운이 느꺼졌다. "당신도 언제까지나 현실을 외면하고 살 수는 없어요. 우린 사실을 직시해야만 해요."

"난 사실을 똑바로 보고 있어. 그건 그냥……."

"당신, 지금 어디예요?" 메러디스가 말을 잘랐다.

"막 가게에서 떠나려는 참이야."

"잘됐군요. 우리 얘기 좀 해요."

집에 도착하자 메러디스는 거실에서 기다리고 있었다.

"라디오에선 온통 그 얘기뿐이에요. 이 형편없는 동네에선 큰 얘깃거리죠."

메러디스가 우리가 사는 웨슬리를 이렇게 증오 어리게 지칭하는 일은 처음 있었다. 그녀는 웨슬리의 작은 규모라는 덫에 치였다고 느끼는 것 같았고, 올가미에 걸려 숨 막히는 것처럼 보였다. 메러디스는 이미 오랫동안 이런 기분을 느끼고 있었던 건 아닐까? 궁금했다. 메러디스는 때때로 밤에 잠이 깨서, 가족용 차를 몰고 웨슬리를 벗어나 한 번도 입 밖에 낸 적 없는 어딘가 밝은 지평선을 향해 떠나고 싶었던 것은 아닐까? 영화를 보면 사람들은 누구나 은밀한 꿈을 갖고 있지만(일부는 실제로도 그런 꿈을 갖고 있으리라), 나는 메러디스가 그런 꿈으로 괴로워하리라고 생각한 적은 없었다. 이제 나는 메러디스가 좌절된 환상, 노란 벽돌 길과 공주의 궁전, 그리고 그녀가 결코 올라가볼 기회가 없었던 언덕의 왕이 되는 것을 꿈꾸는 환상을 가슴에 품고 있는 것은 아닌지 의심스러웠다.

메러디스는 소파 쪽으로 걸어가서는 흡사 그녀 아래 있는 세상을 으깨버리려고 하는 것처럼 과격한 몸짓으로 털썩 주저앉았다. "라디오에선 빈스와 카렌이 어제 저녁 외출했다는 것만 언급하고, 집에 베이비시터가 있었다는 사실은 말하지 않고 있어요." 그녀는 머리를 흔들었다. "하지만 곧 그 얘길 하게 될 거예요. 집에 베이비시터가 있었어야만 한다고요. 에이미는 여덟 살이었잖아요." 아내가 건조한 목소리로 덧붙였다.

"이었다?" 나는 음울한 어조로 반문했다.

"무슨 뜻인지 알잖아요." 메러디스는 결연한 표정으로 나를 쳐다보며 말을 이었다. "레오를 불러야 할 것 같아요."

내가 왜 그 의견에 저항했는지 모르겠다. 하지만 내 마음 한 구석에서는, 단지 내가 다음 단계로 진행하기를 거부하면 다른 누구도 다음 단계로 가지 않으리라는 어리석은 희망을 갖고 심각한 결과를 저지하겠다는 결심을 하고 있었던 것 같다.

"아직은 아냐."

"왜죠?" 메러디스가 따지듯 물었다.

"그렇게 하면 키이스가 죄가 있다고 인정하는 꼴처럼 보일 거야. 당신도 사람들이 어떤 식으로 말하는지 텔레비전에서 봤잖아. '그렇고 그래서 변호사를 고용했다.'는 식으로 뉴스에서 말해. 그러면 사람들은 생각하지. '좋아, 그 애는 자기가 저지른 짓을 알고 있으니까 자신을 방어하려고 하는군.'"

메러디스가 자리에서 일어나 뒤쪽 창가로 걸어가더니 창밖의 숲에 눈길을 주었다. "당신이 옳길 바라요, 에릭."

나는 잠시 아내에게 진정할 시간을 주었다. "우리가 지오다노에게 전화해야 할까?"

메러디스는 어깨를 으쓱했을 뿐 대꾸가 없었다.

"내 생각엔 그러는 게 좋을 것 같아. 우리가 걱정하고 있다는 걸 보여주자는 거지."

나는 주방으로 걸어가 전화기를 들고 지오다노의 번호를 눌렀다.

낯선 목소리가 전화를 받았지만 누군지 알 수 있었다. 크라우스 형사였다. 나는 누군지 밝히고, 에이미가 무사히 집으로 돌아오기를 바란다는 마음을 표현하고 싶으며, 에이미를 찾기 위해서 나나 우리 가족의 도움이 필요하면 언제든 도움을 제공하겠노라고 말했다. 그러고는 빈스와 통화하고 싶다고 하자, 크라우스는 빈스를 불러오겠다고 답했다. 크라우스가 전화기를 내려놓는 소리와 그가 방을 가로질러 가는 발소리가 들렸다. 곧이어 누군가 얘기하는 소리가 들렸지만 낮고 멀어서 제대로 들리지 않았다. 이윽고 발소리가 돌아왔다.

"지오다노 씨는 통화를 원치 않는답니다. 약간…… 좀…… 심란한 상태라서요." 크라우스의 전언이었다.

"그렇겠죠."

"키이스는 근처에 있죠?"

"그럼요."

"키이스에게 물어볼 게 있습니다."

나는 크라우스에게 키이스가 뭐든 최선을 다해서 기꺼이 협조할 거라고 말하고는 전화기를 내려놓았다. 메러디스가 걱정스러운 표정으로 나를 바라보고 있었다.

"당신이 옳았어." 메러디스에게 말했다. "레오에게 전화해야 할 것 같아."

레오는 곧바로 오겠다고 했다. 나는 키이스에게 현재 상황을 알려주기 위해 2층으로 올라갔다.

키이스의 방문은 잠겨 있었다. 키이스가 방문을 잠그는 버릇은 열세 살 때부터 시작되었는데, 나는 이런 버릇이 비정상적이라고 생각하지 않았다. 10대들은 다 그런 식으로 부모를 밀어냈다. 여태까지 나는 그것이 10대들이 독립을 주장하는 방식이고, 성장하고 부모와 멀어지는 일종의 통과의례라고 생각했다. 하지만 지금은 내 아들이 잠긴 문 뒤에서 컴퓨터 앞에 홀로 앉아 그렇게 많은 시간을 보냈던 이유가 뭔가를 감추기 위해서가 아닐까 하는 의심이 들었다. 궁금했다. 방 안에서 키이스는 무엇을 하는 걸까? 이렇게 혼자 있을 때 무슨 생각을 하는 걸까?

방문을 두드리며 아들의 이름을 불렀다. "키이스."

묘하게 허둥지둥하는 소리가 들렸다. 불시에 당하는 일이라서 문을 열기 전에 방을 치우는 것 같았다. 컴퓨터를 끄고, 서랍을 닫고, 아마 옷장 속이나 침대 밑에 황급히 뭔가를 감췄을지도 모른다.

다시 문을 두드렸다. 이번에는 좀 더 급하게. "키이스?"

잠금장치가 풀리는 소리가 나고 평소와 마찬가지로 문이 열렸다. 5센티미터쯤. 그리고 문틈으로 푸른 눈 하나가 보였다.

"변호사를 불렀단다."

푸른 눈은 아무 반응이 없었다.

"레오 브록 씨야. 몇 분 안에 이리로 올 거다."

흐르지 않는 물이 고인 작은 연못처럼 생기 없는 푸른 눈이 나를 쏘아보았다.

"그분이 여기 오기 전에 네게 말해줘야 할 것 같아서."

키스는 아무 감정이 담기지 않은 목소리로 물었다. "무슨 일인데요?"

나는 천천히 깜빡이는 눈을 보면서 키스가 뭔가를 한 게 아닌지, 뭔가를 흡입한 게 아닌지, 지금 역시 내게 뭔가 숨기는 게 있는지 궁금했다.

"문 열어."

문은 꼼짝도 하지 않았다.

"우리가 뭘 얘기할 필요가 있는데요?" 키스가 물었다.

"키스, 문을 열어." 나는 고집했다.

키스는 잠시 머뭇거리더니 문을 당겨 열었다. 하지만 나를 방 안으로 들이는 대신 자기가 복도로 나오고는 급히 문을 닫아버렸다.

"좋아요, 얘기하세요."

나는 키스를 자세히 들여다보았다. "너 지금 괜찮니?"

키스기 부드럽게, 기의 조소하는 깃저림 웃더니 말했나. "그럼요, 아주 좋아요."

"내 말은 그러니까…… 얘기할 수 있겠어?"

키스가 우스꽝스럽게 어깨를 으쓱하더니 입을 크게 벌리고 씩 웃었다. 차가운 웃음이었다. 고통스러워 하는 광대가 지을 법한. "뭘 원하세요, 아빠?"

"나는 네가 사실을 말해주길 바란다, 키스. 브록 씨가 여기 왔을 때 말이다. 그분이 네게 뭘 묻든 사실을 말하도록 해."

"경찰에게 말할 때처럼 말이죠."

"그래, 내가 하라고 했던 것처럼 말이다."

키이스가 어깨를 으쓱했다. "그러죠…… 그래서요?"

"사실을 말해." 이번에는 단호하게 말했다.

"사실이요, 좋아요." 키이스의 눈살이 살짝 찌푸려졌다. "뭐 다른 게 있어요?"

"사소한 것까지 모두." 내가 말했다. "네가 에이미 집에 있을 때 무엇을 했는지. 그 후에 어디로 갔었는지. 어떻게 집으로 왔는지. 사실을 말해야 해, 키이스."

"그래요, 좋아요." 키이스가 손을 저었다. 성가시게 구는 모기나 파리를 쫓아내는 것처럼. "이제 돌아가도 돼요?"

내가 좋다고 하자, 키이스는 살그머니 문 뒤로 미끄러져 들어갔다. 잠금장치 걸리는 소리가 들렸고, 다시 키이스는 스스로를 봉쇄했다.

아래층에선 메러디스가 주방 테이블에 앉아 커피를 마시고 있었다. 그녀의 긴 손가락이 블라우스 맨 위에 달린 단추를 만지작거렸다. 긴장한 듯했다.

"키이스가 뭐래요?" 메러디스가 물었다.

"아무 말도 없어."

메러디스가 컵을 들어 커피를 한 모금 마셨다. "전형적이군요."

"무슨 뜻이지?"

"에이미가 실종됐다고 얘기해줬을 때도 똑같은 식으로 행동했잖아요. 사실상 반응이 없었죠. 어깨만 한 번 으쓱했을 뿐. 아무것도 아닌 양 말이죠."

"키이스는 어떻게 반응해야 할지 몰랐을 거야."

메러디스는 내 말을 받아들이지 않았다. "모르겠어요, 에릭. 동정이나 충격…… 아무튼 뭐라도 좀 표현하는 게 있어야 마땅한 것 아니에요?" 그녀는 커피를 또 한 모금 마셨다. "키이스는 한마디 질문도 하지 않았어요. 당신, 그거 알아요?"
"두려웠던 거야."
메러디스가 급히 숨을 들이키며 말했다. "두렵기는 나도 마찬가지예요."
그녀의 두려움이 분명하게 보였고, 그렇게 처음으로 가시화된 두려움 속에서 나는 그보다 훨씬 공포스러운 무엇인가의 기미를 느꼈다.
"당신 괜찮아?"
"내가 어떻게 괜찮을 수 있겠어요, 에릭?" 메러디스가 반문했다. 아내의 목소리에는 비꼬는 투가 역력했다. 메러디스는 화가 난 표정으로 커피를 들이켰다. 싫지만 어쩔 수 없어 체념하는 듯한 표정. 그 체념이 키이스나 나, 혹은 그녀 자신, 아니면 그녀의 인생, 이 형편없는 작은 동네까지 와서 정착하게 된 그녀의 인생 역정 전체, 어느 것에 관련된 것인지는 모르겠지만 메러디스의 얼굴에 떠오른 것은 분명 암울한 체념의 빛이었다.
나는 그녀에게 대답할 말이 없었다. 그래서 나는 우리가 온통 암흑에 싸여 다가오는 벼랑을 느낄 때, 벌어진 일이 우리가 어찌해 볼 수 있는 한계를 넘었을 때 종종 하던 행동을 했다.
나는 무작정 손을 뻗어 메러디스의 손을 잡았다.

8

 레오는 자기 사무실보다 우리 집에서 키이스를 만나고 싶어 했다. 그는 이유를 메러디스에게 이렇게 설명했다. "애들은 자기 홈그라운드에서 덜 불안해 하거든."
 우리가 레오와 알고 지낸 지는 거의 15년이 됐다. 가게를 구입할 시점이 다가왔을 때, 나는 지역 전화번호부에서 레오의 이름을 찾아냈고 그는 전혀 힘들지 않다는 듯 능숙한 솜씨로 계약 절차를 마무리했다. 그 이후로 레오는 우리 집의 개인적인 일이나 사업에 관련된 모든 일을 맡아 했다. 좀 더 최근에는 내 온 가족의 친구가 되었다. 레오의 부인 페그는 3년 전에 죽었고, 그때부터 메러디스는 자기가 일하는 전문대학의 교수 몇 명과 짝을 지어주려고 시도했다. 그러나 레오는 그 여자들 중 누구에게도 전화 한 번 하지 않았고, 결국 메러디스에게 그냥 다시 결혼하고 싶지 않다는 뜻을 밝혔다. 예순두 살 먹은 홀아비 레오는 자유롭게 하고 싶은 것을 했고, 기분 내키는 대로 일을 쉬기도 했다.
 레오는 정확히 3시 15분에 도착했다. 그는 늘 입는 상의에 넥타이를 하고 반짝반짝 광이 나게 닦은 구두를 신고 있었다.

"안녕, 에릭." 내가 문을 열어주자 그가 인사했다.

나는 레오를 거실로 안내했다. 거실 소파 한끝에 메러디스가 앉아 있었다. 그녀는 긴 다리를 새침하게 꼬고 손을 무릎에 올려놓았다. 레오는 단박에 그녀의 뻣뻣한 자세가 뜻하는 바를 알아차렸다.

"이 일이 매우 곤란하다는 걸 압니다." 레오가 소파에 앉으며 메러디스에게 말했다. "하지만 나를 믿어요. 키이스가 하나라도 걱정할 만한 일을 했다고 생각하기엔 아직 너무 이릅니다."

그는 방 안을 둘러보았다. "본론으로 들어갑시다, 키이스는 어디 있습니까?"

"자기 방에 있습니다. 우선 우리에게 얘기할 것이 있을 듯한데, 아닌가요?" 내가 말했다.

레오는 고개를 저었다. "아니, 내가 정말로 얘기할 필요가 있는 사람은 키이스야."

키이스를 아래층으로 불러오라는 명백한 지시였다.

"내가 데려올게요." 메러디스가 자리에서 일어나 2층으로 향했다.

메러디스가 자리를 뜨자 내가 말했다. "이건 정말로 이상한 일입니다. 키이스가 이런 일에 연루된다는 게 말이죠."

"걱정되는 게 당연하지. 그렇지만 십중팔구 아주 신속하게 모든 혐의가 벗겨질 거야." 레오가 말을 받았다.

"전에도 이런 종류의 사건을 맡은 적이 있습니까?"

레오가 가볍게 뒤로 몸을 젖혔다. "어떤 종류를 말하는 건가?"

"어린애가 피의자가 되는 사건 말입니다."

"키이스가 무슨 일로 혐의를 받고 있나?"

"정확히 그런 건 아니지만……"

"아니지만 뭐 말이지?"

"키이스는 에이미를 마지막으로 본 사람이었잖습니까?"

레오가 고개를 저었다. "아니지, 에이미를 마지막으로 본 사람은 그 애를 데려간 놈이야." 레오는 의미심장한 눈빛으로 나를 바라보았다. "그 차이를 늘 염두에 둬야 해, 에릭."

나는 고분고분 고개를 끄덕였다.

메러디스가 뒤에 키이스를 달고 돌아왔다. 키이스는 긴장한 듯했고, 이미 재판을 받아 유죄평결을 받고 판사의 선고를 기다리고 있는 사람 같았다.

"여, 키이스." 레오가 밝은 목소리로 키이스를 맞았다. 레오는 귀환하는 병사를 맞는 애국자처럼 의기양양한 태도로 손을 내밀었다. "나름 잘 견디고 있는 것 같구나."

레오가 나를 힐끗 보더니 키이스에게 윙크를 보냈다. "네 늙은 아빠와는 다른데, 응?"

키이스가 미소 지었다. 하지만 그 미소에는 내가 전에 보았던 것과 마찬가지로 즐거운 기색이 하나도 없었고 오히려 뿌루퉁해 보였다. 흡사 컴퓨터 게임을 하러 돌아가기 전까지 겪을 수밖에 없는 모든 일이 심히 불편하기만 하다는 투였다.

"앉아라." 레오는 소파에 등을 깊숙이 기대며 자세를 낮췄다.

키이스는 좁은 커피 테이블 건너편 의자에 앉아서 나를 바라보다가 레오 쪽으로 눈길을 돌렸다. 키이스의 눈에서 내가 볼 수 있었던 것은 그저 앞으로 몇 분을 견디겠다는 흐릿한 투지 같은 것뿐이었다. 어떻게든 버텨내고 한시바삐 자신의 방이라는 어두운 동굴로 슬그머니 돌아가고만 싶은 듯했다.

"경찰이 집에 들렀다고 들었다." 레오가 말을 꺼냈다. 레오의 가벼운 어조는 친근한 사이끼리 수다를 떠는 것에 가까웠다. 마치 키이스에게 좋아하는 영화가 뭔지 묻는 것 같았다. "형사들이 오래 있었니?"

키이스는 고개를 저었다.

"좋아, 그치들과 어울리는 건 별로 재미가 없지, 안 그래?"

키이스는 고개를 끄덕였다.

레오가 한 손을 소파 뒤쪽으로 훌쩍 넘기면서 다른 손으로는 상의 단추를 푸는, 정말이지 자연스럽고 편안한 모습을 연출하며 말했다. "그 사람들이 뭘 알고 싶어 하더냐?"

"에이미에 관한 거요." 키이스가 어깨를 움츠리며 성의 없이 대답했다.

레오의 다음 질문은 가벼운 하품에 실려 나왔다. "그 사람들에게 무슨 말을 했니?"

"8시 반쯤에 에이미를 재웠다고 했죠."

"그게 네가 에이미를 마지막으로 본 시간이냐?"

"네."

"언제 에이미 집에서 떠났지?"

"에이미 부모님이 집에 돌아왔을 때요."

"그때가 몇 시쯤이었지?"

"10시쯤이었어요."

레오는 약하게 끙 하는 소리를 내며 앞으로 몸을 숙이더니 느긋하게 자기 발목을 주물렀다. "그 다음엔 뭘 했지?"

그 후로 몇 분 동안, 나는 내 아들이 경찰에게 했던 진술과 똑같은 얘기를 주의해서 들었다. 다시 말해, 키이스는 마을로 들어가서 길거리를 어슬렁거리다가 야구장에 머물렀고, 그 다음엔 집으로 걸어왔다. 키이스가 얘기하는 동안, 나는 아들이 사실을 말한다고 믿고 싶어졌다. 어젯밤 길가 쪽에 자동차가 서는 소리를 진짜로 들은 게 아니고, 덤불을 훑고 지나간 불빛도 보지 못한 게 아닌가 하는 생각도 들었다. 나는 다른 부모들이 그들의 자녀가 끔찍한 짓을 저질렀을지도 모른다는 소름 끼치는 가능성을 부정할 방법을 찾는 모습을 본 적이 있었다. 예전에는 부모들이 자식의 결백에 대해 맹목적인 믿음을 표현하는 것을 보고 놀랐었다. 하지만 갑자기 레오가 몸을 돌려, "키이스가 집에 돌아왔을 때 자넨 깨어 있었는가?"라고 내게 물었을 때, 나 역시 그들과 다를 게 없는 부모라는 사실을 깨달았다. 의심의 냉혹한 물결을 되돌리기 위해서는 무슨 말, 무슨 짓이라도 할 용의가 있는 부모 말이다.

"네, 깨어 있었습니다." 내가 대답했다.

"그래서 키이스가 집에 왔을 때 키이스를 봤다는 거지?"

"그럼요."

"언제 키이스를 봤나?"

"키이스가 진입로를 걸어 내려오는 소리를 들었어요."

다행히 다음 질문('키이스는 혼자였나?')은 제기되지 않았고, 나는 그 질문에 답하기 위해 애쓸 필요가 없었다.

레오는 내게 호의가 담긴 미소를 지어 보였다. "좋아." 그는 단어의 철자를 제대로 대답한 학생을 칭찬하듯 말했다.

레오가 키이스에게 눈길을 주었다. "너를 위해 조사를 계속해야겠다." 레오는 몸을 숙여 내 아들의 무릎을 톡톡 두드렸다. "아무것도 걱정할 필요 없단다."

레오는 몸을 일으키다가 멈추고는 소파에 등을 기대고 앉았다. 그러고는 키이스의 눈을 들여다보며 말했다. "하나만 더. 혹시 취수탑 근처에 간 적 있니?"

내 아들의 눈 속에 어두운 빛이 떠올랐다.

"취수탑이요?" 키이스가 물었다.

"마을 취수탑 말이다. 어디 있는지는 알지? 마을 바깥 1.6킬로미터쯤에 있지."

"어디 있는지는 알아요." 키이스가 조심스럽게 말했다. 마치 그런 곳을 알고 있다는 사실에 죄책감이라도 느끼는 것처럼.

"그 길을 지나서 온 적 있니?"

키이스가 고개를 저으며 말했다. "아뇨."

레오는 더 이상 말하지 않고 자리에서 일어섰다. "자, 일이 진행되는 대로 모든 상황을 네게 알려주마." 그가 돌아서서 문 쪽으로 걸어갔다. "그럼, 좋은 하루 되길 바란다."

메러디스가 종종걸음으로 앞쪽으로 나섰다. "차까지 같이 가세요, 레오."

몇 초 후, 나는 거실에 혼자 남았다. 키이스는 위층으로 올라갔고,

메러디스와 레오는 폼 나는 검은 벤츠를 향해 천천히 보도를 따라 내려가고 있었다.

잠시 소파에 앉아 있었다. 하지만 곧 불안이 나를 사로잡아 자리에서 일어나 앞쪽의 창으로 걸어갔다. 메러디스와 레오가 차 뒤에 서 있었는데, 레오는 메러디스의 말에 귀 기울이며 그다운 처세로 고개를 끄덕이고 있었다. 메러디스는 에이미의 실종 이후 처음으로 어느 때보다 활기차 보였고, 보이지 않는 나비를 잡으려는 것처럼 손을 펄럭거렸다. 그때 레오가 무슨 말인가를 하자, 메러디스의 손이 불안스런 비행을 멈춘 채 잠시 얼어붙었다가 결국은 무거운 추가 떨어지듯 그녀 쪽으로 떨어져 내렸다.

레오는 천천히 신중한 태도로 말하고 있었고, 메러디스는 그의 이야기에 귀를 기울이고 있었다. 메러디스의 눈길은 몹시 강렬하게 레오에게 고정되어 있었는데, 그녀의 눈길이 느닷없이 집 쪽, 그것도 내가 서 있는 창으로 향했다. 나는 황급히 물러나 몸을 숨겼다. 생각지도 못하게 훔쳐보는 짓을 들킨 사람처럼.

메러디스가 돌아왔을 때 나는 소파에 돌아와 있었다.

"일이 어떻게 되어갈 것 같아?" 내가 물었다.

그녀가 내 옆에 앉았다. 이제는 한결 차분해졌고 전보다 훨씬 화가 누그러진 듯했다. "우리는 이 일을 어떻게든 헤쳐 나가야 해요. 그렇죠, 에릭?"

"뭐라고?"

"무슨 일이 생기더라도, 우리는 이겨내야 해요."

"당연히 그래야지, 우리가 그러지 못할 이유가 뭐가 있어?"

메러디스는 무슨 대답을 해야 할지 잠시 어쩔 줄 몰라 하는 것 같더니 마침내 말했다. "긴장과 스트레스 때문이에요. 그게 때로 가정을 파탄내기도 하죠."

"아니면 뭉치기도 하잖아, 인디언의 공격에 대항하는 역마차처럼 말이지."

"역마차처럼…… 그렇죠."

메러디스의 미소는 유령처럼 희미했다.

얼마 후, 나는 가게로 돌아왔다. 레오 브록의 말대로 걱정할 일이 없기를 바라면서.

"별 문제 없죠?" 닐이 물었다.

"글쎄, 우린 변호사를 고용했어."

닐은 내 말을 곧이곧대로 받아들여 뭔가 알 수 없는 방식으로 일이 좀 더 심각해졌다고 생각하는 모양이었다.

"제가 할 수 있는 일이 있으면 뭐든지……."

나는 늘 닐이 좀 엉뚱한 사람이라고 생각했다. 그가 광대 같은 게이이고 여성성이 강해서가 아니라, 지나치게 감성적이고 눈물을 짜내는 영화에 쉽게 감동받기 때문이었다. 하지만 이제는 닐의 지나치게 감성적인 면이 오히려 다정하고 순수하게 느껴졌고, 그의 내면에 깊숙이 자리한 동정심에 감동받고 말았다. 그리고 닐의 순수한 감정에 자극받은 나는, 곤란이란 렌즈를 조절하는 것과 마찬가지로 단지 모든 것에 좀 더 예민하게 초점을 맞추게 만드는 변화가 아닌가 하는 생각을 했다. 마음 써주는 사람이 누구이고 배려할 줄 모르는 사람은 누구인지, 순수하게 친절한 사람은 누구이고 친절을 가장하고 있을 뿐인 사람은 누구인지, 초점이 맞으면 홀연히 보이기 시작한다.

"저는 그냥 좋은 사람들에게 나쁜 일이 일어나서는 안 된다고 생각해요. 사장님이나 사모님, 지오다노 부부 같은 사람들 말이에요. 그리고 에이미 같은 애에게도 말이죠."

"자네 말이 맞아."

"그리고 키이스에게도요." 닐이 덧붙였다.

키이스.

뭔가 걸리는 느낌이 들었다. 나의 내면 깊숙한 곳의 흐름, 늘 열려 있고 자유롭게 내 아들에게로 흐르던 그 흐름이 갑자기 폭이 좁아진 것처럼 느껴졌다.

"그래, 키이스도 그렇지."

닐이 내 눈 속에서 뭔가를 읽었다. "저는요, 그냥 키이스에게 누군가 얘기할 상대가 생기길 원해요." 닐은 천천히 자리를 벗어나, 카메라 상자 포장을 푸는 일에 집중하기 시작했다.

나는 액자가 진열되어 있는 카운터 뒤를 지나 작업하던 곳으로 향했다. 전날 오후에 몇 개의 주문이 들어와 있었다. 닐은 주문을 종이에 정리해서 각 사진마다 정확한 크기와 필요한 액자 크기를 적어놓았다. 보통 그렇듯 골든 레트리버가 성큼성큼 해변을 걷고 있는 사진 하나를 빼고 다 가족사진이었다. 그중 하나는 가족들이 작은 오두막 계단에 모여 있었다. 뒤쪽에 선 아빠는 웃통을 벗어 햇볕에 그을린 상체를 드러냈는데, 아내의 어깨에 두 팔을 올리고 있었고 두 아이는 계단에 앉아 있었다. 또 다른 사진에는 그들보다 훨씬 대가족이 캠핑

장 주위에 네 활개를 펴고 누워 있었는데, 드리워진 나뭇가지 사이로 떨어지는 햇살이 땅에 얼룩무늬를 만들고 있었다. 가족들 중 몇몇은 수영복을 입었고, 10대로 보이는 딸은 밝은 갈색의 곱슬머리를 늘어뜨린 채 수건으로 머리칼의 물기를 말리고 있었다.

나는 쪽지들을 읽고, 지정된 액자틀을 갖고 와서 주문에 맞춰 유리를 잘랐고 완성된 액자는 내 뒷벽에 기대놓았다. 액자 만드는 작업을 끝내고는 카운터를 걸레로 닦았고, 청소 후에 카운터 뒤의 작은 등받이 없는 알루미늄 의자에 앉았다.

아무 말도 없이 얼마나 오랜 시간을 앉아 있었는지 모르겠다. 손님이 다가와 나를 구해주길 기다리고 있다 보니, 현상기 모서리 바로 아래에 밀어 넣어진 사진 끝부분의 광택이 눈에 띄었다. 그 사진은 심하게 구겨져 있었다. 사진을 카운터에 올려놓고 접힌 주름을 펴보니 에이미 지오다노를 찍은 것이었다. 주문할 때마다 우리가 제공하는 '공짜 두 장' 사진 중의 하나로, 며칠 전 닐이 부주의하게 바닥에 흘린 모양이었다.

사진 속의 에이미는 반짝이는 푸른색 수영장 옆에 혼자 서 있었다. 붉은 바탕에 하얀색 물방울무늬가 박힌 원피스 수영복을 입은 에이미 옆에는 표면에 물방울이 매달린 아주 커다란 비치볼이 있었다. 사진에 생긴 잔주름들이 에이미의 몸을 잔인하고 들쭉날쭉한 대각선으로 잘게 저미고 있었다. 덕분에 에이미의 오른팔은 절단된 것처럼 보였고, 왼쪽 다리 역시 종아리에서 잘라진 것처럼 보였다. 실수에 의해 생긴 절단일 뿐, 에이미의 운명을 암시하는 것은 아니었다. 그런데도 느닷없이 나는 에이미가 살해됐으리라는 예감에 사로잡혔고, 그런 예감이 들자마자 생각지도 못하게 에이미의 방으로 향하는 상상 속의 복도 끝에 키이스가 서 있는 모습이 보였다. 두 주먹을 꽉 틀어쥔 키이스는 내면에서 소용돌이치는 충동과 싸우면서 필사적으로 자신을 억제하려는 모습이었다. 하지만 그 충동은 너무나 격렬해 등 뒤에서 키이스를 떠미는 것처럼 느껴졌고, 머릿속에서는 광기에 들떠 고함을 지르는 충동의 목소리가 들렸다. 충동의 힘은 점점 흉포해져 갔고, 결국 키이스는 그 힘에 질려 항복하고 말았다. 키이스는 침침한 복도 맨 끝의 닫혀 있는 문에 눈을 고정한 채 깊은 숨을 들이켰고, 그 문 쪽으로 움직이기 시작했다.

"에릭?"

나는 눈을 깜빡이며 목소리 쪽으로 급히 눈길을 주었다. 뿔이 달리고 빨간 눈을 가진 인간의 모습을 한 악마를 보게 되리라고 절반쯤 기대했다. 하지만 그곳에 서 있는 것은 펠프스 부인이었다. 미세하게 떨리는 손에 두 통의 필름을 들고 있었다. "화요일까지 됐으면 좋겠어요." 그렇게 말하며 카운터 위로 8×10크기의 손녀 사진을 내 앞에 내려놓았다. "사랑스럽지 않나요?"

나는 황급히 에이미의 사진을 주머니에 넣고 다른 소녀의 모습에 집중했다. "네, 사랑스러운 아이네요."

평소와 같은 시각에 가게를 닫고 집으로 향했다. 내가 주방에 들어갔을 때 메러디스는 막 전화를 끊는 중이었다.

"메이스 박사 전화였어요. 다음 주말에 칵테일파티를 한대요. 우리를 초대했는데 파티에 갈래요? 가야 할 것 같은데."

"왜?"

"그래야 우리가…… 정상으로 보이죠."

"우리는 정상이야, 메러디스."

"내 말이 무슨 뜻인지 알잖아요."

"그래, 좋아. 당신 말이 맞아. 우리가 숨기는 게 있다고 사람들이 의심하게 놔둘 수는 없지."

메러디스가 고개를 끄덕였다. "특히 지금이 더 그래요."

"지금이라고? 무슨 말이지?"

"레오가 키이스에게 취수탑에 간 적이 있는지 물었던 이유를 지금은 알아요."

"무슨 소리를 하는 거야?"

"거기서 에이미의 잠옷이 발견됐대요." 메러디스는 기묘한 표정으로 나를 바라보았다. "라디오 들었어요?"

나는 고개를 저었다. "아니, 나는 일을 피하는 게 낫다고 생각했어."

놀랍게도 메러디스는 이렇게 말했다. "그래요, 당신은 늘 피하려고 하죠. 키이스도 마찬가지고."

"무슨 말을 하는 거야?"

"당신은 일에 맞서 해결하는 사람이 아니에요, 에릭. 소극적이죠. 키이스도 그래요."

"그게 무슨 말이지, 정확히?"

"말 그대로예요. 당신은 일에 맞서질 않죠."

"예를 들면?"

"맙소사, 에릭. 어디서부터 시작할까요? 키이스의 성적 같은 것이

한 예죠. 그 애에게 잔소리하는 사람은 나 혼자뿐이었어요. 키이스가 집 주위를 꾸부정한 자세로 어슬렁거릴 때도 말이죠. 야단치는 것도, 쓰레기를 내다버리게 하는 것도, 낙엽을 쓸어 모으라고 시키는 것도 전부 내 일이었죠."

그건 사실이었다. 부정할 도리가 없었다.

"그렇다고 당신이, 키이스가 그런 심부름을 하는 게 옳지 않다고 생각하는 건 아니란 말이죠." 메러디스가 말을 이었다. "당신은 그저 키이스와 맞서고 싶지 않았던 거예요. 그러는 게 당신 방식이고요. 소극적이죠."

나는 어깨를 움츠렸다. "아마 그런 것 같군, 하지만 나는 그런 일로 목소리를 높이고 싶진 않았다고."

"정확히, 그게 내가 말한 요점이에요." 메러디스가 딱딱한 목소리로 말했다.

그녀의 어조는 지나치게 가혹하게 들렸다.

"그래, 내가 하는 게 낫다고 주장하는 일이 고작 키이스와 종일 말싸움이나 하는 거야? 당신과도 말다툼하고? 모든 일마다 엄청 중요한 것처럼 대판 소동을 벌이란 말이냐고?"

"하지만 중요한 일도 있죠." 메러디스가 쏘아붙였다. "당신 아들이 개판이 되느냐 아니냐. 그런 건 중요한 일이에요."

"개판?"

"네."

"키이스가 어떤 식으로 개판인데?"

메러디스가 절망한 표정으로 고개를 크게 저었다. "맙소사, 에릭.

정말 아무것도 못 봤단 말이에요?"

"10대 소년으로만 보이던데. 키이스의 뭐가 그렇게 엉망이란 말이야?"

"키이스는 친구 하나 없어요, 제발." 메러디스가 목소리를 높였다. "성적은 형편없죠. 뭘 할지 아무 생각도 없고. 무슨 일이든 그 애가 조금이라도 흥미를 보이는 것 봤어요? 눈곱만큼이라도 키이스가 야망을 갖고 있다는 눈치를 챈 적 있냐고요?"

메러디스는 묘하게 패배한 사람처럼 보였다. "키이스가 고등학교를 졸업하면 당신 가게에서 일하게 되겠죠. 그 애가 할 일은 그것뿐이니까. 지금 하는 것처럼 사진을 배달하러 다니겠죠, 자전거 대신 차로 다닐 거라는 것 빼고는 지금하고 똑같은 일이에요. 결국 키이스는 닐이 하던 일을 넘겨받을 테고, 그러다 당신이 죽고 나면 가게를 완전히 넘겨받게 되는 거죠."

메러디스는 자기 아들이 가게 될 인생 행로에 대한 실망을 굳이 감추려 하지 않았다. "그게 키이스의 인생이에요, 에릭. 작은 액자틀과 사진관."

"내 인생이 그랬던 것처럼?" 내가 물었다. "가난하고 불쌍한 놈의 삶이란 말이지."

메러디스는 자신이 너무 깊이 공격했다는 사실을 알아차린 듯했다. "내 말은 그런 뜻이 아니었어요. 당신은 아무것도 없었잖아요. 당신 아버지는 파산했고, 당신은 스스로의 힘으로 자수성가해야 했잖아요. 하지만 키이스는 온갖 이점을 갖고 있어요. 어떤 학교라도 갈 수 있고, 어떤 목표를 추구해도 된단 말이에요."

나는 손을 흔들고 몸을 돌렸다. 도저히 견디기 어려운 뭔가가 있었다. "산책 좀 하고 올게." 메러디스에게 짜증을 담아 말했다.

"산책이요?" 메러디스는 나를 이해할 수 없다는 표정으로 쳐다봤다. "지금 이 시간에 산책이라고요? 어디로 갈 건데요?"

나는 산책을 간 적이 없었지만, 이 자리에서 벗어나야 한다는 건 알았다. 어디로 갈 것인지는 문제가 아니었고, 오직 집을 나와 메러디스와 그녀에게서 악취처럼 풍겨오는 패배와 좌절의 느낌으로부터 멀어져야 했다.

나는 돌아서서 문 쪽으로 향했다. "숲으로 갈 거야." 할 수 있는 말은 그게 다였다.

로버트 프로스트(1874~1963. 미국의 시인. 쉬운 문체로 인간과 자연의 냉엄한 대립을 읊어 많은 사람들의 사랑을 받았다—옮긴이)의 유명한 시에서, 숲은 사랑스럽고 어둡고 깊다. 하지만 그날 저녁엔 해가 아직 숲 위에 있어 덤불의 구석구석이 잘 보였다.

집 뒤의 숲 속엔 오솔길도 없고, 검은 딸기나무를 통과할 방법도 없었다. 그래서 낮게 드리운 나뭇가지와 거기 매달린 덩굴들을 조심스럽게 옆으로 밀쳐내며 천천히 걸어갔다.

걷는 동안 마음속에 떠오른 것들이 기억난다. 에이미의 실종, 키이스에 대한 심문, 내 앞에 닥칠 두려운 문제들. 하지만 무엇보다 나는 그 마지막 외로운 산책에서, 그때 내가 알았던 있는 그대로의 사실을 걱정하지 않았고, 이성적으로 예측할 수 있는 문제들을 고민한 것도 아니었다. 나는 아무것도 모르고 있었고, 상상하려고 애써봐야 상상할 수도 없었던 더 어두운 물살에 대해서만 근심하고 있었다.

지금 여러 해가 지난 후, 비오는 가을 오후 작은 식당의 칸막이방 한구석에서 나는 내 무지의 긴 경로를 되짚어본다. 그때 몇 마디 말이 되돌아온다. 뉴스 시간 전까지는 집에 가 있을 거야. 그리고 내 몸은 치명적인 타격에 저항하듯 뻣뻣해지고, 다시 한 번 나는 오솔길조차 없는 숲 속에 있다. 어둠이 다가오고, 집으로 돌아갈 수 있는 길은 없다.

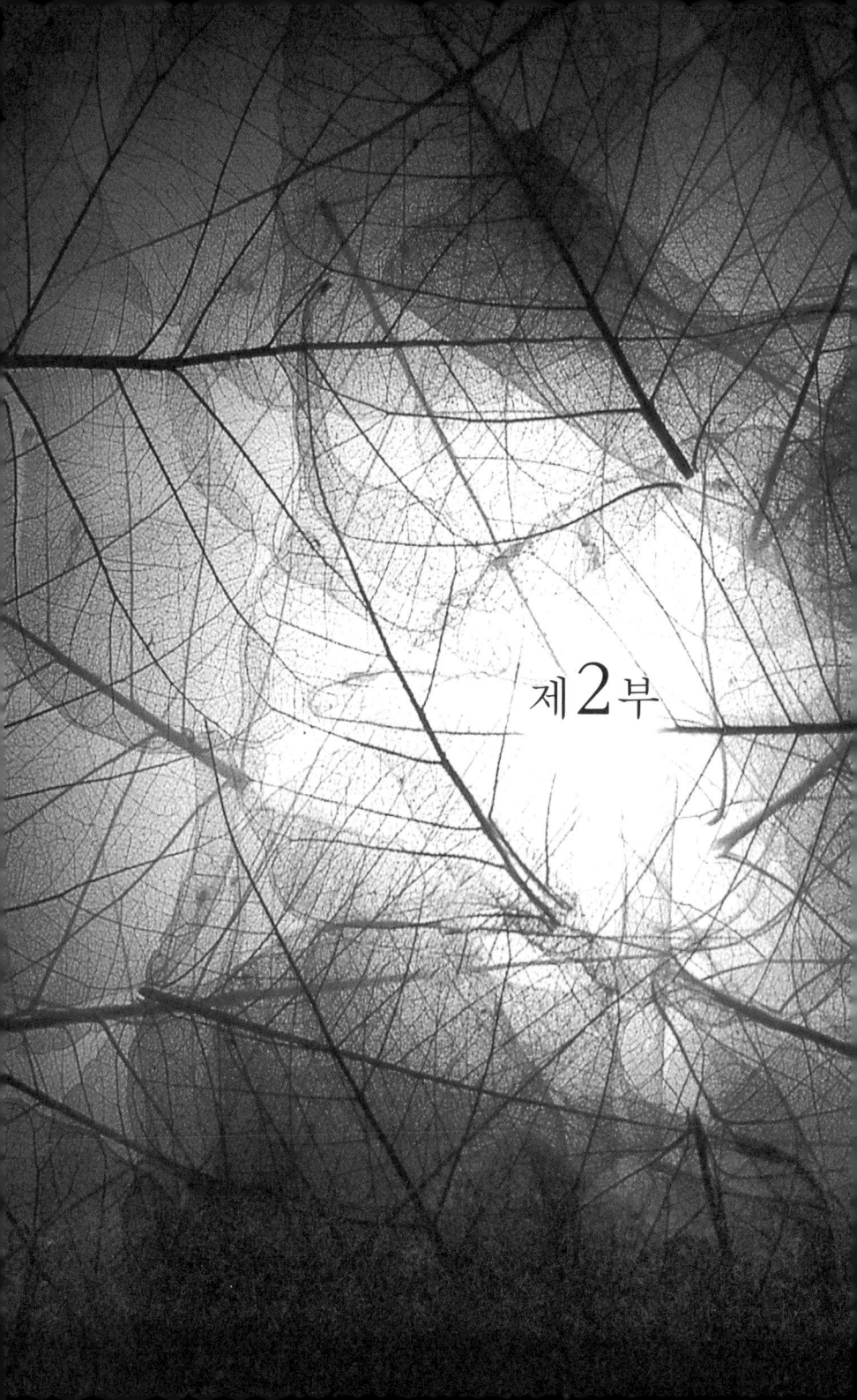

식당의 창 너머 길거리는 사람으로 혼잡하다. 대부분 어깨에 카메라를 메고 있는 가족들이다. 너는 수천 번 그 사람들을 위해 일했다. 그들은 가장 단순한 질문만 한다. 그들은 작은 필름 통을 꺼내고, 현상하려면 비용이 얼마나 들지 묻는다. 네가 알려준 가격에 만족하면 언제 사진이 나올지 묻는다. 너는 그 질문에도 대답하고, 그러면 대개 거래가 성립된다. 너는 현상기로 가서 필름 통을 열고, 필름을 꺼내 현상기 안에 넣고 기다린다. 기계 안에 있는 롤러가 돌아가고 화학약품이 분사된다. 모터가 윙 소리를 내며 돈다. 몇 분이 흐른다. 그리고 사진이 나온다. 사진은 반짝이고 빛나며 새 것이다. 사진들이 트레이 속으로 떨어진다. 밝게 물든 나뭇잎처럼.

몇 년이 흘러 오래된 고객이 떨어져 나가고 새로운 고객이 출현한다. 너는 새로운 고객들이 너를 알고 있는지, 네게 무슨 일이 일어났는지 기억하고 질문을 하면 어쩌나 생각한다. 그러다가 어느 일요일 아침 전화벨이 울리고, 너는 미래가 없는 과거는 시체일 뿐이라는 걸 깨닫는다. 그리고 오랜동안 네가 죽어 있었다는 걸 알아차린다. 너는 무덤 속에서 일어나고 싶고, 그 모든 어둠에서 뭔가 좋은 것을 비틀어 떼어내고 싶다. 그래서 너는 '좋아'라고 말하고 준비를 시작한다.

하지만 너는 무엇을 말하려는 것일까 자문한다. 그 모든 것에 다시 맞서게 된다면 너는 무슨 말을 할까? 너는 지혜롭게 끝내고 싶지만, 지혜가 없는 상태에서 시작해야만 한다. 그것이 시작되었을 때 너는 아무런 지혜도 없었으니까. 너는 작은 동네에서 깔끔하고 짧은 삶을 살았다. 그때부터 시작해 네가 배운 것, 점점 더 많이 배우게 된 것은 보물은 한 번에 동전 한 개씩 모아야 한다는 것이다. 그래서 너는 여정을 주의 깊게 도표로 그려야 하고, 진행 속도를 측정해야 하고, 네가 모았던 것을 제공해야 하고, 그리고 그 계획이 받아들여지기를 희망해야 한다.

하지만 먼저 너는 전체적으로 다시 한 번 생각해봐야 한다. 마지막 순간으로 돌아간 다음 그 사건에 선행한 날로 한 번 더 돌아가서, 어떻게 그 짧은 며칠 안에 모든 것이 산산이 흩어졌는지를 생각해야만 한다. 너는 결심한다. 그래, 그것이 판단하는 방식이다.

식당의 여종업원은 너를 의심하지 않는다. 그녀는 너와 비슷하게 행동하는 사람, 일요일 아침부터 구석의 칸막이방에 앉아서 한 잔의 커피만 시키고 아무 짓도 않는 사람을 이전에도 본 적이 있다.

그래서 너는 이곳에서 안전하다고 느낀다. 왜 그렇지 않겠는가? 너는 그들에게 생명을 되돌려줄 수도 없고, 과거의 손상을 복구할 수도 없다. 그러니 그것을 최대한 이용하기로 결정한다. 너는 웨슬리를 떠날 생각을 했었다. 하지만 그러지 않았다. 너는 머물 이유가 있다고 믿었고, 결국에는 그 이유를 찾아낼 거라고 믿었기에 웨슬리에 머물렀다. 하지만 몇 년이 지났고, 너는 이제 머물 이유 같은 것은 끝내 찾지 못할 거라고 믿기 시작했다. 그때 전화벨이 울리고 갑자기 그 이유가 명료해졌다. 다른 것은 안 될지 몰라도, 너는 몇 가지 것을 돌려줄 수 있고, 그것들을 너 자신의 묻혀버린 과거로부터 마른 뼈를 추려내듯 뽑아낼 수 있다는 것을 깨달았다.

그래서 너는 이곳에 왔고, 이 작은 식당에서, 네가 아는 몇 가지 어두운 사건으로부터 얼마 안 되는 선물이라도 제공할 수 있기를 희망한다.

9

 의심은 산(酸)이다. 그게 내가 아는 한 가지다. 산은 물건의 매끄럽게 반짝이는 표면을 먹어 치우고 지워지지 않는 흔적을 남긴다. 어느 늦은 밤 나는 재방송되는 영화 〈에이리언〉을 봤다. 한 장면에서 에이리언이 부식성이 강한 액체를 토하자, 그 액체는 순식간에 우주정거장의 한 층을 먹어 치웠고 차례로 다른 층까지 먹어 들어갔다. 내 생각에 그 액체는 의심과도 같았다. 의심은 아래로 내려갈 수밖에 없고, 오랜 신뢰와 헌신의 수준을 차례차례 부식시키며 더 낮은 수준으로 내려간다. 의심은 언제나 바닥을 향한다.
 그 사건이 내 가족을 변화시켰다는 것을 깨달았다. 메러디스는 점점 불안정하고 변덕스러워져 갔고, 키이스는 더욱 반항적이 되었다. 하지만 나는 에이미 지오다노의 실종이 다른 사람들, 외견상 중립으로 보이는 사람들에게 얼마나 영향을 미쳤는지는 알 수 없었다. 에이미는 그때까지 사흘간 실종 상태였다. 그리고 이제는 웨슬리에 사는 사람들 모두가, 에이미가 실종된 날 밤 키이스가 에이미의 베이비시터였다는 사실을 알게 되었다는 건 의심의 여지가 없었다. 그런데도 펠프스 부인의 반응에 나는 전혀 준비되지 않은 상태였다.

펠프스 부인은 70대 초반이었고, 사진관을 시작할 때부터 거래해 온 단골 고객이었다. 펠프스 부인의 머리 색깔은 흰색 아니면 푸른 기가 돌았는데, 어느 쪽 색깔인지는 펠프스 부인이 가는 미용실의 솜씨에 따라 달라졌다. 그리고 그녀의 이는 의치여서 부자연스럽게 가지런했고, 입 크기에 비해 지나치게 큰 편이었다. 펠프스 부인은 가게에 올 때 늘 우아한 옷을 입었고, 자주 실크 스카프를 둘렀으며, 아이섀도까지 꼼꼼히 바른 완벽한 화장을 했다.

펠프스 부인은 10시 좀 지나서 가게에 들어왔다. 닐은 프런트 카운터에 있었고, 그녀는 잠깐 멈춰 특유의 사근사근한 목소리로 닐과 몇 마디를 주고받았다. "닐은 정말 상냥해요." 언젠가 그녀가 말한 적이 있다. 하지만 그때 펠프스 부인에게는 거의 모두가 상냥하고 좋은 사람이었다. 예를 들어, 그녀의 정원사도 상냥하고, 집 청소를 돕는 에콰도르 여자도 좋은 사람이었다. 여름이 좋았지만 봄이나 가을도 마찬가지였다. 펠프스 부인이 겨울에 대해 말한 적은 없었시난, 내 생각에 겨울이 좋은 몇 가지 이유도 찾아낼 게 틀림없었다.

펠프스 부인은 지난 주말에 액자를 만들어 달라고 맡긴, 손녀를 찍은 대형 사진을 찾으러 온 것이었다. 나는 그녀가 문을 열고 들어오는 몇 분 동안 주문한 액자가 준비되지 않았다는 사실이 기억났다. 토요일 일을 마감하기 전에 펠프스 부인의 일을 시작했어야 했는데 말이다. 닐은 아주 정확하게 액자틀과 사진을 준비해 카운터 밑에 놓아두었지만, 나는 그 준비물들을 까맣게 잊고 카운터 밑에 그대로 남겨두었다.

"죄송합니다, 펠프스 부인." 나는 카운터로 가며 말했다. "아직 끝내지 못했네요. 오늘 오후까지 해드리겠습니다."

펠프스 부인은 미소 지으며 손을 흔들었다. "아이고, 걱정하지 말아요. 나중에 가지러 올게요."

"아닙니다. 준비를 못한 건 제 실수예요. 키이스한테 배달해드리라고 하겠습니다."

그때 나는 펠프스 부인의 눈에 언짢은 기색이 떠오르는 것을 보았다. 적잖이 경계심을 담은 눈빛이었다. 그 이유도 알 수 있었다. 펠프스 부인의 손녀, 내가 아직 액자를 만들지 않은 사진 속의 손녀가 펠프스 부인과 함께 있었던 것이다. 길게 늘어진 검은 머리의 여덟 살 정도 돼 보이는 예쁜 애였다. 나이도, 전반적인 생김새도 에이미 지오다노와 비슷한 구석이 있었다.

"오, 키이스에게 수고를 시킬 필요 없어요. 오늘 오후 늦게 내가 들를게요." 펠프스 부인이 말했다. 그녀의 목소리는 여전히 상냥하고 정감이 있었지만, 단호함도 실려 있었다. 자기 손녀 근처에 내 아들이 오는 것을 허락하지 않겠다는 확실한 거부 의사가 느껴졌다. 언젠가 읽었던, 후손을 보호하기 위해 자신의 육중한 몸으로 작살에 맞서는 엄마 고래 얘기가 생각났다. 펠프스 부인의 하는 양이 바로 그랬다. 내 아들의 어두운 힘으로부터 자신의 손녀를 지키려는 행동.

"그러는 게 좋으시다면 그렇게 하죠." 내가 침착하게 말했다.

"그래요, 고마워요." 펠프스 부인이 예의 바르게 말했다. 뒷걸음치는 그녀의 시선은 아무 물건이나 향하며 이리저리 요동쳤고, 얼굴에 미소는 남아 있었지만 생기 없고 얼어붙은 미소였다. 펠프스 부인은 방금 자신이 한 말에 당황했지만 뱉은 말을 되돌리고 싶지는 않은 눈치였다. 결국 그녀는 손녀의 안전을 중요하게 생각할 수밖에 없었던 것이다.

"그럼 4시쯤 오세요." 내가 말했다.

펠프스 부인이 고개를 끄덕이고 몸을 돌린 뒤 약간 서두르는 몸짓으로 문을 향해 걸어갔다. 펠프스 부인은 작별의 고갯짓도 없이 닐을 스쳐 지나갔고, 나는 그녀가 가게 문밖의 보도에 이를 때까지 거의 숨을 헐떡거릴 정도로 서두르는 태도를 느낄 수 있었다.

"맙소사, 이상하네요." 닐이 말했다.

나는 전면의 유리창을 통해 펠프스 부인이 차로 걸어가 오르는 모습을 지켜보았다. "키이스가 더 이상 배달을 하면 안 될 거라고 생각하진 않았는데."

"그냥 겁이 나는 거예요." 닐이 말했다. "무슨 일이 일어나도 죄가 증명될 때까지는 결백한 거 아닌가요? 그 모든 사람들 중에서도 펠프스 부인까지 저러시니. 그렇게 상냥하고 착하기만 한 분이······."

"두려움이지." 그렇게 말하긴 했지만 그때까지 나는 어느 정도 이상의 의심은 두려움이 된다는 사실을 알지 못했다. "펠프스 부인은 키이스가 두려운 거야. 자연스러운 거지, 그럴 거야."

"하지만 키이스를 두려워할 이유가 없잖아요."

며칠 전에 본 환영이 기억났다. 환영 속에서 키이스는 에이미의 방으로 가는 어둑한 복도를 내려가고 있었다. 내가 할 수 있는 일이라고는 그저 그 순간 떠오른 생각을 입 밖으로 내지 않는 것뿐이었다. '신이시여, 당신이 옳기를 바랍니다.'

닐은 간신히 입 밖에 내지 않은 내 암울한 기도를 들은 것만 같았다. "키이스는 그 어린 소녀에게 아무 짓도 할 수 없었을 거예요, 에릭." 닐이 단호한 어조로 말했다. "키이스는 차도 없었잖아요. 에이미를 데려간 사람이 누구든 차를 갖고 있었을 게 틀림없어요. 에이미를 집에서 데리고 나온 다음에 걸어서 이동한다는 건 말이 안 돼요."

나는 덤불을 쓸고 지나가던 두 줄기 차의 전조등 불빛을 보았었다. "그렇겠지."

이미지의 흐름이 빠르게 머릿속을 지나갔다. 키이스는 보도를 어슬렁거리며 걸어 내려왔고, 낮게 늘어진 일본단풍나무 가지 끝 쪽을 스쳐 지난 후, 살금살금 계단을 올라갔다. 내 목소리를 듣고 얼어붙는 것 같은 모습, 키이스가 방문 쪽을 향해 서 있을 때, 바지 위로 절반쯤 빠져 나와 있던 셔츠 자락이 떠올랐다. 그 순간 왜 키이스의 셔츠 자락이 바지 밖으로 나와 있는지 견디기 힘들 만큼 궁금했었다.

닐이 내 팔을 부드럽게 쳤다. "나를 믿으세요, 에릭. 키이스는…… 아니에요." 닐은 무슨 말을 할지 잠시 생각하는 듯하더니 계속 말을 이었다. "키이스는 절대로…… 어린 여자애를 다치게 할 아이가 아니에요."

나는 말없이 고개를 끄덕였다. 달리 할 수 있는 일이 없고, 안심하고 할 수 있는 말도 없었기 때문이었다. 나는 일로 돌아갔다. 펠프스 부인이 맡긴 사진의 액자를 짜고, 다른 액자들을 만들고 또 만들었다. 그러는 동안 시간은 흐르고 또 다른 고객들이 오고 갔다. 내 쪽을 힐끗거리는 사람도, 전적으로 나를 피하는 사람도 있었다. 두 가지 행동 모두 내겐 편치 않았다. 키이스까지 이런 불편을 겪지 않았으면 했기에 오후 들어 결심을 굳혔다. 메러디스에게 전화해 에이미 사건이 해결될 때까지는 키이스가 수업이 끝나면 바로 집으로 가는 게 최선일 것 같다고 말했다.

"사람들이 나를 바라보듯 키이스를 바라보는 게 싫어. 동물원의 동물 보듯 말이야."

"물론이에요." 메러디스가 동의했다. "게다가 키이스를 보는 시선은 더 험악할 걸요."

"무슨 뜻이지?"

아내의 대답은 너무 단호하고 적나라해서 오싹한 느낌이 들 정도였다. "잠기지 않은 우리 속에 있는 짐승 보듯 하겠죠."

워렌 형은 내가 가게 문을 닫자마자 도착했다. 형은 아래위가 붙은 작업복 차림이었고, 하얀 면으로 된 옷에 페인트가 묻어 있었다. 마른 페인트는 형의 성긴 오렌지색 머리칼에도 묻어 있었고, 손과 팔뚝에도 묻어 있났다.

"맥주 한 잔 어때, 에릭." 워렌이 말했다.

나는 피곤한 표정을 지으며 머리를 흔들었다. "지긋지긋한 하루였어, 형. 바로 집으로 갈까 해."

닐이 지나가며 워렌에게 인사한 후, 아마도 어머니에게서 물려받았을 법한 낡은 녹색 닷지를 향해 걸어갔다.

워렌이 웃음을 터뜨렸다. "맙소사, 저 게이 녀석 꼴이라니." 하고 나를 돌아본 형의 얼굴에 웃음기는 벌써 사라져 있었다. "나 정말로 맥주 한 잔 하고 싶어, 에릭."

워렌은 내가 거절할 틈을 주지 않았다. "경찰들이 내가 일하고 있던 집에 들렀어. 얼 배니스터 집 말이지. 경찰들은 바로 얼한테 가더니 나를 찾았어. 형사 두 명. 너와 얘기한 친구들인 것 같던데."

"피크하고 크라우스야."

"맞는 것 같은데." 워렌이 말했다. "어쨌든 별로야. 형사들이 얼 집에 그런 식으로 오는 거는. 경찰이 얼쩡거리는 거나, 일하는 나를 붙잡고 묻는 걸 참을 수 없어. 나한테 묻는 꼴이 마치 내가…… 무슨 일에 관련된 것처럼 보이게 만들잖아."

형의 어조가 점점 강경해지더니 화가 난 기색까지 띠었다. 자신이 만들지 않은 상황에 끌려든데다, 피할 방법도 몰라 열이 받치는 모양이었다. "아, 진짜, 나는 페인트장이라고. 사람들 집 안팎을 칠하잖아. 이런 일을 하려면 신용이 있어야 하는데, 일하는 도중에 형사가 나타나는 것, 이건 아니라고."

워렌의 얼굴이 살짝 붉어졌다. "이러면 안 되는 거야, 에릭." 형이 서둘러 덧붙였다. "내 말은, 이런 식으로 계속돼선 안 된다는 거야. 이 일에 대해 얘기 좀 하자, 알았지?"

워렌은 흥분하기 시작했고 점점 불안정해졌다. 워렌의 성격 특징 가운데 하나였다. 흥분이 계속 높아지다가 정점에 이르면 울기 시작하거나 잠에 떨어지곤 했는데, 주로 술에 취한 경우는 울음을 터뜨렸고, 맨 정신일 때는 고꾸라져 잠에 빠졌다.

"좋아, 테디네로 갑시다." 나는 항복했다.

'테디네'는 내 가게에서 몇 집 내려가면 있는 작은 바이다. 주인이었던 테디 베튠은 몇 년 전에 세상을 떴고, 지금은 중년의 딸이 가게를 보고 있었다. 테디의 딸 페그는 차림새가 너저분하고 짜증을 잘 냈는데, 아일랜드 옛 노래를 즐겨 부르고 지저분한 농담을 하며 테디가 살아 있을 때 이 바가 얼마나 재미있었는지 같은 얘기만을 끊임없이 늘어놓는 고주망태 단골들보다 뜨내기 관광객들을 더 반긴다는 사실을 숨기려고도 하지 않았다.

"뭐 드실래요?" 페그가 두 장의 종이 컵받침을 우리 앞에 던지듯 놓으며 물었다.

우리는 맥주 두 병을 시켰고, 살짝 서리가 낀 병 하나씩을 손에 들고 뒤쪽의 칸막이방으로 갔다.

워렌은 맥주병을 들어 벌컥벌컥 한참을 들이켰는데, 말을 시작하기 전에 한 모금 더 들이켰다. 그러고는 병을 테이블 위에 내려놓으며 말했다. "어, 시원하다!"

"형사들이 뭘 알고 싶어 했어?" 내가 물었다.

"내가 봤던 것."

"에이미?"

"에이미, 그렇지, 그리고 키이스."

"키이스라고?"

"키이스가 어때 보였는지 묻더라." 워렌은 병을 들어 한 모금 들이켰다. "키이스가 어떻게 행동했는지. 뻔한 얘기지만 그날 밤 키이스가 이상해 보이진 않았는지, 뭐 그런 것 말이야. 키 작은 친구는 어지간히 흥미가 당기는 모양이더군."

"피크야." 내가 말했다. "그래서 형사들에게 뭐라고 했어?"

"네가 내게 말해준 대로 했지, 에릭. 사실을 말했어."

"사실이 뭔데?"

"키이스가 기분이 좋지 않아 보였다고 했지."

나는 기겁해 형을 쏘아보았다. "맙소사, 왜 그렇게 얘기를 했는데?"

워렌이 놀라서 나를 쳐다보았다. "내가 뭐랬다고?"

"키이스가 기분이 좋지 않았다는 것 말이야. 그건 그렇고 키이스가 기분이 안 좋았다는 건 무슨 뜻인데?"

워렌은 열두 살 적(내가 여덟 살일 때), 말도 안 되는 바보짓을 한 자기를 내가 나무랐을 때 지었던 눈빛으로 나를 쳐다보았다.

"형사들에게 뭔가를 줄 필요가 있다고 생각했지." 풀 죽은 목소리로 형이 말했다. "너도 알겠지만 형사들한테 뭐라도 줘야지. 너도 그 친구들에게 늘 정보 같은 걸 주잖아, 안 그래?"

"왜 그렇게 생각했는데?"

워렌은 대답하지 않았다. 하지만 난 알고 있었다. 텔레비전이나 영화에서 본 게 분명했다.

나는 앞쪽으로 고개를 푹 떨구고 손가락으로 머리카락을 헤집었다. "됐어, 그냥 내 말 좀 들어봐. 정확히 어떻게 말했지?" 내가 맥 빠진 목소리로 물었다.

"방금 말한 대로야." 워렌의 대꾸였다.

형은 막연히 겁에 질린 것 같았다. 학급 연극에서 맡은 역할을 망쳐버린 아이처럼. 그러자 아버지가 얼마나 무자비하게 워렌의 말을 묵살하고 무시했는지가 떠올랐다. 나 역시 아버지의 비위를 맞추기 위해, 그리고 아버지와 한편이 된 느낌을 갖기 위해 아버지가 형을 대하는 태도 꼭 그대로 얼마나 자주 형의 실패를 과장하고, 형의 작은 성공을 조롱했는지 모른다. 나는 스스로가 사춘기 때의 패턴에 여전히 묶여 있는 것이 아닌가 하는 생각이 들었다.

"들어봐, 형." 나무라는 티를 내지 않으려 애쓰며 말했다. "작은 동네에서 여자애가 실종됐어. 아마 이 일은 점점 더 커질 거야. 그 아이 사진이 온 동네에 뿌려진 걸 형도 봤을 거 아냐? 내 가게에도 한 장 붙어 있어. 게다가 이젠 리본도 매달았다고. 온 동네가 노란 리본 천지야. 그건 경찰이 엄청난 압박을 받고 있다는 뜻이지. 한마디로 그 사람들 밥그릇이 걸린 문제가 된 거야. 그러니 경찰은 에이미를 찾아야만 해, 에이미가 죽었든 살았든 말이지. 그리고 경찰은 그 짓을 한 사람을 찾아내야 한다고. 내 말 무슨 뜻인지 알겠어?"

워렌은 멍하니 나에게 눈길을 주었다.

"내가 말하려는 건 이거야. 만일 경찰이 생각하기에 키이스가 이 사건에 관련이 있어 보이기만 하면, 그자들은 키이스만 집중적으로 파고들 거야. 딴 데는 신경도 안 쓸길. 경찰은 반드시 이 사건을 끝내야 하니까."

워렌이 천천히 고개를 끄덕였다. 형의 크고 부드러운 눈이 무기력하게 껌뻑거렸다.

"형이 말한 키이스가 '기분이 좋지 않은' 상태였다는 건, 경찰에게 의심할 여지를 주는 거고. 경찰들이 곰곰이 생각하다 보면, 좋아, 이 애 말이야, 좀 이상한 데가 있어, 친구도 하나 없고. 그날 밤 기분도 안 좋았다니 이 애를 족쳐보자고 결론이 나올 거란 말이지."

"그러니까 결국 내 말 때문에 경찰이 달라붙는단 말이지."

"그래."

워렌은 맥주를 한 모금 더 마시고 내 맥주병을 향해 고갯짓을 하더니 물었다. "아직 한 모금도 안 했네?" 내 아들을 경찰이 더 깊이 의심하도록 밀어 넣을 수도 있었다는 것에 대한 책임감은 물론, 내가 던진 경고에서 순식간에 몸을 빼내버리는 질문이었다.

나는 병을 치워버렸다. "형사들에게 뭘 더 말했지?" 심각한 어조로 물었다.

워렌의 몸이 굳어졌다. 자기를 향해 다가오는 장교 앞의 졸병처럼. "그냥 내가 키이스를 지오다노 집에 태워주었다는 것하고, 에이미가 앞마당에 있었다는 것. 에이미가 차를 향해 뛰어왔지. 그러고는 키이스가 차에서 내려 둘이서 집 안으로 들어갔다고." 형은 주저하는 몸짓으로 맥주를 마셨다. "아, 그리고 내가 에이미에게 '안녕' 하고 인사했다는 것."

"또 다른 건 없어?"

"형사들은 에이미가 키이스하고 있을 때 어때 보였는지를 알고 싶어 하던데."

"어때 보였냐고?"

"에이미가 키이스를 반가워했는지 같은 것, 아니면 에이미가 키이스를 보고 뭔가 다르게 행동하지 않았나, 두려워한다든가 뒷걸음치지 않았나, 뭐 그런 걸 묻더라고."

"그래서 뭐라고 말해줬어?"

"이렇게 말했지. 에이미가 어떻게 보이는지는 신경 쓰지 않았다고. 그러니까 형사들이 또 묻더라. 키이스가 에이미를 만지지 않는지, 왜 있잖아, 장난처럼. 키이스가 하면 안 되는 방식으로 에이미를 만지진 않았느냐고."

나는 묻기 두려웠지만 용기를 냈다. "키이스가 그런 짓을 했어?"

"아니."

"키이스가 에이미에게 손을 대기는 했어?"

"키이스는 에이미의 손을 잡았어. 그러고는 집 안으로 데리고 들어갔지."

"그게 다야?"

"그럼."

"키이스의 기분에 대해 다른 건 더 없고?"

"없어."

"더 말한 게 없는 거 확실하지, 형?"

"응, 아무것도 없어." 워렌이 장담하고 맥주를 들이켰다. "내가 무슨 말을 했어야 하는 거야?"

"그냥 다른 게 뭐가 있는지 알 필요가 있었던 것뿐이야."

워렌은 아이처럼 과장된 모습으로 머리를 흔들었다. "한 마디도 더 안 했어, 에릭." 그러면서 한 손을 들더니 말했다. "맹세한다."

"좋아, 괜찮아. 그 정도면 별로 나쁘지 않은 것 같아."

워렌은 맥주를 한 모금 마시고, 잠시 곤경에 빠졌다가 막 벗어난 소년 같은 미소를 지었다. 모든 짐을 벗어버린 표정이었다.

형이 작은 소리로 웃으며 말했다. "인정할게. 경찰들이 날 불안하게 만들었다고, 그 친구들이 말이야." 형은 고개를 뒤로 젖히고 하늘을 쳐다보며 마음속에서 먼 기억을 더듬는 듯한 표정을 지었다. "그

쪽 사람들은 늘 나를 불안하게 만들거든."

나는 병을 들어 한 모금 마셨다. 워렌이 안도하는 것과 대충 비슷하겠지만, 진짜 내가 안도하는 이유는 형이 키이스에게 피해가 갈 만한 내용은 말하지 않았다는 데 대한 만족감이었다.

워렌이 덧붙여 말했다. "그 친구들 눈에선 전부 똑같은 기운이 느껴져. 당연한 얘기겠지만, 의심스러워 하는 빛 말이야."

나는 집에 가야겠다는 조바심에 팔목의 시계를 힐끗 보았다.

"엄마한테 사고가 나고 집에 들렀던 그 사람처럼 말이야." 워렌이 말했다. "우리 거였던 집 말이야, 알지? 우리가 큰 집에 살았을 때."

워렌이 말하는 것은 우리가 잃어버린 집이었다. 아버지가 금전적 토대를 회복하기 위해(결국은 실패하고 말았지만), 최대 한도로 담보를 잡혔던 집, 은행이 결국은 우리에게서 빼앗아간 그 집을 말하는 것이었다.

"난 그 집이 좋았어. 연못에서 뱃놀이하던 것 기억나냐?" 워렌이 말했다.

"그럼, 기억나지."

"그 사람이 왔을 때는 벌써 집을 잃어버린 다음이었어. 나는 짐을 싸는 중이었는데……."

"어떤 사람하고 얘길 했는데?"

"무슨 보험회사 직원이랬어."

"내 기억엔 보험회사에서 누가 우리 집에 온 적이 없는데……."

"네가 엠마 고모하고 있어서 그래."

어머니가 돌아가셨던 여름, 나는 열두 살이었고, 아버지가 차로 시

내를 가로질러 당신의 여동생과 함께 지내게 했던 일을 기억한다. 고모에게 나를 맡기면서 아버지는 '일이 진정될 때까지'라고 말했다.

"나는 아버지와 함께 있었어, 기억나?" 워렌이 말했다. "아버지가 짐 싸는 걸 도와드렸지."

아버지는 자주 형에게 그런 힘든 일을 시켰다. 그래서 아버지가 집과 세간이 압류되기 전에 집을 비워야만 했을 때, 짐 나르는 말처럼 형을 부려 먹었다는 사실은 별로 놀랍지도 않았다.

"그 사람이 집에 왔을 때 아버지는 어디 계셨는데?"

워렌이 어깨를 움츠렸다. "아버지가 어떤지 알잖아. 아버지는 어디든지 가실 수 있었어." 빈 술병을 바라보던 워렌이 손을 들어 한 병을 더 주문하고는 말을 이었다. "아버지가 근처에 있지 않으면 난 무얼 해야 할지 몰랐어. 그래도 머리를 굴렸지. 좋아, 이 사람은 그냥 보험회사에서 온 직원일 뿐이야. 이 사람이 나하고 이야기하고 싶다면, 그래서 뭐가 어떻다고. 그 사람이 뭐 나를 해치려는 것 같지도 않았고 말이지."

"그래서 그 직원하고 얘기했어?"

"그럼. 나는 그냥 어린애일 뿐이었잖아. 그는 다 큰 남자고. 덩치가 크더라고. 당연히 성인이지. 어린애 주제에 어른이 얘기하자는데 아니라고 할 수 있어? 안 그러냐?"

페그가 다가와 워렌이 주문한 맥주를 탕 하고 내려놓더니 나를 노려보았다. "당신은?"

"됐어요." 내가 말했다.

페그는 육중한 몸을 돌리더니, 느릿한 걸음으로 카운터 쪽으로 돌아갔다. "게다가 그 직원은 일반적인 내용만 물어보더라고. 어떻게 지내느냐 같은 것 말이지." 워렌이 덧붙였다. 그는 맥주병을 두 손 사이에서 돌렸다. 내가 또 무슨 올가미를 놓고 있는 중일지 몰라 불안해진 것 같았다. "알잖아, 엄마는 괜찮으냐, 뭐 그런 것, 가족에 관한 것. 그때는 많이 생각하지 않았지만, 지금 와서 생각하면 뭔가 섬뜩하니 기분 나쁜 데가 있었어."

"왜?"

"왜냐면 그 사람은, 아까 얘기했잖아. 의심이 많은 것 같았다고."

"무엇에 대한 의심?"

"우리들. 아마 맞을 거야. 가족 내부의 일들. 어머니와 아버지 사이라든가. 두 분 사이가 괜찮은지 같은 거 말이지."

"그 직원이 그런 걸 물었어?"

"아니, 그건 내가 받았던 느낌에 더 가깝지. 그 직원은 어머니와 아버지 사이가 괜찮은지 계속 의심하는 것 같았어."

"그래서 뭐라고 했는데?"

"다 괜찮다고 했지. 그런데 내가 이해 안 가는 게 있어. 아버지한테 그 남자 얘기를 했더니 엄청 화를 냈거든. 나한테 입 닥치고 있으라고, 또다시 그 남자가 나타나면 절대 집에 들이지 말라고 했어." 워렌은 맥주 한 모금을 마시고 입가에 묻은 거품을 손등으로 훔쳤다. "아마 아버지는 그 직원에게도 똑같은 말을 했나 봐. 그때 한 번만 오고 두 번 다시 나타나지 않았거든." 워렌이 어깨를 움츠렸다. "어찌 됐든, 그 문제는 그것으로 끝났어, 맞지?"

"그런 것 같아." 나는 대답하면서 시계를 봤다. "이제 집에 가봐야겠어, 형."

"그래야지. 나는 좀 더 있다가 갈게. 맥주를 마저 마셔야 하거든."

나는 일어섰다. "꼭 기억해. 경찰이 또 찾아와 물으면, 대답할 때 형이 말하는 것에 대해 신경을 쓰란 말이야."

워렌이 미소를 짓고 말했다. "걱정 마, 날 믿으라고."

10

내가 집에 돌아갔을 때, 키이스는 자기 방에 있었다.

"키이스가 어떻게 받아들였지? 당분간 배달 일을 시키지 않겠다는 것 말이야." 메러디스에게 물었다.

"나야 모르죠." 주방에서 일하던 메러디스가 대답했다. 그녀는 도마 앞에 서서 살이 두툼한 늦여름 토마토를 썰고 있었다. 토마토 즙이 도마 위에 흘러나오며 알싸한 냄새를 풍겼다. "그 애는 그냥 무덤덤하니 똑같은 표정이에요. 감정이 없어요. '무감정 증후군(Flat affect, 정신적으로 황폐해지고 모든 일에 무관심해지는 증상―옮긴이)' 사람들이 그렇게 부르는 게 키이스 경우죠."

"누가 그렇게 부르는데?"

"심리학자들이요."

"그 앤 10대야, 10대들은 다 '무감정 증후군' 증세를 보이지."

메러디스가 토마토 써는 일을 멈추고 물었다. "당신도 그랬어요?"

뜻하지 않은 질문이었음에도 곧바로 아니라고 대답할 수 있는 것이었다. 어머니의 차가 길을 벗어나 9미터 다리 아래로 떨어져서 어머니가 죽었다는 소식을 전해 들었던 순간이 기억났다. 아버지는 자세히 말하기를 꺼렸지만 어머니는 핸들에 꽂혀 사망했다. 어머니의 그 끔찍한 죽음에도 불구하고 나는 단순히 고개를 끄덕이고는 2층의 내 방으로 올라가 친구에게 빌린 앨범을 들었다. 지금까지는 그랬던 나의 행동이 슬픔을 억누르는 방식일 뿐이라고 믿었는데, 이제 곰곰이 생각해보니 내가 생각했던 것만큼 어머니의 죽음에 대해 강한 감정을 느꼈는지 자신이 없다. 장례식에서도 나는 말 없는 아버지 옆에 조용히 앉아 소매만 만지작거렸다. 그때 워렌은 걷잡을 수 없이 오열하고 있었다. 형의 두툼한 어깨가 들썩이고 굵은 눈물방울이 뺨을 타고 흘러내렸다.

"아마 그랬던 것 같아. 어머니가 돌아가셨을 때 나는 전혀 허물어지지 않았거든." 내가 인정했다.

"당신은 어머니를 사랑했잖아요."

"그랬던 것 같아. 우리 어머니는 돈을 절약하고 모아서, 내가 대학에 가기를 바라던 사람이었지."

나는 어머니가 얼마나 힘겹게 살았는지 기억한다. 금전적 상황이 악화되어 가는 와중에도 어머니는 매달 생활비에서 몇 푼씩을 떼어 저축했다. 어머니는 그걸 대학 펀드라고 불렀고, 내게 비밀을 지키겠다고 맹세하게 했다. 워렌에게는 물론 특히 아버지에겐 절대로 말하지 않겠다는 약속까지 받았다. 물론 그렇게 모은 돈이 아주 많지는 않았을 테지만, 어머니가 돌아가신 후 늘 상상하곤 했다. 아버지가 옷장 속 깊이 묻혀 있거나 부엌 찬장의 선반 꼭대기에 있는 그 돈을 찾아내서, 평소 당신이 돈을 쓰던 대로 아마도 마지막이 될 비싼 브랜디 한 병을 사는 데 썼을 거라고.
"어머니의 죽음에 정말로 상처를 받아야 마땅했어. 하지만 마음 아파했던 기억이 전혀 없군." 나는 어머니의 사망 소식을 처음 알려 준 순간의 아버지의 느리고 침착한 어투가 기억났다. 아버지의 목소리는 덤덤하고 감정이 없었다. 아버지는 날씨의 급격한 변화를 알려 주기라도 하는 것처럼 쉽게 그 사실을 전했다. "아버지 역시 전혀 당황하거나 마음 아파하는 기색이 없었어."

메러디스는 이제까지 숨겼던 성격을 지금 와서야 내보이네 하는 표정으로 나를 쳐다보았다. "아마 키이스도 그런 성격을 받은 것 같네요." 그녀는 다시 토마토를 썰기 시작했다. "어쨌든 당신 얘기가 암시하는 건 아무것도 없네요. 지금 이 무감정 증후군 행동에 대해서는 말이죠."

"그게 뭘 암시하는데?"

"알잖아요, 키이스가 괴물이라는 결론."

"맙소사, 메러디스. 키이스는 괴물이 아니야."

메러디스는 계속 토마토를 썰었다. "내 말이 그 말이에요."

나는 주방 식탁에 앉았다. "경찰이 워렌 형을 만났어. 형은 형사들에게 그날 밤 키이스가 기분이 좋지 않았다고 얘기했대."

메러디스가 몸을 돌렸다. 칼이 그녀의 손에서 얼음처럼 차가운 빛을 내고 있었다. "빌어먹을 멍청이 같으니."

"그러게."

"젠장!"

"알아. 다음부터는 말하기 전에 생각하라고 형한테 당부했어."

"아무리 할 말이 없어도 그렇지, 기분이 안 좋았다니. 하느님 맙소사!" 메러디스가 씩씩거렸다. 그녀는 선 채로 부글부글 끓는 것 같았다. 칼을 손에 쥐고 나를 노려보면서. "워렌은 왜 그 모양이죠? 그냥 멍청한 거예요? 아니면 더 심각한 문제가 있는 거예요?"

"더 심각한 문제?"

"내 말은, 워렌이 일부러 키이스를 곤경에 빠뜨리려고 하는 거 아니냐고요."

"형이 왜?"

"왜 이래요, 에릭? 그 이유를 몰라요?" 메러디스는 칼을 도마에 내려놓았다. "워렌은 당신을 시샘해요. 늘 그랬어요. 당신은 항상 사랑받는 쪽이었잖아요. 당신 어머니에게도 그랬고, 어머니뿐만이 아니죠. 지금도 당신 아버지는 워렌이 뵈러 가도 전혀 신경 쓰지 않잖아요. 워렌은 당신 아버지 안중에도 없어요. 그리고 거기엔 당신에게 아내와 아이가 있다는 것, 진짜 가족을 갖고 있다는 게 중요하게 작용하죠. 워렌에겐 뭐가 있어요? 전혀 없잖아요."

모든 것이 사실이었다. 하지만 한 번도 심각하게 생각해보지 않았다. 작고 초라한 셋집에서 혼자 살아온 세월, 자신이 왜소하고 성공하지 못했다는 느낌 속에 살아온 세월이 내 형의 마음 한 부분을 오염시켜 내게서 마음이 떠났고, 그래서 어쩌면 워렌이 내가 처한 현재의 곤경을 비밀스럽게 한껏 즐기고, 그 곤경을 더 악화시키려고 할 수도 있다는 소름 끼치는 가능성. 그 가능성이 주는 부식 효과를 생각해본 적이 없었다.

"당신, 정말로 워렌 형이 고의로 키이스를 에이미 사건에 연루시키려 한다고 생각하는 거야?"

"그럼요." 메러디스가 퉁명스럽게 내뱉었다.

쓰디쓴 질투의 세계를 까발리는 그녀의 대답에서 느껴지는 엄청난 힘을 감당하기 어려웠다. "형이 이런 식으로 해코지할 거라는 걸 믿을 수 없어, 메러디스."

메러디스의 눈빛에는 한심해 하는 기색이 역력했고, 나는 그 눈빛 아래서 아무것도 모르는 무기력한 아이가 된 느낌이었다. "당신은 사람들이 실제로 얼마나 사악한지 몰라요. 그리고 앞으로도 알려고 하지 않을 테고."

아내의 힐난에 대꾸할 방법이 없어, 그저 머리를 흔들어 보이고는 거실로 가서 텔레비전을 켰다. 지역 뉴스가 막 시작된 참이었다.

사건에 진전은 없었지만, 경찰은 몇 가지 '유력한 단서들'을 쫓고 있다고 리포터가 말했다.

유력한 단서들.

나는 주방 입구에 서 있는 메러디스를 돌아보았다. 메러디스의 눈은 텔레비전 화면에 붙박여 있었다.

"유력한 단서들?" 메러디스가 빈정대는 투로 되뇌더니 말을 이었다. "그 단서들 중에 몇 개나 그 잘나 빠진 워렌에게서 나왔는지 궁금하네요."

나는 텔레비전 쪽으로 몸을 돌렸다. 생방송 중이었고, 피크와 크라우스가 들쭉날쭉 배치된 마이크 앞에 있었다. 피크가 약간 앞쪽으로 나와 있었고, 크라우스는 조금 뒤에 뻣뻣한 자세로 서 있었다. 잠깐 동안 피크가 최근 수사 상황을 기자에게 말했다. 피크의 말에 따르면, 경찰은 꽤 많은 단서들을 쫓고 있고, 새로 개설한 긴급 직통전화로 믿을 만해 보이는 몇 가지 정보가 제보되었다는 것이다.

"믿을 만하다? 워렌으로부터 나온 것만 아니면 그렇겠지." 메러디스가 내 옆의 소파에 앉으며 코웃음을 쳤다.

"제발, 메러디스." 내가 조용히 말했다.

피크는 지오다노 부부가 매우 협조적이며, 그들은 에이미의 실종에 전혀 혐의가 없고, 경찰은 최근에 그들로부터 가족 공용 컴퓨터를 넘겨받아 에이미가 인터넷을 통해 '의심스러운 인물'과 접촉한 적이 있는지 조사하고 있다는 말을 끝으로 브리핑을 마쳤다.

그 후, 피크는 돌아서서 수사본부 쪽으로 걸음을 옮겼다.

"용의자는 있습니까?"

그 질문은 건물 계단 쪽에 모여 있는 기자 패거리로부터 나왔다. 질문을 듣고 돌아서는 피크는 누가 말했는지 아는 듯했다.

"우리는 몇 사람을 검토하고 있는 중입니다."

"특별히 혐의를 두는 사람이 있나요?" 그 기자가 다시 물었다.

피크는 크라우스를 힐끗 쳐다보더니 카메라를 보면서 말했다. "우리는 증거를 찾고 있습니다. 그게 말해줄 수 있는 전부예요."

피크는 유령처럼 화면에서 사라졌다.

"증거를 찾는다, 키이스한테 불리한 증거겠지." 메러디스가 걱정스런 표정으로 나를 쳐다봤다.

"그거야 모르지." 내가 반박했다.

메러디스는 내 형제의 악의를 부정하는 나를 쳐다볼 때 지었던 표정과 눈빛으로 나를 응시하며 말했다. "아뇨, 알 수 있어요."

한 시간쯤 후, 우리는 저녁식사를 했다. 키이스는 말없이 의자에 앉아 음식을 뒤적거릴 뿐 거의 먹지 못했다. 그러는 키이스를 보고 있으려니, 피크와 크라우스가 이 애에게 불리한 증거를 찾고 있다는 걸 상상할 수 없었다. 키이스는 너무 창백하고 말라서 누구를 위협할 수 있을 것 같지도 않았다.

하지만 키이스에게는 몸이 약한 것 말고도 에이미 지오다노에게 뭔가 나쁜 짓을 할 수 없다는 가능성을 보여주는 근거가 있었다. 식탁에 앉아 무슨 생각을 하는지, 뿌루퉁한 표정으로 음식을 깨작거리는 키이스에게서는 어린애를 해치는 데 필요한 사악하기 짝이 없는 힘을 끌어내기에는 너무나 무기력하고 두서가 없는, 악의는커녕 어느 곳도 맺힌 데 없는 기운이 풍겨 나왔다. 내 아들은 에이미 지오다노를 해칠 수 없었을 것이다. 나는 그렇게 마음을 정리했다. 왜냐하면 키이스에게는 그런 행동을 하기 위해 필요한 활성 에너지가 없기 때문이었다. 내 아들은 어린애 살인자가 되기에는 너무나 기력이 없고 능력이 부족했다.

그래서 나는 경찰이 증거를 찾고 있는 유령 같은 용의자는 근육질의 몸에 짧고 힘찬 다리를 갖고 있는, 통통하고 건장한 사람이 틀림없을 거라고 억지로라도 믿기로 결심했다. 나는 용의자가 떠돌이거나 다른 마을에서 온 사람이길 바랐다. 하지만 꼭 그런 사람이 아니더라도, 나는 키이스만 아니라면 누구에게라도 용의자 딱지를 붙일 용의가 있었다.

"학교는 어땠니?" 묻고 바로 후회했다. 부모들이 던지는 무의미한 질문의 전형이자, 모든 10대들이 치를 떠는 질문이었기 때문이다.

"괜찮았어요." 키이스가 심드렁하게 대답했다.

"정말 괜찮았어?"

키이스는 껍질콩 더미에서 콩깍지 하나를 뽑았는데, 흡사 나무 블록 빼기 게임을 하는 것 같았다. "괜찮았어요." 되풀이해서 말하는 그 애의 어조는 심문으로 안절부절못하는 중죄인처럼 다소 날카롭게 느껴졌다.

"우리가 알 필요가 있는 일이 있니?" 메러디스가 평소처럼 단호하고 분명한 어조로 물었다.

"예를 들면, 뭐죠?" 키이스가 물었다.

"에이미에 관련된 거라든가, 에이미 문제로 곤란한 일은 없었어?"

키이스는 껍질콩 더미에서 콩깍지를 한 개 더 뽑아서 갑자기 그 콩깍지가 꼼지락거리지나 않을까 하는 것처럼 들여다보다가, 자기 접시 위에 떨어뜨리고는 말했다. "그 문제에 대해 말한 사람은 아무도 없었어요."

"어떤 식으로든 말이 있었을 테데" 메러디스가 말을 받았다.

키이스는 느릿한 동작으로 빨간 여드름을 만졌지만 아무 말도 하지 않았다.

"키이스? 내 말 안 들려?" 메러디스가 끈덕지게 채근했다.

키이스의 손이 갑자기 무릎 위로 떨어졌다. "별일 없었어요, 엄마."

그 다음부터 식사 시간 내내 키이스는 말이 없었다. 식사를 끝낸 뒤 과장된 공손함을 보이며 양해를 구하고는 제 방으로 돌아갔다.

메러디스와 나는 식탁을 치웠다. 접시들을 식기세척기에 집어넣고, 거실로 돌아와 잠시 텔레비전을 봤다. 둘 다 별 말이 없었지만, 침묵이 불편하게 느껴지지도 않았다. 결국 키이스 얘기 말고는 할 게 없었는데, 그 이야기는 불안 수준을 높일 수밖에 없는 화제라서, 그냥 서로에게 말을 하지 않고 버티는 것뿐이었다.

몇 시간이 흐르고 우리는 잠자리에 들었다. 메러디스는 한참 동안 책을 읽었다. 책 속에 자신을 놓아버리려고 노력하는 중이라는 걸 알고 있었다. 잠자리에서 책을 읽는 행동은 골칫거리에 대응할 때 메러디스가 늘 쓰는 방법이었다. 메러디스의 어머니가 병환 중일 때도 줄기차게 책을 읽었다. 특히 그녀 어머니의 병상 옆에서는 더 열심히 책에 빠져들었다. 어머니가 죽음으로 다가가는 것을 막기 위해 미친 듯이 애쓰면서 메러디스는 수많은 책을 집어삼키듯 읽어 나갔다. 지금 메러디스는 우리 아들이 심각한 궁지에 몰릴 수도 있다는 우울한 가능성을 몇 번이고 생각하는 일을 피하기 위해 똑같은 전술을 사용하는 중이었다.

끝까지 메러디스가 불을 끄지 않고 있는 것을 보니, 이번만큼은 책략이 실패했음이 분명했다.

"키이스를 상담사에게 데려가는 게 맞을까요?" 메러디스는 내 쪽으로 몸을 돌리더니, 책을 쥐지 않은 손으로 자기 머리를 받치고 말했다. "우리 대학에 상담사가 한 사람 있어요. 스튜어트 로덴베리라고. 문제가 있는 애들이 그 사람한테 와요. 아주 괜찮다고들 하던데."

"키이스는 상담사에게 이야기하지 않을걸."

"어떻게 알아요?"

"그 애는 누구한테도 이야기를 안 하잖아."

"사람은 누구나 다른 사람과 연결되고 싶어 해요. 그렇게 생각하지 않아요?"

"그러는 당신이 더 상담사 같은데."

"진심으로 말하는 거예요, 에릭. 어쩌면 스튜어트와 뭔가 시작하는 일을 생각해봐야 할 것 같아요."

뭐라고 말해야 좋을지 몰랐다. 이 시점에서 키이스가 상담을 받는 게 괜찮은 생각인지 판단할 수 없어 침묵을 지켰다.

"이거 봐요. 스튜어트는 금요일에 메이스 박사의 파티에 올 거예요. 그 사람에게 당신을 소개할게요. 키이스가 스튜어트한테 반응을 보일 것 같으면, 바로 시작할 수 있어요."

"괜찮을 것 같군." 메러디스는 내 대답을 듣고는 불을 끄고 잠에 빠져들었다. 하지만 나는 잠이 오지 않았다. 시간은 느리게 기어가듯 흘러갔고, 내 마음은 그 모든 비극에도 불구하고 골치 아픈 문제는 적었던 것처럼 느껴지는 내 첫 번째 가족에게로 흘러갔다. 일곱 살에 죽은 여동생, 자동차 핸들에 꽂힌 어머니, 초라한 양로원에서 여생을 보내고 있는 궁핍한 아버지, 알코올중독자 형. 모두가 불행했지만 이 모든 문제들은 다른 가족들 역시 잘 알고 있는 문제들이었다. 다른 가족들은 다른 문제를 갖고 있겠지만, 그것들 역시 지금의 내게는 보편적이고 일상적인 문제였다. 상대적으로 키이스가 처한 상황은 훨씬 어둡고 불길했다. 나는 그날 밤 키이스가 구부정한 자세로 어둠의 그늘에서 나와 집으로 들어오고 살금살금 계단을 밟고 올라가서, 내가 말을 건 순간에는 마치 나와 눈 마주치기를 두려워하는 듯 자기 방문을 바라보던 키이스의 모습을 떨쳐버릴 수가 없었다. 그 장면에는 뭔가 익숙한 게 있고, 예전에 비슷한 상태를 겪었던 것 같은 느낌이 들었다. 하지만 아무리 애를 써도 처음 겪었던 순간의 기억이 돌아오지 않았는데, 홀연히 제니가 죽던 날 아침이 떠올랐다. 밤새 제니를 지켜보라는 아버지의 명령에 따라 밤을 새운 후, 제니의 방에서 나오던 워렌의 모습이 기억난 것이다. 제니의 병상을 지키는 것은 워렌이 원한 일이 아니라서 형은 몸을 빼려고 했지만 아버지는 고집을 꺾지 않았다. "너는 저 빌어먹을 침대 옆에 앉아 있어야만 해, 워렌." 아버지는 개가 짖듯 고함을 질러댔다. 내 형의 제한된 능력에 비추어 그 이상의 복잡한 일은 시킬 수 없다는 명백한 의사 표시였다.

워렌은 자정에 제니의 방으로 가서, 6시가 돼서야 어머니와 교대해 자기 방으로 돌아갔다. 밝아오는 햇빛 속에 터덜터덜 복도를 걸어 내려오는 워렌의 모습은 후줄근했고, 거의 넋이 빠진 표정이었다. 무거운 발소리 때문에 잠에서 깬 내가 복도에 나와 보니, 형은 키이스가 그랬던 것처럼 문을 마주 보고 서 있었다. 워렌의 눈은 고정되어 움직이지 않았고, 내가 제니의 안부를 물었는데도 나를 쳐다볼 힘도 없는 듯 보였다. 다만 "나 자러 갈 거야."라는 말을 중얼거릴 뿐이었다. 그러고는 자기 방의 문을 열고 안으로 사라졌다.

지금 두 장면 사이의 유사성이 내 머릿속을 스쳐갔다. 지칠 대로 지쳐 추레해진 두 명의 10대 소년이 삭막하게 연출한 모습(복도를 걸어 내려와서, 자기들 방의 닫힌 문 앞에 뻣뻣하게 서 있는)에는, 그 모습이 보여주는 것 이상의 유사성이 있었다. 거기에는 두 소년이 비슷한 압박감 아래에서 몸부림치고 있다는 분위기와 기분, 느낌상의 유사성이 있었고, 문득 깨달은 것이지만 그 둘 모두 어린 여자애의 운명과 관련되어 있다는 공통점이 있었다.

불안이 급작스럽게 고조됐다. 나는 침대에서 몸을 빼내 복도로 나가서, 불이 꺼진 주방을 향해 계단을 내려갔다. 주방의 어둠 속에 홀로 앉아 두 장면을 생각하고 또 생각했다. 두 장면이 왜 이리 끈질기게 내게로 돌진하는지에 관해 분명한 것 이상의 어떤 이유를 찾아보려 고심했다.

그것은 새벽 햇빛이 힘을 얻어가는 것처럼 천천히 내게 다가왔다. 어둠이 물러나 회색빛이 되고 점점 밝은 빛이 떠오르는 것처럼. 진짜 유사성은 두 장면 사이에 있는 게 아니었고, 내 형과 내 아들 사이에 존재하는 것이었다. 사실 나로서는 인정하기 힘들었지만, 어떤 의미에서 나는 두 사람 모두 인생이란 잔인한 도박에서 패배한 사람으로 생각하고 있었다. 실패와 좌절에 속박당한, 이 지역에서 경멸의 대상인 중년의 술꾼과 괴짜 10대. 내 생각에 두 사람의 유일한 진짜 힘은 자신들의 엄청난 분노를 통제하는 능력, 미리 언급되지 않은 그 능력뿐이었다.

키이스는 에이미의 손을 잡았어. 그러고는 집 안으로 데리고 들어갔지.

워렌의 말이 갑자기 내 마음속에 또 하나의 장면을 불러왔다. 키이스는 지오다노 부부가 끔찍이도 사랑하는 딸을 돌봐달라는 호출을 받았다. 에이미 지오다노. 검고 윤기 나는 머리카락과 흠 하나 없이 깨끗한 피부, 똑똑하고 호기심이 많은 그 애의 미래는 형언하기 어려울 정도로 밝게 빛나는 것이었고, 인생의 승리자가 될 수밖에 없는 운명이었다.

키이스가 한 말이 느닷없이 내 머릿속을 찢고 들어왔다. 냉혹하게 으르렁거리는 목소리의 그 말은, '완벽 공주'였다.

마음속에서 키이스가 에이미의 손을 잡고 집 안으로 데려가는 장면이 보였다. 에이미의 미모와 재능이 키이스를 선동하는 역할을 할 수도 있지 않았을까? 에이미의 모든 것이 키이스에겐 모욕이었을 터였고, 에이미의 빛나는 특징이 늘 키이스의 얼굴에 있던 전반적인 게으름을 밀어내도록 들볶고 있었던 건 아닐까? 에이미만 아니었다면 키이스의 나태함은 아무 문제없이 그 애에게 어울렸을 것이다.

내 자신의 삭막한 속삭임이 입 밖으로 나왔다. "키이스는 에이미를 증오했던 걸까?"

나는 다른 불안의 파도가 밀려오는 것을 느끼고 마당으로 걸어 나가 밤에 묶인 하늘을 올려다보았다. 옛날의 나는 별들의 순수한 아름다움 속에서 편안함을 느꼈다. 하지만 지금은 반짝이는 빛 하나하나가 오직 그날 밤의 알 수 없는 전조등 불빛을 생각나게 할 뿐이었다. 나는 핸들 뒤에 앉은 정체 모를 인물을 상상하고 있었다. 조수석에는 키이스가 앉아 있고, 거기에 나는 제3의 끔찍한 이미지를 추가했다. 그 승용차의 바닥에는 어린 여자애가 재갈이 물리고 손발이 묶인 채 벌거벗은 몸을 웅크리고 있다. 여자애가 살아 있다면 부드럽게 훌쩍일 테고, 살아 있지 않다면 아무 소리도 없이 뻣뻣할 것이다. 그리고 내 아들의 끈 없는 테니스화가 여자애의 창백하고 움직일 줄 모르는 얼굴을 짓누르고 있었다.

11

끔찍한 환영이었다. 단지 아무 증거 없는 환상일 뿐인데도, 그 환상이 주는 공포에서 벗어날 수 없었다. 그 밤 내내 나는 그 차만 생각했고, 정체 모를 운전자, 내 아들, 그 밖의 모든 것이 에이미가 이론의 여지없이 실종됐다는 사실과 한데 묶였다. 그것이, 내가 알 수 없는 이유 때문에 키이스가 나와 다른 사람들한테 거짓말을 했으리라는 점점 커져가는 의심과 뒤엉켰다.

나 혼자만 그 차에 관해 알고 있는 게 당연했다. 하지만 아침이 밝아오자, 나는 그 사실을 더 이상 나 혼자만 알고 있어서는 안 된다는 것 또한 알게 되었다. 그래서 키이스가 계단을 내려가 자전거에 올라타고 학교를 향해 떠나자마자 메러디스에게 털어놓았다.

"키이스가 뭔가를 숨기고 있는 것 같아." 내뱉듯 말했다.

메러디스는 이미 재킷을 걸치고 문 쪽으로 가는 중이었다. 그녀가 얼어붙듯 동작을 멈추더니 곧바로 몸을 돌려 나를 바라보았다.

"키이스는 그날 밤 걸어서 집에 돌아왔다고 했지만, 정말 그랬는지 확실하지 않아."

"왜 키이스가 걸어서 집에 온 게 아니라고 생각하죠?"
"길에서부터 진입로로 차가 들어오는 것을 봤어. 그리고 나서 잠시 후에 키이스가 진입로를 걸어 내려왔거든."
"그러니까 그날 밤 누군가가 키이스를 데려다줬다는 거예요?"
"모르겠어, 하지만 그럴지도 몰라."
"운전하는 사람이 누구인지, 당신 눈으로 봤어요?"
"아니, 그 차는 진입로 아래까지 내려오진 않았어."
"그러면 그 차에서 키이스가 내렸는지는 정확히 모르는 거네요?"
"그렇지."
"왜 나한테 이 일에 대해 말하지 않았죠?"
"모르겠어. 아마 두려웠던 것 같은데……."
"이 일에 직면하기가?"
"그래." 나는 인정할 수밖에 없었다.
메러디스는 잠시 생각하고 말했다.
"에릭, 우린 이 일에 관해 아무것도 말해선 안 돼요. 경찰이나 레오에게 말이죠. 그리고 키이스에게도 이 일을 말할 순 없어요."
"키이스가 거짓말을 하는 거라면 어쩌지, 메러디스?" 내가 말했다.
"키이스가 거짓말을 했다면, 그건 그 애가 한 일 중에서 최악이야. 경찰이 왔던 날 키이스한테 그 이야기를 해줬어. 집으로 데리고 오기 전에. 사실만을 말해야 한다고 일렀단 말이지. 만약 키이스가 사실을 말한 게 아니라면, 그 애는 정말이지……."
"아니에요." 메러디스가 단호한 목소리로 반박했다. 그녀는 위험하게 흔들리는 배를 책임진 선장과 같은 태도로 말을 이었다. "키이스는 아무 일도 되돌릴 수 없어요. 아무것도 추가할 수 없고. 그 애가 말을 번복하거나 추가하면 경찰이 물고 늘어질 거예요. 더 많은 질문을 하고 또 하게 되겠죠. 그럼 키이스는 거짓말을 하고 또 하게 될 거예요.”

메러디스의 말이 멀리서 울리는 천둥처럼 들렸다. 어둡고 위협적이며 가차 없이 다가오는 천둥.

"뭐에 관해 거짓말을 한다는 거지?”

메러디스는 적절한 대답을 찾으려 몸부림치는 것 같더니 결국 포기한 모양이었다.

"그날 밤에 대해서죠.”

"그날 밤이라고? 당신도 키이스가 뭔가 숨기는 게 있다고 생각하는 거야?”

"물론 아니에요, 에릭.” 메러디스가 쏘아붙이듯 대답했다. 그녀의 목소리는 긴장한 듯했고 자신이 없어 보였다. 때문에 메러디스도 나처럼 가능한 최악의 의심을 품기 시작한 게 아닌가 하는 생각이 늘었다.

"문제는요, 에릭. 문제는 키이스가 거짓말을 한 걸 경찰이 알게 되면, 경찰은 더 많은 질문을 하게 될 거라는 거예요. 키이스에 관해서, 그리고 우리들에 관해서도 말이죠.”

"우리들에게?”

"우리가 왜 키이스의 거짓말을 덮어두었느냐는 거죠.”

"우리는 아무것도 감추는 게 없어.”

"아뇨, 우리는 감추는 게 있어요. 당신은 첫날 밤부터 그 차에 대해 알고 있었잖아요."

메러디스의 말을 인정할 수밖에 없었다. "그래, 하지만 그건 키이스가 무슨 짓을 했다는 사실을 감추는 게 아니잖아. 피 묻은 망치나 뭐 그런 걸 감춘 건 아니란 말이지. 그냥 자동차일 뿐이야. 키이스가 그 차에 타고 있었는지조차 알 수 없는 거라고."

메러디스가 나를 노려보았다. 몹시 화난 표정이었다. "에릭, 당신은 거실에 앉아 경찰 두 명이 우리 애한테 질문하는 걸 들었잖아요. 당신은 키이스의 대답을 들었고, 그 애의 대답 중 하나가 거짓말일 수도 있다는 걸 알았지만 아무 말도 안 했어요." 메러디스의 눈에 불길이 일었다.

메러디스가 말을 계속했다. "에릭, 이 일을 되돌려놓기엔 너무 늦었어요." 그녀가 고개를 젓더니 한 번 더 말했다. "어떤 일이든 되돌리기엔 너무 늦었다고요."

잠시 나는 메러디스의 말을 정확히 알아들을 수 없었다. 내 아내는 하고 많은 일 중에 어떤 것을 되돌릴 수 없다고 말하는 걸까?

"좋아, 나는 아무 말도 않겠어."

"좋아요." 메러디스가 말했다. 그러고는 더 이상의 말없이 몸을 돌려 문을 열고는 차를 향해 날듯이 달려갔다. 메러디스가 신은 신발의 굽이 단단한 벽돌 보도에 부딪혀 내는 탕탕 소리가 권총을 쏘는 소리처럼 들렸다.

메러디스가 그날 밤 진입로까지 들어왔던 차를 본 것에 대해 아무 말도 하면 안 된다고 결론을 내렸음에도 불구하고, 나는 레오 브록에게 전화해 털어놓는 게 어떨지 고민했다. 하지만 그러지 않았다. 메러디스라면 내가 고백하지 못한 이유에 대해, 레오에게 감추는 것이 있었다면 그가 반드시 화를 낼 것이라는 사실을 내가 알고 있고, 또한 나는 화가 난 상대와 부딪히는 것을 바라지 않기 때문이라고 논증할 게 분명했다.

그러나 진짜 이유는 훨씬 단순했다. 실은 그날 아침나절에 모든 문제가 일거에 사라져버릴 수도 있다는 비이성적인 희망에 빠져들었던 것이다. 아무 근거도 없는 희망이었다. 나는 우리가 파멸에 직면하면 희망을 만들어내도록 설계된 기계에 불과하다고 믿게 되었다. 우리는 주위에 폭탄이 터지고 있는 도중에 평화를 희망한다. 우리는 종양이 더 커지지 않을 거라는 희망을 가지며, 우리의 기도가 빈 공간에 하릴없이 흩어져 사라지지는 않을 거라는 희망을 갖는다. 우리는 사랑이 사그라지지 않을 것이고, 우리 아이들은 무사할 거라는 희망을 갖는다. 우리가 탄 자동차가 화강암 절벽 앞에서 멈추는 순간에도, 혹은 우리가 절벽 아래로 떨어지더라도 쿠션이 우리를 받아줄 거라는 희망을 갖는다. 그리고 결국 우리는 고통 없는 죽음과 영광스러운 부활이라는 마지막 희망의 끈을 놓지 못한다.

하지만 그 특별한 아침의 내 희망은 훨씬 구체적이었고, 의심할 여지없이 모든 일이 정상으로 돌아가리라는 근거 없는 느낌으로부터 희망이 솟아오르고 있었다. 고객들이 오고 또 가지만, 아무도 어제 펠프스 부인이 본 것과 똑같은 시선으로 나를 쳐다보지 않았다. 그러기는커녕 정중하게 인사하고 미소 지으며 내 눈을 똑바로 들여다보았다. 에이미 사건은 그들의 마음속에서 머나먼 사건으로 관심이 떨어져가고, 처음에 그들이 보였던 조급함은 점차 소멸되는 것 같았다. 아마 내 단골들은 실종된 에이미가 어떻게 되었는지 결코 알 수 없을 것이라는 사실을 받아들이게 될 터였다. 곧 에이미의 사진을 실은 전단도 마을 가게들 창에서 떼어내질 것이었다. 노란 리본들도 풀려 땅에 떨어지고, 누군가가 주워 쓰레기 더미 속에 던져 넣을 것이었다. 얼마 동안은 웨슬리 주민들이 막연하게나마 내 아들이 에이미의 실종에 뭔가 관련이 있을 거라고 의심하겠지만, 날이 갈수록 의심의 얼룩은 빛이 바래고 결국에는 에이미 지오다노에게 일어난 일에 키이스가 관련이 있으리란 혐의 역시 힘을 잃게 될 테고, 우리 모두는 문제의 그날 밤 이전으로 돌아갈 것이었다. 이것이 내가 스스로에게 허락한 환영이었고, 덕분에 나는 점심을 먹고 돌아와 차에서 내릴 때까지, 그리고 내 가게로 걸어갈 때까지, 최악의 상황은 끝났다고 절반쯤 믿고 있었다.

그때 어둡고 염분이 섞인 물에서 갑자기 솟아오른 괴생명체처럼 그가 그곳에 있었다.

나는 그가 과일과 채소를 옮길 때 쓰는 배달용 밴에서 내리는 모습을 보았다. 밝은 녹색 모자와 조끼, 느릿하게 움직이는 육중한 근육질의 몸이 보이지 않는 거대한 돌을 지고 있는 사람처럼 묘하게 구부러져 보였다.

"안녕, 빈스." 내가 말을 걸었다.

지난 며칠간 빈스에게 무슨 일이 있었는지, 그리고 그들 부부가 입었을 타격이 눈에 보이는 듯했다. 빈스의 눈은 잠을 못 잔 듯 충혈됐고, 눈 밑에 커다란 다크 서클이 매달려 있었다. 빈스의 얼굴은 무거운 추라도 매달고 있는 것처럼 이목구비 모두가 조금씩 아래로 쳐져 있는 듯 보였다.

"카렌은 내가 자네를 만나지 않기를 바라네. 아마 경찰도 그럴 테고." 빈스 지오다노가 말했다.

"그렇다면 이렇게 만나는 건 좋은 생각이 아니겠는걸." 내가 대답했다.

빈스는 흔들리는 몸을 가누려고 애썼는데, 만약 워렌 형이 비슷한 행동을 보였다면 술을 마셨을 거라고 의심했을 터였다. 하지만 내가 아는 한 빈스 지오다노는 술을 마시는 사람이 아니었고, 더구나 오후 1시 반에 술을 마실 사람은 더더욱 아니었다.

"그래, 좋은 생각은 아닐지도 모르지. 모르겠어, 좋은 생각이 아닌 건지 어떤지." 빈스는 내 가게 쪽을 보더니 다시 내게 눈길을 주며 말을 이었다. "하지만 나는 자네를 봐야만 한다고 생각했네."

빈스는 늘 혈색 좋은 얼굴이었는데, 지금 그의 옆얼굴엔 뭔가에 의해 기킬게 긁힌 자국이 보였다. 강철 덫에서 벗어나려 몸부림치는 짐승이 자기 발을 물어뜯는 양 빈스가 비탄에 젖어 자포자기 상태로 자신의 얼굴을 쥐어뜯는 모습이 상상되었다.

"카렌은 더 이상 애를 가질 수 없어. 에이미를 낳을 때도 힘들었어. 에이미가 마지막이야, 카렌은 다시 애를 낳을 수가 없다고."

나는 부드럽게 고개를 끄덕였지만 피부가 긴장으로 딱딱하게 굳어지며 방어태세에 들어가는 것을 느꼈다. "유감이네, 빈스."

빈스의 눈에 물기가 반짝였다. "나는 에이미를 되찾아야만 해. 그 애는 우리가 가진 전부야, 에릭. 우리가 가질 수 있는 아이는 걔가 전부라고. 우린 에이미를 되찾아야 해…… 어떻게든 말이야."

다시 그의 눈길이 내게서 떨어졌다. 빈스는 부들부들 떨며 긴 숨을 몰아쉬었지만 여전히 주차장 너머를 바라보고 있었다. "만약 에이미가 어딘가에 있다면," 그의 목소리가 갈라졌다. "배수로나 뭐 그런 데 말이야, 알지?"

빈스가 애원하는 표정으로 나를 바라보았다. "알지?"

"그래." 내가 조용히 답했다.

"배수로라든가…… 동물이 어떻게 할 수도…… 거기서……." 갑자기 빈스가 비틀거리며 앞으로 오더니 내게 몸을 숙였다. 그는 내 어깨에 얼굴을 묻더니 흐느끼기 시작했다. "오, 하느님. 에이미를 되찾아야만 해."

내가 빈스의 어깨에 한 팔을 두르자, 그는 감전이라도 된 듯 급히 물러났다. "자네는 그 애에게 말해야 해, 알지? 키이스에게 말이야." 빈스의 눈이 황폐한 사막처럼 건조해졌다. "키이스한테 내가 에이미를 꼭 되찾을 거라고 전해주게."

"키이스는 에이미가 어디 있는지 몰라, 빈스."

빈스의 시선은 두 줄기 뜨거운 광선처럼 내게 고정되었다. "키이스한테 그렇게만 전해줘."

내가 말을 잇기도 전에 빈스는 몸을 돌려 자신의 밴으로 돌아갔다. 그의 짧고 강인한 팔이 기계적으로 바람을 톱질했다. 마치 태엽이 완전히 감긴 흉포한 인형처럼.

"키이스는 아무것도 몰라." 그 뒤에 대고 내가 외쳤다.

빈스는 돌아보지 않았다. 빈스는 밴의 문을 홱 잡아당겨 열고는 운전석으로 몸을 밀어 넣었다. 잠깐 동안 그는 그렇게 앉아 있었다. 고개를 수그리고 눈을 내리깐 채로. 곧 빈스의 눈길이 내 쪽을 향했는데, 그의 시선에서 끝 모를 고통의 깊이가 보였고, 의심의 여지없이 그의 세계가 에이미의 실종이라는 어둡게 고동치는 세포핵 속으로 오그라들었음을 깨달을 수 있었다. 빈스에게 예전까지 문제였던 것들은 더 이상 문제가 아니었다. 다른 사람들에게는 여전히 문젯거리고 중요한 일이 지금은 더 이상 빈스의 마음을 움직이지 못했다. 절박하기 짝이 없는 경고로 가득한 그의 말이 다시금 들렸다. 나는 에이미를 되찾아야만 해. 비통함 아래에 곪을 대로 곪은 분노가 있었다. 빈스는 살아 있는 상태이든, 죽은 몸이 됐든 에이미를 다시 품에 안기 위해서라면 도시를 부숴 평지로 만들 수도 있고, 바닷물을 증발시킬 수도 있으며, 세상의 모든 밭을 불태울 수도 있을 것이다. 빈스에게 모든 존재는 27킬로그램이 넘지 않으며, 122센티미터보다 클 수 없었다. 다른 모든 것은 티끌에 불과했다.

이런 일이 있고 나자 가게에 들어가고 싶지 않았다. 닐이 내가 얼마나 떨고 있는지 알게 되는 것이 싫었다. 닐은 이것저것 물을 것이 뻔한데, 질문에 대답할 기분이 아니었다. 그래서 나는 거리의 끝으로 걸어가서 레오 브록에게 전화를 걸었다.

"빈스 지오다노와 약간의, 그러니까…… 충돌이 있었어요."

"언제?"

"금방이요."

"어디서?"

"내 가게 바깥의 주차장에서요."

"뭐라고 하던가?"

"에이미가 돌아오길 원한대요. 그 말을 키이스한테 꼭 전하라고 했어요."

"알겠네."

"빈스는 키이스가 무슨 짓을 한 걸로 생각해요, 레오. 그렇게 확신하는 눈치였어요."

잠시 침묵이 있었고, 레오의 뇌가 빠르게 돌아가는 소리가 들리는 듯했다.

"잘 듣게, 에릭." 마침내 레오가 입을 열었다. "경찰은 뭔가 잘못된 것이 있다고 생각해. 누군가가 말하지 않은 게 있다고 말이야."

"무슨 뜻이죠?"

"내 정보원한테 얻을 수 있었던 건 그게 전부야. 구체적인 건 없어. 그저 뭔가 잘못됐다고 느끼는 것뿐이지."

"뭔가 잘못됐다고요? 왜 그렇게 생각하는 거죠?"

"나도 몰라. 제보를 받았겠지."

"제보요? 누구한테요?"

"아무라도 그럴 수 있네. 경찰이 설치한 긴급 직통전화에서 얻을 수도 있고. 긴급 직통전화가 어떻게 작동하는지 알지? 익명으로 제보된다고. 누구라도 전화해서 아무 말이라도 할 수 있는 거지."

"하지만 경찰이 꼭 그걸 믿어야 할 필요는 없잖습니까?"

"그래, 경찰이 반드시 믿어야만 하는 건 아니지. 그래도 약간이나마 신뢰성이 있어 보이면 경찰은 대개 조사한다네. 특히 이런 종류의 사건, 소녀가 실종된 사건에선 말이야. 경찰도 엄청난 스트레스를 받으니까, 에릭. 자네도 알겠지만." 레오가 뜸을 들였다. 고해실의 신부처럼 침묵을 삽처럼 사용해 나를 떠보는 것 같았다. "그러니까 자네가 뭔가 알고 있다면 말이지⋯⋯ 뭔가 잘못된 것 말이야."

나는 반사적으로 그 차에 관해 말하려는 자신을 억눌렀다.

"그걸로는 충분하지 않아요." 내가 말했다. "뭔가 잘못된 게 있다고 때려 맞추는 게임에 어떻게 장단을 맞춰줘야 하는 겁니까? 맙소사, 뭐든지 그럴 수 있어요. 뭔가 '잘못됐다'라니. 젠장, 이보다 모호한 말이 어디 있어요?"

"그래서 내가 물어보는 거라네."

"정확히 뭘 물어보시는 겁니까, 레오?"

"들어보게, 에릭." 레오가 담담한 어조로 말을 꺼내기 시작했다. "빈스 지오다노의 일은 걱정하지 말게. 2초 안에 접근 금지명령을 받아낼 수도 있으니까. 하지만 자네가 알아야 할 것은, 그렇게 하면 경찰이 이 일을 파고들 수도 있다는 거야."

"무슨 일이요?"

"뭔지 몰라도 그들의 관점에서 유력해 보이는 것이지. 경찰은 오직 한 방향으로만 수사해야 할 필요가 없다네. 뭔가 제보가 들어오면, 긴급 직통전화 같은 데서 말이지, 경찰은 그걸 수사할 수도 있어. 어떤 일이라도 상관없지. 뜬소문 같은 거라도 말이지. 그게 경찰의 수사야, 에릭. 경찰의 수사는 재판이 아냐. 규칙이 다르다고."

나는 머리를 흔들었다. "긴급 직통전화라니, 젠장. 그냥 누군가가 아무 거라도 전화에 대고 말하면, 그러면⋯⋯."

"맞아, 그거야." 레오가 내 말을 가로채더니 이어서 말했다. "그래서 이걸 묻고 싶은 거라네. 자네나 메러디스를 해칠 이유가 있는 누군가가 있나?"

"무슨 짓을 해서 우릴 해칠 수 있죠? 이 모든 일을 키이스한테 뒤집어씌워서?"

"아마도 그렇겠지. 그게 아니면 근거 없는 이야기를 만들어낼 수도 있고."

"어떤 종류의 이야기 말인가요?"

"경찰의 주의를 끌 수 있는 얘기라면, 아무 거라도."

나는 차갑게 웃었다. "우리가 마약을 취급한다든가, 악마를 숭배한다든가?"

레오의 목소리가 침중해졌다. "뭐라도 된다네, 에릭."

갑자기 힘이 쭉 빠졌다. 모든 에너지가 고갈되고, 이전에 가졌던 낙관적인 희망은 고속도로에서 사고를 당한 동물의 시체처럼 납작해졌다. "하느님 맙소사." 나는 숨을 들이켰다. "어떻게 이런 일이……."

레오가 말을 이었다. "나도 모르겠네, 이 '뭔가 잘못된 것'이 뭔지는. 내 생각에는 아무것도 아닐 수 있어. 하지만 경찰은 많은 걸 필요로 하지 않아. 이런 식의 사건에선 더구나."

나는 고개를 약간 치켜들었다. 마치 흠씬 두들겨 맞은 격투기 선수가 다음 라운드를 시작하는 벨이 울리기 전에 몸을 추스르는 것처럼. "글쎄요, 그에 대한 답은 '아니오'입니다. 뭔가 잘못된 건 아무것도 없어요."

잠시 침묵이 흐른 후 레오가 말했다. "좋아." 그러고는 흠흠 하며 목을 가다듬더니 물었다. "내가 지오다노 씨에게 뭔가 조치를 취해 주기 바라나?"

내 어깨에 머리를 묻던 빈스의 심하게 상한 얼굴이 떠올랐고, 그의 흐느낌에 따른 떨림이 느껴졌다. "아뇨. 아직은 아닙니다."

"좋아." 레오의 어조는 조금 전과 같았지만 목소리에 실망스런 기색이 묻어 나왔다. "그가 자네에게 다시 접근하면 알려주게."

"그렇게 하겠습니다."

레오는 더 말하지 않고 전화를 끊었다. 하지만 전화할 때 느꼈던 기분은 내 주위에서 반향을 일으키며 계속되었다. '누군가'에 관한 기묘한 암시, 그는 나나 메러디스, 혹은 키이스를 해치고 싶어 하는 자일 수 있다. 그는 우리 작은 가족의 원 안으로 숨어 들어와 우리 가족을 찢어발기려고 한다. 나는 그의 속삭이는 듯한 낮은 목소리를 들을 수 있다. 익명이고 악의를 품은 자, 경찰의 긴급 직통전화에 구두로 고발하는 근친상간, 아동학대, 그 밖의 모든 일탈행위들. 그러나 고발 목록이 길어질수록 나는 더욱 쉽사리 그 어두운 고발의 목소리를 묵살할 수 있었다. 결국 고발은 증거가 있어야만 한다. 의심만으로는 아무것도 파괴할 수 없다.

아니, 의심만으로도 파괴할 수 있지 않을까?

갑자기 다른 하나의 질문이 내 뇌를 저미고 들어왔다. 생각의 흐름대로라면 키이스나 메러디스를 향한 질문이어야 했지만, 그건 아니었다. 옛날 집에 나타나 워렌 형에게 질문했던 정체를 알 수 없는 남자를 향한 질문이었다. 그는 어머니가 몰던 차가 밴 코틀랜드 다리의 가드레일을 부수고 다리 아래의 얼음처럼 찬 물로 떨어진 지 일주일 쯤 후에 보험과 관련된 문제를 갖고 나타났었다.
 설명할 길 없는 두려움과 함께 궁금증이 밀려왔다. 그 남자는 무엇을 찾고 있었던 걸까?

12

    그날 밤, 여러 해 만에 처음으로 집에 돌아가고 싶지 않았다. 그렇지만 그때까지 나는 심한 불안에 부대끼면서도, 머지않아 영원히 집을 떠나게 될 거라는 생각은 하지 못했다.
    쌀쌀한 10월의 어느 날, 나는 내 집을 마지막으로 보았다. 그날 오후에 집 정리는 모두 끝났고, 새로운 주인인 변호사와 부인, 그리고 두 명의 어린아이는 한시바삐 집으로 옮겨오고 싶어 안달하는 중이었다. 나는 비워지고 청소가 끝난 방을 하나하나 들어가보았다. 우선은 주방과 거실, 그 다음엔 2층으로 올라가 나와 메러디스가 오랜 세월 함께 쓰던 침실로 걸음을 옮겼다. 침실의 성에가 낀 창문을 통해 떨어진 잎들로 만들어진 카펫을 바라보았다. 그러고는 그날 밤 키이스와 마주쳤던 복도로 나갔다. 키이스가 발소리를 죽이고 드나들던 문을 통과해서, 그 애가 빛이 투과되지 않는 두꺼운 천으로 가려놓았던 창문을 통해 밖을 내다보았다. 격한 분노 속에서 그 천을 뜯어내던 순간 내가 했던 말이 마음속에 메아리쳤다. 빌어먹을 거짓말 좀 그만하라고!

일이 끝났지만 바로 집에 돌아가지 않기로 마음먹고, 메러디스에게 전화해 늦을 거라고 전했다. 목가적인 가족사진들을 완벽한 색깔로 염색한 나무와 페인트를 입힌 금속틀의 단정한 사각형 벽 안에 안전하게 집어넣는 반복적인 일 속에서 나를 잊어버리려고 애쓰던 그날 저녁, 아마 나는 이미 확실하고 줄기차게 다가오는 폭력을 실제로 감지하기 시작했던 것인지도 모른다. 아니면 한때 내 가족을 둘러싸고 있던 보호벽이 허물어지기 시작했음을 느끼면서도 그 갈라지고 터진 틈을 그냥 무시할 수 있으리라고, 다가오는 폭력은 씻은 듯 사라지고 에이미가 빈스와 카렌 품에 돌아오고, 나도 메러디스와 키스에게로 돌아갈 수 있으리라고 믿었던 것일 수도 있다. 그리고 그렇게 해서 내가 상상했던, 사악하고 악의에 찬 경찰 긴급 직통전화상의 목소리와 똑같이 의심 가득한 낮은 목소리로 뭔가 근본부터 잘못되었다고 벌써부터 쉬지 않고 우겨대기 시작한 아버지와 어머니, 제니와 워렌이라는 먼젓번 가족의 유령들로부터 벗어날 수 있으리라고 믿기 시작한 것이었는지도 모른다.

가게 문을 닫은 뒤 얼마나 오랫동안 일하며 남아 있었는지는 모르겠다. 다만 내가 가게 문을 잠그고 차를 향해 걸어갈 땐 이미 밤이 이슥한 시각이었다는 것만 기억난다. 닐이 공연히 진열장을 정리하며 꾸물거리는 모양새가 고민 있는 사람이 언제라도 기댈 수 있는, 소위 우정의 어깨라는 것을 제공할 준비를 갖추고 나를 지켜보고 있음을 알 수 있었다. 닐은 7시 좀 지나서 퇴근했다. 나는 한 시간을 더 일했다. 어쩌면 두 시간일지도 모른다. 시간은 무게감이나 중요성 없이 빠르게 흘러 보이지 않는 흐름 위에 표류하는 것 같았고, 내 자신이 멀리 떨어진 뿌연 안개를 향해 흘러가는, 통제하는 사람 없는 취약한 배처럼 느껴졌다. 그 안개 뒤에는 맹렬하게 떨어지는 폭포가 기다리고 있을 터였다.

차 운전석에 앉았지만 시동을 걸지는 않았다. 상점가의 모든 가게가 문을 닫았고, 나는 불이 꺼진 가게를 하나하나 살펴보았다. 무엇을 찾고 있는 걸까? 방향, 아마 그걸 찾는 것 같았다. 나는 낯선 의심이 유독성 연기처럼 내 첫 번째 가족 주위에 피어오르는 것을 깨달았다. 하지만 나는 그 의심을 흘려보내고, 당장 내 두 번째 가족이 직면한 심각한 문제에 집중해야만 한다는 사실 또한 알고 있었다. 그러니 내가 찾아야 할 건 무엇인가? 아마도 현재의 위기를 헤쳐 나갈 방도를 생각해내는 것, 앞으로의 일을 전망하고 에이미의 발견부터 에이미가 살해되는 경우까지, 키이스의 무죄가 밝혀지는 것부터 사형실로 끌려가는 키이스의 얼굴을 바라보는 경우까지의 모든 시나리오를 가정해보는 것일 수도 있었다. 희망과 절망을 오가면 그날 서녁 나는 너무 낙관적인 생각도, 지나치게 비관적인 생각도 할 수 없었다. 사실 키이스가 어둠 속에서 집을 향해 움직일 때 진입로 끝에 차가 보였다는 것 빼고 구체적으로 알고 있는 것도 없었다.

갑자기 레오 브록의 목소리가 머릿속에 들려왔다. 혹시 취수탑 근처에 간 적 있니?

키이스의 답은 늘 그렇듯 짧았다. 아뇨.

질문을 듣고 대답할 때까지의 사이에 내 아들의 눈 속에 뭔가 희미한 빛이 떠올랐다. 그 빛은 에이미가 사라진 날 밤 혼자 걸어서 집으로 돌아왔다고 말할 때 키이스의 눈에 떠올랐던 것과 같은 어두운 번쩍임이었다.
여러 날 동안 이 모든 사실을 심각하게 생각해보지 않았다. 그런데 그날 저녁 에이미의 잠옷이 취수탑 근처에서 발견되었다는 사실에 생각이 미치자, 갑자기 그곳에 가봐야겠다는 충동이 일었다. 직접 그 장소를 살펴보자. 어쩌면 머리카락 몇 올이나 종이쪽 한두 장과 같이 에이미에게 다가가는 단서가 될 수 있는 뭐라도 볼 수 있을지 모른다. 말도 안 되는 희망이었지만(당시에도 그렇다는 것은 알고 있었다), 나는 말도 안 되는 불합리성이 현실의 실제와 만나는 지점에 도달해 있었다. 아무리 모호하다고 해도 내 아들이 끔찍한 범죄의 혐의를 받고 있었고, 나는 아들이 죄가 없다는 것도 확신할 수 없는 지경이었던 것이다. 그 사실이 나를 앞으로 떠밀어 엔진 시동을 걸게 만들었다. 가게 앞의 주차장을 빠져나와, 전조등을 켜고 마을의 북쪽 끝을 향해 차를 몰았다. 몇 분 안 되어, 우주선처럼 보이는 원통형에 움직임 없이 부드럽게 빛나는 취수탑 꼭대기가 보였다.
취수탑에 이르는 비포장도로는 구불구불하고 울퉁불퉁했고, 차를 몰고 내려갈수록 점점 도로 폭이 좁아졌다. 길 양옆에 빽빽이 자라나 벽을 이룬 녹색 덩굴들이 해골의 손가락처럼 차의 유리창을 할퀴곤 했다.
도로는 좌측으로 굽었고, 그 다음엔 희미하게 빛나는 취수탑과 그 탑의 엄청난 무게를 지탱하는 철제 다리 주위로 큰 원을 만들며 돌아갔다. 정식 주차공간은 없었지만 탑을 둘러싸고 자란 나무들 사이로 차가 드나든 흔적이 보였다. 덤불 속에는 여기에 왔던 유령들이 남긴 것처럼 차가 들어와 주차했던 바퀴자국이 꽤 규칙적인 형태로 남아 있었다.

길을 따라 들어가 차를 세우고, 유령들의 공간으로 후진해 들어가 전조등과 미등을 껐다. 이제 어둠 속에 빛나는 것은 아무것도 없었다. 취수탑의 외부 테두리에 달린 등으로부터 쏟아져 내리는 빛줄기만 보였다.

한참을 어둠에 싸인 채 앉아 있었다. 내 눈길은 취수탑 아래 부드럽게 빛나는 구역을 이리저리 훑고 있었다. 그곳은 제멋대로 무성하게 자란 잡초로 덮여 있었고, 부드러운 바람이 풀밭 사이로 잔물결을 이루며 불었다. 여기저기 버려진 쓰레기들이 바람을 따라 잠깐씩 흔들리거나 날아올랐다가 얌전히 땅에 내려앉곤 했다.

이런 장소에서 뻔히 짐작할 수 있는 것 외에 별다른 것은 없었다. 외롭고 황량하며 사람의 발길이 닿지 않는 곳이었지만, 이 지역의 다른 십여 개 마을 취수탑들도 모두 이런 평범하지 않은 특징을 그대로 보이고 있을 터였다. 십여 개 마을 모두 독자적인 취수탑이 있었는데, 다른 취수탑들도 지금 여기와 다를 게 없었다. 단지 이곳에서는 어떤 만남의 장소나 비밀결사의 신성한 영역으로 사용되었을 거라는 느낌이 강하게 든다는 것만 달랐다. 나는 절반쯤 어느 오컬트 그룹이 기괴한 종교의식에 제물로 바치고 남은 동물의 뼈가 땅에 굴러다니는 모습을 보게 될지도 모른다는 생각을 했었다.

이러한 생각 때문에 나는 괴이한 한기를 느꼈고, 그 느낌은 누군지 모르는 사람의 영역에 우연히 들어섰을 때의 기분과 비슷했다. 무심한 도보 여행자가 완벽하게 순수한 들판이나 목초지라고 생각한 곳에서 우연히 마리화나 재배지를 만나게 된 것과 비슷한 느낌이랄까.

나는 생각했다. 에이미 지오다노는 단지 외진 곳이라는 이유만으로 이곳에 끌려왔을까? 아니면 뭔가 특별한 목적으로 이곳에 끌려왔던 것일까? 내 상상력이 끔찍하고 충격적인 방향으로 불붙었다. 나는 에이미가 벌거벗겨지고 결박된 상태로 의식용 가운을 입은 사람들에 둘러싸여 있는 모습을 보았다. 가운을 입은 자들 모두가 사탄의 주문을 중얼거리며 천천히 에이미 주위에서 원을 그리며 돈다. 내 머릿속 기괴한 시나리오 안에서 에이미는 임시로 설치된 제단에 눕혀지고, 주문의 열기가 절정에 오르자 은으로 만든 칼들이 에이미 몸 위 높은 곳으로 치켜 올라간다. 그 칼들은 한 번에 한 개씩 에이미의 몸에 내리꽂히고, 가운을 입은 자들은 각자 자기 차례가 오면…….

거기까지 상상했을 때 빛줄기가 보였다.

빛줄기는 내가 몇 분 전에 탔던 비포장도로에서부터 내려왔다. 차가 취수탑을 향해 덜컹거리며 다가오자 전조등 불빛이 경련하듯 흔들렸다. 취수탑에 이르러 그 차는 천천히 원을 그렸다. 어슴푸레 보이는 운전자가 내 차 근처를 지나칠 때 똑바로 앞만 바라보고 있었기 때문에 잠깐 동안 운전자의 얼굴은 검은 윤곽으로만 보였다.

운전자는 이 장소를 잘 알고 있는 게 분명했다. 미리 정해놓은 것처럼 보이는 지점까지 곧바로 차를 몰았고, 한 번 정지한 다음 후진해 라이트를 껐기 때문이었다.

나는 덤불 속으로 깊이 들어와 있어, 그 운전자가 내 차 근처를 지나칠 때 나를 보지 못했을 거라고 짐작했지만, 후진했을 때는 분명 내 차의 앞머리가 힐끗 보였을 게 틀림없었다. 그렇다면 내가 여기 있는 것이 그에게는 아무런 경계심도 일으키지 않았다는 얘기가 된다. 취수탑 아래를 덮은 으스스한 안개 사이로 어둑한 차 안에 앉아 있는 운전자를 볼 수 있었다. 그는 밖으로 나오지 않았고, 잠깐 거의 완벽한 정지 상태로 있었다. 그러다가 작은 움직임이 감지됐다. 성냥불이 켜지고, 운전자가 빨아들임에 따라 리드미컬하게 밝아졌다 어두워졌다 하며 타들어 가는 담뱃불이 보였다.

몇 분 정도 시간이 흐르자, 처음에 그 남자에게서 받았던 사악한 느낌이 점점 줄어들었다. 그가 해로울 것 없는 올빼미 같은 사람이라 상상했다. 어쩌면 불행한 가정에서 호된 꼴을 당한 탓에, 방해받지 않고 혼자 앉아 있을 수 있는 곳을 찾아 생각을 정리하거나 골칫거리들이 한꺼번에 마음에서 빠져나가기를 기다리고 있는 것인지도 몰랐다.

그때 어둠 속에서 두 번째 차가 접근해왔다. 두 번째 차의 전조등이 덤불을 통해 까불거리더니, 천천히 회전하며 자기 자리를 찾아 후진해 들어왔다.

키가 작고 좀 뚱뚱해 보이는 여자가 차에서 내렸다. 여자의 금발 머리카락은 뻣뻣하게 드리워져 가발 같았다. 그녀는 바로 전에 온 차로 걸어가더니 조수석 문을 열고 차에 올랐다. 어둠에도 불구하고 여자가, 기다리던 남자와 얘기를 나누는 모습이 보였다. 잠시 후, 그녀는 몸을 앞으로 숙여 아래쪽으로 몸을 웅크렸고 내 시야에서 사라졌다. 남자는 담배를 마지막으로 한 모금 빨더니 차창 밖으로 팅겨냈다. 여자가 몸을 일으키는 모습이 잠깐 보였고, 나는 두 사람 다 웃음을 터뜨렸다고 생각했다. 그러고는 여자가 몸을 웅크리며 다시 사라졌다. 이번에는 멀리서 보기에도 알 수 있을 정도로 남자가 머리를 뒤로 젖히고 몸을 부르르 떨며 한숨을 내쉴 때까지 여자의 모습은 나타나지 않았다.

물론 나는 그 자리를 떠나 몰래 사라지고 싶었다. 범죄에 가까운 침입을 한 것 같은 기분이 들었기 때문이었다. 내가 비밀의 방에 몰래 침입한 도둑처럼 느껴졌다. 그래서 나는 머리를 숙이고 몇 미터밖에 주차된 두 대의 차를 피해 눈을 이리저리 돌리며 그 자리에 남아 있었다. 차 문 열리는 소리에 다시 그쪽을 보았다. 남자의 차에서 내린 여자가 자기 차 쪽으로 가고 있었다. 가는 도중에 여자는 어깨에 건 핸드백을 열고 뭔가를 안에 넣었다. 몇 초 후, 그녀는 차를 몰고 떠났고 남자의 차가 뒤따랐다. 두 대의 차는 원을 돌아 걸리적거리는 덩굴지역을 통과했고 주도로로 빠져나갔다.

나는 그때까지도 그 자리에 머물러 있었다. 너무 빨리 그 자리를 떠나면 두 사람 중 누군가의 눈에 띄어 취수탑 아래에서 내가 그들의 행동을 봤다는 게 탄로 날까 봐 두려웠던 것이다.

5분이 지나고 10분이 지났다. 이제는 떠나도 안전할 것 같았다. 나는 주도로로 차를 몰고 나와 집으로 향했다. 집에는 메러디스가 침대에서 책을 읽고 있을 것이고, 키이스는 자기 방에 숨어 음악을 듣거나 컴퓨터 게임을 하고 있을 것이었다. 나는 메러디스의 마음속에 있는 것들도 뻔하다고 생각했다. 키이스에 관한 것이거나 학교에 관련된 문제일 터였다. 키이스는 아직도 수수께끼투성이였다. 담배를 피우고, 욕설을 하며, 아마도 경찰이나 나에게 거짓말을 하는 아이. 키이스가 지금까지 얼마나 많은 거짓말을 했을지조차 알 수 없었다. 내가 아는 것은 그저 익명의 제보자가 긴급 직통전화를 통해 경찰에 한 말, 뭔가 잘못된 것이 있다는 그 제보가 옳을지도 모른다는 의심이 커져가는 것을 억제할 수 없다는 사실뿐이었다.

13

다음 날 아침 키이스는 평소와 같은 시각에 학교를 갔다. 앞창을 통해 키이스가 자전거에 올라 주도로로 통하는 짧은 경사로를 올라가는 모습을 지켜보았다. 물리적으로는 등에 멘 책가방 말고 다른 짐이 없었지만, 키이스가 견뎌내고 있는 또 다른 짐, 다시 말해 혼란, 고립, 외로움과 같은 짐의 무게를 걱정하지 않을 수 없었다. 하지만 아직은 10대 소년들이 보통 갖는 부담 이상이라 할 것은 없었고, 나는 키이스가 지고 있는 짐이 그것 말고 더 있을 수도 있다는 의구심을 무시하려 애썼다.

"글쎄, 무소식이 희소식이겠죠?"

메러디스의 말에 뒤쪽에 서 있는 그녀에게 몸을 돌렸다. 경사로를 올라가 관목 숲의 벽 뒤로 사라지는 키이스를 눈으로 쫓으며 메러디스가 말을 이었다.

"경찰로부터 다른 말이 없네요. 좋은 조짐일 거예요."

나는 계속 숲 쪽을 바라보며 건조하게 대답했다.

"그럴지도 모르지."

메러디스가 고개를 오른쪽으로 발딱 젖혔다.

"좀 비관적으로 보이네요, 에릭. 당신답지 않아요." 그녀가 다가오더니 내 얼굴을 끌어당겨 자기를 보게 했다. "당신, 괜찮아요?"

나는 약하게 미소 지었다. "그냥 좀 피곤해. 그게 다야. 이것저것 생각하느라고."

"빈스 지오다노가 당신을 찾아오는 일 같은 건 분명히 좋은 경험은 아니겠죠." 메러디스가 두 손을 내 얼굴 양쪽에 올려놓으며 말을 계속했다. "들어봐요, 우리는 내일 밤 메이스 박사의 파티에 갈 거예요. 이 침울한 분위기에서 벗어나 좋은 시간을 갖자고요. 우리 둘 다 그게 필요해요, 긴장을 풀 기회 말이에요."

"그래."

메러디스가 내게 짧은 키스를 하고 돌아서서 침실 쪽으로 걸어갔다. 옷을 마저 차려입고 출근하려는 모양이었다.

나는 창 앞에 남아서, 아침 햇빛이 늘어진 나뭇가지 사이로 비쳐드는 장면을 지켜보았다. 이 집을 둘러싼 숲의 작은 조각이 이토록 아름답다는 것을 처음 알았다. 잠시 나는 우리가 이곳에 이사 오던 날을 회상했다. 트럭에서 짐을 부리는 동안 우리는 주위를 둘러보며 어떤 시간을 가졌던가. 날은 또 얼마나 화창했던가. 그날 우리가 이 완벽한 숲에 함께 모여, 모두가 웃고 또 웃으며 얼마나 행복해 했던가.

목요일 아침이라서 가게가 아니라, 아버지가 5년째 살고 있는 양로원을 향해 차를 몰았다. 아버지가 양로원에 처음 거처를 정한 이후, 나는 정해진 정확한 날 정확한 시각에 아버지에게 들렀다. 노령에도 불구하고 아버지는 줄곧 당신이 '불시의 놀람'이라 부르는 일을 지독하게 싫어했다. 아버지가 사용하는 '불시의 놀람'이란 말은 적절치 않은 시점에 받는 선물에서부터 두 아들 중 하나가 예정에 없이 방문하는 것까지를 의미했다.

그날 아침 아버지는 늘 그러듯이 양로원의 넓은 현관에서 휠체어에 앉은 채로 나를 맞이했다. 아버지는 겨울에도 건물 밖에서 만나는 것을 좋아했다. 물론 근년에는 조금 양보해, 가끔 양로원 거실에서 만나기도 했다. 아버지의 휠체어는 난로에서 1미터쯤 떨어진 곳에 있었다.

"안녕하세요, 아버지." 계단을 올라가며 인사했다.

"에릭." 아버지는 사무적으로 고개를 끄덕였다.

나는 아버지의 의자 옆에 있는 고리버들로 만든 흔들의자에 앉아 마당을 바라보았다. 마당은 깔끔하게 관리되지 않아서 바랭이풀과 민들레 같은 것들이 군데군데 자라고 있었는데, 이런 잡초들이 아버지를 얼마나 열받게 했을지 짐작할 수 있었다.

"서리가 내려서 죽기만 기다리나 봐." 아버지가 불평했다.

아버지는 마당이나 정원 관리에 아주 까다롭게 구는 사람이었기 때문에 엘름 스트리트에 있던 저택을 둘러싼 넓은 마당은 언제나 완벽하게 정리된 상태였다. 아버지는 그 저택에 살았던 몇 해 동안 열 명이 넘는 정원사를 고용하고 해고했다. 아버지의 말에 따르면 그 정원사들은 하나같이 게으르거나 서툴렀다. 하지만 아버지는 정원사가 제대로 해놓지 않은 부분을 바로잡기 위해 어머니가 삽을 드는 일은 절대로 허용하지 않았다. 어머니가 할 일은 아버지가 완벽한 상태를 유지하게 하는 것이었다. 아버지의 양복을 다려놓고, 아버지 책상을 청소하고, 매일 저녁 아버지가 의기양양하게 집으로 돌아오는 시간에 맞춰 저녁식사를 차리는 것 등의 일을 한 치 오차 없이 해내는 것이야말로 어머니가 할 일이었다. 여자의 일이란 언제나 집안에서 이뤄져야 한다고 아버지는 역설했다.

"에이미 지오다노의 일을 들으셨을 거예요."

아버지는 어수선한 마당 너머를 계속 바라보기만 했다.

"실종된 여자애 말입니다." 내가 덧붙였다.

아버지는 고개를 끄덕였지만 별 관심을 보이지 않았다.

"키이스가 그날 밤 에이미의 집에 개를 돌보기 위해 있었다는 얘기 들으셨죠?"

아버지의 입술이 아래쪽으로 갑자기 움직이더니 심술궂은 말이 튀어나왔다. "그놈은 뭐라도 골칫거리를 만들 놈이었어. 이 일이 아니라도 말이다."

아버지가 자기 손자에게 그런 의견을 가지고 있다는 것은 정말 의외였다.

"왜 그렇게 생각하시죠?"

아버지의 눈길이 천천히 나를 훑었다. "너는 키이스에게 맞선 적이 한 번도 없을 거다, 에릭. 그놈이 너를 두려워하게 만든 적도 없을 거야. 메러디스에게도 마찬가지지. 이 히피 같은 놈아."

"히피라고요?" 내가 웃음을 터뜨렸다. "놀리시는 거예요? 저는 히피였던 적이 없어요. 저는 열여섯 살에 일하기 시작했어요. 기억나세요? 히피가 될 틈조차 없었다고요."

아버지가 마당을 향해 돌아섰다. 눈빛이 기묘할 정도로 강렬했다.
"그놈을 처음 봤을 때부터 골칫거리가 될 줄 알았다."

내 아들의 15년 평생 동안, 아버지는 한 번도 그런 암울한 전망을 표현한 적이 없었다. "무슨 말씀을 그렇게 하세요? 키이스는 언제나 착한 아이였어요. 최상급은 아니라도 괜찮은 아이였다니까요."

"부랑자 같지. 영락없는 노숙자야. 게을러터졌지. 워렌처럼." 아버지가 으르렁거렸다.

"형이 아버지에겐 잘했잖아요."

"워렌은 부랑자야." 아버지가 조롱하듯 말했다.

"어릴 때부터 형은 아버지를 위해 뼈 빠지게 일했어요."

"부랑자야." 아버지는 그 말만 되풀이했다.

"형은 집에서 생기는 힘든 일을 다 했어요. 아버지가 조경사를 해고할 때마다 공백을 메웠죠. 잔디를 깎고, 울타리 가지치기를 하고…… 여름에는 집에 페인트칠하는 것까지 시켰잖아요."

"워렌 그놈이 페인트칠을 끝내놓으니 녹아내린 케이크 같았지. 온 천지에 페인트 튄 자국이고 얼룩이었어. 구석은 칠하지도 못했고, 격자창은 엉망으로 떡칠을 해놓았어. 모든 게 엉성하고 대충대충이었다."

"좋아요, 형이 전문가처럼 일을 해내진 못했죠, 하지만 그때 형은 어린아이였어요, 아버지. 그 마지막 여름에 형은 겨우 열여섯 살이었다고요."

그 마지막 여름. 나는 그 여름을 눈앞에 보는 것처럼 생생하게 기억한다. 아버지는 한 번 떠나면 며칠씩 집을 비웠다. 돈을 구하기 위해 뉴욕이나 보스턴에 갔던 것이다. 어머니는 오직 의지 하나로 살림을 꾸려갔다. 형 얘기에 따르면 남모르게 엠마 고모로부터 돈을 빌리고, 가톨릭에서 운영하는 중고 할인매장에서 옷을 사기 위해 50여 킬로미터나 떨어진 이웃 마을까지 차를 몰았다.

"아버지는 상황이 악화되어 가고 있다는 걸 인정하지 않으셨잖아요. 기억나세요? 그때 뉴욕에서 돌아오면서 브룩스 브라더스 정장을 두 벌씩이나 사오셨죠."

아버지가 경멸 섞인 표정으로 손을 저으며 말했다. "아무도 밥을 굶지는 않았다."

"그렇게 될 수도 있었어요. 어머니가 돈을 관리하지 않으셨다면 말이죠."

아버지가 차갑게 웃었다. "네 어머니는 아무것도 관리할 능력이 안 된다." 그러면서 손을 홰홰 젓더니 말을 이었다. "쓸모없는 여자였지."

"쓸모없다고요?" 아버지를 돌보느라고 일생을 낭비한 여자를 이런 식으로 말한다는 것에 화가 치밀었다. "어머니가 그토록 쓸모없었다면, 아버지는 왜 어머니에게 보험을 들게 한 건가요?"

아버지가 머리를 홱 젖히며 긴장했다. "보험이라고?"

"형 말로는 보험 든 게 있었다고 했어요. 어머니가 돌아가셨을 때 말이죠."

"워렌이 뭘 안다고 하더냐?"

"보험회사 직원이 집에 왔었대요."

아버지의 얼굴이 살짝 굳어지는 것을 느낄 수 있었다.

"은행으로 집이 넘어간 뒤, 형이 짐을 싸고 있는데 보험회사 직원이 왔대요."

아버지가 삭막한 표정으로 웃음을 터뜨렸다. "워렌 그놈은 제정신이 아냐. 보험회사 직원은 온 적이 없어."

"형 말로는 그 직원이 자기한테 우리 가족에 관해 물었다는데요? 아버지와 어머니 사이가 어떤지."

"빌어먹을!" 이제 아버지의 목소리는 구석에 몰린 개가 내는 소리처럼 낮게 으르렁거리고 있었다.

내가 말을 꺼내려는데, 아버지가 손을 쳐들어 막았다. "워렌 같은 주정뱅이가 뭘 알겠냐? 그놈의 뇌는 알코올에 흠뻑 절어 있을 거다." 아버지가 손을 내리더니 몸을 뒤로 젖혀 의자에 기댔다. 아버지는 잡초가 무성한 마당을 향해 눈길을 주며 침통한 목소리로 말했다. "아무것도 없다. 그 늙은 년이 죽었을 때, 나는 아무것도 얻지 못했어."

"그 늙은 년이라고요? 맙소사, 아버지. 어머니는 아버지를 위해 헌신……."

"나를 위해 헌신했다고?" 아버지가 고함을 질렀다. 아버지의 고개가 기괴할 정도로 부드럽게 나를 향해 돌아가더니 신랄한 웃음이 터져 나왔다. "넌 아무것도 몰라."

"무엇에 대해서요?"

아버지는 자조하듯 킬킬거렸다. "너는 그 여자에 관해 아무것도 모른다. 헌신이라고? 말도 안 되는 헛소리다."

"아버지가 아는 건 뭔데요?"

아버지의 웃음은 점점 더 신랄하고 냉혹해져, 지독하게 기분 나쁜 킬킬거리는 소리로 변했다. "빌어먹을, 에릭. 너는 언제나 그 여자를 숭배하더라만, 내 말을 믿어라. 그 여자는 절대로 젠장할 성녀 같은 게 아냐."

"어머니 같은 사람이야말로 성녀예요."

아버지의 눈이 악마와 같은 내면의 빛으로 반짝이는 듯했다. "에릭, 나를 믿으라니까. 넌 아무것도 모른다고."

몇 분 후, 아버지와 헤어진 나는 정신이 멍했다. 공중에 떠다니는 깃털처럼 정신이 혼미하고 어리벙벙했다. 격렬하게 감정을 폭발시킨 뒤 아버지는 어머니에 관해 더 이상 아무 말도 하지 않았다. 아버지에게 어머니와의 결혼생활은 돈을 잃고 끝난 포커판이나, 꼴찌로 들어온 말에게 돈을 걸었던 경마처럼 짧고 불쾌한 에피소드에 불과한 듯했다. 당구를 치거나 비싼 스카치위스키를 한 잔 하려고 집에 가끔 들르던 부유한 사업 친구들이 저택의 잘 꾸민 응접실에서 잡담을 하고 시가를 피워대는 동안, 아버지가 연출했던 야단스러운 쇼가 생각났다. "그리고 이 사람이 제 아름다운 신부입니다." 아버지는 어머니를 그런 식으로 소개하곤 했다. 그러고는 과장된 숭배의 몸짓으로 어머니를 자기 쪽으로 끌어당겨, 어머니의 가는 허리를 손으로 감싸 쥐고…… 그러고는 미소 지었다.

가게로 와 시간을 보니 10시가 막 지났다. 닐은 이미 평소처럼 일하고 있었다. 어지간히 관찰력이 있지 않은 사람이라면 내 몸가짐에서 아무 변화도 눈치채지 못할 테지만, 닐은 언제나 미묘한 기분의 변화조차 재빨리 파악했다. 닐은 내가 감추려고 애쓰는 고통을 알아보았지만, 결국 그가 문제를 건드렸을 때는 한참 잘못 짚은 얘기였다.
"사업은 다시 회복될 겁니다. 사람들이란 그저…… 모르겠어요…… 사람들은 정말 이상해요."
이상해요.
그 단어가 두려움들을 억제하려 애쓰고 있던 나의 모든 방어벽을 순식간에 쓸어버렸다. 마침내 댐이 무너지고 부글거리며 밀려오는 두려움을 향해 자신이 내던져진 느낌을 받았다. 지난 며칠 동안 겪은 어두운 측면들이 지금 한꺼번에 내 앞에서 솟구치며 자기 말을 들어보라고 아우성치고 있었다.
"뭐 안 좋은 일 있으세요, 사장님?" 닐이 조심스레 물었다.
나는 닐의 커다랗고 친절한 눈을 들여다보며 내 말을 들어줄 사람이 닐 외엔 없다고 느꼈다. 하지만 그때까지도 어디서부터 말을 시작해야 할지 난감했다. 나의 내면에서 끓어오르는, 쉬쉬 소리를 내며 분출되는 증기가 너무 많았다. 나를 괴롭히는 의문을 하나씩 정리할 방법이 없었다. 그래서 나는 급히 숨을 들이쉬고 가장 시급한 문제에 집중하기 위해 노력했다. 가장 시급한 문제는 분명 키이스에 관한 것이라고 생각을 정했다.
"뭐 좀 묻고 싶은 게 있는데 말이야." 나는 망설이며 이야기를 시작했다.
"뭐든지요." 닐이 부드럽게 응수했다.
나는 가게 앞문 쪽으로 걸어가서 '자리 비움' 표지판을 걸고 문을 잠갔다.
내 갑작스런 행동에 닐이 겁을 먹은 듯했다. "저를 해고하시려는 거군요." 닐이 극심한 공포를 느끼는 듯 허둥거리며 말했다. "제발, 에릭. 뭐든 고칠게요. 저는 이 일이 필요해요. 제 어머니. 약. 저는……."

"일에 관한 얘기가 아냐. 자네는 아주 잘하고 있어."

닐은 금방이라도 기절할 것처럼 보였다. "올 여름이 시원찮다는 건 알아요, 매출을 보면, 그렇지만……."

"가게 일과 관련 없는 얘기라니까." 나는 잠시 말을 멈추고, 용기를 내기 위해 깊이 숨을 들이켰다. "키이스에 관한 얘기야."

닐의 얼굴이 고요해졌다.

내겐 그저 하려던 이야기로 뛰어들 수 있을 뿐 다른 도리가 없었다. "키이스에 대해 뭐 좀 아는 게 있나?"

"키이스에 대해 아냐고요?" 닐이 반문했다. 내 목소리에 실린 기이할 정도로 조급한 느낌에 당황한 빛이 역력했다.

"그 애의 생활에 관해서 말이지."

"별로 아는 게 없는 것 같아요. 키이스는 음악 얘기를 가끔 했죠. 어떤 밴드를 좋아하는지, 뭐 그런 얘기 말이에요."

"그 애가 여자친구 얘기 같은 건 하지 않던가?"

"아뇨."

"친구에 대해선? 키이스는 친구가 없는 것 같던데."

닐이 어깨를 으쓱했다. "한 번도 친구 얘길 한 적이 없어요."

"그렇군. 키이스가 사진을 배달했던 사람들에 관해서는 어떤가? 불평 같은 건 한 적 없나?"

닐은 격렬하게 고개를 흔들었다. "전혀 없었어요. 절대로요!"

나는 닐을 날카롭게 쏘아보았다. "정말이야?"

"그럼요, 확실해요."

나는 고개를 끄덕였다. "좋아, 나는 그냥 키이스가 자네에게 고민거리를 얘기할지도 모른다고 생각했던 거라네. 내 말은, 그러니까 만약에……."

"만약에 뭐 말이죠?"

"키이스가 어떻게 해결해야 할지 모를 그런…… 문제가 있는 거라면 말이지."

"어떤 종류의 문제 말이죠?" 닐이 물었다. 닐은 진짜로 당황한 듯했다. "그 말은 그러니까, 키이스가 저한테 여자 문제 같은 걸 얘기하려 하진 않았을 거란 뜻이죠, 맞나요?"

"아마 그렇겠지."

닐은 나를 기묘한 표정으로 쳐다보았다. "그게 찜찜하신 거군요, 안 그래요? 키이스가 여자친구를 사귀지 않는다는 것 말이에요."

나는 고개를 끄덕여 동의했다. "조금 맘에 걸려. 메러디스가 그렇다고 하니까. 하지만 나는 그렇게 확신하기가 어렵다네. 내 말은, 키이스가 여자친구가 없다면, 뭐랄까 키이스는 그냥 아직은 애다. 그 말은 키이스가 그렇다는 얘기는 아닐……."

"게이 말인가요?"

"꼭 그렇다는 말은 아니고."

닐은 내 목소리에 실린 어색함, 뭔가 진실을 회피하려 애쓰는 듯한 느낌을 알아차렸다. "키이스가 게이라고 생각하세요?"

"그렇게 생각해본 적이 있긴 하지." 내가 사실을 인정했다.

"왜죠? 키이스가 무슨 얘기를 했나요?"
"아니. 하지만 키이스는 늘 화가 난 것처럼 보이잖아."
"그러는 것이 게이인 것과 무슨 상관이 있어요?"
"아무 상관없지."
닐이 고통과 절망이 섞인 표정으로 나를 쳐다보았다. 평생 처음 보는 표정이었다. 그렇게 나를 바라보던 닐이 부드러운 목소리로 입을 열었다. "그래요, 좋아요."
"무슨 말인가?"
닐은 대답하지 않았다.
"뭐냐고, 닐?"
닐이 건조하게 웃었다. "사장님 생각은 이런 거 같군요. 키이스가 게이라면 그 애는 화가 날 것이 틀림없다. 자신을 증오하거나 뭐 그래서 말이죠. 많은 사람들이 그렇게 생각하죠. 게이 새끼들은 자신을 증오할 거라고."
내가 말하려 하자, 닐이 손을 들어 제지했다.
"상관없어요, 사장님이 그런 생각을 믿지 않으신다는 걸 아니까."
"그래, 난 그렇게 생각하지 않아. 정말이야, 닐. 나는 그런 말 안 믿는다니까."
"됐어요, 에릭. 정말 괜찮아요." 닐은 부드럽게 미소 지었다. "어쨌거나 모든 사람들의 문제가 다 잘 풀리기를 바라요. 특히 키이스가 잘 되길 바랄게요." 그렇게 조용히 말하고 나서 닐은 문 쪽으로 몸을 돌렸다.
"닐, 난 정말로 그런 뜻이 아니……."

닐은 굳이 돌아보려 하지 않았다. "저는 괜찮아요."

그 일이 있고 나서도 종일 손님들이 오고 갔다. 닐은 바쁘게 일에 빠져들었고, 나와 거리를 두기로 작정한 듯했다.

오후 5시가 되자 하늘 빛깔이 바뀌기 시작했고, 6시에 가게 문 닫을 준비를 할 때는 하늘이 석양의 황금빛으로 빛나고 있었다.

전화가 울렸다.

"'에릭의 액자와 사진'입니다."

"에릭, 그 사람들이 또 왔어요." 메러디스였다.

"누가?"

"경찰이요. 그 사람들이 다시 집에 왔어요."

"당황하지 마. 그 사람들은 전에도 왔었잖아, 안 그래?"

메러디스의 숨소리를 들어보니 겁에 질린 게 확연히 느껴졌다. "이번에는 수색영장을 갖고 왔어요." 메러디스가 말했다. "에릭, 집으로 와요."

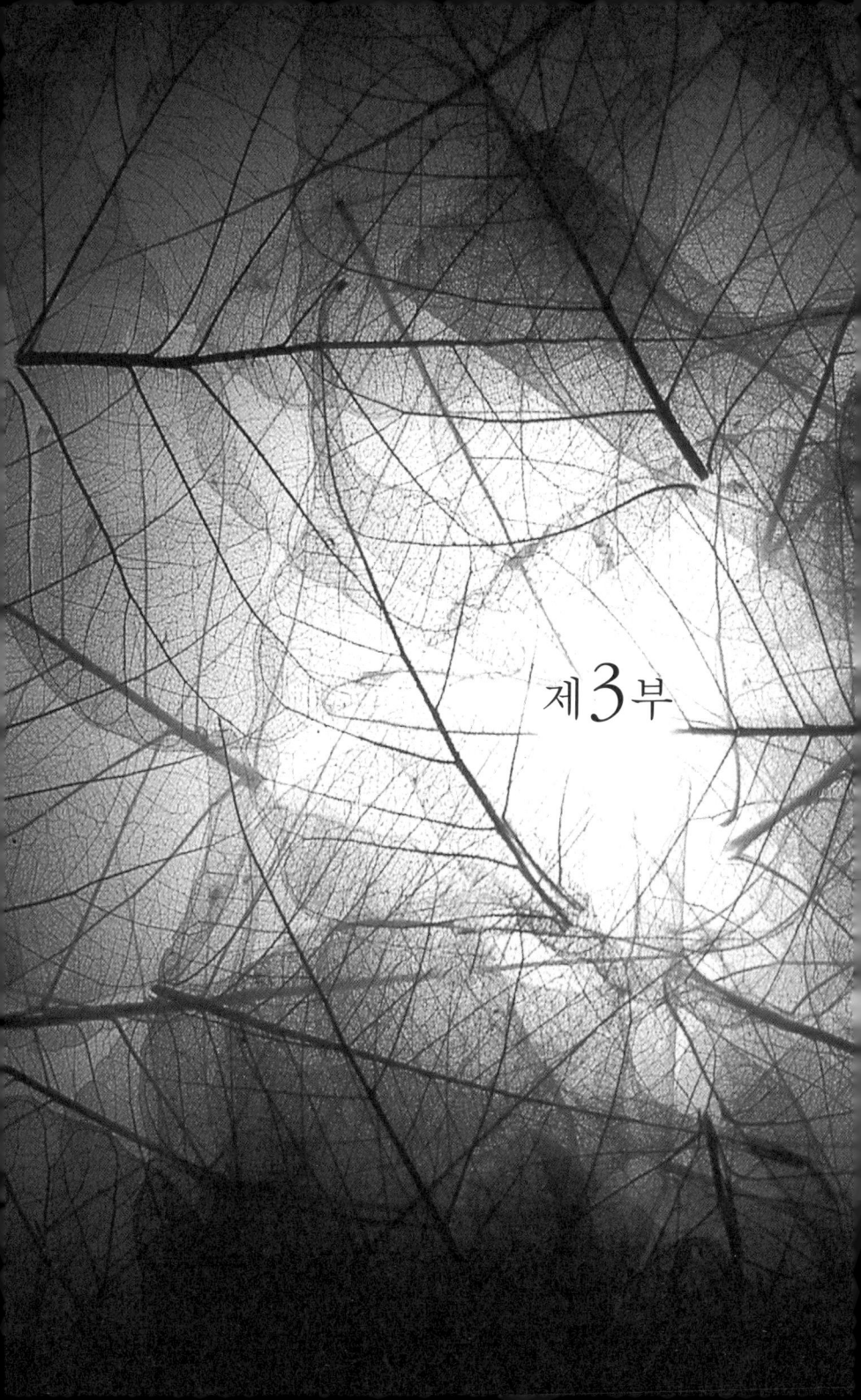

너는 여기서 멈춘다. 커피를 한 모금 마신다. 이제 네가 말하고 싶어 하는 이야기가 반쯤 진행된 상태다. 너는 이제 평행한 상태로 진행되던 이야기의 줄거리가 교차될 지점에 와 있다는 것을 깨닫는다. 여기서부터는 이야기를 풀어가기 좀 더 어려우리라는 것을 너는 알고 있다. 신중한 어조로 말해야 할 필요가 있고, 이야기들을 제대로 연결시켜야 할 것이다. 흐릿한 부분이 있으면 안 되고, 아무것도 회피해선 안 될 것이다. 특히 결과에 대한 책임 소재에 관련된 것은 너욱 명료해야 할 것이다.

마치 우연한 이중노출에 의해 한 사진의 색깔이 다른 사진으로 번지는 것처럼, 한 가족의 역사가 어떤 식으로 다른 가족을 물들이는지를 묘사하고 싶다. 너는 그 과정을 드러내 보이고 싶지만, 지금은 내리는 비를 하염없이 바라보면서, 비에 흠뻑 젖은 우산 아래 서 있는 사람들을 지켜보면서, 무슨 일이 일어났었는지 깊이 생각하지 않는다. 하지만 어떻게 했으면 그 일을 피할 수 있었을까? 그 일을 멈추게 하기 위해 너는 무슨 일을 할 수 있었을까, 혹은 적어도 생명이 계속 이어져 균형을 찾고, 추락한 자만이 아는 지고한 지혜에 도달할 수 있는 방향으로 그 일을 바꿀 수는 있지 않았을까?

하지만 네 머릿속의 바퀴들이 회전하기 시작한다. 너는 그 바퀴들이 도는 것을 느낄 수 있다. 하지만 할 일은 아무것도 없고 오직 그 바퀴들이 견인력을 가질 때까지 기다릴 수밖에 없다. 그러다가 사전 경고도 없이 바퀴들이 견인력을 갖게 되고, 너는 네 자신이 할 수 있는 일은 그저 계속 진행하는 것뿐임을, 정확히 네가 중단했던 곳에서 시작하는 것뿐임을 이해한다.

14

집으로 와요.

나는 그 말을 마음속으로 되뇌곤 한다. 그 말을 되뇔 때마다 메러디스의 억눌린 호흡이 떠오르고, 두려움에 얼어붙은 그녀의 목소리가 들린다.

내게 들리는 건 그것뿐만이 아니다. 속삭이는 목소리와 총성도 들린다. 그리고 나는 그런 소리들과 함께 키이스와 워렌이 보도를 천천히 걸어 내려가서 일본난쭝나무 뒤로 사라지던 날로부터, 내가 마지막으로 그 나무 밑을 지나치던 순간까지 일어난 모든 일을 다시 사는 것처럼 세세한 부분조차 완벽하게 떠올린다. 돌이켜보면, 모든 일이 불가피했던 것처럼 보인다. 모든 사건들이 그날 밤 내가, 키이스가 에이미 지오다노의 집에서 돌아오기를 기다리며 읽었던 시구의 암울한 아이러니로 귀결되었다. "첫 번째 죽음이 있은 뒤, 또 다른 죽음은 없다."

하지만 또 다른 죽음이 있었다.

메러디스의 전화를 받고 서둘러 집으로 차를 몰았다. 진입로에 들어서자 막 해가 지고 있었다. 일본단풍나무의 펼쳐진 가지들 아래 공기는 이미 미묘한 핑크색을 띠고 있었다. 메러디스는 도로 중간쯤에서 나를 맞았다.

"키이스는 마을로 내보냈어요. 강의안 작성할 게 있어서 집중해야 한다고요. 그 애한테 그렇게 얘기했어요. 몇 시간 있다가 돌아오라고요." 메러디스의 눈가에 작은 주름이 보였다. 통화를 하고 내가 집에 도착할 때까지의 짧은 시간 동안 몇 년은 더 늙은 듯했다. "키이스한테 경찰이 올 거라는 얘기는 하지 않았어요. 그 애가 무슨 짓을 할까 봐 겁이 났거든요. 뭔가를 감춘다든가 말이에요."

이게 무슨 소리냐는 눈빛으로 바라보자 메러디스가 계속했다.

"뭐든지 감출 수 있어요. 지저분한 잡지라든가, 커피포트, 뭐든 남에게 보이고 싶지 않은 것들 말이에요. 혹시라도 키이스가 그렇게 하면, 당신도 알겠지만 생각만 했더라도, 공무집행방해죄가 될 거예요."

"당신이 레오에게 얘기했더군."

"키이스를 그 애 방에서 내보내기 위해 상점에 보내겠다고 레오한테 얘기했어요. 레오는 괜찮은 생각이라고 하더군요."

"레오는 키이스를 신뢰하지 않나 보군. 괜찮은 생각이라고 한 건 그래서겠지?"

메러디스가 고개를 끄덕이며 답했다. "아마 그렇겠죠."

"레오도 이리로 와?"

"경찰이 키이스에게 질문하겠다고 할 때만 오겠대요." 메러디스가 걱정스런 표정으로 바라보며 말을 이었다. "나는 그 사람들하고 말하기 싫어요, 특히 크라우스하고는. 전화에 대고 딱딱거렸어요. 뭐랄까, 마치 적을 대하는 것처럼." 메러디스가 애원하듯 바라보며 물었다. "크라우스는 왜 그런 식으로 행동하는 걸까요, 에릭?"

"크라우스는 우리가 아주 정상이라고 생각하진 않나 보지." 내가 조심스럽게 말했다. "레오가 긴급 직통전화에 대해 말했어? 사람들이 아무렇게나 해대는 말들 말이야."

"무엇에 관해서요?"

"우리들에 관해서. 레오는 정보원을 갖고 있어. 경찰에 말이지. 그리고 그 정보원은 레오한테, 경찰이 뭔가 잘못되었다는 생각을 가지고 있다는 것을 알려줬지. 경찰은 '뭔가 잘못된 것'이라고 말한대. 레오가 생각하기에는 경찰 긴급 직통전화에 누군가 우리에 관해 안 좋은 이야기를 할 수도 있다는 거야."

메러디스는 커다란 거미줄에 걸린 작은 생물처럼 지치고 무력해 보였다.

"레오는 긴급 직통전화로 정확히 어떤 말이 들어왔는지는 잘 모르는 것 같아." 내가 덧붙였다. "하지만 이렇게 경찰이 스트레스를 받고 있는 상황에선, 우리에 관해 들은 얘기를 사실로 믿을 수도 있다고 걱정했어."

메러디스는 암울한 침묵에 사로잡혀 꼼짝하지 않았지만, 머릿속은 계속 움직이는 것을 느낄 수 있었다.

"아마 누군가가 우리 집 진입로에 차가 들어왔던 장면을 봤을 수도 있어."

"어쩌면. 그럴지도 모르죠." 메러디스가 중얼거렸다.

"사람들이 다른 것도 봤을지 몰라. 레오가 키이스에게 취수탑 근처에 간 적 있느냐고 물었던 걸 기억해? 키이스는 아니라고 했지만, 사실을 말한 것인지는 모르겠어."

"왜 키이스가 사실을 말하지 않았을 거라고 생각하는 거예요?"

"그냥 키이스 눈빛을 보니까 그래. 그때의 눈빛은 집에 혼자 왔다고 했을 때의 눈빛과 똑같았어." 나는 어깨를 으쓱했다. "취수탑은 만남의 장소 비슷하더라고. 남자와…… 창녀. 내 생각엔 몸 파는 여자 같았어. 그 여자는 핸드백에 뭔가를 넣던데. 아마 돈이었겠지."

메러디스는 멍하니 얼이 빠진 듯했다.

"갔었어. 취수탑에. 레오도 말을 꺼냈고, 키이스는 안 갔다고 대답했지만 그냥 궁금해져서 말이야."

"그래서 그 모든 것을 봤다구요? 남자하고……."

"그럼." 내가 대답했다. "키이스가 왜 거기 갔는지 모르겠어. 혹시 갔다면 말이야. 아마 그런 짓을 그냥 지켜봤겠지, 아마 그건 그 애의…… 배출구였을지도."

잠시 메러디스는 내가 방금 자기에게 말한 비열한 내용을 어떻게 처리해야 할지 갈피를 잡지 못하는 것 같았다. "좋아요, 그러니까 그런 장소가 있고 사람들이 거길 간다는 말이죠. 하지만 당신은 왜 키이스가 엿보기 위해서…… 아니면 다른 이유로 거길 갔다고 그렇게 빨리 믿어버리는 건가요?" 메러디스가 따졌다.

나는 대답할 말이 없었고, 메러디스 역시 내가 대답할 말이 없다는 사실을 알았다. "오, 에릭. 우리에게 무슨 일이 생긴 걸까요?" 그녀가 기진맥진한 목소리로 말했다.

피크와 크라우스가 도착했을 때, 메러디스는 엄격하게 자신을 제어하는 프로의 얼굴을 회복하고 있었다. 피크와 크라우스는 동네 선술집 가는 남자들처럼 가벼운 표정으로 얘기를 나누며, 단풍나무 가지들을 스쳐 지나 느릿한 발걸음으로 도로를 걸어 내려왔다.

나는 그들을 현관에서 맞았는데, 문을 열자마자 둘의 편안하던 몸짓이 어느새 냉정한 프로의 자세로 바뀐 것을 깨달았다. 칙칙한 얼굴의 두 사람은 꼿꼿이 선 채 몸 앞쪽으로 두 손을 깍지 끼고 있었다.

"죄송합니다, 무어 씨. 또 귀찮게 해드리는군요." 피크가 입을 열었다.

크라우스는 내게 고개를 끄덕였지만 말하진 않았다.

"우리가 어떻게 해야 할까요?" 내가 물었다. "집이 수색당하는 일은 처음이라서요."

"우리는 집과 주변 대지에 대한 수색영장을 갖고 왔습니다. 불필요한 일로 곤란을 드리지 않도록 주의할 겁니다." 피크가 설명했다.

"그러면 그냥 당신들을 안으로 들이면 되는 건가요?"

"네."

내가 뒤로 물러서서 문을 활짝 열자, 두 사람은 거실을 지나 메러디스가 서 있는 곳으로 갔다. 메러디스의 몸은 완전히 굳어 있었고, 눈에는 적의와 경계의 빛이 가득했다.

"키이스는 집에 없어요. 이 일에 대해서는 그 애에게 알려주지 않았어요." 메러디스가 말했다.

"오래 걸리진 않을 겁니다." 피크가 희미한 미소를 지으며 말했다.

"어디서 시작할 건가요?" 내가 물었다.

"키이스의 방부터 보겠습니다." 피크가 대답했다.

나는 고개를 돌려 계단을 가리키며 말했다. "저기서 왼쪽 두 번째 방입니다."

그들이 키이스의 방을 수색하는 동안 메러디스와 나는 주방에서 기다렸다. 메러디스가 커피를 한 주전자 내렸고, 우리는 식탁에 앉아 말없이 커피를 마셨다. 그 짧은 시간 동안 우리는 서로를 잠깐씩 바라보다가 눈길을 다른 곳으로 돌리면서, 긴장한 가운데 그저 기다리는 수밖에 없었다. 우리는 너무 오랫동안 함께 지내 서로를 너무나 잘 알고, 결국에는 침묵에 빠지게 된 무언극에 나오는 부부처럼 보였을 것이다.

그 다음 몇 분 사이에 다른 경찰들이 도착했다. 그들은 모두 정복을 입고 있었다.

주방의 우리 위치로부터 경찰들이 마당을 여기저기 찔러보는 모습이 보였고, 집 뒤로 몇 천 평 넘게 펼쳐진 숲에 대해 말하는 소리도 들렸다. 두 시간쯤 지나 피크와 크라우스가 계단을 내려왔다. 정복을 입은 두 명의 젊은 경찰관이 뒤따랐는데, 그들이 들고 있는 밀봉된 가방에는 검은 글씨가 새겨져 있었다. 증거.

피크가 나가는 길에 종잇조각을 건네줄 때까지 그 가방 안에 무엇이 들어 있는지 알 수 없었다. "우리가 키이스의 방에서 취한 물품 목록입니다. 이것들이 증거 가치가 없을 때는 당연히 되돌려드릴 겁니다." 피크의 설명이었다.

증거 가치라, 나는 생각했다. 키이스에게 불리한 증거.

계단을 힐끗 올려다보자 정복을 입은 경찰이 내려오는 모습이 보였다. 그는 내 아들의 컴퓨터를 들고 있었다.

"키이스 방에 있던 컴퓨터입니다. 이 집에 있는 컴퓨터는 이것뿐인가요?" 피크가 물었다.

"아뇨." 내가 대답했다.

"컴퓨터들을 다 봐야 할 것 같은데요." 피크가 말했다.

"홀 아래쪽 내 사무실에 하나 더 있어요." 메러디스가 말했다. "학교에도 한 대 더 있어요. 그것도 압수할 건가요?"

"아무것도 압수하지 않습니다, 무어 부인." 피크가 부드러운 목소리로 말했다. "하지만 질문에 답을 드리자면, 아닙니다. 당신 컴퓨터를 가져갈 필요는 없어요." 피크는 잠시 뜸을 들이더니 단호한 목소리로 덧붙였다. "최소한, 아직까지는요."

경찰들이 떠난 지 몇 분 후, 키이스가 자전거를 몰고 집으로 돌아왔다. 집 옆쪽으로 자전거를 몰고 가던 키이스는 자전거에서 내려, 경찰들이 타고 왔던 차들이 떠나는 모습을 지켜보았다.

"경찰들이 이 시간에 웬일이에요?" 키이스가 집으로 들어오며 물었다.

"그들이 네 방을 수색했어. 몇 가지 물건을 가져갔다." 내가 대답하며 목록을 건네주었다.

키이스는 놀라울 정도로 무관심한 표정을 지으며 목록을 훑어보았다. 그러다가 한순간 눈이 커지더니 비명을 질러댔다. "내 컴퓨터? 그들에겐 그럴 권리가……."

"아니, 그들에겐 그럴 권리가 있지." 내가 말을 잘랐다. "그들은 원하는 걸 뭐든지 가져갈 수 있어."

키이스는 다시 목록을 들여다보았지만 이제는 어찌할 바 모르는 기색이 역력했다. "내 컴퓨터." 키이스가 신음하듯 웅얼거렸다. 그러고는 종잇조각을 자기 다리에 철썩 내리치며 내뱉었다. "빌어먹을."

메러디스는 1미터쯤 떨어진 곳에 말없이 서서, 나와 마찬가지로 한껏 주의를 기울여 키이스를 지켜보고 있었다. 메러디스가 앞으로 걸어오며 말했다. "키이스, 괜찮을 거야." 놀라울 정도로 동정심이 담긴 말투였다. 마치 키이스의 공포를 이해하는 듯한, 모든 게 노출된 채 위협을 당하는 일이 어떤 것인지를 아는 듯한 어조였다. "정말이야, 괜찮을 거야."

이제 내가 사건에 관계된 엄연한 사실을 말해야 할 차례인 듯했다. "키이스, 컴퓨터에 뭔가 있는 거냐? 뭐라도…… 안 좋은 게?"

키이스가 못마땅한 표정으로 나를 바라봤다. "아뇨."

"에이미와 연락하고 있었니?"

"연락이요?"

"이메일 말이다."

"아뇨."

"네가 연락한 흔적이 있으면 경찰이 찾아낼 테니까 말이야." 나는 경고했다.

"그거라면 경찰은 이미 알고 있을 걸요, 아빠." 키이스가 코웃음을 쳤다. "경찰은 지오다노 댁의 컴퓨터를 가져갔어요, 기억 안 나요?"

키이스 자신이 수사에 관련된 보도를 추적했을 때야, 경찰이 에이미 집에 있는 컴퓨터를 가져간 사실을 알 수 있었을 거라는 깨달음이 들었다. 에이미가 실종된 날 밤, 뉴스에 경찰이 지오다노 집의 컴퓨터를 가져갔다는 내용이 언급됐었다. 그러고 나서는 지역 신문에 단 한 번 짧게 언급된 게 전부였다. 처음부터 키이스는 경찰에 대해 무관심을 가장하고, 심지어 지루해 하는 척하기까지 했다. 하지만 명백히 키이스는 경찰이 무슨 일을 하고 있는지에 관해 눈을 떼지 않고 있었던 것이다.

"네게 물어볼 것이 있다." 나는 날카롭게 말했다.

"아빠가 하는 일은 늘 그것뿐이었잖아요." 키이스가 반격했다. 키이스의 눈에서 분노의 빛이 반짝였다. "물어보시라고요. 왜 아빠가 묻고 싶은 질문으로 바로 들어가지 않는 거예요? 그걸 물어보세요, 아빠. 물어보시라고요."

내 입술이 화로 찡그려졌다. "그런 식으로 시작하지 마, 키이스."

"물어보세요." 키이스가 고집스럽게 같은 말을 되풀이하며 대들었다. "그게 뭔지 우린 다 알잖아요."

키이스가 쓰게 웃었다. "좋아요, 그럼 제가 물어보죠." 키이스는 고개를 오른쪽으로 발딱 젖히더니, 낮고 과장되게 남성적인 목소리로 말했다. "그래서, 키이스. 네가 에이미 지오다노를 납치했지?"

"그만해!" 내가 소리쳤다.

키이스는 여전히 조롱하는 아버지들과 같은 목소리였다. "네가 에이미를 어디론가 데려가서 따먹었니?"

"됐어, 그만해. 네 방으로 가." 내가 말했다.

키이스는 움직이지 않았다. 키이스의 손가락만이 움직여 목록을 구기고 있었다. "아뇨, 아빠. 마지막 질문이 남았어요."

"키이스……."

키이스가 고개를 뒤로 젖히더니 상상 속의 파이프를 빨아들이는 시늉을 했다. "그래서, 아들아. 네가 에이미 지오다노를 죽였지?"

"입 닥쳐!" 나는 고함을 질렀다.

키이스는 완전히 낙담한 표정으로 나를 빤히 쳐다보았다. 그 애의 말투는 부드러웠고 거의 흐느끼는 듯했다. "처음부터 그렇게 믿고 있었잖아요, 아빠는." 그 말과 함께 몸을 돌리더니 천천히 계단을 올라갔다.

메러디스를 향해 눈길을 돌리자, 아내의 눈 속에 뭔가 반짝이는 빛이 느껴졌다. "키이스 말이 맞아요, 에릭? 처음부터 그렇게 믿고 있었던 거예요?"

"아니, 그런 적 없어. 내가 왜?"

메러디스는 내 반문을 마음속에 받아들이고, 침묵 속에서 답을 찾느라 애쓰는 것 같았다. 그녀는 속삭이듯 작은 목소리로 입을 열었다. "아마 당신이 키이스를 좋아하지 않아서 그런 걸 거예요. 아니, 당신이 키이스를 사랑하는 건 알아요. 하지만 어쩌면 당신은 키이스를 좋아하지 않을 수도 있어요. 그게 사람들이 가족에게 하는 행동이죠, 안 그래요? 좋아하지 않는 사람을 사랑하기도 하는 게 사람이에요."

계단 위를 걷는 발소리가 들린 다음, 현관문이 큰 소리를 내며 닫혔다.

"키이스가 그런 산책을 나가는가 보군." 내가 말했다.

그런 산책. 피크가 했던 말이 내 입에서 맛이 간 상태로 튀어나왔다. 의심스러운 울림, 모호하지만 불길한 느낌, 내가 이 말을 처음 들었을 때의 느낌 그대로였다.

"키이스는 할 수 있는 유일한 방식으로 문제를 해결하려는 거예요. 그 애의 방식은 혼자 있는 거죠, 아마도."

키이스는 벌써 보도 끝에 있었다. 빠르게 움직이곤 있지만, 어깨는 축 쳐지고 머리는 땅을 보고 있었다. 마치 강한 바람이라도 만난 사람처럼.

"우리는 다시는 정상으로 돌아가지 못할 거예요." 메러디스가 조용히 말했다. 그것은 어둠의 선언이었고, 나는 그 선언을 받아들이는 것을 거부했다.

"당연히 우린 정상으로 돌아갈 거야. 에이미 지오다노가 발견되기만 하면 이 상태도 전부 사라질 테니까."

메러디스는 여전히 키이스에게 눈길을 주며, 그 애가 작은 언덕을 올라가 주도로를 향해 갈 때까지 눈을 떼지 않았다. "키이스를 도와줘야만 해요, 에릭."

"어떻게?"

"키이스가 터놓고 얘기할 수 있는 사람에게 데려가는 거죠."

나는 내 첫 번째 가족의 비밀들, 알코올중독의 유산, 불행, 그리고 늙은 남자의 쓰디쓴 키득거림 등 모든 비밀이 지켜져야만 한다고 생각했다. 그런 비밀을 지키는 것보다 나은 방법은 없는 것처럼 보였다. "상담사의 이름이 뭐였지? 대학에 있다는 그 사람 말이야."

메러디스가 부드럽게 웃으며 말했다. "로덴베리요, 내일 파티에 올 거예요."

15

 메이스 박사는 늙은 선장의 집에 살았다. 그 선장의 집은 내가 자라났고, 적어도 제니가 죽기 전까지는 행복했던 것처럼 여겨지는 옛집으로부터 몇 블록 떨어지지 않은 곳에 있었다. 어머니가 깊고 깊은 절망으로 가라앉은 다음, 아버지의 금전적 손실은 점점 심각해졌고 제니가 죽었던 그해 집은 경매에 넘어갔다. 하지만 그날 저녁 옛집을 스쳐 지나갈 때는 그 음울한 기억들은 하나도 떠오르지 않았다. 대신 아버지의 경멸하는 목소리가 마음속에 계속해서 울려 퍼졌다. 넌 아무것도 몰라.
 아버지는 나를 비난하느라고 그렇게 말했지만, 무슨 뜻인지 밝히는 것은 완강히 거부했다. 아버지는 단지 내 주의를 끌고 싶었는지도 모른다. 아버지가 어머니를 그렇게 모호한 말로 비난하는 이유는, 어머니의 신성한 기억에 직면할 때 자신을 확고히 지키기 위한 유일한 방책이었는지도 모르겠다는 생각도 들었다. 그게 사실이라면 아버지는 자신이 힘을 얻는 방법으로 원색적이고 조악한 방법을 택한 것이었다. 아버지는 늘 난폭하게 말했고, 악의에 찬 저주를 퍼붓는 사람이니만큼, 그런 행동이 어머니를 끌어내리고 자신이 올라서는 당신 성격에 완전히 맞아떨어지는 방법이었을 것이다. 하지만 이런 생각에도 불구하고, 여전히 어머니가 아버지에게 헌신한 적이 없다는 말이 무슨 뜻인지 궁금한 것을 어쩔 수 없었다. 내가 본 것은 인내와 변함없는 태도로 일관된 헌신뿐이었다. 어머니는 아버지의 모든 결함과 잘못을 못 본 체하며, 아버지의 작은 왕국이 쭈그러들고 완전히 사라질 때까지 아버지의 곁에서 한편이 되어주었다. 아버지의 행동이 몹시 터무니없고, 가장으로서의 책무를 등한시했음에도 어머니는 아버지를 옹호했었다. 그 모든 세월을 지내온 내가 어머니에 대해 아무것도 모른다는 말이 가당키나 한 것일까?

"우리는 그냥 정상적으로 행동하면 돼요." 내가 메이스 박사 집 앞에 차를 댈 때 메러디스가 한 말이었다.

나는 재빨리 미소로 답했다. "우리는 정상이야. 일부러 그런 척 행동할 필요도 없어."

메러디스는 내 말을 듣는 둥 마는 둥했다. 그녀의 시선은 메이스 박사의 집과 집 안에서 떼 지어 서성거리는 손님들에게 고정돼 있었다. 메러디스의 표정은 강렬하면서도 기이할 정도로 주도면밀해 보였다. 흡사 지붕 위의 망대에 선 채 귀항하는 남편의 배에서 펄럭이는 깃발을 맨 먼저 발견하기 위해 빈 바다를 바라보고 있는 여자 같았다.

"무슨 일이야, 메러디스?"

무슨 일을 하다 불시에 들킨 사람처럼 메러디스가 급히 나를 향해 몸을 돌렸다. "그냥 그 사람이 와 있었으면 했어요. 스튜어트 말이에요." 그녀는 이상해 하는 내 표정을 알아차렸는지 설명을 덧붙였다. "그러면 키이스에 대해 얘기할 수 있잖아요. 우리 그러기로 했죠, 안 그래요? 그러기로 결정했잖아요."

"그랬지."

메이스 박사가 문간에서 우리에게 인사했다. 키가 작고 대머리인 그는 금속테로 된 안경을 끼고 있었다.

"아, 메러디스." 그는 펌프질하듯 손을 휘저으며 인사하다가 나를 발견한 것 같았다. "안녕하신가, 에릭."

나와 메이스 박사는 악수했고, 곧 메이스 박사는 우리를 널찍한 거실로 안내했다. 거실에는 몇몇 교수들이 부인이나 남편과 함께 서서, 와인을 홀짝거리거나 치즈 조각을 우적거리고 있었다. 우리 셋은 잠시 벽난로 가에 서서 인사치레로 건네는 덕담을 교환했다. 메러디스는 실례한다며 사람들 속으로 떠나갔고, 나와 메이스 박사만 남게 되었다.

"아주 멋진 부인을 두었소, 에릭." 메이스 박사는 눈으로 메러디스를 쫓으며 말했다. 메러디스는 트위드 재킷을 입은 키 큰 남자에게 다가가고 있었는데, 그 남자의 옆에는 검은 생머리의 호리호리한 여자가 서 있었다.

"우리는 당신 부인 같은 사람과 함께 일하는 것을 대단한 행운이라고 여긴다네." 메이스 박사가 덧붙였다.

나는 고개를 끄덕이며 화답했다. "아내는 가르치는 일을 아주 좋아합니다."

"그거 듣기 좋은 말이로군." 메이스 박사가 야채를 썰어 가지런히 쌓아놓은 접시에서 셀러리 줄기를 하나 뽑아들더니, 옆 테이블에 있는 양파를 넣은 소스에 살짝 담갔다. "메러디스가 나를 갑갑한 늙은이로 여기지만 않았으면 좋겠소."

방 저편에서 메러디스는 방금 그 남자의 팔을 건드리며 쾌활하게 웃고 있었다.

"그럴 리가요. 메러디스는 늘 박사님이 말씀한 농담을 해주곤 하는데요."

메이스 박사가 놀란 듯했다. "정말이오?"

나는 웃으며 말해주었다. "아내는 레니 브루스에 관한 농담도 좋아하던 걸요."

박사가 이상하다는 표정으로 나를 쳐다보았다. "레니 브루스?"

"남자와 여자의 차이에 관한 농담 말입니다."

메이스 박사가 어깨를 으쓱했다. "그건 내가 모르는 농담 같은데."

"왜 아시잖아요, 편유리로 된 창 애기 말씀입니다."

메이스 박사가 멍하니 나를 쳐다보다가 말했다. "메러디스는 그 얘길 다른 사람한테 들은 게 틀림없소."

방 건너편에서 또 한 번 왁자한 웃음이 터졌다. 건너다보니 메러디스가 손으로 입을 가리고 있는 모습이 보였다. 아내가 웃을 때의 버릇이었다. 메러디스의 눈은 밝게 빛나고 묘하게 즐거워하는 것처럼 보였다. 몇 분 전의 그녀라고는 생각하기 어려울 만큼 다른 모습이었다. 트위드 재킷을 입은 남자가 메러디스와 함께 웃고 있었지만, 그 남자 옆의 여자는 그저 소리 없이 미소 짓더니 갖고 있던 잔을 들어

급히 한 모금 들이켰다.

"저 사람들은 누구죠? 메러디스와 함께 있는 사람들이요."

메이스 박사가 건너다보았다. "아, 로덴베리 박사와 부인 주디스요. 로덴베리 박사는 우리 대학 상담사라오."

"아, 그렇군요. 메러디스가 말한 적이 있습니다."

"명석한 사람이지. 게다가 아주 재미있고."

메이스 박사는 로덴베리에 대한 소소한 사항을 몇 가지 더 말해주었다. 로덴베리는 이 대학에 온 지 5년 됐고, 거의 존폐 위기에 있던 상담 서비스를 학교 기능 가운데 가장 활발한 것으로 바꿔놓았다는 등의 얘기였다. 그리고 나서 메이스 박사는 사람들과 어울려야겠다며 다른 교수들이 모여 있는 쪽으로 걸음을 옮겼다.

내게 방을 가로질러 메러디스가 여전히 로덴베리와 얘기하고 있는 곳으로 갈 수 있는 기회가 온 것이다.

메러디스에게 다가가자 그녀는 나를 아래위로 훑어보았다.

"안녕." 나는 부드러운 목소리로 인사했다.

"어서 와요." 메러디스가 말했다. 그녀가 로덴베리와 그의 부인 쪽으로 몸을 돌리고 나를 소개했다. "스튜어트, 주디스. 내 남편 에릭이에요."

나는 두 사람과 악수했고, 할 수 있는 가장 따스한 미소를 지어 보였다. 그러자 일순간 어색한 침묵이 흘렀다. 로덴베리는 눈을 이리저리 굴리면서 나와 메러디스를 번갈아 쳐다보았고, 그의 부인은 흘끗 나를 쳐다보더니 급히 눈길을 거뒀다.

"스튜어트에게 키이스의 상황을 설명했어요." 메러디스가 내게 말했다.

나는 로덴베리를 바라보며 물었다. "어떻게 생각하세요?"

로덴베리는 잠시 생각하더니 대답했다. "글쎄요, 키이스는 많은 압력을 받고 있는 게 틀림없는 것 같군요."

이런 하나마나한 대답을 원한 게 아니라서 좀 더 파고들기로 했다.

"키이스에게 전문적인 도움이 필요하다고 생각하십니까?" 내가 물었다.

다시 로덴베리는 곧바로 대답하기를 망설이는 듯했다. "아마 그렇겠지만, 키이스가 도움을 받아들이겠다는 마음이 있을 때만 가능하겠지요. 그렇지 않은 경우, 상담은 이미 스트레스에 짓눌려 있는 아이에게 스트레스만 더해주는 일이 될 겁니다."

"그럼 우리가 어떻게 말해야 할까요? 키이스가 도움을 필요로 하는지 어떤지 말이죠."

로덴베리가 메러디스에게 슬쩍 눈길을 보냈는데, 아마도 메러디스더러 우리 대화에 끼어들라는 신호 같았다.

"스튜어트는 우리가 그 문제를 키이스와 함께 의논해야 한다는 거예요. 키이스가 상담을 받는 게 좋겠다는 우리 생각을 그 애에게 먼저 표현하지 말고, 그 문제를 가능성으로 제시해보라는 거죠." 메러디스가 말했다.

"그러고 나서 키이스가 어떻게 반응하는지 보는 거죠." 로덴베리가 급히 덧붙였다. "키이스가 즉각적으로 적의를 보이는지, 아니면 그 생각을 쾌히 받아들이는지 말이죠."

"키이스가 그 생각을 쾌히 받아들이면요?" 내가 물었다.

로덴베리의 눈길이 미끄러지듯 메러디스에게 향했다. "그렇게 되면, 제가 메러디스에게 말한 것처럼 키이스를 도울 수 있는 것이라면 무엇이든 준비할 테고, 그건 제게 행복한 일 이상이 되겠지요." 로덴베리는 내게 집중하며 말했다.

내가 이 문제에 대해 마지막 말을 덧붙이려 하는 찰나, 로덴베리의 아내가 갑자기 우리들이 만들고 있던 원에서 빠져나가더니 자신의 얼굴을 다른 사람에게 보이지 않으려는 듯 단호한 몸짓으로 고개를 돌리고 걸음을 옮겼다.

"주디스는 병을 앓고 있어요." 로덴베리의 아내가 우리의 말소리가 들리지 않을 만큼 멀어지자, 그가 조용히 말했다. 로덴베리가 메러디스를 바라보자 응답하듯 메러디스도 미소 지었다. 메러디스의 미소는 의외일 정도로 친밀해 보였고, 로덴베리는 급히 눈길을 돌렸다.

"어쨌든," 로덴베리의 눈길이 나를 향했다. "키이스에 대해 결정되는 것이 있으면 알려주세요."

로덴베리는 상의 주머니에서 명함을 꺼냈다. "학교 전화번호는 메러디스가 알고 있습니다. 이건 제 개인 전화예요. 아무 때라도 좋으니 전화주세요." 로덴베리는 명함을 내게 건넸다.

나는 그에게 감사를 표했다. 곧 로덴베리는 뷔페 테이블 옆으로 가 있는 자신의 아내에게 합류하기 위해 방을 가로질렀다. 그곳에 도착하자 로덴베리는 아내의 어깨에 팔을 얹었다. 하지만 로덴베리의 아내는 그의 접촉을 혐오하는 것처럼 급히 뒷걸음쳤다. 그러자 로덴베리의 팔은 허공을 스치고 자유낙하해 자기 옆구리에 흐느적거리며 매달리는 꼴이 됐다.

"로덴베리 씨 집엔 문제가 있는 것 같군." 메러디스에게 말했다.

메러디스는 로덴베리가 창가에 홀로 서서 음료수를 마시고, 몇 분 후 메이스 박사가 그에게 합류하기 위해 다가갈 때까지 로덴베리를 지켜보고 있었다.

"메이스 박사는 레니 브루스 농담을 기억하지 못하던걸."

메러디스는 여전히 앞쪽만을 응시하고 있었다. 나는 메러디스의 행동이 이상하다고 생각했는데, 내가 말할 때는 언제나 나를 바라보는 게 메러디스의 버릇이었기 때문이었다.

"판유리로 된 창 얘기 말이야." 내가 덧붙였다.

메러디스의 눈길이 내게 쏘아졌다. "뭐라고요?"

"그 농담은 메이스 박사에게 들은 게 아니던걸."

메러디스의 눈길은 부속실 안쪽을 향하고 있었다. "글쎄요, 누군가한테 들었겠죠." 그녀가 공허한 목소리로 대답했다.

"아마 로덴베리일 거야, 메이스 박사는 그가 아주 재미있는 사람이라고 하더군."

"네, 로덴베리일 거예요." 메러디스의 눈이 잠깐 빛나더니 다시 흐려졌다. 마치 어슴푸레한 생각 하나가 그녀의 마음을 둘러싸고 있는 듯했다. "로덴베리는 키이스에게 잘할 거예요."

몇 시간 후, 우리는 파티에서 빠져나와 말수가 적어진 상태로 집으로 차를 몰았다. 키이스의 방에는 불이 켜져 있었다. 하지만 우리는 키이스가 정말 방에 있는지 확인하기 위해 2층에 올라가보거나, 밖에서 불러보거나 하는 노력을 하지 않았다. 키이스에게 그런 감시는,

아직 내가 자기를 범죄자로 생각하고 있다는 더욱 확실한 증거로 여겨질 수도 있는데다, 키이스가 싫어하는 일을 계속해서 성질을 부추기기에는 그 애의 기분이 이미 너무 격렬해져 있었기 때문이었다.

그래서 우리는 한 시간 정도 그냥 텔레비전을 보다가 자러 갔다. 메러디스는 잠시 독서를 하려고 애쓰더니, 그리 오래지 않아 책을 침대 옆 바닥에 내려놓고는 내게서 떨어져 등을 돌리고 몸을 웅크리더니 금방 잠이 들었다.

하지만 나는 잠이 오지 않았다. 물론 키이스와 메러디스에 관해 생각했지만, 점점 첫 번째 가족에게로 생각이 돌아갔다. 이상한 질문을 하던 보험회사 직원에 대한 워렌의 이야기, 아버지의 묘한 발언, 어머니에 대해 내가 아무것도 모른다고 하던 아버지의 쓰디쓴 일갈.

그게 사실일 수 있을까? 나는 의아했다. 내가 어머니에 대해 아무것도 모른다는 게 사실일 수 있을까? 혹은 아버지에 대해 아무것도 모른다는 건? 워렌에 대해선 어떤가? 함께 자라났음에도 불구하고 형 역시 본질적으로 수수께끼로 남아 있는 건 아닐까?

나는 자리에서 일어났다. 창으로 걸어가서 어둠에 싸인 헝클어진 숲을 바라보았다. 마음속으로는 그날 밤 키이스를 태우고 왔던 차를 보고 있었다. 운전대 뒤에 앉은 유령 같은 운전자가 떠올랐지만, 그의 모습은 갑자기 내 아들, 내 아내, 내 아버지와 어머니, 내 형보다 더 수수께끼 같을 것도 없는 듯 느껴졌다. 모두가 그림자 속에서 어둡고 정의하기 어려운 모습들이었다.

"에릭?"

메러디스의 목소리였다.

침대 쪽으로 고개를 돌렸지만 침대에서 그녀를 볼 수는 없었다.
"무슨 문제 있어요?"
"아니, 아무것도 없어." 메러디스에게 말하면서 나는 불을 켜지 않았다는 사실에 감사했다. 만일 메러디스가 나를 봤다면 내가 거짓말을 하고 있다는 것을 바로 알아차렸을 테니까.

16

다음 날 아침 11시에 레오 브록이 가게로 전화를 걸어왔다.
"긴급 질문이네. 키이스가 담배를 피우나?"
내가 중압감으로 머뭇거리자 레오는 알아들었다.
"알겠네. 어떤 브랜드를 피우는가?"
키이스가 셔츠 주머니에서 꺼내 들던 담뱃갑이 떠올랐다. "말보로입니다."
레오가 길게 한숨을 쉬었다. "키이스는 에이미 집을 비운 적이 없다고 경찰에 진술했지, 그렇지?"
"네."
"어떤 이유로든 떠난 적이 없단 말이지?"
"키이스는 그 집을 떠난 적이 없다고 했어요. 무슨 문제가 생겼나요, 레오?"
"내 정보원에 따르면, 경찰이 지오다노 씨 집 바깥에서 담배꽁초 네 개를 찾아냈다네. 말보로 담배꽁초."
"그게 그렇게 나쁜 일인가요? 제 말은 만약 키이스가 담배를 피우기 위해 집 밖으로 나갔다면 말이죠."

"담배꽁초는 집 근처에 있었네. 에이미의 침실 창 아래에 말이지."

"맙소사!" 나는 숨이 막혔다.

내 마음속에 키이스가 보였다. 커튼 틈 사이로 에이미의 방을 훔쳐보는, 잠든 에이미의 길고 검은 머리가 베개 위에 펼쳐진 모습을 지켜보는 키이스의 모습이 떠올랐다. 키이스는 에이미가 옷을 벗는 장면도 지켜보았을까? 궁금했다. 그리고 그렇게 지켜보는 동안…… 무슨 짓을 한 것일까? 키이스가 취수탑에 갔던 이유는 비슷한 자극을 찾아서일까? 그 순간까지도 이런 질문들을 애써 회피했던 것 같다. 하지만 내 마음속에서 뭔가가 굳어지면서, 삽을 들고 구덩이를 팔 준비를 하는 모습을 갖춰갔다.

"그래서 경찰은 키이스가 에이미를 지켜봤다고 생각한다는 말씀이죠?"

"경찰이 무슨 생각을 하는지는 확실히 알 수 없지."

"이런, 레오. 이제서 키이스의 담배가 거기 있었던 걸까요, 에이미의 창가에?"

"키이스의 담배가 아니라네." 레오가 주의를 주었다. "그 애가 피우는 브랜드일 뿐이지."

"제게 법률가처럼 얘기하지 마세요. 이건 나쁜 일이란 걸 당신도 알잖아요."

"도움이 되는 일은 아니지." 레오가 인정했다.

"경찰이 키이스를 체포하겠네요, 그렇죠?"

"아직 아니네."

"왜 아니죠?" 내가 물었다. "우리 모두가 키이스가 그랬다고 생각하잖아요."

"무엇보다 먼저, 무슨 일이 일어났는지 아무도 모른다네." 레오가 내 주의를 환기시키고는 말을 이어갔다. "그것을 기억하게, 에릭. 경찰이 무슨 생각을 하든지, 경찰은 아무것도 모르는 상황이라네. 그리고 염두에 둬야 할 것이 하나 더 있네. 키이스에게는 자기 차가 없어. 그런데 어떻게 에이미를 집에서 데리고 나올 수 있었겠나?"

이 말에는 반박할 수 없었다. 나는 주위의 물결이 조금 높아지는 걸 느꼈다.

"에릭?"

"네."

"자네는 믿음을 가져야 하네."

아무런 할 말이 없었다.

"내 말은 종교적인 믿음을 뜻하는 게 아니야." 레오가 덧붙였다. "자네가 키이스를 믿어야만 한다는 뜻이라고."

"당연히 그래야죠." 내가 조용히 말했다.

레오는 잠시 말이 없다가 입을 열었다. "마지막으로…… 곤란한 게 하나 있어."

그게 뭐냐고 채근하지 않았다. 레오가 곧 설명해줄 것을 알고 있었기 때문이다.

"키이스는 그날 밤 저녁식사로 피자를 배달시켰네. 피자가게 종업원이 8시 조금 지나 피자를 배달했다네. 배달한 친구 말로는 자기가 도착했을 때, 에이미는 보이지 않았다는군. 키이스만 거기 있었는데,

키이스는 전화를 하고 있었대."

"전화요?"

"그날 밤 키이스가 자네에게 전화했었나?"

"네."

"언제 전화가 왔었지?"

"10시 조금 전에요."

"그전엔 전화가 없었고?"

"네, 없었어요."

"그걸 확실히 해야 하네." 레오가 말했다. "그날 밤 키이스가 자네에게 딱 한 번만 전화했다는 게 확실한가?."

"단 한 번. 10시경에요."

"그때 키이스가 자네에게 좀 더 늦을 거고, 차로 데리러 올 필요는 없다고 했던 거지, 맞나?"

"네."

"키이스가 될 차가 있어시?"

"아뇨. 키이스는 차를 얻어 탈 수도 있을 거라고 했습니다."

"키이스가 탈 차가 준비됐던 건 아니고?"

"네, 키이스에게 차편이 있었던 건 아닙니다."

"좋아."

"키이스와 통화한 사람은 누군가요? 피자 배달원이 갔을 때 말이에요."

"경찰이 그 번호를 땄을 게 틀림없네. 그러니 머지않아 우리에게 말해주겠지."

우리는 몇 분 정도 더 통화했고, 레오는 최선을 다해 중요한 점을 짚어주고 설명해주었다. 레오의 모든 노력에도 불구하고 여전히 나는 추락하고 있다는 느낌, 방문이 닫히고 천천히 탈출로가 축소되고 있다는 느낌만 강해질 뿐이었다.

"경찰이 에이미를 찾지 못하면 무슨 일이 일어날까요?" 내 마지막 질문이었다.

"글쎄, 살았든 죽었든 피해자의 신체가 없으면 유죄판결이 나기는 어마어마하게 어렵지." 레오가 대답했다.

"저는 그걸 생각하는 게 아닙니다. 제 말은 키이스가 의심을 받으면서 살아갈 수밖에 없다는 거죠, 그렇지 않습니까? 키이스가 에이미를 죽였을 거라는 의심 말입니다."

"그래, 그렇게 되겠지. 사실 이런 사건의 경우에는 확실하게 해결되지 않으면 관계된 사람들 모두가 고통스러워진다네."

"부식이 일어나죠." 나는 거의 혼잣말처럼 중얼거렸다.

"부식이 일어난다? 그래, 무슨 일이든 바닥을 볼 수 없다면 아주 견디기 힘들겠지."

이전까지 나는 그 말이 얼마나 진실에 가까운지 전혀 몰랐다. 아주 미세한 의심의 냄새가 어둠을 몰아오고 점점 더 위협적인 것으로 변하면서, 실제로 일어난 일이 무엇인지 찾아내겠다는 욕구 하나에 당신을 고정시키고, 얼마나 끈질기게 당신을 앞으로 몰아붙이는지 말이다. "바닥을 보지 못하면, 모든 인생이 풀리지 않은 수수께끼로 남게 되겠죠." 내가 말했다.

"그래, 아주 괴롭지. 자네가 미제사건 파일이 되는 거야."

미제사건 파일.

내가 되어가고 있는 게 정확히 그것이라 생각했었다. 레오와의 통화를 끝낸 후, 하루 종일 고객을 맞고, 몇 개의 사진 액자를 만들었다. 그러는 동안 내 마음속에서 격렬하고 절박한 느낌이 생겨났다. 키이스를 알아야겠다는 욕구였다. 아들이 내게 숨겼을 수 있는 생활, 정말로 저질렀을지 모를 끔찍한 일에 대한 생각을 떨쳐버릴 수가 없었다.

가게 문을 닫기 직전에, 메러디스에게 전화해 아침 일찍 레오 브록이 했던 얘기를 전했다. 좀 더 일찍 전화하지 않은 것에 대해 메러디스가 화를 내면서, 내가 무슨 일에든 직면하기를 거부한다는 식으로 또다시 비난할 거라고 생각했는데 아니었다. 메러디스는 모든 걸 짐작하고 있었던 것처럼 놀라지 않았고, 그 대신 최근에 개발한 메뉴를 들고 나왔다.

"오늘 밤 늦게까지 일해야 해요." 메러디스가 말했다. 그녀의 목소리에선 묘하게 아쉬워하는 느낌이 묻어 나왔다. 마치 아름답고 만족스럽기 그지없는 완벽한 세계에 살았지만, 그 세계가 더 이상 존재하지 않고, 완벽했던 시절도 다시 올 수 없다는 것을 알게 된 여자가 느낄 법한 아쉬움 같은 것이었다. "11시까지는 집에 돌아올 거예요." 메러디스가 덧붙였다.

몇 분 후, 내 차로 향하다가 워렌의 트럭이 테디네 바 밖에 주차되어 있는 모습을 보았다. 형이 아주 일찍부터 마시고 있는 중일 게 뻔했다. 워렌은 일찍감치 낮부터 술을 찔끔찔끔 마셔대다가 나중에는 폭음으로 치닫는 행동을 반복했다. 과거에 나는 형의 주기적인 폭음을 전혀 말릴 수 없었고, 그래서 말리려는 생각조차 접었다. 하지만 갑작스레 내 가족이 처한 문제에 직면하자, 워렌의 문제를 좀 더 분명하게 볼 수 있게 되었다. 아버지가 무자비하게 퍼부어댄 경멸이 형의 자존심을 모조리 짓밟아 없앴고, 그 후엔 제니의 죽음이라는 비극, 그리고 그 다음엔 어머니의 사고사. 나는 혼잣말로 중얼거렸다. "형은 인생의 한심한 낙오자라기보다 그저 가지고 있던 많은 것을 잃은 사람일 뿐인지도 몰라."

워렌은 뒤쪽의 칸막이방에 있었고, 페인트가 튄 손으로 맥주잔을 그러쥐고 있었다.

"여어, 에릭." 내가 방에 들어가 앞에 앉자, 형은 반색을 했다. 워렌은 맥주잔을 들어 올리며 말했다. "서리 내린 맥주 한 잔 할래?"

난 고개를 저었다. "아니, 시간이 별로 없어. 메러디스가 늦게까지 일한대. 얼른 집에 가서 키이스에게 저녁을 만들어줘야 해."

워렌이 맥주를 한 모금 들이켜고 말했다. "그렇군, 어떻게 지내냐?"

나는 어깨를 으쓱했다. "늘 비슷하지, 뭐."

"키이스 일은 어때?"

"경찰이 키이스에게 집중하는 것 같아." 나는 더 자세한 이야기를 덧붙이지 않았고, 늘 그렇듯 워렌도 그 이상 물어보지 않았다.

워렌이 입을 열었다. "걔네들은 결론으로 건너뛰지, 경찰은 말이야. 별것 아닌 일로 결론을 낸다고." 워렌은 웃음을 터뜨리더니 말을 이었다. "그렇지만 우리들 모두가 다 그런 식이라고. 알아? 집착을 한단 말이지."

"왜 그런 말을 해?"

"너도 알겠지만, 어떤 녀석은 희한한 생각이 들면 떠들어대는 버릇을 멈추지 못하잖아."

형에겐 자신을 '어떤 녀석'이라는 제삼자로 지칭하는 말버릇이 있었다.

"어떤 희한한 생각이 형을 지껄이게 만드는 거지?"

그 희한한 생각은 키이스에 관한 것이리라 짐작했는데, 아니었다.

"이래저래 나는 어머니 생각을 계속해. 너도 알겠지만 엄마가 말년에 얼마나 속상해 했냐고."

"글쎄, 어머니가 속상해 하는 게 당연하지 않아? 어머니는 집을 잃게 될 상황이었잖아."

"그게 문제가 아니었어. 어머니는 그 집을 좋아한 적이 없었다고."

"엄마가 집을 좋아한 적이 없었다고?"

"그럼, 어머니는 그 집을 싫어했어." 워렌은 맥주를 한 모금 마셨다. "너무 크기만 하다고, 엄마가 말한 적 있어. 건사하기 너무 힘들다고."

"어머니가 그렇게 생각했는지 몰랐어."

"그 집은 아버지를 위한 것이었지. 쇼의 일부였어. 아버지는 사람들이 자기를 중요한 거물로 생각하게 만들려고 그 집이 필요했던 거야." 형의 눈길이 먼 곳을 향했다가 내게 돌아왔다. "최근에 아버지 본 적 있어?"

"매주 목요일 뵈러 가지."

워렌이 미소를 지었다. "효자구나. 너는 늘 아버지에게 효도를 다

했어."

형은 '효도'란 말을 기묘하게 탐탁하지 않다는 느낌으로 발음했다. "나는 아버지가 버려졌다고 느끼지 않기를 바라는 거야. 그게 형이 말하는 효도라면 효도겠지."

워렌은 맥주를 힘주어 끌어당겼다. "오늘 아침, 아버지에게 들렀어." 워렌은 입맛이 쓴 표정으로 웃었다. "아버지가 다시는 날 보고 싶지 않다고 했어."

"뭐라고? 왜?"

"내가 너한테 말한 것 있잖아. 그 보험회사 직원 녀석 때문에."

"아버지가 고작 그런 이유 때문에 형을 다시는 안 보겠다고 한다고?" 못 미더워 물었다.

"맞아." 내 질문에 대답한 워렌은 이제부터 분위기를 가볍게 만들려는 듯 경쾌한 어조로 말을 이었다. "재밌는 세상이야, 흥. 안 그래, 에릭?"

나는 손을 저었다. "아버지는 그 일을 극복하실 거야."

워렌이 단호하게 고개를 저었다. "아니, 그럴 리 없어. 이번에는 절대로 아냐. 내가 정말로 아버지를 열받게 만들었거든."

"아무것도 아닌 일이잖아."

"아버지에겐 아무것도 아닌 게 아냐. 정말로 꼭지가 돌았다니까."

내가 똑같은 주제를 들고 갔을 때, 아버지의 얼굴에 떠오른 표정이 기억났다. 그리고 갑자기 나는 문제를 회피하고 싶어 하는 내 존재의 일부, 메러디스가 오랫동안 인식하고 있던 뭐든지 회피하고 싶어 하는 성향이 죽어버린 것을 깨달았다. 처음 내 의심은 미세한 근질거림으로 시작되었지만, 지금은 극심한 통증이 되어버렸고, 천 개의 피가 흘러나오는 상처가 돼서 그 상처를 파내는 일을 멈출 수가 없게 된 것이었다.

"아버지는 뭘 숨기고 있는 거야, 형?"

워렌은 고개를 숙여 자기 손을 바라보고 있었다.

"형?"

워렌이 어깨를 으쓱하며 움츠렸다.

나는 워렌 쪽으로 몸을 기울이고 물었다. "형은 그해 여름에 그 집에 있었잖아. 무슨 일이 있었던 거지?"

워렌이 부끄러워하는 듯한 표정으로 나를 쳐다봤다. "아버지는 어머니가 무슨 일인가 저질렀다고 생각해."

형은 다른 사람이 듣고 있지 않은지 둘러보고는 말을 이었다. "다른 남자와 무슨 짓을 말이야. 무슨 말인지 알지?"

"어머니가?" 나는 깜짝 놀랐다. "다른 남자, 누구?"

워렌은 맥주를 마셨다. "제이슨 베네필드. 우리 가족 고문 변호사, 기억나지? 이런저런 서류를 들고 집에 오던 사람."

내가 기억하는 베네필드는 키가 크고 옷맵시가 좋은, 풍성한 회색 머리카락을 가진 점잖은 사람이었다. 비록 오래된 배가 울퉁불퉁하고 낡았지만 우아함을 자랑하듯 수려한 외모였다.

"아버지가 의심하는 게 사실이라고 생각해?" 내가 물었다.

"아마 그럴걸." 형은 내 얼굴에 떠오른 놀람과 더불어 자기가 어떤 일을 말하더라도 믿기 어렵다는 내 표정을 눈치챈 모양이었다. "나는 멍청하지 않아, 에릭. 나도 무슨 일인지 보면 알 수 있다고."

"정확히 뭘 본 건데?"

"어머니가 그랬다는…… 그러니까 그 남자를 좋아한다는 것을 봤지. 그리고 그 남자도 어머니에게 같은 감정을 느끼는 걸 알았어." 형은 잔을 다 비우고 손을 흔들어 한 잔 더 시켰다. "처음엔 나도 어떻게 생각해야 할지 몰랐어. 어머니와 그 남자를 말이야. 하지만 그때 아버지가 어머니를 어떻게 대하는지 알게 됐지. 아버지 친구들이 집에 왔을 때만 빼고, 어머니를 아무것도 아닌 사람 취급했잖아. 그래서 생각했지. 그래, 좋아. 어머니는 그런 대접을 받아도 싸. 내 말 알겠냐?"

페그가 워렌이 시킨 맥주를 가져왔다. 워렌은 페그에게 미소를 보냈지만, 페그는 미소로 답하지 않았다.

"개 같은 년!" 워렌은 페그가 물러간 후에 투덜거렸다. "그래서 내가 봤던 게 다 옳았던 거야, 적어도 내겐 말이지." 워렌은 짧고 자조적인 웃음을 터뜨렸다.

"아버지가 어째서 어머니를 의심하게 된 거지?"

워렌은 손가락으로 얼마 남지 않은 머리카락을 헤집으며 말했다. "누군가가 아버지에게 찔렀지."

"누가?"

워렌이 주저했다. 때문에 내가 싫어할 대답이 나올 거라고 짐작했다. 하지만 편안함 같은 건 더 이상 문제가 아니었다. "누구냐고?" 나는 단호하게 물었다.

"엠마 고모." 마침내 대답한 형은 길게 맥주 한 모금을 마시더니, 사그라지는 맥주 거품에 눈길을 주다가 다시 나를 바라보았다. "엠마 고모가 어머니와 제이슨 베네필드가 함께 있는 걸 봤어. 그렇고 그렇게 함께 있는 건 아니었고. 침대 속이나 그 비슷한 상황은 아니었단 얘기지. 어머니는 집에서는 절대로 무슨 짓을 할 사람이 아니야, 너도 알지? 그런데 어느 날 엠마 고모가 자기 집 정원에서 딴 토마토를 갖다주려고 우리 집에 들렀어. 엠마 고모는 어머니와 그가 얘기하는 걸 들은 거지."

형은 다시 어깨를 으쓱하더니 말을 이었다. "둘 사이에 뭔가 있을 때 남녀가 하는 것처럼 얘기했대. 두 사람이 그런 사이인지 아닌지는 꼭 말을 들어야 알 수 있는 건 아니잖아."

"그래서 엠마 고모가 아버지에게 얘기한 거야?"

워렌이 고개를 끄덕이더니, 자기 잔을 응시하며 잠시 뜸을 들이다가 고개를 들어 나를 쳐다보며 말했다. "아버지는 어머니를 죽어라고 두들겨 팼어, 에릭. 나는 일이 벌어질 걸 알고 집 밖으로 내뺐지. 집에 돌아와보니까 아버지는 거실에 앉아 술을 마시고 있었어. 어머니는 2층에 있었고. 어머니는 다음 날 아침까지 아래층으로 내려오지 않았어. 나는 그때 아버지가 어머니에게 무슨 짓을 하는지 전부 봤던 거야."

워렌은 그 음울했던 날로 돌아간 것처럼 보였다. "정말 속이 상했어. 아버지를 패주고 싶었다고. 아버지가 어머니를 두들겨 팼던 것처럼 말이야. 정말 아버지를 실컷 패주고 싶었다고." 워렌은 고개를 흔들었다. "하지만 나는 아무것도 못했어. 입도 뻥끗 못했지."

워렌의 눈이 살짝 물기로 빛났다. "난 한 번도 배짱을 가져본 적이 없어, 에릭. 아버지가 쳐다보기만 해도 그냥 무너졌지."

나는 머리를 흔들었다. "난 아무것도 몰랐어."
 워렌이 고개를 끄덕였다. "너라도 아무 일도 못했을 거야. 아버지를 어쩔 수 있는 사람은 아무도 없었어. 게다가 아버지는 너한테 잘 해줬잖아."
 "그래, 내겐 잘해줬지." 나는 인정했다. "하지만 형은 반드시……."
 워렌이 손을 흔들어 내 말을 막았다. "아니, 나와 아버지에 대해서는 걱정하지 마. 그때나 지금이나 말이야. 제기랄, 아버지를 다시는 볼 수 없어도 신경 안 써." 워렌이 맥주를 벌컥거리며 길게 들이켰다. 한 가지 의심의 여지가 없는 건 아버지의 분노가 형으로 하여금 다시 폭음하게 만들었다는 사실이었다. "이젠 뭐 다 지나간 일이지." 형의 푸념이었다.
 그렇지 않은데. 적어도 내겐 지나간 일이 아니었다.
 "난 생각할 일이 많아, 형." 나는 말을 꺼냈다. "그게 키이스에 관한 일이라서 그렇다는 것도 알아. 하지만 우리 가족에 관한 일도 계속 생각나."
 워렌이 웃었다. "왜 신경을 써? 우리 가족은 네가 다 자라기도 전에 사라졌잖아. 어머니와 제니가 죽었을 때 넌 아직 어린애였다고."
 "더 이상 어린애이고 싶지 않아. 난 형이 알고 있는 것을 알고 싶어. 모두 다 말이야."
 "내가 알고 있는 걸 너한테 얘기해줬잖아."
 "그거 말고 더 있을 것 같은데?"
 "뭐가?"
 "보험회사 직원이 형한테 얘기했던 것이라든가. 왜 그 사람은 우리 집에 나타나서 어머니와 아버지에 관해 물어봤을까?"

형은 어깨를 움찔했다. "그 이유를 누가 알겠냐?"

"아버지는 어머니가 든 보험 같은 건 없다고 했어."

"그러면 보험 같은 건 없었겠지." 워렌이 맥주를 한 모금 마시고는 말했다. "젠장, 어쨌든 그게 무슨 차이가 있다는 거야?"

"내가 알고 싶어 하니까 차이가 있는 거지."

"뭘 알고 싶은데?"

내 입에서 그 말이 돌덩어리처럼 떨어져 내렸다. "아버지가 어머니를 죽인 건 아닐까?"

워렌의 눈빛이 몹시 차분해졌다. "맙소사, 에릭."

"차에다 무슨 수작을 부릴 수도 있지. 브레이크에 말이야."

"아버지는 차에 대해 몰라, 에릭."

"그러니까 형은 아니라고 생각한다……."

워렌이 웃음을 터뜨렸다. "당연히 아니지." 형은 마치 내가 눈의 초점도 제대로 맞추지 못하는 아주 작고 어린 동물이라도 되는 것처럼 나를 가만히 응시했다. "지금 제정신이야? 아버지가 어머니를 죽였다고? 이런, 에릭."

"왜 그렇지 않다고 확신하는 거지?"

워렌은 웃음을 터뜨렸지만 어딘지 음울해 보이는 웃음이었다. "에릭, 그건 말도 안 되는 소리야."

"형은 어떻게 아는 건데?" 내가 되풀이해 따졌다.

"맙소사, 에릭. 너무 섬뜩한 얘기잖아."

"아버지가 어머니를 죽였다면 어쩔 건데?"

형은 잠시 침묵을 지키더니 아래로 눈길을 떨어뜨렸다. 흡사 마지막으로 마실 맥주가 얼마나 남아 있는지 알아보려는 모습 같았다. 이윽고 형이 입을 열었다. "아버지가 어머니를 죽인 사실을 네가 밝힌다고 해서, 그게 무슨 소용인데?"

"몰라, 하지만 현재로서는 모든 게 거짓말처럼 보여."

"그래서?"

"나는 그런 식으로 살고 싶지 않아."

워렌이 남은 맥주를 마저 비웠다. "에릭, 사람들은 전부 그렇게 살아." 형은 히죽 웃었고, 그것으로 이전의 논쟁으로 생긴 음울하고 심각한 기분은 전부 떨어져나간 듯했다. "심각해 하지 마, 에릭. 사람들은 다 사기꾼이란다."

나는 앞으로 몸을 숙여 테이블 위에 팔꿈치를 올려놓으며 말했다. "나는 진실을 알고 싶다고."

워렌이 가볍게 어깨를 움츠렸다. "됐어, 좋아." 형은 지친 듯한 목소리로 말을 시작했다. "최선을 다해보라고. 빌어먹을, 아버지의 잡동사니 소굴 있지. 오래된 금속 파일 캐비닛 말이야. 거기 다 있어. 기억나지, 그 캐비닛? 버린 것들 빼고는 그 속에 다 있을 거야. 무겁고 지랄 맞은 물건이지. 우리가 그 캐비닛을 너희 집 지하실로 옮기느라고 고생한 것 기억나냐?" 워렌이 마지막 남은 맥주를 비우더니 졸린 듯 게슴츠레한 눈으로 나를 바라보았다. "어머니가 들었다는 보험증서를 아버지가 갖고 있었다면, 아마 그 캐비닛 안에 있을 거야."

17

 다음 날 밤, 메러디스와 키이스가 잠들고 나서 한참 지난 뒤 나는 살금살금 지하실로 내려갔다. 아버지가 모든 기록을 보관하던 회색의 금속 파일 캐비닛이었다. 우여곡절 끝에 양로원에서 지내라는 설득을 아버지가 결국 받아들인 직후, 그때까지 아버지가 살던 작은 집에서 형과 내가 옮겨다놓은 것이었다.
 눈이 흩뿌리던 1월의 어느 날, 나는 아버지를 '쉘턴 암즈'라는 양로원으로 모셨다. 그럼 다음, 아버지의 작은 집으로 돌아와 형이 아버지의 물건들 포장하는 일을 도왔고, 포장된 물건들을 내 집의 지하실로 옮겼다. 그 후로 지금까지 그대로 보관하고 있었다.
 캐비닛 옆에는 아버지가 쓰던 접이 뚜껑이 달린 낡은 책상이 있었다. 나는 그 책상의 뚜껑을 열고 평평한 철제 의자를 끄집어낸 다음, 캐비닛의 맨 위 서랍부터 파일 더미를 꺼내놓았다. 그러고는 캐비닛 서랍 안에서 발견한 누렇게 색이 바래 부서질 것 같은 서류들을 찾아보기 시작했다. 아버지의 수도 없이 실패한 사업들의 기록이었고, 망해가는 사업들을 되살리기 위해 점점 더 절박하게 노력한 흔적들이었다.
 하지만 그것은 내가 찾고 있던 역사가 아니었다. 아버지가 실패했던 일에는 관심이 없었다. 아버지가 벌였던 사업은 뚜렷하게 손에 잡히는 게 아니었고, 어머니가 자식들에게 입힐 옷을 찾아 지역의 중고 할인매장을 샅샅이 뒤지고 다니는 동안, 아버지는 외관을 꾸미는 데 수천 달러씩 펑펑 써대면서 비용이 엄청나게 드는 클럽에 가입하곤 했다.
 아무래도 상관없었다. 내가 찾고 있는 것은 사업에 대한 잘못된 결정이나 어리석은 투자의 증거가 아니었기 때문이다. 나는 피크와 크라우스가 되었다. 내 눈은 그들의 눈처럼 의심에 초점을 맞추고 범죄의 증거를 찾고 있었다.
 아버지가 남긴 폐허에 널린 고통스런 부스러기들, 그 침전된 토사층들 사이로 떠오르는 시체처럼, 내가 찾고 있던 것들은 서서히 모습을 드러냈다. 쇠퇴는 60년대 말부터 시작되었다. 아버지가 보유했던 부동산들은 치솟는 이자율에 따라 급격히 가치가 감소하기 시작했다. 5년 동안 아버지는 담보로 대출받은 채무들을 차례로 체납하게 되었고, 아버지의 은행가 친구는 아버지의 신용을 더 이상 확대해줄 의사가 없었다. 그렇게 아버지는 주거용 부지와 상업용 부동산을 한꺼번에 잃게 되었고, 아버지의 재산은 시드는 장미에서 떨어지는 꽃잎처럼 모두 아버지의 손을 떠나가버렸다.
 1974년 가을에 이르자, 아버지에겐 가족이 살고 있는 집 외엔 남은 것이 없었다. 그 집조차도 한도까지 담보가 설정된 터라, 말 그대로 빚구덩이에 가라앉은 꼴이었다. 그해 가을 나는 열두 살이었고,

아버지가 형에게는 허락하지 않았던 값비싼 사립학교에 다니고 있었다. 그 당시 나는 놋쇠 단추가 달리고, 상의 주머니엔 세인트 레기스의 문장을 수놓은 네이비블루 색의 콤비 교복을 입고 있는 어린 소년이었다.

매일 밤 나는 사라져가고 있는 집으로 돌아왔다. 그때는 집이 사라져가고 있다는 걸 알지 못했지만. 형은 대부분의 시간을 자기 방에서 보냈고, 제니는 끔찍한 두통을 호소하기 시작했다. 어머니는 점점 더 간소한 음식을 만들어, 아버지가 함께하는 일이 거의 없어진 식탁에 차려냈다. 식탁 머리에서 어머니는 아버지의 부재를 이렇게 설명했다. "아빠는 뉴욕에 계시다. 사업 때문에."

그 사업의 참담한 본질은 그날 밤 내가 찾아낸 서류를 봐도 명백했다. 대출 신청들과 그에 대한 거절들, 변호사와 채권자, 심지어 지역 상인으로부터 온 협박 편지들. 모두가 지불을 채근하고 있었고…… 돈을 갚지 않으면 어떻게 하겠다는 협박의 말이 들어 있었다.

이런 집중포화 아래에서, 남자들은 자살하거나 도망치고 싶은 충동에 내몰린다. 어느 쪽이든 남은 가족은 알아서 살길을 찾아야 한다. 물론 드문 경우이긴 하지만, 제3의 훨씬 극단적인 방법을 선택하는 남자들도 있다. 가족을 살해하는 것이다.

절박한 상황 속에서 떨리는 손으로 다섯 번째 스카치위스키 잔을 든 아버지가 마지막 방법을 숙고했을 거라는 생각이 그날 밤에야 내 머릿속에 떠올랐다.

그러자 갑자기, 그것이 거기 있었다. 아버지가 숙고했던 가공할 계획을 암시하는 문서가.

암시하는 것이지 증거는 아니었다. 그래도 나를 얼어붙게 만들기는 충분했다. 나는 오랫동안 우연히 발견한 그 문서를 그냥 들여다보고만 있었다. 그것은 1975년 4월 27일자 〈로스앤젤레스 타임스〉의 부동산 면이었다. 수천 킬로미터 떨어진 도시에서 발행되는 이 신문의 특정 면이 어떻게 아버지 손에 들어오게 된 걸까? 왜 아버지는 그 면 중간쯤의 3단짜리 특정 광고에 붉은색 원을 그렸던 걸까? 그것은 "깔끔한 원룸, 독신자에게 적합합니다."라는 광고였다.

독신자에게 적합합니다.

아버지는 어떤 방법을 써서 다시 독신이 될 계획이었던 걸까?

아버지가 생각한 방법은 가족을 내팽개치는 것뿐이었을까?

아니면 아버지는 자신을 진정으로 자유롭게 해줄 마지막이자 돌이킬 수 없는 탈출을 뜻하는 세 번째 방법을 고민했던 걸까?

나는 몰랐다, 알 수도 없었다. 하지만 지금은 침침한 지하실을 완벽하게 반영하는 내 마음속에서, 나는 아버지가 진정으로 우리 가족을 살해할 계획을 숙고했을 가능성도 무시할 수 없었고, 아버지가 그 계획을 정말로 실행에 옮겼는지 알아봐야겠다는 욕구를 억누를 수도 없었다.

나는 아버지가 처한 환경이 점차 심각해짐에 따라 깊어져만 가는 아버지의 절박한 심정을 지켜보면서 아버지의 서류를 뒤지는 일을 계속했다. 그 재앙의 해의 몇 주가 지나는 동안, 빚을 갚으라고 독촉하는 편지들은 점점 더 협박이 되어갔고, 아버지의 응답에는 점점 더 많은 허구가 가미되기 시작했다. 아버지는 '익명의 후원자'와의 관계를 만들어내기도 했고, 갖고 있지도 않은 수입원이 있다고 주장하기도 했다. 아버지의 편지는 중요 인사들(대개는 정치가였다)의 이름으로 넘쳐났다. 아버지는 편지에 중요 인사들이 아버지가 그 당시 즉흥적으로 꾸며냈던 완벽한 가공의 금융회사에 '처음부터 가담하기로 했다'는 내용을 썼다. 망상과 현실 사이의 경계선이 사라진 듯했고, 덕분에 나는 아버지가 노골적으로 거짓말을 했던 것인지, 아니면 자기의 환상을 진짜 믿기 시작했던 것인지 분간하기 어려웠다.

그러다가 또 하나의 사업관계 서류 더미 속에서 누렇게 색이 바랜 가족사진들 사이에 끼어 있는, 엠마 고모가 아버지에게 보낸 편지를 발견했다. 날짜는 1975년 2월 3일, 어머니가 돌아가시기 불과 두 달 반 전에 쓰인 것이었다. 편지의 한 줄이 내 주의를 끌었다. "에드워드 오빠, 오빠가 말한 것처럼 지금의 곤경은 전적으로 마가렛의 지독한 낭비 때문이야."

어머니의 지독한 낭비? 어머니는 어떤 것을 그토록 지독하게 낭비했을까? 나는 답을 너무 잘 알고 있었다. 어머니는 가톨릭에서 운영하는 중고 할인매장에서 옷을 사기 위해 '지독하게' 돈을 낭비했고, 시들고 상처 난 채소를 사기 위해 '지독하게' 돈을 낭비했다. 어머니는 깡통이 찌그러진 통조림이나 하루 묵은 빵을 사기 위해 '지독하게' 돈을 낭비했다. 우리가 가진 자원이 점점 줄어 들어가고 있는 와중에도, 어머니는 우리를 번듯하게 입히고 먹였다. 제니가 죽은 그해 내내 어머니는 당신을 위해 절대로 아무것도 산 적이 없었다. 모자 하나, 귀걸이 하나 사지 않았다.

자신이 초래한 궁핍을 어머니 탓으로 돌리고 비난하는 아버지가 정말 한심스러웠다. 하지만 고모가 쓴 편지 여백에 아버지가 휘갈겨 쓴 글은 더 끔찍했다. "이제 그녀를 통해 나를 이 곤경에서 빼내자."
 나.
 우리가 아니었다.
 그렇다면 우리(아버지의 아내와 세 자녀)는 아버지에게 정확히 무엇이었을까? 그 답은 '나'라는 말에 함축돼 있었다. 우리는 아무것도 아니었다.
 우리는 아무것도 아니었다. 그래서 아버지는 뉴욕에 갈 수 있었고, 〈로스앤젤레스 타임스〉 한 부를 사들고 부동산 면을 펼쳐 웨슬리로 돌아오는 기차 안에서 태연히 읽은 다음, '독신자에게 적합한' 깔끔한 원룸이란 광고에 동그라미를 칠 수 있었던 것이다.
 아버지는 어떻게 독신자 신분을 회복할 요량이었을까?
 곧바로 내 머릿속에 가능한 가장 어두운 시나리오가 개봉되었다. 아버지는 밤이 깊을 때까지 기다린다. 그런 뒤 소리 없이 아래층의 아버지 사무실로 내려간다. 접이 뚜껑 책상을 열고, 나무로 된 작은 비밀 서랍을 열쇠로 따서 언제나 그곳에 보관하고 있던 권총을 꺼낸다. 기적과도 같은 환영을 통해 내 눈앞에서 어둡게 빛을 내는 그 권총은 비밀 서랍에 여전히 아버지가 놔두었던 그대로 있었다. 지금 내가 잡는 것처럼 아버지는 손을 뻗어 권총을 집어 들고, 지금 내 가족이 잠들어 있는 것과 마찬가지로 아버지의 가족들이 잠들어 있는 2층으로 올라간다. 자유를 향한 세 발의 빠른 총격만 빼고 아버지는 그렇게 했을 것이다.
 그게 아버지의 계획이었다면 왜 실행하지 않았던 걸까? 다른 사람들 같으면 실행에 옮겼을 터였다. 아버지와 같은 남자, 사업이 초토

화되고 엄청난 굴욕감을 느끼며 모든 것을 잃어버린 남자, 그래서 싸늘한 저녁에 자신이 찾아낼 수 있는 가장 심오하고 파괴적이기 이를 데 없는 길로 출발하기로 작정한 남자라면 충분히 그럴 수 있었다. 그런 남자들은 자기 가족을 확실한 방법으로 살해하려 했을 것이다. 아버지는 왜 그 길을 마다했던 걸까? 왜 아버지는 그냥 비행기나 기차, 버스를 타고 밤의 어둠 속으로 사라져버리는 덜 끔찍한 길을 따르는 결정조차 하지 않았던 걸까?

나는 아버지가 우리와 함께 남은 이유가 사랑과는 아무 관계가 없음을 알고 있었다. 아버지에 대한 어머니의 힘은 어머니의 아름다움이 시들면서 사라졌다. 형에게 아버지가 느끼는 감정은 경멸뿐이었다. 그리고 제니, 아버지가 유일하게 애정을 보였던 것 같은 제니는 그 얼마 전에 죽고 없었다. 그러면 간단히 생각해 나만 남는다. 나는 아버지가 내게 가졌던 희망이 우리 가족을 함께할 수 있게 만드는 힘을 발휘한 것일지도 모른다는 생각을 품게 되었다. 결국 아버지는 나를 최고의 학교에 보냈고, 나의 미래에 대해 언제나 가장 밝은 얘기만을 했다. 나는 아이비리그에 속한 대학에 가서, 로펌이나 다른 사업 분야에서 유력한 인물이 될 것이었다. 나는 아버지가 꿈꾸던 아들이자 아버지의 가치에 대한 증명이었고, 어머니의 아름다움이 한때 그랬던 것과 마찬가지로 아버지를 돋보이게 만드는 장식품이었다.

하지만 1975년 4월에는 그 꿈마저 확실히 죽어가고 있었다. 아버지는 알고 있었을 게 틀림없지만, 나를 아이비리그 대학에서 공부시킬 돈이 없었다. 돈이 없는데 내가 어떻게 아버지의 부유하고 성공적인 아들이 되는 꿈을 충족시켜줄 수 있겠는가.

잠시 아버지가 처했던 곤경을 곰곰이 생각해봤다. 아버지는 파산했고, 딸은 이미 죽은데다, 거의 신경도 쓰지 않았던 가족을 책임져야 했다.

그런데도 아버지는 왜 우리와 함께 머물렀을까?

즉각 대답이 떠올랐다. 아버지는 사업과 가족관계가 어둡게 얽히고 꼬인 곳 어디에선가 탈출할 방법을 찾아냈기 때문에 머물렀던 것이다.

누이가 보낸 편지의 여백에 아버지가 써넣은 한 줄의 글이 사악한 속삭임으로 내게 돌아왔다. 이제 그녀를 통해 나를 이 곤경에서 빼내자.

환영 속에서 나를 오래전 여름 오후의 형의 입장에 놓아보았다. 나는 웅장한 계단에 앉아 책을 읽고 있다. 초인종이 울린다. 내가 대답한다. 짙은색 정장을 입은 키 크고 마른 남자가 회색 모자를 벗어 들고, 작고 조용하고 호기심에 반짝이는 눈으로 나를 응시한다. 그 남자의 목소리는 피크의 목소리와 같이 조용하고 마음을 누그러뜨리는 힘이 있다. 놀랄 필요 없단다. 자기는 보험회사 직원이며, 뭔가 확실한 것을 조사하기 위해 온 거라고 말한다. 그렇지만 조사하려는 것이 정확히 뭔지는 말해주지 않는다. 나는 그 남자를 집에 들어오게 한다. 형이 그랬던 것처럼 말이다. 그러고는 책을 놔두었던 계단으로 돌아간다. 그 남자는 몇 분 있다가 돌아간다. 그는 내게 무엇을 찾고 있는지 얘기해주지 않는다. 그리고 세월이 흘러 나는 결혼하고 아들이 생기지만, 그 남자에게 그날 무엇을 찾으려 했던 거냐고 결코 묻지 않는다.

하지만 이제 나는 그게 뭔지 안다. 그리고 그것은 몇 분 내로 내 손 안에 들어올 것이다. 서류 속에 묻혀 있지만 그리 깊이 숨겨진 것은 아닐 것이다. 나뭇잎과 떨어진 가지로 급하게 덮은 시체처럼 살짝만 파도 모습이 드러날 것이다. 꼭 보험증서가 아니라도 아버지에게 보내온 편지가 아버지의 배우자 앞으로 가입한 생명보험증서가 총액 20만 달러에 승인되었음을 알려줄 것이다.

"에릭?"

올려다보니 메러디스가 계단 맨 아랫단에 서 있었다. 그녀가 내려오는 소리를 듣지 못했다. 메러디스의 부드러운 발소리가 내 마음속 격렬한 폭풍에 묻혀버렸던 것이리라.

"여기서 뭐하고 있어요?" 우연히 내가 좀 이상하다는 것을 발견하게 된 것처럼 희미하게 놀란 기운이 느껴지는 목소리였다. 이상하다는 것을 달리 말하자면 한때 안정적이었던 성격이 의심 많은 성격으로 변했다고 할 수 있을 것이다.

"그냥 옛날 물건들 좀 찾아보려고."

메러디스는 책상 위에 잔뜩 흩어져 있는 서류 더미에 눈길을 주었다. "뭘 찾고 있어요?"

급히 아래쪽을 보니 사진 한 장이 눈에 띄었다. "이것 말이야." 파일에서 사진을 집어 들어 그녀에게 보여주었다.

그것은 가족사진, 우리 가족 모두가 함께 찍은 마지막 가족사진이었다. 아버지와 어머니는 커다란 집 정면 층계 위에 서 있었고, 세 자녀는 두 사람 앞에 나란히 섰다. 워렌이 왼쪽, 제니가 오른쪽, 내가 가운데.

그때 나는 누구였던가? 사진을 응시하며 의문이 들었다. 그해에 일어난 일들을 얼마나 알고 있는가? 알기를 거부하려고 얼마나 애썼던가? 보험증서, 어머니의 비탄 같은 숨겨진 일뿐만 아니라, 그 저택에서 살던 시절의 가장 분명한 양상에 관해서도 마찬가지였다. 워렌 형이 얼마나 가혹한 대접을 받고 있는지 생각해본 적도 없었고, 제니가 가끔씩 두통으로 괴로워하고 아무런 이유 없이 쓰러지곤 했던 일에도, 어머니가 식탁에 말없이 앉아 심란한 표정으로 구겨진 냅킨만 만지작거리던 일에 대해서도 한 번도 생각해보지 않았다. 매일 아침 나를 세인트 레기스 사립학교로 데려다주던 예쁜 버스 차창 밖을 내다본 적이 있었던가? 멀어질수록 점점 작아지는 저택을 바라보며, 뭔가 잘못될 수도 있다는 가능성을 마주한 적이 있었던가?

나는 아내를 바라보았다. 메러디스의 눈길에선 경계심이 느껴졌다. 그러자 내 집안의 모든 일이 잘 돌아가고 있지 않다는 사실을, 외부 사람 누군가가 알고 있다는 걸 은근히 암시하던 레오 브록의 편치 않은 말들이 머릿속에 울려 퍼졌다.

뭔가 잘못된 것.

잠시 나는 그 불편한 발언의 원천을 상상했다. 내가 방금 의심만 가득하고 실제적인 증거는 하나도 없는 상태에서 아버지 서류들을 뒤져보았던 것과 마찬가지로 유령 같은 인간이 내 서류를 하나하나 들쳐보는 모습이 보였다. 문득 나는 경찰 긴급 직통전화에 전화를 걸었던 사람이 누구든 그 인간을 말살해버리고 싶은 격렬한 분노를 느꼈다. 그런 인간이 있는지조차 확실하지 않다는 사실에도 불구하고 내 분노는 조금도 진정되지 않았다. 나는 그런 인간이 있다는 걸 믿었고, 그것도 아주 강하게 믿었기 때문에 즉시 전화를 건 인간의 목소리까지 상상해냈다. 그의 목소리에는 음탕한 속삭임과 뱀이 쉭쉭거리는 소리가 섞여 있었다. 머릿속에 전화를 건 인간의 프로필까지 거의 완성된 형태로 떠올랐다. 통통하고 부은 얼굴에 두껍고 축축한 입술, 하루쯤 면도를 하지 않아 수염이 부스스한 모습이었다. 그가 사는 방의 윤곽까지도 보였다. 기름얼룩이 묻은 냅킨과 피자 상자들이 널려 있는 더럽고 어수선한 방이었다. 외로운 독신에 분노로 차 있으며, 나나 메러디스, 혹은 키이스를 바라보면서 자기 자신의 음험하고 비열한 내면을 우리에게 고정해 투사하고 있었다. 그는 우리 가족의 역사를 제멋대로 만들어낸 것이 틀림없었다. 그는 그 역사를 머릿속으로 돌려보며, 그 자신이 경멸하는 완벽함, 그가 상상하는 완벽함을 갖추고 있는 우리 가족을 비웃고 있었다.

"보여주고 싶지 않은 거예요?"

메러디스의 말에 나는 몽상에서 깨어났다. 어느새 책상 옆에 와 있던 메러디스는 내가 반사적으로 놓지 않으려 하는 사진을 쥐어 당기고 있었다.

"아니, 당연히 볼 수 있지." 나는 사진을 놓고, 메러디스가 흥미로운 듯 사진을 들여다보는 모습을 지켜보았다.

"왜 특별히 이 사진을 찾은 거예요?"

나는 어깨를 으쓱했다. "모르겠어. 아마도 모든 게 제대로 되어 있는 것처럼 보일 때 찍은 마지막 사진이었기 때문일 거야."

'제대로'라는 말을 입 밖으로 내는 순간, 내면의 뭔가에 깊은 균열이 생겨났다.

메러디스가 사진을 돌려주며 물었다. "밤새 여기 있을 건가요?"

나는 고개를 젓고 말했다. "아니, 잠시만 더."

메러디스가 몸을 돌려 계단을 올라가며 앞쪽으로 고개를 살짝 숙이자, 머리카락이 얼굴 옆쪽으로 물결치며 늘어졌다. 계단 위쪽 끝에서 그녀는 층계참에 멈춰 섰다. 메러디스가 다시 내게로 내려올 수도 있다는 생각이 잠깐 들었다. 내려와서 깊은 숨을 쉬고, 그리고…….

고백?

느닷없이 내 머릿속에서 튀어나온 단어에 스스로도 깜짝 놀라면서 메러디스를 응시했다. 메러디스에게 고백할 것을 요구했다면 그녀는 어떤 행동을 했을까? 내 내면의 혼탁한 심연에서 솟아 나온 생각은 여전히 그곳에 존재하고 있었다. 그 생각은 의심이었고, 빈 공간으로 흘러 들어간 그 의심은 날카롭고 매캐한 연기로 빈 공간을 가득 채웠다. 나는 심하게 과열된 방 안에서 덫에 치인 느낌이었다. 사방에서 불길이 나를 태울 듯 널름거리는데, 끝없이 일어나는 불길을 잡을 방법이 없었다.

18

 월요일 아침, 나는 일찍 일어나 주방으로 가서 커피를 내렸다. 앞마당이 건너다보이는 작은 타원형 테이블에 오랫동안 홀로 앉아 있었다. 지난밤 아버지의 서류들을 뒤진 일을 떠올려보았다. 서류 더미 속에서 아버지의 유죄를 입증하는 문서가 발견되었고, 다시 어머니에게 실제로 일어난 일이 무엇인지 바닥끝까지 캐내고 싶다는 욕구가 불타올랐다. 한편으로는 무엇을 찾아내든 아무 소용없을 거라는 사실 또한 알고 있었다. 메리디스가 지하실에 내려왔던 일이 기억났다. 내 마음을 사로잡았던 낯선 비난의 감정, 내 주위에서 느닷없이 일어나 나를 삼킬 듯 널름대던 화염. 지금은 그것들을 에이미 지오다노가 실종된 이후 계속된, 부정할 수 없는 압박감 탓으로 돌릴 수 있었다. 여전히 내 마음속에서 타오르고 있는 거짓 불꽃은 에이미의 실종으로 인한 긴장이 만들어낸 것이라서, 에이미 문제가 해결되면 약해지고 꺼져버릴 게 분명했다.
 키이스는 7시 조금 지나 계단을 내려왔다. 그 애는 굳이 주방에 들어올 일이 없었다. 아침마다 키이스는 식욕을 느낀 적이 없었고, 메러디스도 나도 더 이상 학교 가기 전에 뭘 좀 먹으라고 강요하지 않았다. 이 특별한 아침에도 키이스는 그저 계단을 휭하니 내려와 문을 열고 나갔고, 이슬 내린 잔디밭 옆에 놔둔 자전거에 올라 페달을 밟으며 멀어져갔다.

메러디스가 주방으로 들어왔을 때, 키이스의 자전거는 이미 언덕 위로 모습을 감춘 뒤였다. 원래대로라면 이 시간에 메러디스는 일하러 나갈 옷차림을 완전히 갖춘 상태였어야 했기에, 아내의 모습이 나를 놀라게 했다. 메러디스는 벨트로 꽉 조인 실내복 차림에 맨발이었고, 머리는 산발이었다. 옅은 화장기조차 없었고, 눈 주위에는 다크서클이 생겨 있었다. 그녀는 긴장하고 불안해 보였다. 우리가 겪어왔던 일로 인해 기력을 전부 소모한 듯했다.

"오늘은 출근하지 않을래요." 메러디스는 커피를 한 잔 따르며 말했다. 하지만 테이블에 앉은 내 쪽으로 오지 않고, 창가로 걸어가 마당을 응시했다.

메러디스는 내게 등을 돌리고 서 있었는데, 나는 그녀의 모습을 보며 감탄했다. 메러디스는 몹시 주의 깊게 몸매를 관리했다. 넓은 어깨와 매끈하게 빠진 긴 다리의 소유자였다. 아내의 핼쑥한 모습에도 불구하고, 나는 메러디스가 방에 들어서면 남자들의 눈길이 왜 모두 그녀에게 쏠리는지 알 것 같았다.

"키이스는 벌써 갔어."

"그래요, 키이스가 가는 걸 창문으로 봤어요." 메러디스는 커피를 한 모금 마시더니 앞마당에 눈길을 고정시켰다. "바로 전화해서 휴가 낼 거예요. 당신은 휴가를 내겠다고 해도 이유를 묻는 사람이 없겠죠?"

나는 메러디스에게 다가가 한 팔로 느슨하게 그녀의 어깨를 감쌌다. "나도 하루 쉴까 봐. 영화를 보러 가든지. 하루 종일 즐겨볼까? 우리 둘이서만."

메러디스는 머리를 저으며 내 팔에서 빠져나갔다. "아뇨, 난 해야 할 일이 있어요. 그런 휴가가 아니라고요."

"무슨 일인데?"

"강의안을 써야 해요. 로버트 브라우닝(1812~1889. 영국의 시인. 빅토리아 시대를 대표하는 시인으로 강건하고 활달한 시풍을 보였다―옮긴이)에 관해서."

"전부 완성했는지 알았는데. 매일같이 도서관에서 늦게까지 있었던 게 강의안 작성 때문 아니었나?"

메러디스가 커피메이커 쪽으로 돌아왔다. "브라우닝만 남았어요. 강의안 노트도 집에 있고요."

"오후까지 끝낼 가능성은 없는 거야? 그럼 함께 긴 산책을 나가도 될 텐데."

"아뇨, 그때까지 끝내는 건 불가능할 것 같네요." 메러디스는 내 쪽으로 와서 커피잔을 들지 않은 손을 펴고 내 얼굴을 만졌다. "하지만 저녁 만찬을 위해 멋진 요리를 만들어놓을게요. 프랑스식으로. 촛불도 켜고 와인도 준비하죠." 아내가 엷게 미소 짓더니 덧붙였다. "키이스에게도 함께하자고 설득해봐요."

나는 메러디스의 손을 끌어당겨 가볍게 잡았다. "로덴베리에 관해서는 어떨까?"

아내의 눈에 긴장의 빛이 떠올랐다.
"키이스에게 로덴베리에 관해 이야기할까?"
내 질문에 메러디스의 긴장이 풀리는 듯했다. "이야기하는 게 좋지 않을까요?"
"좋아."
메러디스 곁을 떠나 위층으로 가서 출근 복장을 갖추었다. 다시 내려왔을 때 메러디스는 커피를 홀짝이며 여전히 주방 테이블에 앉아 있었다.
나를 보고 메러디스가 미소 지었다. "좋은 하루 보내요."

가게에 도착하니 피크 형사가 기다리고 있었다. 이번에는 가벼운 플란넬 재킷과 오픈칼라 셔츠의 평상복 차림이었다. 내가 다가가자 피크는 건물 옆쪽으로 비키면서 고개를 끄덕였다.
"커피 한 잔 할까요?" 피크가 물었다.
"벌써 모닝커피 마셨는데요." 나는 쌀쌀맞게 대꾸했다.
"한 잔만 하시죠." 예전에 메러디스에게 했듯 거리를 두는 전문가다운 말투가 아니었다. 오히려 지금 피크의 말투에는 기대하지도 않은 우정 같은 게 담겨 있었다. 마치 우리가 오랜 전우라서 서로를 완전히 신뢰하고 이야기를 나눌 수 있는 사이라도 되는 것처럼.
"금방 끝나니까 제시간에 가게 문을 열 수 있을 겁니다."
"좋아요, 그럼." 내가 어깨를 으쓱하며 대답했다.
우리는 블록 끝에 있는 레스토랑으로 갔다. 몇 년 전 뉴욕에서 이곳 웨슬리로 이주한 리처드슨 부부가 운영하는 레스토랑이었다. 리처드슨 부부는 도시의 레스토랑들이 대개 하는 번지르르한 장식을 피하고, 가정적인 편안함을 살리려고 했다. 그래서 나무 테이블, 레이스 달린 커튼, 자기로 된 소금병과 후추 뿌리개 등의 소품으로 19세기의 선장과 그 아내가 사는 집처럼 꾸몄다. 그날 아침 이전까지는 그런 장식이 눈에 들어오지 않았지만, 지금은 잘못된 주름 제거수술처럼 부자연스러운 허위의 냄새를 풍기는 장식처럼 느껴졌다.

"커피 두 잔이요." 레스토랑 정면의 창 가까이 자리를 잡고 나서 피크가 매트 리처드슨에게 주문했다.

피크가 미소 지었다. "에릭이라고 불러도 될까요?"

"아니요."

피크의 얼굴에서 미소가 사라졌다. "나 역시 가족이 있어요." 그러고는 내 반응을 기다렸다. 내가 아무 반응을 하지 않자, 피크는 테이블 위에 올린 두 손을 모아 쥐더니 몸을 앞으로 숙였다. "오늘 나는 비번입니다."

바보 의심이 들었다. 나를 밀링하게 만들려는 피그의 세로운 수작인지도 몰랐다. 한 주 전이라면 나는 그를 믿었을 것이다. 하지만 지금은 피크가 행동을 꾸미고 있으며, 아마 경찰 심문학교에서 배웠으리라는 생각만 들 뿐이었다.

주문한 커피가 왔다. 얼른 한 모금 마셨지만, 피크는 잔에 손대지 않았다.

"이 일은 더 이상 이런 식으로 진행되면 안 됩니다." 피크의 목소리는 나직했고 침착했다. 조심스럽고 신중한 태도가 전해졌다. "절대로 그래선 안 되죠."

피크는 뭐가 있을지 모르는 깊은 물속으로 뛰어드는 사람처럼 숨을 고르더니 말을 이었다. "키이스의 컴퓨터에서 뭐가 좀 발견됐습니다."

내 손이 흔들리는 나무 잎사귀처럼 아주 살짝 진동했다. 얼른 두 손을 무릎께로 떨어뜨리고 흔들림 없는 표정을 유지했다.

"뭐가 발견됐는데요?"

피크의 얼굴이 우울한 가면을 썼다. "사진입니다."

"무엇에 관한 사진인가요?" 나는 냉정을 가장하며 딱딱한 목소리로 물었다.

"어린애들을 찍은 겁니다."

지구가 자전을 멈춘 것 같았다.

"불법적인 건 아닙니다. 그 사진들이. 정확히 말해, 어린애를 찍은 포르노는 아니란 거죠." 피크가 얼른 덧붙였다.

"그럼 뭔데요?"

피크는 날카로운 눈빛으로 나를 응시하며 물었다. "그 사진들에 대해 아무것도 모르시는 게 확실합니까?"

"전혀 모릅니다."

"키이스의 컴퓨터를 사용하신 적이 없습니까?"

나는 고개를 저었다.

"그러면 그 사진들은 키이스 것이 맞겠군요." 피크가 말했다. 피크는 그 사진들을 찾아낸 일을 진심으로 미안해 하는 표정을 연기했다. 피크의 이러한 행동에는, 자신이 키이스를 옭아맬 갈고리를 벗겨 줄 수 있는 설명을 찾아 나를 보러 왔다는 암시가 숨어 있었다. 내가 사진관을 운영하고 있으니까. 피크가 생각하기에, 어쩌면 내가 그런 '예술사진'에 관심이 있을지도 몰랐다. 만일 내가 정말 그렇다면 피크가 이미 말한 것처럼 더 이상 문제가 악화될 여지는 없을 터였다.

피크가 말을 계속했다. "아이들은 모두 여자애였습니다. 대부분 여덟 살 정도 돼 보였죠." 피크는 아랫입술을 깨물고 말했다. "누드였어요."

침묵하는 것만이 안전하게 느껴져 아무 말도 하지 않았다.

"키이스 학교의 선생님들과도 얘기해봤습니다. 키이스는 자긍심에 문제를 갖고 있는 것 같더군요."

나는 마음속에서 키이스를 보았다. 축 늘어진 그 애의 머리카락은 제멋대로 헝클어져 어수선하기 짝이 없었다. 키이스의 구부정한 어깨와 졸린 듯 풀려 있는 눈은 또 어떤가. 키이스의 비참한 모습은 구부정하고 허접하며 가치가 없는 자신의 내면을 드러내고 있는 게 아닐까?

"낮은 자긍심은 프로필의 한 요소입니다." 피크가 말했다.

단지 침묵할 수밖에 없었다. 무슨 말이든 내 아들에게 불리하게 작용할 수 있을 터였다. 내가 한 말이 기소 이유로 인용되고, 범죄를 입증하는 증거가 되며, 유죄판결의 근거로 사용될지도 모르는 일이었다.

"어린애를 좋아하는 남자의 프로필 말이죠." 피크가 말을 이었다.

나는 솟구치는 파도 속에서 가라앉지 않기 위해 침몰하는 배의 부서진 뱃머리에 매달리듯, 침묵만을 붙잡고 입을 떼지 않았다.

피크가 물었다. "그 사진들을 보시겠습니까?"

나는 어찌해야 좋을지 몰랐다. 피크의 전략이 뭔지 도통 감이 잡히지 않았다. 싫다고 하면 무슨 뜻으로 받아들일까? 혹은 보겠다고 하면 내 반응에서 무엇을 알아낼 것인가?

"무어 씨?"

나는 올바른 답을 찾기 위해 머리를 굴리다가 그냥 운에 맡기기로 결정했다. "보는 게 맞을 것 같군요."

피크는 그 사진들이 차에 있다고 했다. 주차장으로 걸음을 옮기는 동안 마치 사형 집행인을 따라 교수대로 다가가는 심정이었다.

피크가 운전석에 자리를 잡았고, 나는 조수석에 앉았다. 피크는 그와 나 사이에 놓여 있던 마닐라봉투를 집어 들었다. "키이스의 컴퓨터에서 인쇄한 겁니다. 말씀드렸듯이 불법적인 것은 아니고요. 하지만 이 사진들은 우리가 묵과할 수 없는 문제라는 걸 충분히 이해하시리라 믿습니다."

나는 봉투를 받아 들고 사진들을 꺼냈다. 사진 뭉치는 1센티미터를 좀 넘는 두께였고, 아마 20~30장 정도일 터였다. 사진들을 하나하나 넘겨보았다. 피크가 말한 대로 정확한 의미의 포르노는 아니었다. 사진 속의 여자애들 모두 야외에서 촬영됐고, 건물 내부에서 찍은 건 한 장도 없었다. 빛나는 햇빛 속에서 자세를 취하고 있는 여자애들, 빛나는 하얀 가슴 위에서 소녀들의 작은 젖꼭지와 유방은 거의 알아볼 수 없었다. 어떤 사진은 정면을, 일부는 뒷모습을 찍었고, 옆에서 몸 전체를 찍은 사진도 있었다. 똑바로 서 있는 아이들도 있었고, 무릎에 턱을 괸 채 앉아 있는 아이들도 있었는데, 앉은 아이들은 두 팔로 다리를 모아 쥐고 있었다. 긴 머리카락과 균형 잡힌 몸매를 가진 소녀들이었다. 천진한 여자애들의 흠잡을 데 없이 아름다운 모습이 그대로 표현되고 있었다. 짐작건대 아이들의 키는 120센티미터를 넘지 않았다. 치모가 난 아이도 없었다. 모두가 미소를 띠고 있었다.

이런 상황에서 어떻게 행동해야 맞을까? 아버지로서 말이다. 이런 사진들을 모두 본 다음 어떻게 해야 하는가. 다시 마닐라봉투에 사진을 넣어 차 시트 위에 도로 내려놓아야 하는 걸까?

너는 그렇게 한다. 네 행동에 깊은 관심을 보이는 남자, 너의 아들이 기껏 해야 성도착자이고, 더 나쁜 경우에는 납치범이며, 어쩌면 강간범에 살인자라고 생각하는 남자의 눈을 빤히 들여다본다. 네가 남자를 빤히 들여다보는 이유는 그의 눈에 어린 끔찍한 비난의 기색에 대꾸할 길이 없기 때문이다. 너는 겨우 이렇게 말할 뿐이다. "키이스의 방에서는…… 어땠나요? 뭐라도 찾아낸 게 있습니까?"

"잡지 같은 것 말이죠?" 피크가 반문하더니 대답했다. "아니요, 달리 찾아낸 건 없습니다."

나는 내친 김에 모험을 걸었디. "에이미에 관련된 건 없었나요?"

피크는 고개를 저어 대답을 대신했다.

"그러면 지금 수사는 어디까지 와 있습니까?"

"계속 진행 중입니다."

나는 피크를 차분히 바라봤다. "이 사진들을 나한테 보여줘서 뭘 얻고 싶었던 겁니까?"

"무어 씨, 이런 사건은 말이죠. 우리가 수사를 멈출 수 있다면 일이 더 잘 풀립니다." 피크 역시 차분한 어조로 말했다.

"자백에 의한 수사 중지, 그런 뜻입니까?"

"키이스가 자발적으로 진술해주면 우리 경찰이 그 애를 도울 수 있습니다." 잠시 내 표정을 살피던 피크가 말을 이었다. "지오다노 부부는 딸이 돌아오길 바라고 있습니다. 에이미가 어디 있는지 알고 싶어 하고, 집으로 데려오고 싶어 하지요."

피크는 사진이 든 봉투를 자기 다리 옆에 세웠다. "당연히 지오다노 부부는 에이미에게 무슨 일이 생겼는지 알고 싶어 합니다. 그 애가 당신 딸이었다면 당신 역시 그걸 원했을 겁니다. 분명히."

피크는 전과 달리 친절하고 점잖은 책략을 쓰면서 깊이 몰입해 있었지만, 나는 신물이 났다. "우린 충분히 협조했다고 생각합니다만." 나는 날카롭게 말하며 차 문고리 쪽으로 손을 뻗었다. 그러나 피크의 목소리가 내 행동을 꼼짝 못하게 막았다.

"키이스가 델모트 프라이스란 이름을 말한 적 있습니까?" 피크의 질문이었다.

아는 이름이었다. "'빌리지 플로리스트'라는 꽃집 주인입니다. 키이스가 사진 배달하러 몇 번 간 적 있을 겁니다."

"그들에 대해 알고 계신 건 그게 전부인가요?"

"그들이요?"

"통화 내역을 추적했습니다. 당신 변호사가 말해줬겠죠. 피자 배달원이 지오다노 씨 댁에서 키이스가 전화하는 모습을 봤다고 했던 바로 그 통화 말입니다. 그게 델모트 프라이스 씨와 통화한 거였어요."

나는 말을 꺼내려다가 멈추고 기다렸다.

"프라이스 씨는 키이스를 아주 잘 알고 있더군요." 피크가 심각한 어조로 말했다.

다시 그날 밤 진입로로 들어오던 차가 생각났다. 그 차의 두 줄기 전조등 불빛이 관목 덤불 사이로 쏟아져 오는 것이 보였고, 조금 후에 키이스가 비포장도로와 일본단풍나무를 지나서 집으로 들어오는 모습이 생생하게 떠올랐다.

"그날 밤 두 사람이 함께 있었답니까?" 내가 물었다.

"함께요?"

"키이스와 델모트 프라이스 말입니다."

"왜 두 사람이 함께 있었을 거라고 생각하시죠?"

나는 대답할 수 없었다.

"무어 씨?"

나는 고개를 흔들었다. "아무것도 아닙니다. 두 사람이 함께 있었을 거라고 생각할 이유는 아무것도 없어요."

피크는 내 마음속에 입을 벌리고 있는 상처를 본 게 틀림없었다. 나는 사슴이었고, 피크는 목표를 정확히 겨냥하는 노련한 궁수였다. 나는 절반쯤 옆구리에 화살을 맞은 느낌이었다.

"키이스가 프라이스 씨와 관계있다는 걸 알고 계셨나요?" 피크가 물었다.

"두 사람이 어떤 관계인데요?"

"프라이스 씨는 일종의 아버지와 아들 같은 관계였다더군요."

"키이스에겐 아버지가 있어요." 나는 쏘아붙였다.

"물론이죠." 피크가 부드러운 목소리로 받았다. "하지만 키이스는 프라이스 씨에게 자신에 대해 얘기했고 문제를 의논했어요. 키이스는 행복하지 않았던 겁니다. 혼자라고 느꼈겠죠."

"내가 키이스를 잘 모른다고 생각하는 겁니까?"

피크는 내 머릿속을 들여다보는 것 같았다. 내 머릿속의 여러 개 방들을 살펴보면서 단서를 찾고 있었다.

"한 가지만은 확실한 것 같군요. 당신은 키이스를 돕고 싶어 합니다. 우리들 모두가 키이스를 돕고 싶어 하지요."

내가 할 수 있는 일은 고작 피크의 얼굴에 비웃음을 날리는 것을 참는 일뿐이었다. 피크가 하고 있는 행동은 각본에 따른 연기이고, 나로 하여금 내 아들에게 죄를 뒤집어씌우기 위해 조심스레 놓은 덫이 분명했기 때문이다. 피크는 아주 정확한 페이스로 움직이고 있었다. 약간의 정보를 흘려주고, 그 다음에는 물러나 기다리면서 나를 압박하는 식으로. 피크가 지금 하는 일이 바로 그것이었다. 피크는 고요하게 정지해 있던 눈을 천천히 깜빡이고, 짧은 한숨을 쉬었다. "키이스가 도둑질한 걸 아십니까?"

나는 흠칫 숨을 들이켰지만 대답하지 않았다.

피크가 말했다. "프라이스 씨는 자기 가게의 금전등록기에서 돈을 훔치던 키이스를 잡았다는군요. 키이스는 아무 말도 말아달라고 빌었고, 그렇게 해서 두 사람이 이야기를 나누기 시작했답니다."

나는 마지막 공격의 어마어마한 충격에도 불구하고 조롱하는 태도를 가장했다. "말도 안 돼요. 키이스에겐 부족할 게 하나도 없습니다. 게다가 난 그 애가 사진관에서 하는 일에 대해서도 따로 돈을 주고 있다고요."

"분명히 그걸로 부족했나 봅니다."

"키이스는 필요한 걸 다 갖고 있어요. 왜 우리 애가 도둑질을 한단 말입니까?"

피크는 마지막 화살을 날리기에 적당한 시간을 벌려고 기다리는 게 분명했다. "프라이스 씨 말로는, 키이스가 가출하기에 충분한 돈을 모으려고 애쓰고 있다더군요."

"가출이요? 어디로 말입니까?"

"아무 데나요. 제 생각엔 그렇습니다."

그 말은 내게 벗어나고, 메러디스에게 벗어나고, 우리 가족의 굴레에서 벗어날 수 있는 곳이라면 어디라도 좋다는 뜻이었다.

"언제 도망칠 작정이었답니까?" 내가 차가운 어조로 물었다.

"돈이 충분히 모이는 대로, 한시라도 빨리. 그런 것 같은데요." 뒤로 몸을 젖힌 피크가 자기 뺨을 손으로 긁적였다.

"키이스가 도둑질을 했다는 이야기가 전부 사실이 아니라면 어쩌실 겁니까?" 내가 빠른 말투로 물었다. "그게 사실이라고 생각하세요? 프라이스 씨가 거짓말을 하고 있는 건지도 모르고, 어쩌면 그 사람이 키이스와두 아무런 말도 하지 않았을지도 모르는 거잖아요."

"그럴지도 모르죠." 피크가 말했다. "왜 당신은 키이스한테 물어보지 않는 겁니까?"

피크는 내게 올가미를 씌우는 중이었고, 나는 그걸 뻔히 알고 있었다. 피크는 내 아들을 심문하는 자기 일을 내가 대신하도록 내게 올가미를 씌우고 있는 중이었던 것이다.

"무어 씨, 키이스에게 뭘 물어보셨습니까? 에이미 지오다노를 해쳤는지 직접적으로 물어보셨나요?"

피크는 내 눈에서 대답을 읽었다.

"그날 밤에 대해 키이스한테 뭐라도 물어보시긴 했나요?"
"물론, 물어봤습니다."
"뭘요?"
"글쎄요, 한 가지 물어봤죠. 키이스한테 에이미가 가출했다고 생각할 이유 같은 게 있는지 물어봤습니다. 아니면 에이미의 집 주변에서 뭐든지 의심 가는 것을 본 적이 있는지도 물어봤어요. 수상한 사람 같은 것 말이죠."
"키이스는 아니라고 대답했고요, 맞죠?"
나는 고개를 끄덕였다.
"그리고 당신은 키이스를 믿었고요. 당연한 말이겠지만 아버지라면 누구라도 그럴 겁니다." 피크는 내 쪽으로 몸을 기울이며 침중한 목소리로 말을 이었다. "하지만 키이스는 당신이 생각하는 그대로의 아들은 아닐 겁니다."
피크의 말에 도저히 반박하거나 비웃을 수 없었다. "그런가요? 그럼, 그 애는 누구죠?" 내가 물었다.

19

 그런가요? 그럼, 그 애는 누구죠?

 나는 그렇게 곤란한 말은 해본 적이 없었다. 그날 오전 내내 그 말이 머릿속에 메아리쳤다. 최근에 듣고 비슷한 기분을 느꼈던 말들이 계속 생각났다. '사람들은 거짓말을 하기 때문이에요, 에릭.' 메러디스. '사람들은 다 사기꾼이란다.' 워렌.

 덕분에 나는 그토록 고통스런 말을 듣고도 평소와 달리 심각한 타격을 받지 않았다. 놀랍기 짝이 없는 일은 이제는 나 스스로도 그런 말을 한다는 것이었다. 왜일까? 대답을 찾을 수 없었다. 내가 알고 있는 건 오직, 그런 말을 들을 때마다 내 기분의 복잡한 변화를 깊이 검토해보고, 결국 나를 갉아대는 단 하나의 기억으로 돌아가곤 했다는 사실이다. 되풀이하고 또 되풀이해서 같은 이미지를 풀어놓는 반복 필름처럼, 나는 마지막 순간의 제니 모습을 보았다. 말도 할 수 없이 죽어가며 내 귀에 입술을 댄 제니의 눈에는 끔찍한 절박감이 가득했다. 분명 제니는 모든 악조건에도 불구하고 내게 뭔가 말하려고 몸부림쳤다. 지금까지는 제니가 말하려 애썼던 것이, 죽음의 절벽 위에서

245

흘끗 본 위대한 진리 같은 것이리라 상상했었다. 하지만 이제는 제니가 다급하게 전하려 했던 말이 암담한 진리에 불과한 게 아닐까 하는 의구심이 들었다. 누구도 어떤 일도 믿지 말아요, 절대로. 이런 말은 아니었을까?

키스에 대해 생각해보았다. 야구장 근처에서 시무룩한 표정으로 담배를 피우는 키스. 피크가 말했던 것들도 떠올랐다. 키스는 델모트 프라이스와 부자처럼 지내고 돈을 훔쳤으며 가출을 계획하고 있었다. 나로서는 상상도 할 수 없던 일이라 이 모든 게 사실이라면 놀라움 그 자체였다. 또한 전부 틀림없다면 피할 수 없는 한 가지 진실이 드러난다. 나는 내 아들을 모르고 있다.

난데없이 나 자신을 향한 들끓는 분노가 덮쳐왔다. 키스가 정말로 다른 사람을 찾아가서 그를 믿고 가장 비밀스런 계획까지 털어놓을 정도라면, 나는 도대체 어떻게 돼먹은 애비란 말인가?

나는 아버지에 대해 언제나 엄청난 우월감을 갖고 있었다. 아버지가 당신의 세 자녀 중 누구에게 한 것보다 더 내가 아들을 잘 돌보았고 밀접한 관계를 유지하고 있다는 데 기인한 우월감이었다. 제니가 세상을 뜨던 날, 아버지는 형에게 제니 곁에서 밤을 새우라는 지시를 내리고는 보스턴과 뉴욕으로 1박 2일의 출장을 갔었다. 제니의 곁을 지키는 일은 형의 입장에서 피할 수도 대충 할 수도 없는 일이었다. 이제 와서 생각해보면, 제니의 방에서 나온 형의 모습은 늙고 초췌해 보였다. 그 음울한 아침 형의 파리하고 찌든 모습으로 미루어볼 때, 아직 어렸던 형은 세상에서 가장 끔찍한 일을 보았던 게 아닐까?

하지만 이제는 다르다. 과연 내가 정말 아버지가 했던 것보다 아버지 역할을 더 잘했다고 할 수 있는지 의심스러웠다. 내 아들과 마지막으로 진심이 오가는 얘기를 한 적이 언제였던가? 저녁식사 때 대화가 오간 것은 확실하고, 복도에서 서로 마주치면 상대가 듣든 말든 방백처럼 짧은 말을 교환했다. 하지만 그건 진정으로 이야기를 나누는 게 아니었다. 진정한 대화란 희망과 꿈의 무게를 담고, 가식적인 허울을 벗어버리며, 드러난 빛 속에 서로의 얼굴이 빛나게 하는 것이다. 진정한 대화란 삶에 관한 것이고, 그 삶을 이겨내기 위해 최대한 노력하는 방법에 관한 것이고, 그렇게 살아가면서 우리가 배운 교훈에 관한 것이다. 내게로 올 수 없었던 키이스는 이런 대화를 델모트 프라이스를 위해 아껴두었고, 그를 만나러 갔다. 델모트 프라이스는 내가 아들을 너무 늦기 전에 이해하기 시작했다면, 나 역시 그처럼 되기 위해 애썼을 게 분명한 사람이었다.

델모트 프라이스를 찾는 일은 어렵지 않았다. 내가 꽃집의 문을 들어서는 순간 프라이스는 나를 보았는데, 그때 그의 모습은 마치 엽총 조준경의 십자선에 자기가 노출된 사실을 갑자기 알아차린 사람 같았다.

프라이스는 붉은 장미 10여 송이를 포장하는 중이었다. 나는 한쪽으로 비켜서서, 포장을 마친 프라이스가 돈을 받고 짧은 미소와 함께 장미를 산 여자에게 감사 인사를 하는 모습을 지켜보며 기다렸다.

프라이스를 지켜보는 동안 나는 그가 얼마나 우아하게 움직이는지 알 수 있었다. 흰 머리카락이 머리 위의 전등 불빛에 어슴푸레 빛났고, 긴 손가락으로 은박지를 꼭 알맞게 접고 금빛 리본으로 완벽한 매듭을 만들었다. 프라이스의 손가락은 유연하면서도 기묘한 아름다움을 발하는 안무를 추는 무용수 같았다. 조금도 발을 헛디디는 법이 없는 무용수처럼, 그의 손가락은 빈틈없이 정확하게 움직였다. 그러니 프라이스가, 영어 교사가 자신이 젊어서 가졌던 것과 같은 문학적 포부를 가진 학생을 알아보듯이 자기와 비슷한 점을 키이스에게서 발견한 건 아닌 게 분명했다. 분명 델모트 프라이스는 키이스에게서 자기와 반대되는 점을 발견했을 터였다. 헝클어진 머리에 음울한 표정으로 히죽거리는 품위 없고 지저분한 소년, 그런 소년에게 친구가 되어준 이유는 소년에게 감탄해서가 아니라 불쌍히 여겼기 때문이었을 것이다. 프라이스는 키이스가 얼마나 어설프고 외롭고 아무런 목적이 없는 아이인지 알아보고, 키이스에게 아버지가 절실히 필요하다고 생각했을 터였다.

프라이스는 부푼 꽃봉오리와 활짝 피어난 꽃 사이를 이리저리 헤치며 향기로 가득한 자신의 정원을 나서는 사람처럼 내게 다가왔다.

"무어 씨." 프라이스가 내 이름을 부르며 손을 내밀다가 멈췄다. 내가 손을 잡을지 확신 못하는 눈치였다.

나는 손을 내밀어 프라이스의 손을 잡았다. "방해가 안 되셨으면 합니다."

프라이스는 고개를 끄덕이고 문으로 걸어가서 '문 열었음' 표지를 '자리 비움'으로 바꿔놓고, 화원의 뒤쪽으로 나를 안내했다. 그곳에는 고사리 같은 양치식물의 벽 뒤에 남의 눈에 띄지 않는 은밀한 공간이 있었다.

프라이스가 먼저 말을 꺼냈다. "경찰이 왔었어요. 알고 계시죠?"

"네."

"당신이 알고 있는 것과 똑같이, 나도 키이스가 에이미 지오다노의 실종에 아무 관계가 없다고 믿습니다."

"저 역시 그렇게 믿습니다." 이렇게 대꾸를 했지만, 내 대답 중 일부는 거짓이라는 기분이 들었다. "하지만 키이스는 문제가 되는 행동을 했습니다. 당신 가게를 털었잖아요."

프라이스가 부드럽게 고개를 끄덕였다.

"키이스가 왜 가출하고 싶어 한답니까?" 내가 물었다.

프라이스는 소중한 친척이 앞으로 얼마나 살 것인지 하는 질문을 받은 의사처럼 망설였다. "그 애는 행복하지 않아요, 무어 씨."

"좀 더 구체적으로 말씀해주실 수 있을까요?"

그가 대답을 찾기 위해 애쓰는 모습이 보였다. 평생 동안 한 말과 이미지와 경험들을 모두 뒤져 이 상황에 꼭 들어맞는 한마디 말을 찾고 있었다.

마침내 프라이스가 입을 열었다. "이런 식으로 말씀드리면 어떨까요? 나는 집에 온실을 갖고 있는데, 내가 특정 씨앗을 주문하면 대개 예상했던 것과 같이 그 씨앗이 옵니다. 장미를 주문했으면 장미가 오는 식이지요. 그러다가 한 번은 내가 주문한 게 아닌 것을 받게 됩니다. 전혀 비슷하지도 않은 것이 온 겁니다. 제라늄이나 뭐 그런 게 온 거지요. 나는 씨앗을 뿌리고 장미를 기대하고 있는데, 결국 나온 것은 제라늄이에요. 그 시점에서 나는 계획을 바꿔야만 합니다. 원래 내가 바랐던 장미인 것처럼 물을 주고 거름을 줄 수는 없는 노릇이에요. 나는 인정해야만 합니다. 좋아, 이건 제라늄이야. 절대로 장미가 될 수는 없지. 하지만 적어도 건강한 제라늄으로 자라도록 가꿀 수는 있어. 제 말뜻을 아시겠죠? 나는 적응해야만 합니다. 주문한 것을 받지 못했기 때문에요."

"키이스는 내가 다른 모습의 아들을 원한다고 생각하나요?"

"아니요, 키이스는 당신이 뭘 바라는지 알고 있어요."

"좋습니다, 하지만 가출하면 어떤 좋은 일이 있을까요?"

"좋을 건 하나도 없을 겁니다. 그게 내가 키이스에게 해준 말이에요. '네가 어딜 가든지, 그건 항상 너를 따라다닐 거야.'"

"키이스를 따라다니는 게 뭐죠?"

"그 애를 시원찮다고 평가하는 당신의 의견이죠."

프라이스는 내 속을 뒤집어놓는 한 방을 날리고는 그 주먹이 만들어낸 결과를 보았다.

프라이스가 서둘러 말을 이었다. "나도 아들과의 사이에 같은 문제가 있었습니다."

"아드님이 가출을 했나요?"

갑자기 프라이스의 눈에 눈물이 반짝였다. "아뇨, 그 애는 자살했어요."

마음속에 키이스가 똑같은 일을 저지르는 영상이 떠올랐다. 자기 방에 있는 키이스가 보인다. 내가 열세 살 생일 기념으로 선물한 스위스 군용 칼을 펴서, 녹슨 칼날을 창백한 손목에 미끄러뜨린다. 선홍색 핏물이 키이스의 팔을 타고 흘러내려 맨발 사이에 웅덩이를 만드는 장면을 지켜본다. 빛을 잃은 눈으로 멍하니 마지막 깊은 잠이 밀려오기만을 기다린다. 얼굴은 무표정하다. 지금 자신이 끝내고 있는 가치 없는 인생에 대해 아무 미련이 없는 듯 초연하다. 키이스는 완전한 무감정 증후군 상태에서 이 모든 일을 저지르고 있다.

"죄송합니다." 내가 작은 목소리로 사과했다.

"나는 많은 아버지들과 마찬가지였어요, 내 아들을 위한 거창한 계획을 갖고 있었죠." 프라이스가 말했다. "문제는, 내 계획이 그 애의 계획은 아니었다는 거죠."

"키이스의 계획은 어떤 것인지, 혹시 당신에게 말하지 않던가요?"

프라이스가 어깨를 으쓱해 보이더니 말했다. "키이스가 무슨 계획을 가지고 있는지는 잘 모르겠습니다. 가출하겠다는 생각 말고는."

"지금은 가출할 수 없습니다. 에이미 사건이 생긴 이후에는 말이죠. 키이스는 그걸 알아야만 합니다."

"벌써 그 사실을 키이스한테 분명하게 알려주셨겠죠?"

나는 그러지 않았다. 그리고 내가 키이스에게 말해주지 않은 이유는 별로 복잡할 것도 없었다. 단지 마지못해 조금 연 방문 틈으로 나를 내다보던 키이스의 생기라곤 없는 멍청한 눈을 보면서 얘기하기 싫었기 때문이었다. 진실의 무게가 망치로 내려치듯 나를 때렸다. 내 아들은 더 이상 부정할 수 없을 정도로 내게 혐오감을 갖고 있는 것이다. 나는 키이스가 축 처진 몰골로 어슬렁거리는 모습이 싫었다. 헝클어진 머리카락, 그 애를 압도하고 있는 무기력, 묵직하게 쿵쿵거리는 발소리, 모든 게 질색할 정도로 싫었다. 하지만 나는 그런 표시를 내지 않으려고 끊임없이 애썼다. 싫은 기색을 보이는 대신 키이스의 변변찮은 모든 성취를 격려했다. 키이스의 터무니없이 유치한 과학 숙제를 칭찬하고 사진을 찍었다. 말도 안 되는 것들을 격려

하기 위해 억지로 키이스의 등을 두드려주다 손에 마비가 올 정도였다. 나는 진짜로 생각하는 것을 숨기기 위해 엄청나게 애썼지만, 결과는 완벽한 실패였다. 키이스는 겉으로는 모르는 체했지만, 내 끝모를 경멸을 속속들이 꿰뚫어보고 침묵 속에서 괴로워했던 것이다.
 프라이스가 내 팔을 두드렸다. "키이스가 그렇게 느끼는 건 당신 잘못이 아닙니다." 프라이스는 나를 안심시키려는 듯 덧붙였다. "나는 당신이 그 애를 얼마나 사랑하는지 알 수 있어요."
 "그래요, 물론 그렇죠." 나는 그와 악수를 나누면서 작별의 말을 하고, 몸을 돌려 꽃향기 속을 걸어 나왔다. 그동안 내 머릿속에는 아내의 말이 메아리치고 있었다. 사람들은 거짓말을 하기 때문이에요.

 내가 집으로 돌아갔을 때, 메러디스는 휴대폰을 들고 통화 중이었다. 문을 열자 그녀의 목소리가 들렸다. 의심할 여지 없이 메러디스는 놀랐을 것이다. 아직 이른 낮 시간인데다, 저녁때까지는 내가 집에 돌아오지 않을 거라고 생각했으리라.
 "나중에 얘기해요." 메러디스의 목소리가 들렸고, 바로 그녀의 휴대폰이 찰칵 소리를 내며 닫혔다. 아내는 휴대폰을 실내용 가운 주머니에 집어넣고 나서야 아는 체를 했다.
 "어머나, 당신." 메러디스가 주방에서 걸어 나오며 말했다. 그녀는 미소를 지으며 말을 이었다. "방금 커피를 한 주전자 더 내렸어요."
 메러디스 뒤쪽의 카운터에 커피메이커가 한가하게 놓여 있었다. 아침에 처음 내렸던 커피는 아직 반이나 남아 있었다.
 "당신, 순수주의자가 돼가나 봐."

아내가 무슨 말인가 하는 표정으로 나를 바라봤다.

"커피 순수주의자 말이야. 내린 지 두 시간 이상 지난 커피는 마시지 않잖아."

메러디스는 웃음을 터뜨렸지만 긴장한 기색이었다. "아, 그게 고상한 척하는 커피 속물들의 규칙인가요?" 메러디스는 고개를 튕기듯 흔들어 머리카락을 펼쳤다. "그런 얘기는 어디서 들었어요, 에릭?"

"텔레비전에서 본 것 같아."

한동안 우리는 서로를 말없이 바라보기만 했다. 이윽고 메러디스가 말했다. "그건 그렇고, 당신 어쩐 일로 이렇게 일찍 들어왔어요?"

"출근하는 길에 피크가 기다리고 있더군."

갑자기 메러디스의 안색이 창백해졌다. "긴급 직통전화. 누군가 소문을 퍼뜨리려고……."

나는 고개를 젓고 설명을 시작했다. "긴급 직통전화에 관한 게 아니야. 경찰이 키이스에 관해 몇 가지를 알아냈어. 우리 그 얘길 좀 해야 할 것 같아."

나는 몸을 돌려 거실로 들어가서 소파에 앉았다. 메러디스가 내 뒤를 따라 들어와 맞은편 의자에 앉았다.

"피크가 말한 건 두 가지야. 키이스는 어떤 사람을 찾아가서 자기 일을 의논했어. 델모트 프라이스 씨라고, '빌리지 플로리스트' 주인이지. 아무튼 프라이스 씨는 자기 가게에서 돈을 훔치는 키이스를 붙잡았었대. 키이스는 프라이스 씨에게 돈이 필요해서 훔쳤다고 했다는군."

"돈이 필요했다고요?"

"가출하기 위해서." 나는 음울한 어조로 덧붙였다. "그게 돈을 훔친 이유라는 거야."

메러디스는 급소를 한 방 얻어맞고 멍해진 상태에서 균형을 회복하기 위해 여기저기 더듬는 사람처럼 한참 말이 없었다.

"피크는 키이스 학교 교사들도 만나봤는데, 교사들 말로는 키이스가 자긍심이 낮다는 문제를 갖고 있대." 얻어낸 정보의 마지막 부분이 가장 말하기 힘들었지만, 그대로 전해주는 것 말고 다른 수가 없었다. "그 부분이 프로필 상으로는, 피크의 말인데…… 아이를 괴롭히는 치한의 속성이라는 거야."

메러디스의 눈길이 여기저기 허공을 방황했다. 마치 그녀 주위가 작은 폭발들로 가득한 것 같았다. 메러디스는 긴장한 목소리로 입을 열었다. "그 차, 그 차는 프라이스 씨 걸까요?"

"아니야. 피크와 헤어진 다음에 바로 프라이스 씨와 이야기했어. 좋은 사람이었어. 메러디스, 그 사람한테는 키이스 같은 아들이 있었대."

"키이스와 같다는 게 무슨 뜻이죠?"

"비슷한 문제를 가진 아이, 자긍심 문제 말이야. 좀 더 심했다는 것만 달라. 그 애는 자살했대."

메러디스의 입술이 말없이 벌어졌다.

"프라이스는 그저 키이스를 도우려 한 거야. 기대서 울 수 있는 어깨 역할, 그게 전부지."

메러디스는 천천히 고개를 저었다.

"일이 더 심각해지고 있어, 메러디스. 경찰이 키이스의 컴퓨터에서 사진을 찾아냈어. 여자애들. 벌거벗고 찍은 사진이야."

메러디스가 자기 입을 막기 위해 오른손을 들어 올렸다.

"정확한 의미의 포르노는 아닌데, 꽤 안 좋아."

메러디스는 자리에서 일어서서 낮은 소리로 속삭였다. "끔찍한 일이에요."

"키이스는 집에서 도망칠 수 없어. 우린 그 점을 확실히 알려줘야 해. 그 애가 무슨 계획을 세웠든 간에, 지금은 실행하면 안 돼. 경찰은 키이스가 에이미 사건 때문에 도망친 걸로 생각할 거야. 경찰은 절대로 믿지 않을 거야……." 말을 잇지 못하고 잠시 멈췄다. 이어질 말이 너무나 고통스러웠기 때문이다. 다른 수가 없어 결국 생각했던 말을 하고 말았다. "키이스가 우리로부터 도망친 거라고 하는 말을."

메러디스가 무겁게 고개를 끄덕였다. "당신이 키이스에게 말해줘야 해요, 에릭."

"우리 둘이 함께하지."

"아뇨." 메러디스가 단호한 어조로 반대했다. "우리가 떼거리로 자기를 공격하는 것처럼 보일 거예요."

"좋아, 그럼 내가 할게. 피크가 한 말을 전부 전해줄 거야. 그리고 프라이스 씨가 한 얘기도 전부. 그날 저녁 키이스를 집으로 데려다준 사람이 누구인지도 물어보겠어. 난 그 대답을 듣고 싶어."

메러디스가 지친 표정으로 한숨을 쉬었다.

"나도 그 개떡 같은 얘기들을 받아들이고 싶지 않아. 하지만 일은 점점 더 심각해져 가고, 키이스도 그걸 알아야만 한다고."

"그래요."

메러디스는 먼 곳으로 흘러가고 있는 것 같았다. 점점 더 먼 곳으로, 닻이 풀린 배처럼 큰 바다로 하염없이 표류하고 있는 듯했다. 잠시 후, 메러디스는 복도를 내려가 자기의 작은 사무실로 갔다. 내 생각에 메러디스는 그곳에 계속 머물 터였다. 초조함 속에 그녀의 아들이 집에 돌아오기만을 기다리면서.

20

 키이스가 나타난 것은 오후 4시가 다 되어서였다.
 키이스를 보기 전까지의 몇 시간 동안 어떻게 접근하는 게 최선일지 찾아내려 애썼다. 어머니가 얼마나 이런 심문에 어설펐는지가 떠올랐다. 어머니가 워렌에게 어떤 잘못에 대해 물으면 형은 매번 아니라고 부정했다. 그러면 어머니는 받아들이고, 그걸로 끝이었다. 반면 아버지는 사정없이 워렌을 몰아붙였고, 형이 주장하는 알리바이를 깨고 단호한 눈빛으로 쏘아보았다. 워렌이 직접 만든 시툰 거짓말이란 진흙구덩이 속으로 점점 깊이 가라앉아 갈 때, 아버지의 눈은 우월감으로 빛나곤 했다. 워렌이 별것 아닌 잘못에 연루되었을 시간에 텔레비전을 보고 있었다고 주장하면, 아버지는 〈TV 가이드〉를 꺼내 들었고, 정확히 뭘 보고 있었는지 추궁했다. 형이 어쩌다 꾀를 내서 프로그램의 이름을 대면, 아버지는 잡지를 샅샅이 뒤져 그 프로그램에 관한 설명을 찾아내서는 정확히 어떤 내용으로 진행됐는지 말해보라고 다그쳤다. 아버지는 늘 형보다 두세 수 앞서 갔고, 어두운 골목길에 잠복한 노상강도처럼 후려갈길 준비를 하고 기다리고 있었다.

하지만 형은 쉽게 겁을 먹고 혼란에 빠졌다. 아버지가 몇 분 정도만 닦달하면, 형은 예외 없이 항복해 사소한 범죄를 자백했다. 그러고는 아버지가 선고하는 어떤 벌이라도 달게 받아들였다. 워렌은 언제나 나긋나긋 용서를 빌면서 깊이 뉘우치는 시늉을 했고, 아버지가 별로 무엇을 명령하든 열성적으로 따랐다.

키이스한테 형과 똑같은 행동을 요구할 수는 없다는 걸 알고 있었다. 키이스의 기분은 불안정했고, 늘 원망하는 빛이 가득한 채 시무룩하기 일쑤였다. 조금만 자극해도 그 애는 방 밖으로 달아났고, 미친 바람처럼 밤의 어둠 속으로 사라지곤 했다. 키이스가 자전거 안장에서 미끄러지듯 내리는 모습을 보면서 무엇보다 내가 두려워한 건 결국 물리적 힘을 써야 하는 지경에 이르지 않을까 하는 것이었다. 키이스가 달아나는 일을 막기 위해서는 완력을 사용해야만 할지도 모르기 때문이었다.

키이스는 문을 열고 들어오면서 나를 본 체도 하지 않았다. 책가방을 계단에 던져놓고, 오른쪽으로 돌아 주방으로 들어갔다. 냉장고 문 여는 소리가 들렸다. 병끼리 부딪히는 쨍그랑 소리와 병을 따는 소리가 들렸다. 키이스가 병에 든 생수나 탄산음료를 마시는 소리이겠거니 했는데, 구부정한 자세로 현관 쪽으로 돌아올 때 보니 손에 든 건 맥주였다.

키이스는 내가 거실에 앉아 있는 걸 보고 덤덤한 눈으로 나를 응시했다. 나의 도전을 기다리는 것이리라. 키이스는 고개를 젖혀 한참 꿀꺽거리며 맥주를 마시더니 입을 소매로 훔쳤다.

"너는 아직 술을 마실 수 있는 나이가 아니야." 키이스에게 환기시켰다.

"아, 그런가요?" 키이스는 히죽거리며 반문했다. "글쎄요, 내가 술을 마셔도 될 만큼 나이 먹었을 때는 사람들이 말하는 것처럼 감옥에 있겠지요. 좆같아서." 키이스는 반항적으로 씩 웃더니 또 한 모금을 들이키고는 술병을 내 쪽으로 내밀며 말했다. "아빤 내가 술 먹는 게 걱정돼요?"

나는 벌떡 일어나 키이스에게 다가가서 술병을 확 낚아챘다. "얘기할 게 있다. 네 방에서."

"내 방이요?" 키이스가 무시하는 투로 낄낄 웃었다. "절대 안 돼요, 아빠."

나는 술병을 문 옆의 테이블에 내려놓고 차분한 목소리로 말했다. "네 방이다. 지금 당장."

키이스가 피곤을 과장하는 몸짓으로 머리를 흔들고는 몸을 돌려 맥 빠진 걸음걸이로 천천히 계단을 올라갔다. 교실에서 일곱 시간 수업을 들은 애라기보다는 하루 종일 밭에서 일하다가 돌아온 이이 같았다.

자기 방문 앞에서 키이스가 나를 향해 돌아섰다. "이런 식으로 하시면 안 돼요. 전혀 깔끔하지도 않고, 규칙도 없잖아요."

"어떻게 보이든 상관없어. 난 신경 안 쓴다."

그러자 키이스가 방문을 열고 방으로 들어갔다.

나는 키이스의 뒤를 따라서, 예상했던 것만큼 충분히 어수선하고 혼란스런 그 애 방으로 걸음을 옮겼다. 딱 한 가지 놀라운 건 키이스의 컴퓨터가 놓여 있던 창과 삭은 책상 사이의 공간이었다. 그곳에 키이스는 두꺼운 검은색 천을 매달았다. 모니터가 보이지 않게 막아 놓은 게 분명했다. 사방의 벽은 낡은 잡지에서 오려낸, 검은색 청바지와 티셔츠를 입고, 검게 염색한 지저분한 머리에 눈가와 입술, 손톱을 검은색으로 칠한 고스룩(고딕적인 요소와 오컬트에서 영감받은 다소 어둡고 신비한 느낌의 패션. 주로 머리부터 발끝까지 검은색으로 치장한다―옮긴이) 차림의 사람들 사진으로 덮여 있었다.

"장식이 맘에 드세요, 아빠?" 키이스는 잔인한 웃음을 터뜨리며 물었다. "제 방을 방문하니까 기쁘죠?"

나는 몸을 돌려 키이스와 얼굴을 마주했다. "오늘 아침 델모트 프라이스 씨와 잠깐 얘기를 나눴다."

키이스가 정돈하지 않은 침대에 털썩 주저앉더니 느릿하게 잡지를 한 권 집어 들며 대꾸했다. "그래서요?"

"경찰은 프라이스 씨와도 얘기했다. 경찰은 에이미가 실종되던 날 밤 네가 프라이스 씨와 통화한 사실을 알아."

키이스가 잡지의 페이지를 넘겼고, 손가락에 침을 묻히더니 다시 한 장을 넘겼다. "그냥 얘길 좀 하고 싶었어요."

"가출 계획에 관해서 말이냐?"

키이스는 내가 가출 계획을 알고 있다는 것에 아무런 반응을 보이지 않았다. 조금도 개의치 않는다는 듯이. 키이스는 계속 잡지를 들여다볼 뿐이었다.

"나를 봐라, 키이스." 날카로운 목소리로 말했다.

키이스가 귀찮다는 듯이 눈을 들었다.

"잡지 좀 치워."

키이스는 잡지 표지를 덮고 방 건너편으로 던졌다. 그러고는 내 눈을 똑바로 응시하는 위세를 떨었다.

"우선, 이 마을을 떠날 생각조차 하지 마라. 그건 경찰이 지금 가장 바라고 있는 일이야."

키이스가 발로 차서 신발을 벗더니, 머리를 젖혀 벽에 기대고 가슴 위로 손을 올려 팔짱을 꼈다.

나는 키이스 책상의 의자를 당겨 방 한가운데에 놓고 앉았다. 그제야 서로의 눈이 맞닿았다.

"네 대답을 들어야겠다, 키이스."

키이스는 뿌루퉁한 표정으로 나를 빤히 쳐다보기만 했다.

"경찰은 네 컴퓨터에서 사진들을 찾아냈다."

나는 사진이 발각됐다는 충격이 키이스를 흔들리게 만든 흔적을 찾아보았지만, 키이스는 아무 반응 없이 나를 싸늘한 금속성의 눈빛으로 응시할 뿐이었다.

"왜 그런 사진들을 갖고 있었던 거지, 키이스?"

키이스의 침묵은 마치 격발 준비가 된 권총 같았다.

"어린 여자애들이야." 내가 말했다. "벌거벗었고."

키이스가 눈을 감았다.

"왜 어린 여자애들 사진을 컴퓨터에 갖고 있는 거냐?"

키이스는 머리를 흔들었다.

"경찰이 그걸 찾아냈다고, 키이스." 나는 단호한 어조로 말했다. "경찰이 네 컴퓨터에서 그 사진들을 찾아냈단 말이다."

키이스는 계속 머리를 흔들었다. 눈은 여전히 감은 채였다.

"이 일이 어떻게 보일지 너도 알 거야, 안 그러니? 얼마나 안 좋게 보이겠어? 에이미가 실종된 사건과 연결돼서 말이야."

키이스가 크고 격렬하게 헐떡거리며 짧은 숨을 들이켰다. 흡사 다이버가 아찔한 물속으로 뛰어들 준비를 하는 것 같았다.

"경찰이 나한테 사진을 보여줬다. 어린 여자애들, 일고여덟 살쯤 된 애들 사진을."

갑자기 헐떡거리는 숨이 그치더니 키이스의 눈이 잠깐 열렸다. "또 뭐죠?" 키이스가 씩씩거렸다. "또 뭐냐고요, 아빠? 더 있는 거 알아요."

"그래, 더 있지." 성난 어조로 말했다. 키이스는 마구 대들어서 내가 자신에게 불리한, 좀 더 강한 얘기를 하게 만들 작정인 듯했다. "나는 에이미가 실종되던 날 밤, 너를 집까지 데려다준 사람이 누군지 알고 싶다."

키이스가 잠깐 동안 말없이 쳐다보기에, 나는 키이스가 터무니없는 대답이나 고함을 질러 대응할 것으로 예상했다. 하지만 키이스는 모든 걸 놓아버리는 듯한 몸짓을 보이며 뭔가 내면에서 흐트러지는 징후를 드러냈다. "나를 데려다준 사람은 아무도 없어요."

나는 위협하는 표정을 지으며 몸을 앞으로 숙였다. "진입로에 차가 들어오는 것을 봤다, 키이스. 주도로를 따라 올라와서 진입로로 들어왔지. 그 차의 전조등이 비치는 걸 봤어. 그러고는 후진해서 사라지더구나. 그게 네가 진입로를 내려올 때 아빠가 본 거야." 나는 머리를 들어 키이스의 눈을 뚫어져라 바라보았다. "누가 그 차에 너를 태우고 집까지 데려다준 거냐?"

"아무도 없어요." 키이스가 부드럽게 말했다.

"키이스, 나는 진실을 알아야만 하겠다. 그 사진들에 대해서도 알아야겠고, 그 차에 대해서도 알아야겠다고."

나는 머리끝까지 화가 나서 흡사 술에 취한 사람 같았다. 정신이 멍해지고 몸이 비틀거렸다. "키이스, 넌 내게 사실을 말해야만 해."

키이스는 아무런 사전 준비도 없이 고통에 겨운 오열을 터뜨렸다. 상상도 못한 깊이에서 자신의 내장을 파열시키며 터져 나오는 오열처럼 보였다. "씨발." 키이스가 절규했다. 키이스는 머리를 앞으로 떨어뜨렸다가 뒤로 강하게 젖혀 벽을 들이받았다. 그 힘이 너무 강해 키이스 머리 위에 매달린 선반이 울릴 정도였다. "씨발!"

"맙소사, 키이스, 내가 널 도우려고 하는 게 안 보여?"

"빌어먹을." 키이스가 소리치며 울었다. 키이스는 앞으로 머리를 떨어뜨렸다가, 흡사 뭔가에 몸을 장악당한 것처럼 머리를 홱 뒤로 젖혀 벽에 박치기를 해댔다.

나는 의자에서 일어나 검은색 천을 꽉 잡아챘다. "빌어먹을 거짓말 좀 그만하라고!"

키이스는 앞으로 몸을 내밀었다가 뒤쪽으로 홱 젖히며 격렬하게 머리를 벽에 찧어댔다. 마치 통제할 수 없는 발작을 일으킨 것 같았고, 키이스의 몸은 살기등등한 인형 조종술사의 손에 조종당하는 꼭두각시 인형처럼 보였다.

나는 키이스의 어깨를 잡고 꽉 껴안았다. "그만해, 키이스. 멈추란 말이야!"

키이스는 다시 소리치며 울기 시작했다. 나는 키이스가 우는 동안 안고 있다가, 울음이 그치길 기다려 침대에 내려놓았다. 키이스가 손으로 눈을 훔치더니 나를 올려다보며 입을 열었다. 아마도 설명을 시작하려는 듯했다. 그 찰나의 순간 나는 키이스가 모든 걸 털어놓을 결심을 했다고 생각했다. 사진에 대해 인정할 것은 인정하고, 그날 밤 자기를 집으로 데려온 차에 대해서도 전부 털어놓을 것이다. 그 내용이 아무리 고약하더라도 그것을 털어놓고 끝냈다는 것, 그런 사실을 알게 된 것만으로도 위안이 될 것 같았다. 그것은 시시각각 나를 죽일 것 같은 긴장감이었고, 시간을 질질 끌며 진행되는 교살처럼 나를 죄어왔다.

"제발 내게 말해다오, 응?" 나는 부드럽게 말했다.

그러자 키이스의 입술이 곧바로 닫혔고, 다시금 눈도 건조해졌다. "나는 아무 짓도 안 했어요." 키이스가 나직이 말했다. 천천히 눈을 감았다가 뜨더니 또 한 번 되풀이했다. "나는 아무 짓도 안 했어요."

키이스는 내 팔에서 스르르 빠져나가 침대에 꼿꼿이 앉더니 다시는 자세를 허물지 않았다. 눈앞의 키이스는 더욱 강경해진 것처럼 느껴졌다. "이제 나 좀 혼자 있게 해주실래요?" 키이스가 뻣뻣한 어조로 요구했다. "정말 혼자 있고 싶어요."

더 이상 키이스를 다그칠 방법이 없음을 깨달았다. 그럴 수 있는 순간은 왔다가 가버렸다. 그건 내게도 기회였고, 키이스에게도 마찬가지였다. 하지만 아무것도 얻지 못하고 기회는 날아가버렸다.

키이스 방에서 나와 계단을 내려와보니 메러디스가 거실에 앉아 있었다.

"아무것도 확인 못했어. 키이스는 전부 아니라고만 해."

메러디스의 눈에, 겁에 질린 작은 동물처럼 어쩔 줄 몰라 하는 공포의 빛이 떠올랐다. "키이스는 당신에게 진실을 말해야만 해요."

"진실이라…… 그렇지."

메러디스가 입은 가운의 얕은 주머니에 들어 있는 휴대폰의 윤곽이 언뜻 보였다. 그것을 보며 당장 진실을 알아야 하는 모든 것을 떠올렸다. 아버지가 한 말, 형이 내게 한 말, 키이스가 말한 것들, 이제 모두가 의심스러울 뿐이었다. 내 마음속에서 메러디스와 키이스가 죽었거나 살아 있는 나의 다른 가족들, 다시 말해 워렌과 아버지, 어머니, 제니와 함께 자세를 취하고 있는 모습이 떠올랐다. 그들은 가족사진처럼 잃어버린 집의 계단 위에 나란히 서 있었다.

그중에 미소 짓고 있는 사람은 아무도 없었다.

빗물이 흘러내리는 식당의 창 너머로 한 사람의 모습이 보여, 잠시 너는 네가 기다리고 있던 사람이 아닌가 생각한다. 너는 그 모습을 사진 속에서 회상한다. 하지만 너무 많은 시간이 흘러 이제는 그 사람의 눈, 입, 머리카락을 알아볼 수 있을지 자신이 없다. 사람이 성숙해감에 따라 이목구비는 또렷해졌다가 희미해지고, 시간은 아래로 잡아당기는 힘을 갖고 있어 세월이 흐르면 처음 사진 찍을 때는 아무것도 없던 얼굴에 주름이 만들어진다. 너는 네 눈 안으로 밀려 들어오는 얼굴들을 훑어보면서, 네 자신의 얼굴을 준비한다. 시간이 너의 얼굴 모습을 그리 심하게 바꾸지는 않아서, 그 사람이 너를 잘 알아볼 수 있기를 희망하면서.

어린 여자애가 눈에 띈다. 그 애는 엄마 손을 꼭 잡고 있다. 불현듯 모든 사람이 예전에는 젊었다는 생각이 머리를 스친다. 너도 젊었고, 메러디스와 워렌도 젊었다. 키이스도 에이미도 젊었다. 빈센트 지오다노와 카렌 지오다노도 젊었다. 피크는 오십이 안 됐었고, 크라우스도 마흔다섯을 넘지 않았다. 레오 브록조차 지금의 너에겐 젊어 보이고, 그렇지 않더라도 그때 네가 생각했던 것만큼 늙어 보이지는 않았다.

처음 네 주의를 끌었던 모습은 사라졌지만, 너는 여전히 창밖을 응시한다. 가을바람이 나무들을 후려치고 지나가며, 빗물 젖은 땅에 나뭇잎들을 쏟아붓는다. 너는 옛집의 보도 끝에 있던 일본단풍나무를 생각하며, 마지막으로 그 나무를 보았던 때를 기억해낸다. 그때 역시 가을이었다. 그 집을 마지막으로 훑어보았던 장면이 떠오른다. 너는 그릴로 향했던 눈길을 거둘 수 없었다. 정교하고 튼튼하게 벽돌로 지은 그릴에는 물기를 머금은 나뭇잎들이 가득했고, 빈 집 옆에 있는 모습이 너무나 외롭고 적막해 보였다. 그 집에 네가 머물렀던 마지막 날, 너는 불 꺼진 집과 차가운 그릴을 사진으로 찍어야 할지 고민했었다. 그날 네가 벽난로에서 태워버린 가족사진 뭉치를 대체하는 사진으로 말이다. 영화에서 너와 같은 등장인물은 가족사진을 한 장, 한 장 불길 속에 던져 넣는다. 하지만 너는 사진 무더기를 한꺼번에 던져 넣었다. 불길이 사진들을 삼키고 사진 속의 모든 삶을 재로 만드는 동안, 너는 사진 속의 얼굴들에게 눈길조차 주지 않으려고 애썼다.

21

 키이스와 충돌하고 나서 일주일 남짓 시간이 흘렀다.

 나는 하루하루 가게에서 일하며 레오에게 전화가 오기를 기다렸다. 혹시 전화가 온다면 키이스가 체포될 예정이니 집으로 가보라는 것일 터였다. 집에 가서 기다리면, 피크과 크라우스가 영장을 들고 도착해 키이스에게 권리에 대해 읽어준 다음 내 아들의 팔을 각자 하나씩 잡고 데려갈 것이었다.

 그러나 마산 레오로부터 걸러온 전화는 안전히 반대되는 소식을 담고 있었다.

 "일이 괜찮게 돌아가는 것 같네, 에릭." 레오가 즐거운 목소리로 말했다. "경찰은 에이미의 창밖에서 발견된 담배꽁초들에 대해 검사를 의뢰했다네. 설사 그 꽁초가 키이스가 피운 것이라고 밝혀지더라도, 그래서 뭐 어쨌다는 건가? 아이가 담배를 피우기 위해 집 밖으로 나가는 걸 금하는 법률은 없잖은가."

 "하지만 키이스는 거짓말을 했잖습니까. 그 애는 에이미 집을 비운 적이 없다고 했어요."

"글쎄, 사람들이 일반적으로 생각하는 것과는 상충되지만, 경찰에게 거짓말을 하는 것만으로는 범죄가 안 된다네. 키이스 컴퓨터에서 나온 사진들? 마찬가지야. 전혀 해롭지 않은 거라고."

나는 어린 여자애들의 누드사진이 무해하다고 생각하지는 않았지만, 상관하지 않기로 했다. 지금 궁금한 것은 다른 것이었다.

"그러면 무슨 일이 생길까요? 경찰이 키이스를 체포할 수 없다면 말이죠."

"아무 일도 없지." 레오가 가벼운 어조로 대답했다.

"그냥 없는 일이 될 수는 없잖아요, 레오. 어린 여자애가 실종됐고……."

"그리고 키이스는 그 사건에 아무 관련이 없지." 레오가 내 말을 가로챘다. 그는 한층 신중한 어조로 덧붙였다. "아무 관련이 없다고, 알겠나?"

내가 바로 대답을 못하고 머뭇거리자, 레오가 채근했다. "알겠나, 에릭?"

"알겠습니다." 내가 우물거리며 대답했다.

"그러니까 온통 좋은 소식뿐인 거지." 레오는 조심스럽게 말을 이었다. "자네 역시 좋은 소식으로 받아들여야 한다고."

"알겠어요."

"뭐 자네가 걱정할 다른 이유라도 있나?"

"그냥 이번 사건 때문에 전체적으로 많은 일들이 들춰졌다는 거죠. 키이스에 관해서만이 아니고요. 다른 일들도 말이죠."

"자네와 메러디스 사이의 일들 말인가?"

좀 이상한 질문이었다. 나는 결혼 상태와 관련된 문제를 레오와 의논한 적이 없었다. 그런데도 '자네와 메러디스 사이의 일들' 같은 생각을 레오가 제일 먼저 떠올린 것이다. "왜 나와 메러디스 사이의 일들이 문제일 거라는 생각을 하신 거죠?"

"이유는 없어. 단지 이런 사건에서는 모두에게 굉장한 압박감이 생긴다는 것 빼고는 말이지." 레오는 급히 주제를 바꿨다. "다른 것은 다 괜찮지?"

"그럼요."

"자네 사업도 피해가 없을 거야, 그렇지?"

"예전부터 이때쯤이면 늘 오는 비수기의 소강 상태를 유지할 뿐이죠, 뭐."

잠시 레오의 말이 끊어졌고, 나는 뭔가 나쁜 소식이 기다리고 있을 거란 느낌이 들었다.

"한 가지 말할 게 있는데, 에릭. 빈스 지오다노가 확실히 제정신이 아닌 것 같아."

"당연히 빈스 입장에선 그렇겠죠. 딸이 실종됐는데."

"그 정도가 아니라네. 수사 진행에 대한 불만으로 완전히 꼭지가 돈 모양이야."

"키이스를 걸고넘어진단 말인가요?"

"바로 그거야. 내 정보원이 그러는데 빈스가 어제 수사본부를 뒤집어놓은 모양이야. 키이스를 왜 빨리 체포하지 않느냐며 길길이 뛰었다는군."

"빈스는 키이스가 저지른 일이라고 생각해요. 그렇게 확신하는데

제가 어떻게 하지를 못하겠더라고요."

"자네는 가능하면 빈스를 만나지 않도록 하게." 레오는 부모가 자식에게 당부하는 듯한 어조로 말을 이었다. "키이스에게도 빈스를 피하라고 단단히 일러두라고."

"알겠습니다."

"워렌에게도 일러두게."

"워렌 형이요?" 놀란 내가 반문했다. "빈스가 왜 제 형에게 반감을 갖는 건데요?"

"키이스에겐 차가 없기 때문이지. 그래서 빈스는 키이스와 워렌 두 사람이 일을 저질렀을 거라고 결론을 내린 게지."

"빈스가 왜 그렇게 생각할까요?"

"지금은 그 이유를 따질 필요가 없네, 에릭. 우리는 완전히 흥분해서 제정신이 아닌 아버지에 대해 얘기하고 있는 거야. 그러니 자네 가족 한 사람, 한 사람에게 빈스를 피하라고 확실히 전하게. 그리고 자네 가족 중 누구라도 우체국 같은 데서 우연히 빈스와 마주치면, 빨리 그의 시야에서 벗어나도록 하게."

잠시 말을 끊었다가 이어진 레오의 목소리는 의외로 정중하고 부드러웠다. "자네, 다 괜찮은 거지?"

이유 모를 깊고 강한 슬픔이 나를 덮쳤다. 나의 삶, 한때는 편안했던 삶이 끔찍한 분노와 고통과 어우러지면서 위험과 혼란이 가득한 삶으로 변했다. "제가 어떻게 괜찮을 수 있겠어요, 레오? 이 마을에 사는 사람들 누구나 키이스가 에이미를 죽였다고 생각해요. 어떤 사람은 익명으로 경찰에 전화해서 저나 메러디스, 키이스에게 '뭔가 잘못된 것'이 있다고 말합니다. 그리고 방금은 빈스가 미쳤다는 말까지 들었고, 우리 가족 중 누구도 빈스하고 마주칠까 겁나서 마음 편히 아무 데도 갈 수 없게 됐어요. 이건 감옥이에요, 레오. 지금 우리 가족 모두는 감옥에 있어요. 우리는 감옥에 갇혀 있다고요."

한동안 침묵이 흐른 끝에 레오가 말을 시작했다. "에릭, 내가 말하는 것을 잘 들게나. 아무리 따져봐도 키이스가 체포될 가능성은 거의 없네. 그건 좋은 소식이고, 자넨 그 소식에 기뻐해야 한다고. 그리고 어떤 미친놈이 긴급 직통전화로 무고하면 어떻게 하냐고? 별일 아닐세! 다만 빈스 지오다노에 관해서는, 자네가 해야 할 일은 무조건 그를 피하는 거라네."

"알겠습니다." 마지못해 대답했다. 더 말해봤자 무슨 소용이 있겠는가?

"충분히 이해했지?"

"그럼요, 전화 주셔서 고마워요."

레오는 분명 그냥 전화를 끊기에는 안심이 되지 않는 모양이었다. "좋은 소식이라고, 알았나?" 레오는 태도를 고쳐줄 필요가 있는 학생에게 훈계하듯 말했다.

"그럼요, 좋은 소식이죠." 대답은 그렇게 했지만, 레오가 듣기를 원하는 말이니까 한 것뿐이었다. "좋은 소식이에요."

나는 반복해 말하고는 어디 있을지도 모를 몰래카메라를 의식해 미소 지었다. 그럴 리야 없겠지만 레오가 내 가게에 몰래카메라를 설치했다면, 그는 그제야 내 얼굴에 떠오른 미소를 볼 수 있었을 것이다.

몇 시간 후, 하루 일이 끝났지만 집으로 돌아가고 싶지 않았다. 메러디스는 학교에서 늦게까지 일할 거라고 했고, 키이스는 자기 방에 틀어박혀 있을 게 뻔했다. 형과 같이 맥주나 한 잔 할까 해서 전화했지만 응답이 없었다.

결국 아버지밖에 남지 않았고, 그래서 아버지를 뵈러 갔다.

아버지는 수척해진 몸을 암적색 담요로 감싸고, 휠체어에 웅크린 채 방 안 난롯가에 앉아 있었다. 젊은 시절의 아버지는 겨우내 외투 한 번 걸치지 않았는데, 이제는 9월말 가을바람에 살짝만 닿아도 한기를 느끼는 모양이었다.

"목요일이 아닌데." 계단을 오르는 나를 보고 아버지가 말했다.

나는 아버지 옆의 고리버들 의자에 앉았다. "그냥 들르고 싶어서 왔어요."

아버지는 타오르는 불꽃에 눈길을 준 채 말했다. "워렌이 말하더냐?"

"네."

"그런데 왜 온 거야?"

나는 고개를 흔들었다.

"워렌이 네게 울고불고 했지? 내 마음을 바꿔서 다시 만날 수 있게 해달라고 말이다."

"아뇨, 형은 그러지 않았어요." 내가 말했다. "형은 아버지와 언쟁을 했고, 아버지가 다시는 자기를 보지 않겠다고 했다고 말했어요. 하지만 울고불고 하지는 않았습니다."

아버지가 눈살을 찌푸리며 불쾌한 기색을 드러냈다. 그러더니 차가운 어조로 말했다. "진작 날 찾지 말라고 했어야 했어. 쓸모없는 놈

같으니."

"쓸모없다고요? 아버지는 어머니에 대해서도 그런 말씀을 하셨어요."

아버지는 관심 없는 유물들로 가득한 박물관에 온 사람처럼 공허한 눈길로 주위를 둘러봤다.

"어머니 문제를 얘기하자면," 내가 말했다. "아버지는 내게 거짓말을 했어요."

아버지는 지친 듯 눈을 감았다. 속으로 또 하나의 말도 안 되는 비난을 준비하는 게 분명했다.

"아버지는 어머니 앞으로 보험을 들지 않았다고 했죠. 아버지 서류 속에서 그걸 찾았습니다. 20만 달러짜리더군요." 여기까지 말했는데도 아버지의 표정에는 눈에 보이는 변화가 없었다. "왜 제게 거짓말을 한 거죠?"

아버지는 내게 눈길을 옮겼다. "난 거짓말한 적 없다."

분노의 물결이 나를 휩쓸어 걷잡을 수 없이 화가 치밀어 올랐다. 아버지는 일주일 전 키이스와 똑같은 방식으로 행동하고 있었다.

"아버지, 나는 생명보험 신청서를 찾아냈다고요." 내가 쏘아붙였다.

"신청서는 보험증서가 아냐, 에릭." 아버지가 콧방귀를 뀌었다. "그걸 알아야 해."

"그런 보험이 있었다는 걸 부정하는 거예요?" 나는 끈질기게 채근했다. "정말 그러실 거냐고요."

아버지에게서 건조한 웃음이 터져 나왔다. "에릭, 너는 내가 네 어머니 앞으로 보험을 들었는지 물었다. 나는 그런 적 없다고 말했지.

사실이다."

"다시 한 번 묻습니다. 아버지는 지금 어머니 앞으로 든 생명보험 증서가 없었다고 하시는 겁니까?"

"실제로는, 에릭. 나는 절대로 그렇게 말하지 않았다."

"그러니까 보험증서가 있긴 했다는 거네요?"

"그래."

"20만 달러짜리죠?"

"그쯤일 거다. 하지만 그것만으로 내가 보험을 들었다는 게 사실이 되는 거냐?"

"그럼 누가 들었겠어요?"

"네 어머니다, 에릭." 아버지가 단호한 어조로 말했다. "네 어머니가 보험을 들었다."

"어머니가 직접이요?"

"그래." 아버지의 눈이 살짝 물기로 번들거렸다. 그 번들거리는 빛이 잃어버린 감정의 샘으로부터 온 물기 때문인지, 아니면 불빛 때문에 환영처럼 그리 보인 것인지는 알 수 없었다. "네 어머니는 내게 한마디도 않고 보험을 들었다. 그 여자는…… 친구가 있었어. 남자친구가 보험 가입하는 것을 도와줬다."

"친구요?"

"그래." 아버지가 대답했다. "너도 본 적 있지. 우리 가족의 친구였으니까." 아버지의 웃음이 점점 더 냉소적으로 변해갔다. "특히 네 어머니의 좋은 친구였지. 늘 우리 집에 드나들었고 기꺼이 도움을 주었지. 제이슨이었다."

"제이슨이요, 제이슨 베네필드?"

"뭐 들은 말이 있었냐?"

"형이 그 사람에 대해 말해줬어요."

"물론 그랬겠지." 아버지는 입꼬리를 기묘하게 아래쪽으로 내려뜨리면서 말했다. "어쨌든 그 친구는 아직 살아 있다. 그에게 물어봐라. 내가 그 보험과 아무 관계도 없다고 말해줄 거다. 좀 더 알려주마. 나는 그 보험의 수령인도 아니었다."

아버지가 허세를 부리는 건지 분간할 수 없었지만, 일단 허세일 거라고 의심하고 의심의 본색을 드러내기 위해 공격을 계속했다. "돈은 어디로 갔죠?"

"무슨 돈?"

"어머니가 죽은 뒤 받게 되어 있던 돈 말이에요."

"어떤 명목으로든 돈은 없었다, 에릭. 단 한 푼도."

"왜 돈이 없었는데요?"

아버지는 머뭇거렸다. 아버지가 망설이는 동안, 나는 아버지가 속성으로 부자가 되기 위해 그 돈을 퍼부었을 게 뻔한 온갖 허황된 계획들, 실패한 사업과 터무니없는 투자로 점철된 밑바닥이 없는 구덩이 같은 계획들을 상상했다.

마침내 아버지가 입을 열었다. "보험회사가 지불을 거부했다."

아버지가 불편한 듯 몸을 꿈틀거렸다. 나는 아버지가 곤경에서 벗어나기 위해 애쓰고 있다는 걸 알아차리고 긴장을 늦추지 않았다.

"왜 보험회사가 지불을 거부했는데요?"

"네가 보험회사에 물어보든가."

279

"지금 아버지에게 묻고 있잖아요."

아버지가 내 쪽으로 몸을 돌렸다.

나는 고함을 질렀다. "말씀해보세요, 빌어먹을!"

아버지가 나를 쏘아보며 대답했다. "보험회사는 지불하지 않아, 자살한 경우에는."

"자살이요?" 나는 기어 들어가는 목소리로 말했다. 믿을 수 없었다. "아버지 말은 그러니까 어머니가 일부러 다리 위에서 강으로 뛰어들었다는 거예요? 말도 안 됩니다."

아버지는 이글거리는 눈으로 나를 쏘아보았다. "아니라면 왜 그 여자가 안전벨트를 매지 않았겠냐? 그 여자는 늘 안전벨트 착용을 고집했다, 기억하겠지? 너희들 것도 매주곤 했잖아. 그런데 왜 그날, 그 여자가 다리에서 떨어진 날만 안전벨트를 매지 않았을까?"

아버지가 내 표정을 읽었다.

"너는 믿지 않는구나, 그렇지?"

"네, 믿을 수 없어요."

"경찰 보고서를 찾아봐라. 거기 다 있다. 그 여자가 얼마나 속도를 올렸는지, 곧장 가드레일에 처박았는지, 모조리 있어. 그 여자가 안전벨트를 매지 않았다는 사실을 포함해서 말이다." 아버지가 머리를 흔들었다. "목격자도 있다. 그 여자가 어떻게 했는지 본 사람들이 있다고." 아버지는 경멸 가득한 웃음을 터뜨렸다. "빌어먹을 안전벨트를 매지 않아서 자살 계획도 실패한 거지."

"거짓말하지 마세요." 나는 경고했다. "이 일에 대해서는 거짓말하면 안 됩니다."

"가서 그 빌어먹을 보고서를 봐라. 내 얘기를 못 믿겠다면." 아버지가 으르렁거렸다. "내 서류철에 복사본도 있다. 이미 내 서류철을 뒤져봤잖아. 좀 더 뒤져봐."

아버지를 그렇게 호락호락 놓아줄 수 없었다. "서류철 얘기하시니까 그런데, 난 엠마 고모의 편지도 봤어요. 고모는 어머니가 낭비를 해서 파산하게 됐다고 탓하던데요."

아버지가 손을 저었다. "정신 나간 누이가 쓴 글을 누가 신경이나 쓰겠냐?"

"제가 찜찜한 건 아버지가 거기에 쓴 글이에요."

"그게 뭔데?"

"엠마 고모 편지 여백에 아버지가 휘갈겨 쓴 것 말입니다."

"다시 묻지. 그게 뭔데?"

"'이제 그녀를 통해 나를 이 곤경에서 빼내자.'"

아버지가 웃음을 터뜨렸다. "이런, 에릭."

"그게 무슨 뜻이었는데요?"

"엠마가 나를 곤경에서 벗어나게 해줘야 한다는 뜻이었다. 그 글의 '그녀'는 엠마를 가리키는 거라고."

"엠마 고모가 어떻게 아버지를 곤경에서 벗어나게 해준다는 거죠?"

"엠마의 빌어먹을 남편이 재산을 남겼기 때문이다." 아버지가 말했다. "하지만 예상대로 엠마는 그 돈을 한 푼도 쓰지 않았다. 나한테도 한 푼도 주지 않으려 했어. 그녀가 죽었을 때, 그 늙은 놈이 남겨준 돈은 고스란히 남아 있었다. 100만 달러 가까운 돈이었지. 그 돈이 어디로 갔는지 알아? 염병할 놈의 동물보호소로 갔단 말이다."
 아버지는 다시 웃음을 터뜨렸는데, 쓰디쓴 웃음이었다. 아버지가 이제까지 인생에 대해 알고 있던 모든 것이 다 합쳐봤자 잔인한 농담 하나에 불과하다는 걸 깨달은 듯했다.
 아버지의 웃음이 잦아들 때까지 기다렸다가 내친 김에 마지막 질문을 던졌다. "어머니는 불륜을 저질렀나요? 형 말로는 그랬다던데. 아버지가 말한 그 남자, 베네필드와 말이죠. 엠마 고모가 그 사실을 아버지에게 일렀다고 형이 말했어요."
 잠시 아버지는 내 마지막 일격을 어떻게 처리해야 할 줄 모르는 것처럼 보였다. "이게 다 무슨 일이냐, 에릭? 보험증서니, 불륜이니 말이다. 도대체 무슨 생각이 들어서 이러는 건데?"
 아버지는 내 눈에서 답을 보았다. "내가 그 여자를 죽였다고 생각하는구나, 안 그러냐? 돈 때문 아니면 그 여자가 불륜을 저질렀다고 생각해서 말이다. 둘 중 어느 쪽이냐 그거지, 맞냐?" 아버지가 낄낄거리며 빈정댔다. "내가 죽인 건 당연하고, 어떤 이유 때문이냐가 문제라는 거지?"
 아버지는 내 대답을 기다리지 않고 말을 이었다. "네가 이러는 게 다 키이스 때문이지, 그렇지 않냐? 너는 키이스가 거짓말쟁이고 살인자라는 생각을 견딜 수 없으니까, 내게 화살을 돌려 나를 의심해보려는 거야."
 아버지는 잠깐 침묵을 지켰다. 바쁘게 움직이는 눈으로 미루어볼 때, 이것저것 추리하고 심각한 결론들을 정리하는 아버지의 머리가 분주히 돌아가고 있는 듯했다. 마침내 아버지의 눈길이 나를 향했다.

"이 문제에 대해 네가 그렇게 빌어먹을 정도로 안달이 난다면, 에릭, 여기 네가 듣고 싶지 않을 진실이 있다." 아버지의 웃음은 이제 의기양양한 승리의 웃음이었다. "나는 네 어머니 보험의 수령인이 아니었다. 그 보험의 수령인은 너였어."

나는 벼락을 맞은 느낌으로 멍하니 아버지를 쳐다보았다. "저라고요? 왜 어머니는……?"

"그 여자는 네가 얼마나 대학에 가고 싶어 하는지 알고 있었던 거야." 아버지는 기묘한 승인의 뜻이 담긴 몸짓으로 어깨를 으쓱했다. "네가 필요로 하는 돈을 그 여자가 만들 수 있는 유일한 방법이 그것뿐이었던 게지."

아버지의 말을 믿지는 않았지만, 동시에 일리가 있다는 느낌도 들었다. 나는 지독한 불확실성에 시달리면서 확신할 수 있는 게 아무것도 없음을 절감했다. 나는 차의 노란 전조등 불빛이 관목 덤불 사이로 쏟아져 들어오는 것을 봤고, 키이스의 거짓말을 생각했다. 그리고 여기에는 어머니가 가족용 스테이션왜건을 몰고 9미디 다리 아래로 뛰어들었다는 아버지의 얘기, 아버지가 어머니의 죽음에 관한 내 의심에서 안전하게 벗어나기 위해 쉽사리 써먹을 수 있는 얘기가 있었다.

나는 자리에서 일어나 아버지에게 말했다. "갈게요."

아버지는 나를 잡지 않았다. "마음대로 하려무나."

"다시 뵈러 오게 될지는 모르겠어요, 아버지." 불쾌한 어조로 덧붙였다.

아버지는 난롯불을 바라보았다. "내가 언제 너더러 날 보러 여기

오라고 한 적 있었냐?" 아버지의 눈길이 미끄러지듯 나를 향했다. "내가 언제 너한테 빌어먹을 부탁 한 가지라도 한 적 있냐고."

내가 뭐라고 대꾸도 하기 전에 아버지는 눈길을 돌려 화난 표정으로 난로에서 맹렬히 타고 있는 불길을 바라보며 말을 이었다. "그냥 꺼져."

나는 잠시 더 머뭇거리며 아버지 모습을 눈에 담았다. 헐렁한 가운 속에 뼈만 남은 어깨, 푹 꺼진 눈. 이 순간 아버지에게는 정말 아무것도 없었다. 불과 며칠 전에 상상했던 것보다 훨씬 궁핍해진 모습이었다. 하지만 나는 아버지에게 다가갈 수 없었다. 아버지 쪽으로 몸을 옮길 생각이 조금도 들지 않았다. 그리고 그런 내 마음을 알아차리자, 이것이 살아 있는 아버지 모습을 보는 마지막 순간임을 깨달았다.

빠르게 눈을 깜빡여 이 장면을 눈에 담고, 나는 몸을 돌려 차로 돌아갔다. 운전대 뒤에 주저앉아 망설이면서, 아버지가 생의 남은 날들을 힘겹게 보내야 할 절망적인 작은 거처를 바라보았다. 아버지는 더 허약해질 것이고, 쓰라린 회한도 더 커질 것이며, 당신에게 다가오는 사람 누구에게나 더 신랄하게 목소리를 높일 것이었다. 머지않아 직원들과 동료 거주자들은 아버지와 거리를 두게 되겠지. 그래서 마지막 순간 아버지가 휠체어에 웅크린 채, 혹은 침대에 누워 얼굴을 젖힌 채 움직이지 않는 모습을 그들이 발견하게 돼서 아버지의 죽음이란 뉴스가 은밀한 기쁨의 물결이 되어 건물의 공용장소와 방들로 구석구석 퍼져 나가게 될 것이었다. 아버지가 죽었다는 사실을 아는 순간 피어날 안도감, 그것이 아버지가 동료들에게 주는 이별 선물이 될 것이었다.

22

집으로 운전해 돌아오는 동안 어머니의 길었던 고난과 시련이, 그간 잊고 있던 마음속 사진첩으로부터 솟아나는 듯한 작고 선명하지 않은 일련의 사진들로 떠올랐다. 잔디가 말끔하게 손질된 앞마당을 우아한 모습으로 돋보이게 하던 커다란 참나무 아래에 서 있는 어머니가 보였다. 빗속을 걷고 있는 어머니의 모습. 어두운 침실에 누워 잠 못 이루는 어머니의 모습, 그때 어머니의 얼굴을 비추는 건 촛불 하나뿐이었다. 불빛 흐릿한 차고에서 진청색 크라이슬러 운전대 뒤에 홀로 앉아 있는 모습, 어머니의 손은 무릎에 놓여 있었고, 살짝 머리를 앞으로 숙인 모습이었다.

사실 어머니 생전 마지막 주의 모습들은 언뜻언뜻 보았을 뿐이다. 학교에 가는 길이나, 집으로 돌아오는 길에 서둘러 어머니를 지나치며 힐끗 본 모습들이다. 그때 나는 소년에서 남자로 변하는 사춘기의 변화에 거의 모든 관심이 쏠려 있었고, 어머니를 산 채로 먹어 들어가고 있는 성인들의 세계에는 별로 관심이 없었다.

하지만 이제 삶의 한낮이 기울고 저녁이 다가오자, 나는 어머니를 찍어 누르던 삶의 무게를 가늠해보려 하고 있었다. 다시 말해, 사랑이 식은 남편은 사업에도 실패했고, 사랑스러운 딸은 이미 세상에 없고, 아들 워렌은 아버지의 경멸이란 짐을 지고 있고, 또 다른 아들, 즉 나는 마주쳐도 자기를 쳐다보지도 않는다. 더 이상 잃어버릴 것도 없고, 뒤에 남을 것도 없다. 침침한 차고 안의 운전석에 앉아 어머니는 그렇게 생각했을 게 틀림없다. 그러니 아쉬워할 것도 없을 거라고.

몇 년 만에 처음으로 나는 감당할 수 있는 한계를 넘는 부담감을 느꼈고, 내 짐을 나눠 져줄 사람이 있었으면 하는 간절함이 생겨났다. 그 순간, 그렇게 짐을 나눠서 지는 것이야말로 결혼이 갖는 본연의 가치라는 생각이 들었다. 나는 결혼생활에 대한 수천 개의 농담을 듣고 웃어왔다. 아무튼 결혼이란 얼마나 거창한 목표를 갖고 있는가. 한 사람과 일생을 함께하는 가운데, 그 남자나 여자가 가장 격정적인 욕구부터 일상적인 것까지 어마어마하게 많은 종류의 욕구들을 다 만족시켜줄 거라고 기대하는 일은, 척 봐도 불합리하기 짝이 없는 생각이다. 결혼이 어떻게 그런 방식으로 기능할 수 있겠는가.

홀연 나는 깨달았다. 이 변화무쌍한 세상에서 내가 필요로 할 때 거기 있어 줄 거라고 신뢰할 수 있는 한 사람이 필요했기 때문에 결혼의 가치가 유지됐던 것이다.

6번 도로를 타면 20분도 안 걸리는 짧은 거리였다. 언덕에 서 있는 대학 건물은 건축가들이 비웃을 정도로 벽돌과 유리만을 사용해 순전히 기능만을 살린 구조로 지어졌다. 하지만 이 학교에 다니는 학생들의 입장에선 학교 건물이 아름답지 않다는 것은 문젯거리가 아닐 터였다. 고등학교와 정규대학 사이에 위치하는 단지 전문대학일 뿐이었고, 덜 창피한 대학이나 기관을 향해 가는 발판 역할 말고는 특별할 것도 없고 굳이 기억될 이유도 없는 운명이었다.

방문객용으로 지정된 주차장에 차를 대고 시멘트로 포장된 보도를 따라 메러디스의 사무실로 갔다. 멀리 교직원용 주차장에 그녀의 차가 서 있는 모습을 보자, 그 차에서 느껴지는 뭔가 모를 든든한 친근감에 묘하게 마음이 편안해졌다.

메러디스의 사무실은 2층에 있었다. 문을 두드렸지만 대답이 없었다. 그녀가 문에 붙여놓은 게 분명한 업무 시간표를 보니 재실 시간이 4시 30분부터 6시 30분이었다. 나는 시계를 들여다보았다. 5시 45분이었다. 나는 메러디스가 화장실에 갔거나, 교수 휴게실에서 시간을 보내다가 곧 돌아올 것이라고 생각했다.

복도에는 접이식 철제 의자가 몇 개 흩어져 있었다. 학생들이 정해진 약속에 맞춰 기다릴 때 앉도록 비치한 것이리라. 의자 하나에 앉아 옆 의자에 놓여 있던 신문을 집어 들고 느긋하게 훑어보기 시작했다. 경찰이 여전히 '몇 가지 단서를 추적하고 있다'는 것 말고 에이미의 실종에 관한 기사는 별게 없었다.

얼마 동안 더 신문을 읽다가 시계를 봤다. 6시 5분이었다. 나는 빈 복도 끝에 메러디스가 보이기를 바라면서 내려다봤다. 그녀가 사과를 씹으며 쌍여닫이문을 열고 나타나는 장면을 상상해보기도 했다. 사과는 메러디스가 집으로 오기 전에 허기를 달래기 위해 먹는 초저녁 간식이었다.

하지만 복도는 계속 비어 있었고, 나는 다시 신문 속으로 들어갔다. 이번에는 별 관심도 없는 스포츠 면과 금융 면을 읽었고, 대머리치료의 새로운 방법에 관한 기사도 읽었다.

다 읽은 신문을 내려놓고 시계를 보니 6시 15분을 가리켰다.

나는 일어서서 메러디스의 사무실로 가서, 아까 노크했을 때 혹시 못 들었을지도 모른다는 생각에 좀 더 강하게 문을 두드렸다. 역시 응답이 없었지만 방 안에서 나오는 빛 조각을 볼 수 있었다. 메러디스는 끝내지 못한 일이 남아 있을 때는 방의 조명을 켜둔 채 밖으로 나가곤 했다.

증거를 확인하고 앉아 있던 의자로 돌아와 기다렸다. 시간이 흐르자 다시 아버지가 생각났고, 느닷없이 아버지가 말했던 끔찍한 얘기들이 사실로 믿어졌다. 그날 저녁 메러디스를 기다리며 앉아 있는 동안, 왜 그런 결론에 이르게 됐는지는 모른다. 단지 일분일초 시간이 흘러감에 따라 확실성이 구축됐고, 하나씩 차례로 모든 어두운 의심이 치명적인 실체가 되어갔다. 어머니가 불륜을 저질렀으리라는 걸 믿게 됐다. 어머니 자신이 보험증서를 발급받았다는 것이 믿어졌다. 어머니가 자살했다는 것도 믿어졌다. 하지만 동시에 나는, 아버지가 어머니가 죽기를 바랐다는 확신이 들었고, 어머니를 살해할 계획을 만지작거렸고, 어쩌면 우리 모두를 죽일 계획까지 검토했으리라는 것도 확신했다.

갑자기 주위가 어두워지고, 공기가 연기처럼 탁해지는 듯 느껴졌다. 나는 자신이 미친 듯 헐떡이며 숨을 쉬고 있음을 깨달았다. 마치 불빛도 없는 길을 점점 더 빨리 뛰도록 강요당하는 상태에서, 잘 보이지도 않는 장애물을 뛰어넘어 도처에 입을 벌리고 있는 함정과 올가미들을 피해가야만 하는 사람처럼 말이다. 멀리서 폭풍이 밀려오는 것처럼 마음속에서 우르릉거리는 소리가 나를 흔들었고, 나는 어느새 메러디스 방문 뒤의 불빛 조각을 들여다보고 있었다. 어쩌면 실제로는 그녀가 방 안에 있고, 내가 복도에 있는 줄 알면서도 잠긴 문 뒤에…… 숨어 있는 건 아닐까 하는 생각이 들었다.

그렇다면 왜?

나는 폭발하는 불안에 떠밀리듯 벌떡 일어났고, 문으로 가서 노크를 했다. 이번에는 좀 더 강하게 그리고 더 끈질기게. 그때 난데없이 내 입에서 동물의 울부짖음처럼 괴이한 소리로 그녀의 이름이 터져 나왔다. "메러디스!"

내가 의도한 것보다 훨씬 큰 소리로 아내의 이름을 불렀다는 사실을 알아차렸다. 건물 안에 메아리치는 소리가 들렸다. 필사적인 그 소리는 스탠리 코왈스키가 스텔라(테네시 윌리엄즈의 희곡 〈욕망이라는 이름의 전차〉의 주인공들—옮긴이)의 이름을 외치는 소리처럼 연극조로 들리기까지 했다.

나는 깊은 숨을 들이마시고 진정하려 했다. 하지만 피부는 타는 듯 화끈거렸고, 피부 속은 훨씬 뜨거웠으며, 내면 깊은 곳에서는 용광로가 미친 듯 불타오르는 것 같았다.

이제 6시 30분이 넘었다. 다른 때 같으면 별로 중요할 것도 없었을 시간 확인이었지만, 그 순간에는 마치 사형수가 끌려 나가야 하는 시각처럼 치명적인 성격을 띠기 시작했다. 흡사 아내에게 해명할 시간을 주었는데, 그녀가 해명하는 일에 실패함으로써 비난을 면할 수 없게 된 것 같았다.

나는 큰 걸음으로 복도를 내려갔다. 한 걸음에 두 계단씩 뛰듯이 내려가 문을 열고 나가, 건조하고 차가운 대기 속으로 뛰어들었다. 잠시 냉기가 화끈거리는 피부를 식혀주었지만, 잠깐뿐이었다. 멀리 주차장 끝 메러디스의 차와 미끈하게 빠진 BMW 사이의 공간에, 그녀와 키 크고 호리호리한 남자가 서 있는 모습이 보였기 때문이다.

로덴베리다.

나는 가까이 있는 나무 뒤로 재빨리 움직였고, 훔쳐보는 자의 숨죽인 침묵 속에 두 사람을 지켜보았다. 그들은 아주 가까이 서서 친근하게 이야기를 나누고 있었다. 때때로 로덴베리가 고개를 끄덕였고, 메러디스는 손을 뻗어 그의 팔을 건드리기도 했다.

나는 두 사람이 서로를 끌어당겨 포옹하기를 어두워진 극장 안에 있는 남자처럼 기다렸다. 둘의 운명을 봉합할 입맞춤을 기다렸다.

그런 일이 일어나지 않았다는 것은 중요하지 않았다. 메러디스는 작별 인사를 하고 몸을 돌려 자기 차로 걸어갔고, 로덴베리 역시 심상한 기색으로 반짝이는 BMW에 올랐다는 사실도 중요할 것이 없었다. 각자 자기 차를 몰고 떠났다는 사실이 중요했다. 나는 경찰 긴급 직통전화의 딸깍하는 소리를 들었고, 누가 그것을 통해 무슨 얘기를 했는지 확실하게 알게 되었다.

위기의 고통스런 혼란에 빠져들어 변호사 외에는 갈 곳이 없을 때, 사람들은 자신이 얼마나 무력해졌는지 실감하게 될 것이다. 하지만 나는 그날 밤 아무것도 실감할 게 없었고, 그래서 레오 브록을 찾아갔다.

레오의 사무실은 단지 고급 레스토랑과 철물점 사이에 박혀 있는 작은 벽돌 건물로 특별하지는 않았다. 건물에 비해 훨씬 인상적인 레오의 벤츠는 사무실 뒤쪽에 있는 전용 주차공간에 세워져 있었다.

레오의 비서는 벌써 저녁식사를 위해 집으로 돌아갔지만, 레오의 사무실 문은 열려 있었다. 레오는 자기 책상 뒤의 가죽 의자에 앉아, 두 발을 책상에 올려놓은 채 느긋하게 잡지책을 보고 있었다.

"에릭." 레오는 내 이름을 부르며 활짝 웃었다. "어떻게 지내나?"

내가 자기 사무실에 와서 책상 앞에 선 채, 마치 함정 구덩이 속을 들여다보고 사물의 공포스러운 진면목을 본 남자처럼 충격을 받아 흔들리는 모습이 역력할 때는, 레오 역시 일이 잘 돌아가고 있는 건 아니리라는 사실쯤은 틀림없이 알 터였다.

"자네, 빈스와 다시 부딪혔나?" 그가 곧바로 물었다.

"아뇨."

레오는 책상 위에 올렸던 발을 끌어들였다. 그의 몸짓을 보고 내가 얼마나 심각해 보이는지 짐작할 수 있었다. "뭐가 문제인가, 에릭?"

"긴급 직통전화를 통해 들어온 것, 그 내용이 뭐죠?"

잡지를 책상 귀퉁이 쪽으로 밀어놓으며 레오가 대답했다. "아무것도 아니라네."

"아무것도 아니라는 말이 무슨 뜻입니까?"

"에릭, 좀 앉지 그러나."

"아무것도 아니라는 게 무슨 말인데요, 레오?"

"내 말은, 그게 아무 관련이 없다는 거야. 이 사건과는."

"키이스 사건 말이죠?"

"에이미 지오다노 사건이네." 레오가 내 말을 정정해주었다.

"그래도 그 내용이 뭔지는 아시잖아요."

"알고 있지."

"그게 뭔데요?"

"내가 말했잖나, 에릭. 그건 이 사건과 아무 관련이 없다고."

"그리고 제 말은요, 레오. 도대체 빌어먹을 그 내용이 뭐냐고요?"

레오는 내 몸에서 불똥이 튀어나와, 바닥의 중동산 카펫 위에 쌓여 불꽃을 내며 타오르기라도 하는 것처럼 나를 바라보았다.

"에릭, 제발 좀 앉게나."

나는 그와 메러디스가 내 집 앞 진입로에 서서, 얼마나 비밀스러워 보이는 어조로 얘기를 나눴는지, 또 레오가 메러디스를 안심시키려는 듯 어떻게 고개를 끄덕였는지, 그리고 그때 마치 방금 다른 사람에게 무거운 짐을 넘기기라도 한 사람처럼 아내의 손이 얼마나 맥없이 허공을 가르며 떨어졌는지가 기억났다.

"처음부터 알고 있었어요."

"알다니, 뭘 말인가?"

"메러디스가 당신에게 얘기했다는 것 말입니다."

레오가 분명 당황한 사실을 감추려는 표정으로 날 바라봤다.

"첫날, 당신이 키이스와 얘기하기 위해 집에 왔을 때요. 메러디스는 당신 차까지 따라갔죠. 그때 아내가 당신에게 말했을 겁니다."

"내게 뭘 얘기했다는 건가?"

"우리 가족에 일이 있다는 것…… 잘못된 일 말이죠. 나는 메러디스가 왜 그걸 말했는지도 압니다. 메러디스는 결국 어떤 식으로든 그 일이 불거져 나올 거란 사실이 두려웠던 거예요. 아내는 그 일을 다른 사람도 알고 있다는 건 몰랐어요. 최소한 한 사람은 알고 있었죠."

레오는 몸을 뒤로 젖혀 의자에 기대고 팔짱을 풀었다. "에릭, 난 자네가 무슨 말을 하고 있는지 갈피를 잡지 못하겠어."

"차에서, 당신과 함께 서 있을 때 말입니다."

"그래, 메러디스는 내 차까지 함께 걸어갔지, 그래서 뭐?"

"그때 메러디스가 당신에게 말했다고요."

레오는 흡사 코브라 앞에서 조심스러운 동시에 코브라의 춤이 지겹기도 한 사람처럼 걱정과 짜증이 섞인 표정을 지으며 말했다. "메러디스가 그 상황에서 내게 말했다고 생각하는 것이 뭔지 좀 더 구체적으로 얘기할 필요가 있겠군."

그날 오후 내가 집에 돌아가 불시에 메러디스를 기습했을 때, 그녀가 전화기에 대고 말하던 목소리가 기억났다. 메러디스는 "나중에 얘기해요."라는 말을 급히 내뱉고 휴대폰을 주머니에 집어넣었다. 그 한 가지 기억을 시작으로 여러 기억들이 꼬리를 물었다. 메러디스는 학교에서 늦게까지 일할 거라고 했다. "이게 마시막이 될 거예요."라고 하던 그녀의 동정 어린 목소리라니. 레니 브루스 농담을 메러디스에게 했다던 메이스 박사의 반응은 어땠는가? 스튜어트 로덴베리를 '아주 재미있는' 사람이라고 했던 메이스 박사의 말은 또 어떤가? 마지막으로 주차장에서 로덴베리와 함께 있는 메러디스를 보았을 때, 두 사람은 신체 접촉을 자제할 만큼 충분히 조심스러웠다.

"메러디스가 불륜을 저지르고 있다는 사실이죠." 마침내 나는 끔찍하기 짝이 없는 진실을 인정하는 남자답게 조용한 목소리로 말했다. "경찰이 긴급 직통전화로부터 들은 건 그겁니다. 메러디스가 불류을 저지르고 있다는 거요."

레오는 말없이 나를 응시했다. 진실을 숨기려는 자세가 분명했다. 레오는 메러디스는 물론 로덴베리와도 거의 한편이 되었고, 내가 그 사실을 알지 못하도록 세 사람이 작당해 움직이고 있는 게 분명했다.

"한 가지 더 짐작 가는 게 있죠." 내가 날카로운 어조로 말을 이었다. "긴급 직통전화를 통해 전화한 사람은 여자였을 겁니다, 그렇죠?"

레오가 몸을 앞으로 숙여 가까이 다가오면서 나를 빤히 쳐다보았다. "에릭, 제발 좀 진정하게."

나는 그에게 힐난의 뜻을 담아 냉혹한 소리로 킬킬댔다. "그 작자의 마누라가 메러디스와 자기 남편 사이의 불륜을 의심했을 테고요, 그 여자가 전화했겠죠."

이제 레오는 두 가지 곤란한 문제 사이에서 결정을 못하고 깊은 생각에 잠긴 것처럼 보였다.

"주디스 로덴베리라는 이름의 창백하고 보잘것없는 그 불륜의 피해자 말이에요." 내가 덧붙였다.

레오가 고개를 저었다. "자네가 무슨 말을 하는지 모르겠네."

레오는 거짓말을 하고 있었고, 나는 그 사실을 알고 있었다. 나는 그 첫날을 떠올렸다. 메러디스가 레오의 검은색 벤츠를 향해 걸어갔을 때, 두 사람은 진입로에 서 있었다. 절반쯤은 일본단풍나무의 펼쳐진 가지에 가려 있었지만 전부를 가리지는 못했다. 공포에 질린 새처럼 펄럭이던 메러디스의 두 손이 보였고, 잘 골랐을 게 분명한 레오의 말이 떨어지자 메러디스의 두 손은 광란의 날갯짓을 멈췄다. 레오는 무슨 말을 했던 걸까? 나는 의심이 들었고, 곧바로 그가 했을 말이 내 입에 맴돌았다. 걱정 말아요, 메러디스. 아무도 알 수 없을 거야.

"내 말 듣고 있나, 에릭?" 레오가 단호한 어조로 채근하더니 말을 이었다. "나는 자네가 무슨 말을 하는지 모르겠네. 긴급 직통전화에서 문제된 것은, 메러디스와는 상관없는 일이었네."

"그럼 뭡니까? 그 사람이 말한 게 뭐죠? '뭔가 잘못된 일'이 뭐였냐고요?" 나는 가연성 물질로 꽉 찬 약병처럼 느껴졌다. 여차하면 한꺼번에 모든 게 폭발할 참이었다. "그 염병할 놈의 진실을 내게 말해 달라고요!"

레오는 의자 뒤쪽으로 몸을 웅크렸는데, 잠깐 사이에 더 늙어버린 것 같아 보였다. 그때까지 본 적 없는 아주 심각한 표정을 지으며 레오가 말했다. "워렌이라네. '뭔가 잘못된' 그 사람은 워렌이라고."

23

내가 그곳에 갔던 여러 해 동안, 그 많고 많은 시간 그곳에 드나들면서도 나는 아무것도 알아차리지 못했다. 하지만 이제 워렌이 사는 곳에 관심을 갖게 되자, 모든 것을 알 수 있었다. 나는 워렌의 집이 초등학교에 얼마나 가까이 붙어 있는지를, 형의 집 2층 창을 통해 학교 운동장을 건너다볼 수 있다는 걸 알게 되었다. 작은 사각형의 창을 통해 워렌은 그네에 앉은 소녀들을 쉽사리 지켜볼 수 있었고, 미끄럼틀을 타고 내려올 때 그 애들의 치마가 올라가고 젖혀지는 모습을 볼 수 있었을 터였다. 워렌은 투명한 흰색 커튼 뒤에 서서, 여자애들이 정글짐 위에서 웃고 소리치는 모습, 시소를 타고 오르락내리락하는 모습을 지켜볼 수 있었을 것이다. 어쩌면 워렌은 운동장 전체를 훑어보면서 소녀들 몇 명이 모여 있는 장면을 한눈에 포착해, 조준경의 십자선에 잡힌 사슴을 추적하는 사냥꾼처럼 그 애들 중에 가장 관심이 가는 아이를 골라 끝끝내 따라가볼 수도 있었을 것이다.

워렌의 집이 가까워지자 다른 일들도 생각났다. 워렌은 주말에 일하고 수요일이나 목요일에 쉬는 것을 선호했다. 수요일이나 목요일 모두 학교 수업이 있는 날, 다시 말해 초등학교에 다니는 여자애들이 운동장에서 즐겁게 뛰노는 날이었다. 워렌은 학교가 쉬는 날인 공휴일에 일하는 것을 전혀 꺼려 하지 않았으며, 해마다 여름이 다가오는 것을 두려워하는 듯 보였다. 여름방학 때문이었겠지. 물론 형에게는 이 모든 것을 변명하는 이유가 있었다. 워렌은 주말에 일하는 걸 억울해 하지 않았는데, 자기 말로는 딱히 할 일이 없기 때문이란 것이었다. 워렌은 공휴일에 일하는 것도 꺼리지 않았는데, 공휴일이 자기를 우울하게 만들어 폭음을 피하기 어렵기 때문이라는 것이었다. 워렌이 여름을 두려워하는 이유는 날씨가 덥고 후덥지근하기 때문이었는데, 자기는 열과 습기가 높은 환경에서 일하는 걸 싫어해서라는 것이었다.

예전에는 형이 대는 이유가 완벽하게 앞뒤가 맞는 얘기로 들렸다. 이제는 그 이유들이 조작된 것으로 여겨졌다. 내 형이 창가에 서서 초등학교 운동장을 내려다보며 여자애들이 노는 모습을 지켜보는 일을 가장 하고 싶어 한다는 사실을 감추기 위한 빙편이었던 것이다.

이런 생각들은 나를 더욱 어두운 생각으로 이끌었고, 내 마음은 워렌이 골반 골절 때문에 내 집에 칩거했던 때로 내동댕이쳐졌다. 워렌은 키이스의 방에 머물렀었다. 키이스의 컴퓨터와 함께. 당시 내가 닫힌 키이스 방문 근처를 지날 때마다 거의 매번 워렌이 컴퓨터 키보드를 두드리는 소리를 들을 수 있었다. 그때는 형이 심심풀이로 단순한 컴퓨터 게임이라도 하고 있으리라 짐작했다.

그러자 피크 형사가 키이스 컴퓨터에서 찾은 것이라며 보여주던 사진들이 기억났고, 머리를 벽에 찧으며 고통스럽게 부정하던 키이스의 모습이 떠올랐다. 키이스는 얼마나 격렬하게 내 끔찍한 추궁에 맞섰던가. 이제 모든 게 워렌 때문임을 알게 되었다. 워렌은 몇 시간이고 인터넷을 항해하면서 여자애들 사진을 찾아냈던 것이다. 유일하게 남은 질문은 워렌이 사진들 속에서 무엇을 보았는가 하는 점이었다. 내 형의 꼬여버린 마음의 회로 중 무엇이 여자애들을 안전한 어린이의 세계로부터 끌어내, 그 애들의 발육되지 않은 몸을 형이 갖고 있는 성인의 욕구를 위해 이용하도록 허용했느냐 하는 점이었다.

나는 그렇게 어두운 도착증세의 아주 사소한 신호라도 본 적이 있었는지 떠올리려 애썼다. 나는 형과 내가 젊은 시절 어린애와 함께 있었던 시간들로 돌아갔고, 형의 눈이 이상스레 빛났던 적이 있는지를 찾아보았다. 그 당시에는 그런 눈빛을 이해할 수 없었겠지만, 지금이라면 쉽게 알아차릴 수 있을 터였다. 워렌의 눈길이 마당을 가로질러 오거나, 가로수를 따라 내려오는 어떤 아이를 쫓아 움직인 적이 있었던가? 여자애가 다가오는 도중에 워렌이 행동을 멈춘 적이 있었던가? 워렌이 누군가의 어린 여동생이나 놀러온 사촌 동생, 이웃집 여자애의 이름을 여러 번 입에 올린 적이 있었던가?

그런 초기 징후의 사례는 전혀 찾아낼 수 없었다. 그저 떠오르는 것은 워렌이 늘 어색해 보이는 소년이었고, 자긍심이 부족하고, 공부의 진도가 늦고, 남들과 어울려 노는 능력도 떨어져 학생들 사이에서 수없이 조롱의 대상이었다는 사실뿐이었다. 워렌은 그런 존재였고, 나는 형에 대해 늘 미안한 감정을 갖고 있었다. 하지만 지금 느껴지는 건 역겨움뿐이었고, 그랬던 소년이 결국 극도로 혐오스런 남자로 자라났다는 오싹한 느낌뿐이었다.

나는 형 집의 진입로로 차를 몰고 들어가서 형이 일할 때 사용하는 낡은 트럭 뒤에 차를 댔다. 트럭 바닥에는 페인트 통과 페인트가 튄 천들이 흩어져 있었고, 마찬가지로 페인트가 튄 자국이 가득한 목제 사다리 두 개가 차의 사이드보드에 묶여 있었다. 사다리가 느슨하게 묶여 늘어진 게 워렌의 솜씨다웠다. 워렌은 평생 세밀한 부분에는 전혀 신경 쓰는 법이 없이 마구잡이로 일을 처리했다. 형이 술을 너무 마셨을 때의 발걸음처럼 일하는 방식도 불안정하기 짝이 없었다. 그렇지만 나는 늘 워렌에게 형제로서의 애정을 갖고 있었고, 형의 무기력함이나 술버릇 등을 근본적으로 불쌍히 여기며 눈감아주었다. 하지만 이제 극도로 불쾌한 그늘이 형을 덮은데다, 내 의심은 아주 강렬해졌고 잔인해지기까지 했기에 더 이상 형의 결점들을 못 본 체 넘어갈 수가 없었다.

나는 운전석에 오랫동안 앉아 있었다. 잡초가 무성한 진입로 위에서 움직이지 못하고, 형이 15년 동안 살아온 작고 을씨년스런 집을 하염없이 바라보았다. 낭연히 십의 현관문은 닫혀 있었시만, 형이 독신자 소굴이라 부르는 2층 방에서 누렇게 바랜 듯한 불빛이 새어 나왔다. 워렌은 그 방을 텔레비전, 컴퓨터, 맥주 여섯 개들이 상자 몇 개가 겨우 들어갈 정도의 냉장고를 비롯한 잡다한 가구로 채웠다. 워렌은 한때 그 방을 라바 램프(침대 옆 같은 곳에 두는 장식 조명. 액체 속에서 밀랍 덩어리가 천천히 오르내리는 모습이 용암lava과 비슷한 데서 비롯한 이름이다―옮긴이)로 밝히다가, 나중에는 일련의 야한 종이 갓 스탠드를 썼다. 하지만 결국 갓을 씌우지 않은 전구 하나와 컴퓨터 화면의 깜빡거리는 불빛만이 그 방의 유일한 조명기구로 남았을 뿐이었다.

두툼한 의자 속에 가라앉아 있을 워렌의 흐물흐물한 몸과, 컴퓨터 화면에 의해 기이하게 조명될 물컹한 얼굴이 떠오르자, 가슴을 에는 듯한 비애가 몰려왔다. 숨기고 있는 비밀이 갖는 부식성, 쉬지 않고 쓸어대는 말 못할 갈망에 지쳐가는 내 형제 워렌의 고달픈 삶의 흐름이 보였다. 피크 형사가 키이스의 컴퓨터에서 찾아낸 사진들이 한 장, 한 장 내 의식의 표면으로 떠올랐다. 야외에서 포즈를 취한 여자애들. 벌거벗었고, 순진하며, 소년 외엔 누구도 흥분시킬 수 없는 사진들. 하지만 그게 워렌의 본성이었다, 그렇지 않은가? 사람한테 가능한 온갖 방식으로 발육을 저지당하고, 자신의 역겨운 발육부진에 우울해 하는, 비참하고 불쌍하기만 한 그 생명체를 결코 남자라고 하기는 어려울 것이다.

하지만 형이 아무리 불쌍하다고 해도 저지른 짓이 달라지는 것은 아니었다. 형은 내 집에 들어와 내 아들의 방에 사는 동안 키이스의 컴퓨터를 벌거벗은 여자애들의 사진으로 오염시켰다. 그리고 키이스의 컴퓨터가 경찰에 압류되었을 때, 유죄가 될 수도 있는 자료들이 컴퓨터의 알 수 없는 회로 속을 여전히 떠돌아다니고 있을지도 모른다는 사실을 밝히지 않았다. 경찰이 발견한 사진들을 키이스의 것이라고 판단하리라는 사실을 충분히 알면서도 형은 말없이 물러앉아 있었던 것이다.

갑자기 형에 대해 느꼈던 동정심 같은 게 사라지고, 대신 쏘는 듯한 분노가 치밀어 올라왔다. 워렌은 완벽하게 의도적으로 내 아들이자 자신의 조카이기도 한 아이를 개의 먹이로 던져줬던 것이다.

문 두드리는 소리에 현관으로 내려온 형은 분명 나를 보고 놀란 눈치였다. 형의 눈은 물기로 번들거렸고, 눈가가 빨갰으며, 볼도 붉게 상기되어 있었다. 형의 자세에선 묘한 비틀거림과 불균형이 느껴졌고, 문간에서 내 앞에 서 있을 때는 거의 몸을 가누지 못하는 사람처럼 보였다.

"어서 와, 에릭." 워렌이 부드러운 목소리로 말하며 손을 치켜들었다. 그 손에는 맥주캔을 들고 있었다. "한 잔 할래?"

"아니, 괜찮아."

"무슨 일이야?"

"할 말이 있어, 형."

형의 눈에 회색빛 장막이 내리덮였다. "저번에도 나한테 할 말이 있다더니. 그때 얘긴 별로였어."

"이번에는 더 심각해." 내가 단호한 어조로 말했다. "경찰이 찾아낸 것 얘기야. 형에 관련된 것이고."

나는 형의 눈에 정말 놀란 기색이 떠오르길 바랐다. 만약 놀라는 빛이 보인다면, 나는 모든 것이 어떻게든 설명될 수 있으리라는 희망을 품을 수 있었다. 내가 레오의 사무실에서 듣고 아연실색했던 그 내용에 대해 자세한 설명을 들을 수도 있으리라는 희망이었다. 나는 학교 관계자가 워렌이 창을 통해 운동장을 내다본다고 고발한 사실에 대한 설명을 듣고 싶었고, 키이스 컴퓨터에 있던 사진들에 대한 설명을 듣고 싶었다. 그 모든 게 어처구니없는 실수였다는 설명을 워렌으로부터 듣고 싶었던 것이다.

하지만 형은 놀라는 모습을 보이지 않았다. 내가 본 것은 체념, 못된 짓을 하다가 덜미를 잡힌 소년의 모습이었다. 당황스러운 기색도 조금 있어서, 나는 워렌이 내가 재촉하지 않아도 사실을 털어놓을지 모른다고 생각했다. 그저 내 얼굴을 보면서 내가 말하는 게 뭔지 알 겠다고, 사실이 그렇다고 인정하면 될 터였다.

그러나 대신 워렌은 그저 어깨를 한 번 으쓱하고는 현관 안쪽으로 뒷걸음치며 말했다. "좋아, 들어와."

나는 워렌을 따라 거실로 들어갔다. 워렌은 입식 스탠드의 스위치를 눌러 불을 켜고, 인조가죽 소파에 털썩 주저앉았다. 워렌은 맥주를 한 모금 급하게 털어 넣고 물었다. "정말 한 잔 안 할 거야?"

"정말 됐어."

워렌은 맥주캔을 입에 대고 길게 들이켰다. "좋아, 말해봐. 네 맘에 걸리는 일이 뭐지?"

나는 좀 떨어져 있는 나무 흔들의자에 앉았다. 그 흔들의자는 옛날 우리가 살던 저택의 유물이었다. 골동품으로도 훌륭한 물건이지만, 지금은 가치가 없었다. 워렌이 제대로 간수하지 못한 까닭에 긁히고 베인 자국투성이가 된 것이다. 나는 말을 시작했다. "경찰은 키이스의 컴퓨터에서 사진을 찾아냈어."

워렌이 눈을 내리깔았다. 내가 의심했던 바와 같이 형이 그 짓을 했다는 확실한 증거였다.

"어린 여자애들을 찍은 사진이었어. 벌거벗은 여자애들 말이야."

워렌은 길게 맥주를 들이켰지만 시선은 그대로 바닥에서 떼지 않았다.

"키이스는 그런 사진을 내려받은 적이 없다는 거야. 키이스는 절대로 자기 사진이 아니라고 했다고."

워렌이 크게 고개를 끄덕였다. "좋아."

"경찰은 그 사진들이 언제 다운로드 됐는지도 체크했어." 정말 그런지는 알 수 없었지만 이렇게 말했다. 엄포를 놓는 김에 거짓말 하나를 더 보탰다. "그런 일 정도는 형도 할 수 있잖아. 내려받은 시간 정도는 형도 알아낼 수 있을 거야." 나는 워렌이 실토할 기미가 있는지 살펴보았다. "정확한 날짜, 말 그대로 정확하게 말이야."

워렌은 불편한 듯 앉은 자세를 바꿨지만, 내가 도대체 무슨 말을 하는 건지, 왜 이렇게 가차 없이 몰아붙이는지 전혀 이해할 수 없다는 표정이었다.

"모두 1년 전에 내려받은 사진이었어, 형." 이 사실을 확신할 수는 없었지만, 내 암흑의 세상에서는 더욱 시커먼 거짓말을 폭로하기 위해 고안된 거짓말은 한줄기 빛처럼 보였다. "작년 9월에."

나는 워렌을 쏘아보며 말을 이었다. "작년 9월에 형이 어디 있었는지 기억나지?"

워렌이 고개를 끄덕였다.

"형은 키이스의 방에서 지냈어. 키이스의 컴퓨터를 썼고. 형 말고 그 컴퓨터를 쓴 사람은 아무도 없어."

워렌은 맥주를 무릎에 내려놓았고, 맥주캔을 자신의 크고 축 늘어진 허벅지 사이에 끼고 흔들었다. "그렇지." 형이 부드러운 목소리로 말했다.

나는 몸을 젖혀 의자에 기대고 기다렸다.

"그래, 맞아." 워렌이 말했다.

또다시 기다렸다. 하지만 워렌은 그저 맥주를 한 모금 더 마시고는 나를 힐끗 바라봤을 뿐이었다.

"그 사진들은 형 거라고." 나는 날카로운 목소리로 윽박질렀다.

살찐 다리 하나가 경직된 채 떨기 시작했다.

"어린 여자애들." 내가 말했다. "벌거벗은 어린 여자애들 사진."

일정하던 다리의 떨림이 점점 강하고 불규칙해졌다.

"그리고 나는 학교 직원 중 한 사람이 형에 대해 불평했던 사실도 알고 있어. 형이 애들을 지켜본다고 불평했다는 거지. 그걸 누군가가 경찰 긴급 직통전화로 알렸어."

"나는 그냥 창밖을 내다봤을 뿐이야. 그것뿐이라고." 워렌이 말했다. 몇 초쯤 다리가 더 미친 듯이 떨리더니 갑자기 멈췄다. "나는 어린 여자애를 해칠 생각이 없어." 형은 정신을 놓은 듯했지만, 그 이상으로 내면에서 영혼이 흐트러지고 뒤틀린 것처럼 보였다. 하지만 내 생각에는 계략에 불과했다.

"그러면 왜 여자애들을 지켜본 거야?" 내가 추궁했다. "그리고 왜 그 사진들을 내려받은 거냐고?"

워렌이 어깨를 으쓱하며 말했다. "여자애들 예쁘잖아. 사진들도."

격한 분노의 물결이 나를 휩쓸었다. "그 애들은 어린애라고, 어떻게 그런 말을!" 나는 악을 썼다. "여덟 살밖에 안 된 여자애들, 거기다 벌거벗었다고!"

"그 애들이 꼭 벌거벗을 필요는 없는데." 워렌이 힘없이 말했다. 형의 목소리는 거의 우는 소리였다.

"대체 무슨 소릴 하는 거야? 걔들은 벌거벗었다고, 형."

"그 애들이 꼭 그러지 않아도 됐다는 거지. 내 말은 그거야." 워렌은 필사적으로 자신의 행동을 설명하려 애쓰는 어린애처럼 나를 바라보았다. "내 말은, 그러니까 난 아니라고…… 꼭 벌거벗은 사진이 필요했던 건 아니라고."

"필요?" 나는 워렌을 빤히 쳐다보았다. "정확히 필요했던 게 뭔데?"

"그냥 좋았어…… 그 애들을 보는 게." 워렌이 훌쩍거렸다.

"어린 여자애들을 보는 게?" 내가 포문을 열었다. "어린 여자애들을 보는 게 필요했다는 얘기야?" 자리를 박차고 뛰쳐나갈 기세의 나는 레이저와 같이 강한 눈빛으로 형을 쏘아보았다. "그 사진들이 키이스의 컴퓨터에 있다는 건 알고 있었어?"

워렌이 격렬하게 머리를 흔들었다. "난 몰랐어. 맹세컨대 몰랐다고. 나는 그걸……."

"지우려고 했다는 거지, 나도 알아." 나는 형의 말을 잘랐다. "경찰들도 그걸 안다고."

"어쩔 수가 없었어, 에릭."

"뭘 어쩔 수가 없었다는 거지?"

"알잖아, 보는 거…… 그걸……." 형이 다시 고개를 흔들었다. "그건 병이야. 나도 병인 줄 알아. 그렇지만 어쩔 수 없었어." 워렌이 울음을 터뜨렸다. "그냥 그 애들이…… 사랑스러워서."

사랑스럽다.

그 단어는 내 안에서 불길처럼 치솟아 올랐다. "사랑스럽다고?" 즉각적으로 마음속에 생겨난 영상 때문에 온몸이 떨려왔다. 그 마지막 날 아침 제니의 방에서 나오던 형의 얼굴에는 지친 기색이 역력했다. 당시 나는 형이 탈진했다고 생각했지만, 지금은 그것이 화끈거리는 수치심으로 보였다.

"너는 늘 그렇게 말했지." 같은 날 오후 늦게 침대에 누워 있는 여동생 제니의 모습이 보였다. 제니는 광적으로 여기저기 눈길을 돌리며 뭔가를 내게 말하려고 필사적이었다. 내 귀에 닿은 제니의 입술이 바들바들 떨다가 갑자기 멈췄고, 그때 내가 방문 쪽으로 눈길을 돌리자 거기 서 있는 워렌이 보였다. 고개를 푹 숙이고, 손을 주머니에 넣은 워렌의 모습이. "제니에 대해서 말할 때."

나는 느닷없이 격한 비난의 감정에 사로잡혔고, 워렌은 내 눈에서 그걸 보았다.

"에릭," 워렌이 속삭이듯 내 이름을 불렀다. 형은 서서히 인사불성 상태에서 벗어나는 것처럼 보였다. 종일 마셔댄 술이 갑작스럽게 한꺼번에 빠져나간 것 같았다. 그렇게 정신이 돌아오는 건 마치 얼음물에 들어갔다가 나오는 것 같겠지만, 얼음물에서 나와 직면한 현실은 훨씬 차가울 터였다. "너 혹시⋯⋯?"

나는 아니! 아니! 라고 울부짖고 싶었다. 형이 제니를 해쳤으리라고 조금이라도 의심했다는 사실을 가장 열정적이고 단호한 말로 부정하고 싶었다. 형의 가장 절박한 충동이 제니의 침대에서 제니의 무기력한 상태를 보고 멈췄을 수도 있었으리라는 것, 창백한 얼굴로 고통에 괴로워하며 죽어가고 있는 제니를 형이 '사랑스럽다'고 볼 수는 없었을 것이라고 생각하고 싶었다.

하지만 그런 생각들은 말이 되어 나오지 않았고, 나는 그저 말없이 워렌에게 맞섰다.
 워렌은 잠시 믿을 수 없는 일을 당해 얼어붙은 표정으로 나를 뻔히 쳐다보았다. 그러더니 몹시 지친 몸짓으로 고개를 흔들고 문을 가리켰다. "너와는 끝났어, 에릭," 형의 젖은 눈이 황무지처럼 건조해졌다. "모든 게 끝났어." 형이 다시 문을 가리켰다. "가. 꺼지라고."
 나는 더 할 일이 없음을 알았다. 그래서 일어선 뒤, 조용히 방을 나와 내 차로 돌아왔다. 차를 몰고 나오면서 2층 워렌의 독신자 소굴에서 번쩍이는 불빛을 보았고, 그곳에 혼자 있을 워렌을 그려보았다. 형은 새로운 절망 속에 가라앉아 있을 것이었다. 아내도 없고, 아이도 없고, 어머니도, 아버지도 없는 그에게 이제는 형제까지 없어진 참이었다.
 집으로 운전해 돌아오는 내내 멍한 현기증 같은 것을 느꼈다. 메러디스, 워렌, 키이스. 모두가 거품이 가득한 물에 떠 있는 종잇조각처럼 머릿속에서 소용돌이쳤다. 어떻게든 중심을 잡으면서 내가 아는 것을 움켜잡으려 애썼지만, 피할 수도 해결할 수도 없는 공포스러운 의심은 연기와 안개로 만들어졌기에 도대체 그 정체를 알 수 없었다.
 몇 분 후, 나는 진입로에 차를 대고, 차에서 내려 일본단풍나무의 가지를 지나 현관으로 이어진 도로를 내려갔다.
 창문을 통해 전화기를 쥐고 있는 메러디스가 보였다. 아내는 거의 제정신이 아닌 듯했다. 크게 뜬 그녀의 눈에는 놀란 빛이 역력했다. 먼젓번 내가 집에 일찍 돌아와 메러디스를 기습한 꼴이 됐을 때, "나중에 얘기해요."라면서 끊고 재빨리 휴대폰을 가운 주머니 깊이 던져 넣던 모습이 생각났다. 다시 그녀의 꼬리를 잡았다. 나는 그렇게 생각했고, 그래서 내가 문을 여는 소리를 듣자마자 메러디스가 전화를 끊을 거라고 예상했다.

하지만 내가 문을 열었을 때, 메러디스는 내게로 달려왔다. 떨리는 손에 전화기를 쥐고 있었다. "워렌이에요. 취했어요." 메러디스는 전화기를 난폭하다 싶을 정도로 재빨리 내밀었다. "전화받아요. 워렌이 당신을 찾아요."

나는 전화기를 받아들었다. "워렌?"

대답이 없었다. 하지만 형의 급한 숨소리를 들을 수 있었다. 길고 힘든 달리기를 막 끝낸 사람처럼 거친 숨소리였다.

"워렌?" 다시 전화기에 대고 이름을 불렀다.

침묵.

"워렌!" 나는 딱딱거렸다. "말을 하든가, 아니면 빌어먹을 전화를 끊으라고."

잠깐 더 침묵이 이어지더니, 길고 천천히 숨을 들이쉬는 소리가 들렸다.

"에릭." 형의 목소리는 부드러웠다. "네 골칫거리는 이제 끝이다."

그러고는 폭발음이 들렸다.

24

내가 워렌의 집에 도착했을 때는 벌써 앰뷸런스와 경찰이 와 있었다. 주변이 온통 번쩍거리는 불빛 속에 명멸했고, 진입로를 가로질러 마당의 경계선을 따라 노란 테이프로 줄이 쳐져 있었다.

나는 즉시 911에 전화했지만, 사실 그 순간에 워렌이 무슨 일을 저질렀을지 분명한 확신이 있었던 것은 아니었다. 워렌은 취해 있었고, 과거의 이런 경우에 형이 하는 행동은 내 마음을 돌려놓기 위한 멜로드라마 수준 이상은 아니었다. 어렸을 적에 내가 형에게 고함을 지르자, 높은 둑 위에서 뛰어내린 적도 있었다. 아버지가 어떤 이유로 야단을 쳤을 때도 워렌은 비슷한 스턴트 연기를 했다. 그것들은 형이 잃었다고 생각하는 우리들의 애정이나 관심을 되찾기 위한 불쌍한 시도였는데, 제대로 먹혀든 적은 한 번도 없었다. 어쨌든 워렌은 결코 경험으로부터 배우는 사람이 아니었기에, 형의 집을 둘러싸고 번쩍거리는 빛을 바라보면서도 나는 절반쯤 그렇게 예상했다. 형이 비틀거리면서 마당으로 나와 환영의 표시로 두 팔을 벌리고, 얼큰하게 취한 목소리로 나를 부를 수도 있었다. 어이, 에릭.

하지만 워렌의 집에 다가가면서 이번엔 다르다는 것을 깨달았다. 활짝 열린 현관문 불빛을 배경으로 피크가 작은 수첩에 뭔가 끼적이고 있었다.

"형은 괜찮은가요?" 피크에게 다가가며 물었다.

피크는 수첩을 상의 주머니에 넣으며 말했다. "사망했어요. 유감입니다."

나는 그 소식에 전율하지 않았다. 다시는 내 형제의 살아 있는 모습을 볼 수 없으리라는 기묘한 실감을 빼고 내가 어떤 느낌이었는지도 잘 기억나지 않는다. 잠시 전만 해도 워렌은 나와 이야기했다. 이제 형은 완전히, 그리고 영원히 침묵할 것이다. 그 순간 내가 이 이상으로 생각하거나 느꼈다면, 그런 생각이나 느낌들은 너무 흐릿하거나 미약해서 지속되는 인상을 남기지 않았을 것이다.

"확인하시겠습니까?" 피크가 물었다.

"네."

"먼저 몇 가지 질문을 해도 괜찮을까요?"

피크의 질문에 고개를 흔들며 말했다. "상관없어요. 질문에는 이골이 났으니까."

피크가 주머니에서 수첩을 꺼내 들었다. "워렌 씨가 이런 행동을 하기 직전에 이야기를 나누셨지요, 맞습니까?"

"총소리를 들었습니다."

내 말에 피크는 당황하지 않았다. 잠시 나는, 피크가 내 말을 동정심을 얻기 위한 술수로 볼지도 모른다고 생각했다.

"워렌 씨는 무슨 말을 했습니까?"

"내 골칫거리가 끝났다고 했습니다."

"무슨 뜻이죠?"

"더 이상 내게 피해를 주지 않을 거란 말이겠지요. 제 생각에는."

피크가 의아해 하는 표정으로 나를 바라보았다. "지금 이 일이 에이미 지오다노와 무슨 관계가 있는 건가요?"

"당신들이 키이스의 컴퓨터에서 찾아낸 사진들 있잖습니까, 그게 형의 것이었어요."

"어떻게 아시죠?"

"형은 골반 골절에서 회복하는 동안 우리 집에서 지냈습니다. 그때 형은 키이스의 방을 썼지요."

"그렇다고 그 사진들이 워렌 씨의 것이라고 단정할 수는 없을 텐데요."

"키이스의 사진이 아니라는 것은 알고 있습니다."

"어떻게 아신다는 겁니까?"

니는 어깨를 으쓱했다. "사진들이 세 형 것이 아니라면 왜 이런 짓을 했겠습니까?"

"그러니까 워렌 씨는 키이스를 쫓던 우리 경찰이 자신에게 관심을 돌릴 거라고 생각했다는 거죠? 워렌 씨는 거의 자백을 한 거나 마찬가지네요, 그렇지 않습니까?"

"아뇨, 형은 자백을 한 게 아니에요." 내가 반박했다. "단지 그 사진들이 자기 것이라고 했을 뿐이죠. 게다가 형은 그 사진들이…… 성적인 것이 아니라고 했습니다. 그러니까 그런 용도로는 쓰지 않았다는 말이죠."

"그러면 왜 그런 사진들을 모았단 말입니까?"

"형 말로는 그 사진에 있는 애들이 그러니까⋯⋯ 사랑스러웠을 뿐이라는 거예요."

피크가 내 눈을 똑바로 들여다보며 말했다. "워렌 씨가 에이미 지오다노의 실종에 어떤 식으로든 관련이 있다고 생각하시진 않습니까?"

"모르겠습니다." 내가 확실히 할 수 있는 대답은 그것뿐이었다.

피크는 내 대답에 적잖이 놀란 듯했다. "워렌 씨는 당신 형이었잖습니까. 그가 여자애를 유괴할 수 있는 사람인지 아닌지는 알 수 있을 것 아니에요?"

나는 워렌과 함께 보낸 모든 세월을 생각해봤다. 우리가 공유했던 것들, 부모, 우리가 함께 잃어버린 대저택, 형과 내가 함께해온 이런저런 삶의 궤적들이 마음에 사무쳤다. 그 모든 것에도 불구하고 나는 피크의 질문에 대답할 수 없었고, 최소한 워렌을 조금이라도 안다고, 형의 번질거리는 표면 이상의 뭔가를 안다고 확신할 수 없었다. "그럼 당신은 한 사람이라도 그 속을 정확히 알 수 있는 사람이 있습니까?"

피크가 좌절한 듯 긴 숨을 내쉬고 수첩을 덮었다. "좋습니다." 그가 집 안으로 눈길을 주었다가 다시 내 쪽을 보며 말했다. "확인하실 준비가 됐나요?"

"네."

피크가 몸을 돌려 나를 2층으로 안내했고, 우리는 워렌의 방으로 가는 짧은 복도를 내려갔다. 문 앞에 이르자 피크는 옆으로 비켜섰다. "죄송합니다." 그가 중얼거렸다. "이런 일은 늘 편치 않군요."

워렌은 창 쪽으로 의자를 당겨놓았고, 형의 얼굴은 침침한 조명으로 비치는 초등학교 운동장을 바라보고 있었다. 형의 머리는 오른쪽으로 기울어져서 그저 창밖을 내다보다가 잠이 들어버린 사람처럼 보였다. 형의 으스러진 입과 굳어진 눈을 본 것은 의자를 마주 보기 위해 움직였을 때뿐이었다.

그 다음 얼마간, 워렌을 내려다보면서 어떤 느낌이 들었었는지는 기억나지 않는다. 아마 나는 마비된 상태였는지도 모른다. 종양처럼 자라나는 의심이 너무 커져서 빛과 공기를 차단하고 다른 생명의 통로들을 압박하고 있었다.

"워렌 씨가 한 말은 그게 다였습니까?" 피크가 물었다. "당신의 골칫거리가 끝났다는 말뿐이었나요?"

나는 고개를 끄덕였다.

"당신과 통화하기 전에는 어땠습니까? 당신 가족 중의 누구와 말을 나누지 않았나요?"

"키이스를 말하시는 거죠, 맞습니까?"

"누구라도요."

"형은 키이스와 통화하지 않았습니다. 형은 제 아내와 잠시 통화했지만, 키이스하고 말을 나누진 않았어요."

"당신 부인에겐 무슨 말을 했습니까?"

"모르겠어요." 내가 대답했다. "집에 도착했을 때, 아내가 전화기를 쥐고 있었습니다. 전화기를 바꿔 들자 워렌이 내 골칫거리가 끝났다고 말했고, 그 외에는 아무 말도 없었죠. 총소리를 듣고 911에 전화한 다음 바로 이리로 온 겁니다."

"혼자 오셨지요, 제가 보니 그렇더군요."

"그래요."

피크는 나를 안 됐다고 느끼는 모양이었다. 아내와 아들의 위로를 받지도 못하는 상태에서 홀로 형이 자살한 장소에 온 사람이니까.

"좀 더 있으시겠습니까?" 피크가 마지막으로 물었다.

"아닙니다."

나는 워렌에게 마지막 눈길을 주고 피크를 따라 계단을 내려와 마당으로 나왔다. 마당에서 피크와 나는 학교 운동장으로부터 퍼져 나오는 몽롱한 빛 속에 함께 서 있었다. 바람 한 점 없이 고요했고, 어수선한 마당에는 흩어진 나뭇잎들이 죽은 새들처럼 납작 엎드려 있었다.

피크가 운동장 쪽을 건너다보았고, 나는 운동장의 풍경이 얼마나 그를 고통스럽게 만드는지 알 것 같았다. 여전히 에이미 지오다노를 데려간 사람이 누구인지는 오리무중이었기 때문에, 저 운동장에서 뛰어놀 다른 소녀 역시 위험할지도 모른다는 두려움이 피크를 압박할 터였다.

"몇 주가 지나면 단서 찾기가 아주 곤란해진다고 읽었습니다."

"그런 경우도 있죠."

"두 주가 지났어요."

피크가 고개를 끄덕였다. "빈스 지오다노 씨가 계속 하는 얘기도 그겁니다."

"딸이 돌아오길 바라니까 그러겠죠. 이해가 갑니다."

피크는 내게 눈길을 돌렸다. "우리는 담배꽁초를 분석 중입니다. 결과가 나오려면 시간이 좀 걸리겠죠."

"혹시 담배꽁초가 키이스의 것이라 해도 무슨 소용이 있겠습니까?"

"키이스가 거짓말을 했다는 얘기는 되죠." 피크가 말했다. "키이스는 빈스 지오다노 씨에게 집을 비운 적이 없다고 했어요. 내내 집 안에만 있었다고 했단 말입니다."

"키이스는 정말 그랬습니다." 내가 말했다. 완벽하게 반사적으로 튀어나온 반응이었다.

피크가 다시 운동장 쪽으로 주의를 돌렸다. 그의 눈길은 으스스해 보이는 그네와 정글짐, 시소를 훑고 있었다. 피크에게는 죽은 아이들이 그곳에서 놀고 있는 모습이 보이는 듯했다.

"당신 아들이 에이미 지오다노를 해쳤다면 어찌시겠습니까?" 피크가 나를 뚫어져라 쳐다보며 말했고, 나는 그가 마음 가장 깊은 곳에서 상상하고 있는 것을 실문하고 있나는 설 느낄 수 있었다. "제 말은 그러니까, 키이스가 그랬다는 걸 당신이 알고, 키이스가 교묘하게 빠져나가고 있다는 걸 안다면, 그리고 그 후에도 이런 짓을 되풀이할 거라는 걸 안다면 어찌하겠냐는 겁니다. 어린애를 죽인 놈은 대개 그 짓을 되풀이합니다. 만약 당신이 내가 방금 말한 것을 안다면, 무어 씨, 그땐 어떻게 하실 겁니까?"

내가 그 애를 죽일 겁니다. 마음속에서 느닷없이 반박의 여지도 없는 대답이 섬광처럼 떠올랐기에, 피크에게 말하기도 전에 놀라 몸을 움츠렸다. "나는 키이스가 빠져나가게 만들지 않을 겁니다."

피크는 나를 이곳까지 끌고 온 냉혹하고 피할 수 없는 외길을 알고 있는 것 같았다. 그 길을 따라오며 얼마나 많은 것을 잃었는지, 그리고 더 이상 잃어버릴 것도 없이 되어버린 황량한 내 환경도 이해하는 듯했다. "당신을 믿겠습니다." 피크의 말이었다.

집에 돌아와보니 메러디스가 나를 기다리고 있었는데, 그녀를 보자마자 로덴베리와 함께 있던 모습이 떠올랐다. 그러자 뜨겁기도 하고 차갑기도 한, 타는 듯 뜨거운 얼음으로 된 칼날처럼, 그때 느꼈던 감정들이 치밀어 올라왔다.

"형은 죽었어." 메러디스에게 덤덤한 어조로 말했다.

메러디스의 손이 입가로 올라갔고, 그녀는 아무 말도 못했다.

"자기 손으로 머리에 총을 쐈어."

입을 가린 손 뒤에서 메러디스가 나를 응시했지만 여전히 말은 없었다. 충격을 받았는지, 아니면 그녀의 신경중추가 말을 막는 것인지는 알 수 없었다.

나는 메러디스 맞은편 의자에 앉아 말을 이었다. "형이 당신에게 무슨 말을 했지?"

메러디스는 낯선 사람을 보는 것처럼 나를 빤히 바라보며 물었다. "왜 그렇게 화가 났어요, 에릭?"

나는 지금 덮쳐오고 있는 감정의 혼탁한 물을 드러내지 않고 대답할 방도가 없었다. "경찰이 그걸 알고 싶어 해."

메러디스는 살짝 고개를 숙였다. "미안해요, 에릭." 그녀가 기어 들어가는 목소리로 말했다. "워렌은 아주……."

워렌에 대해 유감을 표하는 메러디스의 목소리가 철판을 두드리는 소리처럼 시끄럽게만 들렸다. "제발 그만해. 당신은 형을 참을 수 없어 했잖아."

그녀는 흠칫 굳어버린 듯했다. "그렇게 말하지 말아요."

"왜 안 되지? 사실이잖아."

메러디스가 '이 사람이 내 남편 맞나?' 하는 표정으로 나를 쳐다봤다. 남편의 몸속에 어찌어찌 들어간 이방인을 바라보는 것 같은 눈길이었다. "당신 무슨 문제 있어요?"

"거짓말에 지쳐서 그런 것 같아."

"무슨 거짓말이요?"

나는 메러디스와 맞서고 싶었고, 그녀와 로덴베리가 대학 주차장에 함께 있는 모습을 봤다고 말하고 싶었다. 하지만 마지막 남은 비겁함 같은 것, 혹은 내가 그 주제를 꺼내면 정말로 아내를 잃게 될 거라는 두려움이 그런 생각을 물리쳤다. "형의 거짓말들 말이지. 예를 들면, 키이스의 컴퓨터에서 경찰이 찾아낸 그 사진들 말이야. 그거 형의 것이었어."

메러디스의 눈에 살짝 물기가 번졌다. 그간 그녀가 얼마나 괴로워했는지, 우리들의 오랜 고난이 얼마나 그녀를 위축시켰고, 감출 수 없는 온갖 감정들이 그녀를 안절부절못하게 했는지 알 것 같았다.

"레오가 말해줬어." 나는 말을 계속했다. "형이 초등학교 운동장에서 노는 여자애들을 지켜보다가 들켰다는 거야. 자기의 작은 '독신자 소굴' 창가에 서서 애들을 지켜본 거지. 쌍안경으로 말이야. 그 빌어먹을 짓이 너무 티가 나니까 학교에서 불평한 거야. 학교 교장이 찾아가서 워렌에게 그만두라고 했다는군. 그래서 에이미 지오다노 사건이 일어나자, 누군가가 경찰 긴급 직통전화로 워렌 이야기를 제보한 거야."

"그랬군요." 메러디스는 안도하는 듯 보였다. 작은 두려움 하나가 사라졌을 터였다. 그녀는 잠시 침묵하며 자기 손에 눈길을 주고 있다가 말을 이었다. "워렌은 그런 일을 할 수 없을 거예요, 에릭. 어린 여자애를 해칠 수 있는 사람이 아니에요."

메러디스의 확신에 찬 어조에 놀랐다. 그녀는 내 형제에게 호의를 보인 적이 없었고, 조금이라도 존중하는 모습을 보인 적도 없었다. 워렌은 인생의 낙오자 중 하나였고, 메러디스는 그런 사람들을 견디지 못했다. 워렌의 술버릇과 자기연민이 상황을 더욱 악화시켰다. 하지만 지금 난데없이 메러디스는 워렌이 에이미 지오다노의 실종과 아무 관련이 없다고 절대적으로 확신하는 투로 말하고 있는 것이다.

"당신이 그걸 어떻게 알지?"

"난 워렌을 알아요."

"정말? 왜 그렇게까지 확신하는 거야?"

"당신은 안 그래요?"

"아니, 난 형을 몰라."

"당신 형이에요, 에릭. 당신은 평생 그와 알고 지냈다고요."

피크도 같은 얘기를 했었다. 그리고 지금 나는 똑같은 대답을 한다. "난 당신이 어떻게 어느 누구라도 속속들이 안다고 장담할 수 있는지 이해할 수 없어."

메러디스가 나를 쳐다보았다. 어리둥절해 하면서 놀란 표정, 동시에 내 말 뒤에 무슨 뜻이 숨어 있는지 경계하는 표정이었다. "워렌은 당신이 자기 집에 왔었다고 했어요. 당신과 다퉜다고 하던데요."
"정확하게 말다툼은 아니었지."
"워렌이 그렇게 말한 것뿐이에요. 그럼 뭐였어요?"
"형에게 그 사진들 얘기를 했지."
"뭐라던가요?"
"그 사진들이 정말로 성적인 게 아니라는 거야." 나는 고개를 흔들었다. "형 말로는, 그냥 그 사진 보는 게 좋았다는 거지. 그 아이들이…… 사랑스러웠대."
"그리고 당신은 그를 믿지 않았군요."
"그래."
"왜 못 믿었는데요?"
"제발, 메러디스. 형은 모든 점에서 프로필에 맞아떨어져. 특히 자긍심이 낮은 부분이 그렇지."
"낮은 자긍심이 문제라면, 키이스 역시 소아성애자라고 말하는 게 돼요."
"내가 그런 생각을 안 해봤다고 생각해?"
이제 메러디스의 놀라움은 충격으로 바뀌었다. "당신 정말 그렇게 생각해요?"
"당신은 안 그래?"
"아뇨, 난 그렇게 생각하지 않아요."
"잠깐만!" 나는 비명을 질렀다. "처음 키이스를 의심한 건 당신이었잖아."

"하지만 그게 성적인 문제라고 생각한 적은 없어요. 혹시 키이스가 에이미를 해쳤더라도, 성적인 문제 때문은 아니었을 거예요."

"그럼 뭔데?"

"분노." 메러디스가 대답했다. "아니면 관심을 바라는 절규겠죠."

관심을 바라는 절규.

이 말은 일종의 심리학 용어를 지껄여대는 것처럼 들렸고, 필시 스튜어트 로덴베리에게서 나왔을 용어였다. 그리고 메러디스가 로덴베리의 직업적 전문성과 경험을 사용해 나와 맞서면서, 로덴베리를 통해 나와 논쟁하고 있다고 생각하자 머리털이 곤두서는 듯한 전율과 함께 극심한 분노가 치밀었다.

"젠장, 말도 안 되는 소리." 나는 날카롭게 말했다. "당신, 그런 말 같지도 않은 소리는 절대 믿지 말라고."

"무슨 소릴 하고 있는 거예요, 에릭?"

"에이미가 사라진 순간부터 당신은 키이스가 그 일에 관련됐을 거라 생각했었다는 얘기를 하고 있는 중이지. 그리고 나는 당신이 생각하는 '관심을 바라는 절규'가 그 일과 관련이 있다고는 단 1초도 믿지 못하겠어." 나는 메러디스를 쏘아보았다. "당신은 그런 성향이 우리 가계에 있다고 생각하는 거지. 키이스가 유전을 통해 물려받았다고. 나와 연결된 탓에 말이야. 워렌을 봐도 그렇고." 나는 난폭하게 웃었다. "아마 당신이 옳을 거야."

"옳다고요? 당신은 워렌이 소아성애자라고 단정하고 있다는 거예요?" 메러디스는 약이 바짝 올라 있었다. "뭘 믿고, 에릭, 도대체 무슨 근거로 그렇게 장담하는 거죠? 컴퓨터에서 나온 사진 몇 장? 워렌이 여자애들 노는 모습 지켜보기를 좋아했다는 사실? 세상에나, 누구라도 그럴 수…….”

"그것 말고도 더 있어.” 나는 메러디스의 말을 가로막았다.

"그게 뭔데요?”

나는 고개를 흔들었다. "이 문제는 더 이상 말하고 싶지 않아, 메러디스.”

내가 자리를 뜨려 했지만, 메러디스가 내 팔을 붙잡고 자기 쪽으로 돌려세웠다. "오, 안 돼. 당신 그러면 안 돼요. 당신은 여기서 도망칠 수 없어요. 당신은 키이스가 소아성애자에 유괴범이고, 다른 일도 저질렀을지 모른다고 비난했어요. 내가 당신 가족의 혈통에 뭔가 끔찍한 게 있다고 의심하고 있다고도 했고요. 그렇게 할 말, 안 할 말 다 해놓고는, 피곤하다는 말 한마디만 던지고 빠져나갈 수 있다고 생각하는 거예요? 그건 아냐, 에릭. 지금은 그럴 수 없어요. 그런 식으로 비난하고 빠져나갈 수는 없어요. 안 돼요, 안 돼. 당신은 바로 이 자리에 서서 도대체 왜 그런 밀도 안 되는 것들을 확신하고 있는지 내게 말해야 해요.”

나는 팔을 빼냈다. 그날 아침 제니의 방에서 봤던 장면을 다시 입에 올릴 자신이 없었다. 워렌도 그와 같은 내 의심 섞인 비난 탓에 이 세상이 더 이상 자신에게 맞지 않는다는 최종 결정을 내릴 수밖에 없었던 게 분명했기 때문이었다.

하지만 메러디스는 다시 내 팔을 잡았다. "내게 말해줘요.” 그녀가 채근했다. "도대체 무엇 때문에 워렌이나 키이스가 그런 일을…….”

"그건 키이스와는 아무 관계가 없어.”

"그래요? 그럼 워렌이 그렇다는 건가요?"

나는 막막한 심정으로 메러디스를 바라봤다. "그래."

그녀가 내 눈에서 타오르는 고뇌를 읽은 듯했다. "무슨 일이 있었던 거죠, 에릭?"

"뭔가 봤다는 생각이 들어."

"뭔가…… 워렌에게서요?"

"아니. 제니에게서."

메러디스는 믿을 수 없다는 표정으로 나를 유심히 바라보았다. "제니요?"

"제니가 죽던 날 그 애 방에 들어갔었어. 제니는 내게 뭔가를 얘기하려고 필사적으로 몸부림쳤지. 온몸으로 발버둥쳤지. 입술, 다리. 필사적이었지. 나는 몸을 굽혀 제니가 말하는 내용을 들으려고 했는데, 바로 그때 움직임이 멈추고 숨이 멎는 바람에 그 애는 내게서 떨어져 그냥 침대 위에 누웠어. 문 쪽을 바라보면서 말이야." 나는 괴로운 숨을 몰아쉬었다. "워렌이 문간에 서 있었어. 형은 그날 밤 제니와 함께 있었고……." 나는 잠시 멈췄다. "그리고 내 생각엔 아마 형이……."

"맙소사, 에릭." 메러디스가 헉하고 숨을 삼켰다. "그걸 워렌에게 얘기했어요?"

"아니. 하지만 워렌은 그 장면을 봤지."

메러디스는 마치 내가 캄캄한 심해에서 기어 나와 방금 자신 옆의 해변으로 밀려온 괴생명체라도 되는 양 물끄러미 쳐다보았다. "당신이 갖고 있는 증거는 아무것도 없어요, 에릭." 그녀가 말했다. "워렌이 당신 여동생에게 무슨 짓을 했다는 증거는 아무것도 없다고요.

메러디스의 눈길에는 살을 에는 절망이 깃들어 있었다. "어떻게 그럴 수가 있어요? 그런 말을 어떻게…… 아무것도 모르면서 할 수 있냐고요?"

메러디스와 로덴베리가 함께 주차장에 있던 모습이 떠올랐다. 밤의 서늘한 공기 속에서 두 사람의 몸은 아주 가까웠고, 그들 주위에선 바람이 불 때마다 떨어진 나뭇잎들이 서걱거렸다. "늘 증거가 필요한 건 아니잖아." 내가 차갑게 말했다. "때로는 그냥 알아볼 수도 있다고."

메러디스는 더 이상 말이 없었지만, 나는 도망도 못 치고 매를 맞는 어린애처럼 그녀에게 아주 심하게 질책당한 기분이었다. 그런 기분에서 탈출하기 위해 내 앞에 열려 있는 것처럼 보이는 유일한 길을 통해 반격을 가했다.

"오늘 밤 당신을 봤어."

"나를 봤다고요?"

"당신과 로덴베리."

메러디스는 내가 무슨 말을 하고 있는 건지 이해할 수 없는 모양이었다.

"대학 주차장에서 이야기를 나누고 있더군."

메러디스의 눈이 파충류의 째진 눈처럼 작아졌다. "그래서요?" 그녀의 목소리가 딱딱해졌다. "무슨 말을 하고 싶은 거죠, 에릭?"

"난 무슨 일이 진행되고 있는지 알고 싶어." 나는 자신의 권리를 알고, 행사할 작정을 한 남자처럼 오만하게 말했다.

메러디스의 눈에서 불길이 솟았다. "워렌을 그렇게 만든 걸로 성이 안 차나 보죠, 에릭? 한 명을 죽인 걸로는 모자라냐고요?" 그녀가 소리쳤다.

차라리 메러디스가 내 머리에 총알을 박아 넣었더라면 오히려 덜 상처 입었을 것이다. 하지만 뒤이어 메러디스가 한 말은, 그녀가 그 말을 하기 전에 존재했던 세상으로 되돌아갈 방법이 아무것도 없다는 것을 알게 할 만큼 완전한 종말을 의미하는 것이었다.

"난 이제 정말 당신을 모르겠어요." 그녀가 덧붙였다. 그러고는 몸을 돌려 휑하니 2층으로 올라가버렸다.

나는 메러디스가 한 말의 뜻이 뭔지 알았다. 그리고 그녀는 절대로 허투루 말한 게 아니었다. 메러디스는 거짓 신호를 보내거나 허세를 부리는 여자가 아니었고, 벼랑 앞에서 멈춰 서거나 저지른 행동을 돌이키려 하는 여자가 아니었다. 뭔가 우지끈 무너졌는데, 그건 우리를 잇고 있던 다리였다. 나는 처음 그 순간, 얼얼하게 따귀를 얻어맞은 것처럼 메러디스의 눈이 뿜어내는 열기를 느끼던 그때부터 이미 알고 있었다. 그녀와의 관계를 회복하는 데는 오랜 시간이 걸릴 것이고, 아예 회복이 불가능할지도 모른다는 것을.

25

워렌은 밝고 상쾌한 날 오후에 묻혔다. 아버지는 장례식에 참석할 의사가 없다고 일언지하에 거절했고, 덕분에 워렌에게 마지막 작별 인사를 하기 위해 온 사람은, 수년간 형과 알고 지냈던 몇 사람과 서로에게 거리를 두고 껄끄러워 하는 내 두 번째 가족 세 사람뿐이었다.

메러디스는 딱딱한 표정으로 하관하는 장면을 지켜보았고, 그녀 옆에 선 키이스는 평소보다 훨씬 창백하고 수척해 보였다. 키이스는 워렌의 죽음에 대해 아무런 반응도 보이지 않는 것으로 반응했는데, 전형적인 키이스의 모습이었다. 무덤가에 서 있는 키이스의 모습은 해일 같은 그 애 엄마에 비해 너무 약해서 다가오는 인생의 폭풍을 헤쳐 나갈 수 없을 것처럼 보였다. 나는 키이스가 결혼을 하거나 자녀를 두는 모습을 도대체 상상할 수 없었고, 전혀 복잡하지 않고 부담 없는 인생사조차 제대로 꾸려 나갈 수 있을지 의심스러웠다.

장례식이 끝나고 우리는 함께 묘지에서 걸어 나왔다. 메러디스의 몸은 너무 뻣뻣했고, 돌처럼 차갑게 굳은 표정은 폭발하려는 분노를 억지로 누르고 있는 듯했다. 언제라도 느닷없이 몸을 돌려 내 따귀를 올려 부칠지 모른다는 생각에 조마조마했다.

하지만 메러디스는 그러지 않았고, 때문에 나는 함께 묘지의 문을 나서는 우리 가족이 정상적인 가족, 슬픔과 기쁨을 함께 나누며 삶이 우리들에게 무엇을 보내주든 그것을 이겨내며 최선을 다하는 정상적인 가족처럼 보일지도 모른다는 생각을 했다.

최소한 빈센트 지오다노에겐 우리가 그런 가족으로 보였을 게 확실했다.

빈센트 지오다노는 배달용 밴 밖에 서 있었는데, 밴의 문은 언제라도 도주할 수 있게 대기하는 것처럼 기묘하게 열려 있었다. 빈스의 눈은 예전에 사진관 밖에서 내게 접근했을 때와는 전혀 달리 더 이상 물기도 보이지 않았고, 핏발도 서 있지 않았다. 빈스는 몸을 웅크리지 않았고, 꼿꼿하게 세운 그의 자세 어디에서도 낙담이나 추레한 모습은 찾아볼 수 없었다. 우리가 차로 다가갈 때, 빈스는 자기 밴을 떠나 우리 쪽으로 다가왔다. 빈스의 몸은 커다란 돌처럼 우리를 향해 굴러왔다.

나는 메러디스를 쳐다봤다. "차에 타." 그러고는 키이스에게도 말했다. "너도."

그때 빈스가 가까이까지 왔다.

"안녕, 빈스." 나는 태연한 어조로 말했다.

멈춰 선 빈스는 우람한 팔을 구부려 자기 가슴에 댔다. "자네한테 그런 식으로 해봤자 쓸데없는 일이란 걸 말해주려고 왔어."

"나는 자네가 무슨 말을 하는지 모르겠네."

"자네 형이 총을 쏴서 자살했지만," 빈스가 말했다. "그런 식으로 자네 아들을 빠져나가게 할 수는 없을 거라고."

"빈스, 이런 식의 대화는 하지 않는 게 좋을 것 같군."

"내 말 똑똑히 들었지?"

"그건 경찰 손에 달린 거야, 빈스. 그런 말은 경찰에 가서 하라고."

"내 말 똑똑히 들었지?" 빈스가 되풀이했다. "자네 자식은 여기서 도망칠 수 없다고. 자넨 근사한 변호사를 고용할 수 있고, 뭐든 원하는 대로 할 수 있겠지. 하지만 말이야, 자네 자식은 도망칠 수 없을 거야." 빈스의 눈이 불타올랐다. "내 어린 딸이 죽었다고."

"그건 모르는 거야."

"아냐, 우린 알아." 빈스가 말했다. "2주일이야. 다른 생각을 할 수 있어?"

"모르겠어."

빈스는 내 어깨 너머로 눈길을 주었는데, 키이스를 노려보는 게 뻔했다.

"키이스가 피운 담배꽁초가 에이미의 장에서 발견됐다고." 빈스가 말했다. "에이미 방 창문 밖에서 말이지. 그 자식은 집을 떠난 적이 없다고 했어. 그러면 그 꽁초는 누가 버린 건데, 응? 말 좀 해봐. 왜 그 자식이 거짓말을 한 건지, 그걸 말해보라고!" 빈스의 고함치는 소리는 높고 필사적이었다. 하늘에까지 닿을 것 같았다. "말해봐. 자네나 자네가 고용한 환상적인 변호사가 그 빌어먹을 놈을 감싸고 있잖아!"

"그만해."

"망할 놈의 자네 가족은 다 맛이 갔어." 빈스가 고래고래 소릴 질렀다. "형이란 놈은 운동장의 여자애들을 훔쳐보고, 어린애를 찍은 더러운 사진을 보는 놈이야. 네 아들도 거기서 물려받은 거야. 가족에게서. 그런 핏줄을 타고 난 거라고."
 이제 빈스는 부글부글 끓고 있었다. "너희들은 싹 쓸어버려야 해!" 빈스가 악을 썼다. "망할 놈의 너네 가족 모두 말이야!"
 빈스의 뜨거운 숨결이 얼굴에 느껴졌고, 나는 급히 몸을 돌려 빠른 걸음으로 내 차로 걸어가 차에 올랐다. 잠시 서로의 눈길이 얽혔고, 나는 빈스 지오다노가 얼마나 깊이 나를 미워하는지, 빈스가 보기에 묘지 문을 나서는 단란한 작은 가족 같았을 우리 가족에 얼마나 분노하고 있는지 알 수 있었다. 한때는 단란했던 자기 가족을 앗아간 사람이 내 아들이라고 빈스는 확신할 터였다.

 곧바로 집으로 차를 몰았다. 집에 오는 내내 메러디스는 부들부들 떨었다. 빈스가 우리를 따라올 것 같아 겁이 났던 것이다. 그녀는 수시로 백미러를 들여다보면서 우리 뒤에 녹색 밴이 쫓아오는 건 아닌지 확인했다. 나는 메러디스가 그렇게 겁에 질린 모습을 본 적이 없었다. 그리고 그녀의 공포 중 일부는 한때 믿고 의지했던 남편이 돌이킬 수 없이 변했다는 데서 오는 것임을 알 수 있었다.
 집에 돌아오자 메러디스는 나더러 경찰에 전화하라고 했지만, 최근 너무 많은 것을 속단해 괴로움을 자초했다고 생각한 나는 또다시 성급한 결론을 내기 싫었다.
 "빈스는 속이 뒤집어졌을 뿐이야. 그럴 권리도 있고."
 "하지만 우리를 협박할 권리는 없어요." 메러디스가 울부짖었다.

"빈스는 우리를 협박하지 않았어." 메러디에게 환기시켰다. "게다가 경찰은 아무 일도 하고 싶어 하지 않을 거야. 빈스가 먼저 무슨 짓을 하지 않으면, 경찰은 아무 조치도 취할 수 없을 거라고."

메러디스는 잔뜩 화가 난 표정으로 머리를 흔들었다. 분명 이 시점에서 내가 또다시 빈스 지오다노가 위험한 사람이라는 명백한 사실에 맞서기를 아무 생각 없이 거부하는 거라고 짐작할 게 틀림없었다. "좋아요, 됐어." 메러디스가 딱딱한 목소리로 쏘아붙였다. "무슨 일이 생기면, 에릭, 그건 당신 책임이에요."

그 말을 끝으로 메러디스는 뛰듯이 복도를 내려가 자기 사무실의 문을 쾅 하고 닫았다.

나는 난로에 불을 피우고 불꽃을 바라보며 오래도록 앉아 있었다. 밖에는 바람이 불어 떨어진 낙엽들이 바람의 의도에 따라 모였다가 흩어져 날아갔다. 회색빛 대기가 천천히 그리고 확실하게 어두워지고, 마침내 밤이 내렸다. 여전히 메러디스는 자기 사무실에 머물렀고, 키이스는 키이스대로 지기 방에 박혀 있었다.

결국 두 사람 중 키이스가 거실로 나와서 나에게 합류한 시간은 아직 그리 늦지 않은 저녁이었다.

"저, 우리 저녁 안 먹어요?" 키이스가 물었다.

나는 불길을 보고 있던 눈을 들어 키이스를 바라보았다. "아무도 요리할 기분이 아닌 것 같구나."

"그게 무슨 뜻이에요. 저녁밥 안 먹어요……?"

"아냐, 우린 식사를 할 거다."

"좋아요."

"좋아." 나는 자리에서 일어났다. "자, 우리 피자 먹으러 가자."

우리는 집을 나와 벽돌 보도를 걸어 내려가서 일본단풍나무의 그늘진 가지들 옆을 지났다.

차로 몇 분 걸리지 않는 니코 식당까지 가는 동안 키이스는 조수석에 앉았다. 키이스는 전보다 덜 퉁명스러워 보였고, 그건 그 애가 지긋지긋한 10대 시절의 분노로부터 벗어나기 시작했다는 표시인 듯도 했다. 키이스의 눈 속에서 놀고 있는 밝은 빛은, 에너지가 충만하다는 단서일 수도 있고, 어쩌면 어느 날엔가는 그 애의 삶이 골칫거리에 시달리는 일이 훨씬 적어질 수도 있다는 희망이 피워낸 불꽃일지도 모른다.

"아빠는 네가 요즘 어떤지 물어보고 싶은데, 넌 그런 질문 싫어하지?"

내게 눈길을 돌린 키이스의 입술에 희미한 미소가 걸렸다. "제가 아빠에게 묻고 싶었어요. 엄마가 아빠한테 무지 화가 난 것 같던데, 맞아요?"

"그래, 화가 났지."

"무슨 일로요?"

"엄만 내가 너무 의심이 많다고 비난하더구나."

"엄마한테요?"

"온갖 일에 다 그렇다고 생각하나 봐." 내가 대답했다. "난 더 열심히 따져볼 필요가 있었단다, 키이스. 대충 결론에 이르기보다 좀 더 많은 증거를 모을 필요가 있다고 생각했지."

"아빠가 의심한 것은 뭐였는데요?"

"그냥 그런 일이 있어."

"저한테는 말하고 싶지 않은 거예요?"

"그건 네 엄마와 나 사이의 일이란다."

"제가 아빠한테 뭘 좀 이야기하면 어떨까요? 비밀인데."

차가운 전율이 나를 훑고 지나갔다.

"그러면 저한테 말씀해주실래요?" 키이스가 물었다. "일종의 교환이랄까요? 아시죠, 아빠와 아들, 남자끼리의 거래?"

잠시 나는 키이스를 찬찬히 뜯어보았다. 그런 다음, 내가 그동안 키이스와 잘 지내지 못한 이유는 키이스의 10대다운 무관심과 화난 표정으로 히죽거리며 웃곤 했던 퉁명스런 행동에도 불구하고, 내면에선 어른스러움이 자라나고 있다는 사실을 인식하지 못했기 때문이라고 결론을 내렸다. 키이스의 내면에선 사춘기의 부서지기 쉬운 번데기가 형성되고 있었는데, 그와 같은 어른스러운 모습은 조심스럽게 달래서 밖으로 나올 수 있게 해줄 필요가 있는 것이었다. 이 시점에서 바로 보아야 할 것은 키이스의 미숙함이 아니라, 그 애가 곧 어른스러운 남자가 되리라는 사실이었다.

"좋아." 내가 말했다. "거래 성립이다."

키이스가 길게 숨을 몰아쉬고 말했다. "돈 말인데요. 그건 저를 위한 게 아니었어요. 그리고 제가 프라이스 씨에게 말한 가출한다는 얘기 말이죠, 그것도 사실이 아니었고요."

"그 돈을 뭐에 쓰려고 했던 건데?"

"그 여자애에게요." 키이스가 말했다. "우리는 일종의 뭐랄까…… 아시죠? 그 여자애는 집에서 정말이지 너무나 힘들어 했어요. 그래서 생각했죠, 좋다, 어쩌면 내가 그 애를 거기서 빠져나오게 해줄 수 있을지도 몰라. 그 여자애를 집에서 가출시키려던 거였어요."

"그 여자애가 누구인지 내가 알아도 되겠니?"

"그 애 이름은 폴리예요." 키이스가 수줍음이 담긴 목소리로 말했다. "마을 반대쪽에 살아요. 나는 걸어서 거기까지 가곤 해요. 밤에. 거기가 우리가 만나는 장소거든요."

"마을 반대쪽이라." 내가 되뇌었다. "취수탑 근처구나."

키이스는 놀란 듯했다. "맞아요."

어느새 내게 미소가 떠올랐다. "좋아, 이제 내 차례인 것 같구나. 네 엄마와의 일. 네 엄마가 그렇게 심하게 열받은 일은 말이다. 아빠가 네 엄마에게 애인이 있다고 시비를 걸었단다." 나를 꽉 잡아 누르던 고통의 덩어리가 풀어지는 느낌이었다. "내겐 아무 증거도 없는데, 아무튼 네 엄마를 의심하고 시비를 건 거지."

키이스가 나를 부드러운 눈으로 바라봤다. "아빠는 내가 에이미 지오다노를 해쳤다고 믿기도 했어요."

나는 고개를 끄덕였다. "그래, 키이스. 나는 그렇게 믿었다."

"지금도 그렇다고 생각하세요?"

나는 다시 키이스를 바라보았다. 수줍음 많고 다정한 소년, 내성적이고 기묘하게 고독해 보이는 소년이 보일 따름이었다. 그 소년은 우리 모두 그럴 수밖에 없는 내면의 전투를 치르고 있었고, 우리들 누구나 그렇듯 자신의 한계를 배우는 중이었다. 부자연스러워 보이는 굴레로부터 자신을 해방시키기 위해 몸부림치는 소년, 인류 전체를 안달하게 만드는 본질인 이해할 수 없는 희망과 공포의 뒤엉킴 속의 자신을 발견하고 마는 소년이 그곳에 있었다. 나는 그 모든 것을 알아봤고, 그걸 보고 있는 동안 내 아들이 아이를 살해할 사람이 아니란 걸 알 수 있었다.

"아냐, 그렇지 않다, 키이스." 내가 말했다. 그러고는 차를 길 한쪽으로 빼고 키이스를 내 품 안으로 끌어당겨, 내 포옹 속에서 그 애의 몸이 부드러워지고 나긋나긋해지는 것을 느꼈다. 내 몸도 키이스의 포옹 속에서 마찬가지로 부드러워졌다. 그렇게 서로를 내맡긴 가운데, 홀연히 우리 둘의 눈에서 달콤하기 짝이 없는 눈물이 흘렀다.

곧 우리는 서로를 풀어주고 똑같은 눈물을 훔쳐내면서, 그 순간 우리를 휩싼 완전히 생뚱맞은 분위기를 느끼고 함께 웃음을 터뜨렸다.

"맞아, 피자." 나는 차를 출발시키며 말했다.

키이스가 미소 지었다. "페페로니와 양파로요."

그날 밤 니코 식당은 혼잡스럽지 않았다. 키이스와 나는 작은 벤치에 앉아 우리가 주문한 피자가 나오기를 기다렸다. 키이스는 조용히 휴대용 비디오 게임을 하고 있었고, 나는 지역 신문을 훑어보았다. 에이미 지오다노 이야기가 있었지만 내용은 간략했고 4면에 실려 있었다. 경찰이 여전히 '용의자를 추려내는' 중이라는 것이 전부였다.

나는 기사의 마지막 두 단어를 키이스에게 보여주었다. "그긴 니를 말한 거다. 네가 용의 선상에서 제외될 거란 얘기지."

키이스가 웃음 띤 얼굴로 고개를 끄덕이고 하던 게임을 계속했다.

바깥으로 눈을 돌리니 도로 경계에 대기 중인 피자 배달용 밴이 보였다. 배달원 한 사람이 트럭 옆에서 기다리고 있었다. 키가 크고,

아주 마른 체형에 검은 머리카락, 튀어나온 눈을 한 모습이었다. 그는 풀어진 자세로 트럭 앞에 기댄 채 무심한 표정으로 담배를 피우면서 주차장에 들고나는 차들을 바라보고 있었다. 그러다가 갑자기 자세를 바로하고, 담배를 땅바닥에 던진 후에 황급히 밴에 올라 차를 몰고 떠났다.

"페페로니와 양파요." 카운터 뒤쪽에서 외치는 소리가 들렸다.

키이스와 나는 그리로 발걸음을 옮겼다. 피자 값을 지불하고, 피자를 키이스에게 들려 차로 향했다. 가는 도중에 나는 방금 그 배달원이 꽁초를 버린 곳을 내려다봤다. 여러 개의 담배꽁초가 기름이 뜬 물웅덩이에 떠 있었다. 모두 말보로였다.

주차장 밖으로 나올 때까지 나는 그 사실을 혼자 알고 있었다. 차를 세우고 키이스를 바라보았다. "그날 밤 너와 에이미가 먹으려고 피자를 주문했었지? 니코 식당에서 주문했었니?"

키이스가 고개를 끄덕이며 말했다. "거기 말고 딴 데 있어요?"

"피자 배달한 녀석은 어떻게 생겼지?"

"키가 컸어요." 키이스가 말했다. "바짝 말랐고요."

"너 혹시 몇 분 전에 배달차 밖에 서 있던 남자 봤니?"

"아뇨."

"그 녀석은 키가 크고 말랐어." 내가 말했다. "줄담배를 피우던데."

"그래요?"

"그 녀석, 말보로를 피웠어."

키이스의 얼굴이 내가 보고 있는 동안 나이를 먹는 것 같았다. 우리 모두가 걸려든 사건들과 그 주변 상황이라는 촘촘히 쳐진 거미줄이 갑자기 자기 앞에 모습을 드러낸 것처럼 키이스의 표정이 어두워졌다.

"경찰에 전화해야 해요." 키이스의 말이었다.

나는 고개를 저었다. "경찰은 벌써 그를 조사해봤을 거야. 게다가 우리는 같은 녀석이 그날 밤 에이미네 왔었는지조차 모르는 상황이잖아."

"하지만 그 배달원이 진짜 범인이라면 아직 에이미를 데리고 있을 거예요."

"아냐. 그놈이 에이미를 데리고 있다 해도, 에이미는 벌써 죽었을 거야."

키이스는 쉽게 물러서지 않았다. "에이미가 아직 죽지 않았다면 어떡해요. 최소한 노력은 해봐야죠?"

"우린 얘기할 게 별로 없어." 내가 반박했다. "니코 식당에서 피자를 배달한 녀석이 우연히 네가 피우는 것과 같은 브랜드의 담배를 피우더라는 것뿐이잖아. 말보로를 피우는 사람은 수백만일 텐데 말이지. 게다가 방금 말했듯이 경찰은 벌써 그 친구에 대해 알아봤을 거야. 내가 장담한다."

키이스가 내 반박을 받아들였는지는 확실하지 않았다. 하지만 키이스는 더 이상 말이 없었고, 우리는 침묵 속에 남은 길을 달려 집으로 돌아왔다.

집에 도착하니 메러디스는 주방에 있었다. 우리는 함께 식탁을 차리고 조용조용 이야기하며 식사했다. 그렇게 저녁을 먹는 몇 분 동안 지난 2주간 겪었던 끔찍한 혼란에도 불구하고 이제 우리 가족이 예전에 갖고 있었던 정상적인 균형을 되찾을 수 있으리라는 믿음이 생겨났다. 키이스의 원망이 소멸된 것처럼 보이듯, 나를 향한 메러디스의 분노 역시 사라질 수 있다는 것을 믿고 싶었다. 서로에게 칼끝을 겨누게 만드는 사건들 때문에 우리 모두 너무 지쳤다는 이유만으로도 우리가 가족으로서의 공통 기반을 회복할 수 있으리라 믿고 싶었다. 나는 화를 내는 데는 에너지가 필요하다고 혼잣말을 했다. 모든 것을 집어삼킬 듯 타오르는 불도 끊임없이 연료를 공급하지 않으면, 얼마 안 가 사그라져 잉걸불이 될 것이다. 에이미 지오다노, 워렌 형, 로덴베리에 대해 더 이상 아무 말도 하지 않고, 전부 되어가는 대로 맡기기로 결심한 것은 더도 덜도 아닌 바로 그런 이유 때문이었다. 물러나서 기다리면 결국 에이미 지오다노가 발견될 것이고, 형의 죽음으로 인한 충격과 내가 그토록 무모하게 메러디스를 향해 뻗었던 비난의 손가락으로 인한 충격이 덜 고통스럽게 될 것이고, 우리가 다시 가족으로 함께할 수 있을 것이다.

저녁식사를 마치고 키이스는 방으로 갔다. 아래층에서 나는 문제를 고민하고, 결론에 이르기 위해 애쓰는 듯 이리저리 걸어 다니는 키이스의 발소리를 들을 수 있었다. 메러디스 역시 그 발소리를 들었지만, 아무 말도 하지 않았기에 무엇이 키이스를 불안하게 만든 것인지는 그날 저녁에 밝혀지지 않았다.

10시 직전에 우린 잠자리에 들었고, 메러디스는 완강한 요새처럼 내게 등을 돌렸다.

"사랑해, 메러디스." 나는 그녀에게 말했다.

메러디스는 대답하거나 나를 향해 돌아눕지 않았다. 하지만 나는 언젠가는 그녀가 대답할 거라고, 결국 우리는 살아남을 거라는 희망을 가졌다.

몇 분 후, 메러디스는 잠이 들었지만 나는 꽤 오랜 시간 잠들지 못했다.

아침이 되자, 메러디스는 조금은 불안정한 기분이 가신 듯 보였고, 덕분에 나는 좀 더 희망을 가졌다. 그래도 문제가 될 말은 자제했고, 조용히 그녀 눈치를 보면서 거리를 두었다.

키이스는 평소와 같은 시간에 학교를 향해 떠났고, 몇 분 후 나도 가게로 나갔다. 여느 날처럼 하루가 지나갔고, 나는 그냥 아무 일 없이 지나가는 시간이 즐거웠다. 키이스는 4시가 좀 넘어 집에 도착했고, 전화로 내 메시지를 받았다. 나는 키이스에게 이제 사진 배달을 다시 시작할 때라고 했다. 키이스는 자전거를 몰고 가게에 도착했고, 그날 오후 배달 분량을 챙겼다. 배달할 사진이 꽤 많았지만, 나는 키이스가 그것을 모두 배달하고 가게 문을 닫기 전까지 돌아오리라는 사실을 믿어 의심치 않았다.

나는 6시 가까이에 가게 문을 닫고 차로 향했다. 그리고 거의 같은 순간, 빈센트 지오다노는 자기 농산물 매장의 앞문을 잠그고 있었다. 문을 잠근 다음 그는 휴대폰으로 아내에게 전화해 걱정하지 말라고 했다. 뉴스 시간 전까지는 집에 가 있을 것이라고.

갑자기 네 눈에 들어온 것은, 그 얼굴이다. 그 얼굴은 군중 속으로부터 네게로 헤엄치듯 다가온다. 그 얼굴은 너무나 명료하고 뚜렷한데다 눈이 아플 정도로 쉽게 알아볼 수 있다. 주위의 다른 얼굴들이 전부 흐릿해진다. 그 얼굴은 수정처럼 맑은 시냇물에서 건져 올린 것처럼 머리카락을 나부끼면서, 눈을 크게 뜨고 두리번거리며 너를 향해 흘러온다. 그녀는 창가 칸막이방에 네가 앉아 있는 것을 보고 손을 들어 인사한다. 그러고는 통로를 내려와 네게로 온다. 그 얼굴은 여러 해 동안 못 보고 지낸 얼굴, 네 가게 유리창에 네가 테이프로 붙여놓았던 수배 전단에 실린 얼굴로 주로 기억된다. 수배 전단에서 그 얼굴은 '실종'이란 커다란 검은색 글자들이 만든 들쭉날쭉한 담벼락에 매달려 있는 듯 보였었다.

"만나주셔서 고마워요, 무어 아저씨." 그녀가 말한다.

"너를 위해서라면 뭐든 할 수 있단다, 에이미."

그녀는 스물세 살. 얼굴은 전보다 좀 통통해졌지만 여전히 흠 하나 없이 매끈한 피부를 지니고 있다. 너는 그녀가 사랑스럽다는 걸 안다. 네 마음은, 이미 오랜 세월이 흘렀지만 워렌이 썼던 사랑스럽다는 단어로 돌아간다. 너는 그 말 때문에 워렌이 범죄를 저지른 것이 아닌지 의심했었다.

"제가 무엇을 찾고 있는지 저도 잘 모르겠어요." 에이미가 말한다.

에이미가 감색 스카프를 머리에서 풀자 머리칼이 흘러내린다. 머리카락은 예전보다는 짧고 웨이브 기운이 없는 생머리다. 너는 그녀가 마지막으로 네 가게에 있었을 때, 그 머리카락이 얼마나 아름답게 그녀의 어깨 위로 흘러내렸었는지 기억해낸다. 진열되어 있는 카메라를 살펴보던 통찰력이 생각난다. 에이미는 호기심 가득한 마음을 도구로 사용해 카메라의 버튼과 다이얼들을 만져보는 듯했었다.

"저 결혼해요. 그게 아저씨를 만난 이유 중 일부죠." 그녀가 말한다. "제가 원하는 것은…… 제 가족을 이뤄 출발하기 전에 모든 것을 매듭짓자는 거예요."

그녀가 대답을 기다리지만, 너는 잠잠히 그녀를 지켜보기만 한다.

"그게 이상한가요? 아저씨와 얘기해야겠다는 생각이?"

"아니."

그녀가 레인코트를 벗고는 단정하게 접어 자기 옆자리에 놓는다. 너는 그녀가 수첩이라도 꺼내 기록하려는 게 아닐까 생각한다. 그녀가 그럴 의사가 없는 것을 알고 안도한다.

"저는 스티븐에게 모든 얘기를 했어요." 그녀가 말을 시작한다. "스티븐은 제 약혼자죠. 무슨 일이 있었는지 다 얘기했어요. 최소한 제가 기억하는 한에서는 전부." 그녀가 살짝 물러앉는다. 마치 네가 열기라도 뿜어내는 것 같이. "어쩌면 저는 그냥 아저씨께 고맙다는 인사를 하고 싶었을 뿐인지도 몰라요."

"무엇에 대해?"

"사건의 단서를 알아차린 것에 대해서죠." 그녀가 말한다. "그리고 그 단서에 대해 실제 행동을 취해주신 것 말이에요."

나는 2층 키이스 방에서 나던 그 애의 발소리를 떠올린다. 키이스가 카펫을 부드럽게 밟으며, 앞으로 갔다가 뒤로 갔다가, 또 앞으로 갔다가 뒤로 갔다가. 그 고독한 시간 동안 키이스는 자신이 무엇을 해야 할지 결정하기 위해 얼마나 애썼을까? 내가 이전에 자기에게 말했던 것들을 따져보고, 그 다음 날 내가 말한 것을 모두 묵살하기 전까지 모든 것을 저울질해보았을 것이다. 결국은 아슬아슬하게 아버지의 의견을 기각함으로써, 키이스는 완전한 한 남자가 되었던 것이다.

"나는 아무것도 한 게 없어." 내가 에이미에게 말한다.

"그래요, 그렇게 한 건 키이스 오빠였어요."

"키이스 혼자 한 거지."

그 당시에는 볼 수 없었던 것이 이제 보인다. 학교에 있는 내 아들이 보인다. 키이스가 식당에 있는 공중전화를 찾아낸다. 잠깐 멈춰 서서, 모든 것을 다시 한 번 생각해보고는 학교 로비와 마을 전역의 가게 유리창에 붙어 있던 전단에서 본 전화번호, 뜬소문과 설익은 생각, 그릇된 목격담, 사악한 가십, 근거 없는 의심에 사용될 뿐, 아주 드문 경우에만 구원의 충격적인 가능성을 위해 사용되는 그 전화번호를 누른다. 키이스의 목소리가 들린다. 내가 언제나 나약하고 우유부단하다고 치부하던 그 애의 목소리, 하지만 이제 그 목소리는 내 마음속에서 힘차고, 확신에 차 있으며, 단호한 힘을 가진 것으로 들린다.

"저는 그저 그 모든 일이 지난 일이었기만 바라요." 에이미의 눈에는 우리 인간이 태곳적부터 갖고 있는 유감, 초침이 한 번씩 움직일 때마다 조금씩 닫혀가는 철문 앞에 서 있는 사람이 느낄 법한 애석함이 가득하다.
"제가 그 일을 얼마나 미안해 하는지 말씀드리고 싶어요."
　에이미 아버지의 말이 내 마음속에 메아리쳐 온다. 뉴스 시간 전까지는 집에 가 있을 거야.
　그가 사용한 집이란 말은 어떤 의미였을까? 갑자기 의문이 들었다. 아내와 딸과 함께했던 집을 뜻했던 것일까? 아니면 그가 평화를 찾을 수 있으리라 여긴 장소, 혹은 최소한 모든 것을 잊을 수 있으리라 여기고, 가고 싶어 한 다른 종류의 집이었을까?
　"너무 끔찍한 일이었어요." 그녀가 말한다. "너무나 불공평했고요. 특히 이미 경찰에 전화를 건 키이스 오빠에겐 말이죠."
　너는 네 아들의 목소리를 듣는다. 사흘 후 피크가 녹음을 틀어줬을 때 들었던 대로 아주 분명하게 들린다.
　"저는 키이스입니다. 키이스 무어. 어젯밤 아빠와 저는 니코 식당에 피자를 먹으러 갔는데요. 거기서 사건이 있던 날 밤 피자를 배달했던 것 같은 남자를 봤어요. 그 사람이 말보로 담배를 피우고 있습니다. 저는 경찰이 최소한 그 사람을 찾아서 확인해봐야 할 거라고 생각해요, 아시겠지만. 그러니까, 어쩌면 너무 늦지 않았을지도…… 에이미 구출을 위해서 말이죠."
　이제 이미지들은 회색빛 깊은 곳에서 떠오른다. 수감되는 남자가 보이고, 지하실 계단을 올라 대기하고 있는 앰뷸런스에 실리는 어린 여자아이가 보인다. 그 애의 길고 검은 머리는 엉겨 붙은 오물로 떡이 져 있고, 입술은 바싹 마른 채 터 있었다. 너는 마음속의 이 이미지를, 네 얼굴을 마주 보고 있는 얼굴을 응시하면서 떠올린다. 이제 너를 마주 보고 있는 얼굴은 시간이 흘러 치유되었고, 입술은 촉촉하고, 머리카락은 티 하나 없이 말끔하고 단정하게 빗질되어 있다.

"그 남자는 정말로 나를 곧 죽일 작정이었어요." 그녀가 네게 말한다. "그 남자는 진작 구덩이도 파놓았었죠."

그것이 사실이라는 걸 너는 의심하지 않는다. 너의 용기 있고 당당한 아들이 외롭고도 외로운 결정을 하지 않았더라면, 에이미 지오다노는 죽었을 것이다.

"제 소원은 오직 키이스 오빠에게 고마움을 전할 수 있었으면 하는 거예요."

이제 네 가족이 보낸 마지막 시간들이 일련의 사진 형태로 네 눈앞을 지나간다. 실제로 찍은 적이 없는 사진이지만, 지금까지 줄곧 네 마음속 암울한 사진첩에 담아두고 있었던 사진들이다. 배달을 마치고 돌아오는 자전거를 타고 있는 키이스가 보인다. 그 애가 주차장에 들어오는 모습이 보인다. 늘 그렇듯이 한쪽 다리를 자전거 페달에서 뗀 모습이고, 그 뒤로는 사진관이 보인다. 사진관을 향해 언덕을 미끄러져 내려오는 키이스의 모습이 보이고, 녹색 밴이 사진의 프레임 안으로 막 들어오고 있다. 밴의 열린 창밖으로 삐죽 나온 가느다란 총열, 조준경을 갖춘 엽총의 총열이 보인다. 조준경의 십자선 안에 들어 있는 네 아들이 팔을 들어 올리고, 네게 손을 흔들며 네 가게로 돌진해 들어온다. 네가 가게에 선 채 무력하게 키이스를 바라보고 있는 동안. 무시무시한 굉음이 메아리치고, 네 아들이 자전거 안장 위에서 일어선다. 마치 보이지 않는 손이 무자비하게 잡아챈 것처럼 몸이 일켜지더니 뒤쪽의 어두운 보도 위로 내동댕이쳐진다. 네가 네 아들에게 달려가는 동안 키이스는 그 어두운 보도 위에 몸부림치며 누워 있다.

"왜 그랬는지 모르겠어요. 제 아빠가요." 그녀가 말한다.

이제 사진 속에서 네 자신의 모습이 보인다. 기묘하게 조용한 네 아들 옆으로 네가 무너져 내리고, 생명이 떠나간 그 애의 몸을 품에 끌어안는다. 그 때 이 세상이 아닌 양 괴괴한 공기를 찢는 또 한 발의 총성이 울리고, 너는 그 소리를 좇아 눈을 돌린다. 그리고 빈센트 지오다노의 녹색 밴 운전석에 널브러진 또 한 사람의 몸이 보인다.

"그가 그랬던 것은," 네가 말한다. "너를 사랑했기 때문이다."

그녀의 눈에 물기가 번진다. 그리고 잠시 동안 너희 두 사람의 마음은 서로에게 흘러들어 하나의 치유할 수 없는 아픔이 된다.

"나 역시 네게 미안하구나." 네가 그녀에게 말한다.

그리고 그것은 사실이다. 너는 에이미에게 미안함을 느끼고, 그 후 다시는 결혼하지 않은 카렌에게도 미안함을 느끼고, 키이스가 죽은 후 아무것도 견딜 수 없게 되어, 너와 함께 살 수도 없고, 너와 함께 가족을 이뤄 짧지만 행복한 삶을 즐겼던 마을에 사는 것조차 견딜 수 없어진 메러디스에게도 미안함을 느낀다. 메러디스는 우선 보스턴으로 표류했고, 그 다음에는 캘리포니아로 흘러갔고, 그리고 어딘가 세 번째로 옮겨가고 나서부터는 아예 소식을 끊었다.

"저는 그저 아저씨를 뵙고 일어난 모든 일에 대해 제가 얼마나 죄송스럽게 생각하는지 말씀드려야겠다고 느꼈어요." 에이미가 그 말을 하고 고개를 흔들더니 말을 이었다. "거기엔 단지 아주 많은…… 오해가 있었군요." 말을 끝낸 그녀가 일어설 채비를 했다.

"아니, 기다리거라." 네가 그녀에게 말한다.

에이미가 조심스럽게 다시 자리에 앉아 조금 의아한 표정으로 너를 응시한다.

"네게 말해주고 싶은 게 있단다." 네가 그녀에게 말한다. "너는 결혼하고, 곧 네 자신의 가족을 이루게 되겠지. 거기엔 네가 알아야 할 것이 있단다, 에이미."

에이미가 고개를 끄덕이며 말한다. "알아야 할 것들이 있겠죠."

"너를 돕고 싶구나." 네가 그녀에게 말한다. "내가 배웠던 것이 네게 도움이 되었으면 하는 거란다."

"좋아요." 그녀가 대답하고 기다린다. 네가 무슨 선물을 하든 받아들일 준비를 하고.

너는 워렌, 메러디스, 키이스를 생각한다. 네가 짧은 시간 유지했고, 그리고 의심했고, 결국 잃어버린 가족을 생각한다. 너의 집을 마지막으로 훑어봤던 일이 떠오른다. 진입로로부터 현관으로 이어지던 구불구불한 보도, 튼튼한 그릴. 아주 오래전 네가 심고 아꼈던 일본단풍나무가 떠오른다. 그 마지막 날 너는 그 나무 아래 땅을 바라본 적 있다. 너무나 심한 좌절을 겪고, 크고 작은 의심에 하도 심하게 시달린 탓에, 너는 벌거벗은 그 나뭇가지 밑에 보이는 것이 피가 고인 웅덩이인지, 아니면 그냥 흩어져 있는 붉은 낙엽인지도 분간할 수 없었다.

너는 눈을 감는다. 다시 눈을 뜨니 그 모든 것들은 사라지고, 보이는 건 에이미뿐이다.

"나는 그 끝에서 출발할 거야." 네가 에이미에게 말한다. "내가 집을 떠났던 그날로부터."

그리고 다음 순간, 마치 가족사진 속에서처럼 네게 미소가 떠오른다.

|옮긴이의 말|

먼저 이 아름답고 또 그만큼 고통스러운 작품을 끝까지 읽어준 독자께 감사부터 드려야겠다. 아마도 주인공 에릭 무어가 빠져든 함정, 고통스러운 의심의 소용돌이가 언제 어떤 식으로 후련하게 정리될까 하는 기대에 책을 놓지 못하고 끝까지 읽어 나간 분이 많을 줄로 안다.

《붉은 낙엽》은 미국을 대표하는 추리소설가 토머스 H. 쿡의 작품이지만 절묘한 추리와 긴박한 진행을 특징으로 삼는 기존 추리소설의 전형과는 한참 거리가 멀다. 범죄를 해결하는 추리가 중심이 아니라, 주로 범죄의 유력한 용의자로 지목된 아들을 둔 아버지의 고통스러운 의식의 흐름을 따라간다. 그러니 이 작품이 범죄소설인지, 추리소설인지, 심리드라마인지, 아니면 순수문학에 속하는지 왈가왈부하면서 굳이 정체성을 규정하는 일은 부질없어 보인다.

미국의 한 독자는《붉은 낙엽》이 범죄소설 장르를 넘어 순수문학으로도 탁월한 작품이라고 평했다. 미국추리작가협회 최우수작품상 후보에 올랐지만 결국 상을 받지 못한 이유 또한 심사위원이 이 작품의 성격을 하나의 장르에 집어넣을 수 없어 두려움을 느꼈기 때문일 거라고 추측했다. 어쩌면 정말 그랬는지도 모르겠다.

아무튼 책을 전부 읽은 독자는 말 그대로 기가 막히는 결말에 가슴이 아플 것이다. 옮긴이 또한 번역하는 동안 꽤나 고통스러웠다. 거의 무의식적으로 신뢰하고 있는 세상과 삶의 얼개들이 사실은 얼마나 취약할 수 있는지를 싫어도 돌이켜볼 수밖에 없었기 때문이다.

'상처 입은 천사'처럼 글을 쓰는 작가

토머스 H. 쿡은 자학적인 성격을 갖고 있는 작가가 분명하다. 그것도 지나치게 자학적이다. 쿡의 소설에서 중심 캐릭터는 외부 사건을 내면에 표상하고, 그 내면에서 세상과 홀로 대결하려는 무모함을 보인다. 그런 무모함의 1차적 결과는 고통일 텐데, 그럼에도 불구하고 자기파괴적으로까지 보일 정도로 그 자세를 유지한다. 감히 추론하건대 이런 자학적인 경향이 쿡의 작품에서 풍기는 기묘한 아름다움과 매력의 진정한 원천이 아닐까. 그래서 작가 피디 스드라우브도 쿡이 '상처 입은 천사'처럼 글을 쓴다고 평가했으리라.

우리 내면의 미제사건 파일

우리의 무의식에는 살아온 삶의 역사가 고스란히 저장되어 있고, 충분히 해명되지 않은 상태로 밀어놓은 미제사건 파일이 존재한다. 이 세상 그 누구라도 너무도 고통스럽고 안타까워 무의식 속에 밀어놓은 사건 한두 가지가 없겠는가?

그런데 어느 날, 이 모든 무의식의 미제사건들이 '진실을 알고 싶다'는 충동의 힘을 업고 한꺼번에 아우성을 친다면? 걷잡을 수 없이 의식으로 밀고 들어온다면? 그것도 의심이라는 감정의 색깔을 띠고서⋯⋯ 두렵기 짝이 없을 것이다. 그리고 그것이 《붉은 낙엽》이 그려낸 삶의 진실 중 하나다. 실은 사람이 태어나고 고통받는 이유 자체가 영원히 미제로 남을 수밖에 없는 미스터리일진대, 우리는 그것을 직시하기가 두렵다. 오직 쿡처럼 자학적이고 끈질긴 작가만이 그 두려움과 고통을 감내하며 진실을 찾아 바닥까지 내려가는 모험을 마다하지 않는 것이다.

우리가 지켜내려 애쓰는 것들은 얼마나 취약한가?
작품을 좀 복기해보자. 주인공 에릭 무어는 얼마나 소심하고 나약하고 어리석고⋯⋯ 아니, 요즘 말로 얼마나 찌질한가? 별일 없이 지나가는 삶의 안정이 유지되기만을 바라고, 어떤 것에도 호쾌하게 맞서지 못하면서 절망할 준비부터 하는 꼴이라니.

우리 생애 최고의 날들은 위태롭게 유지되던 균형이자, 일종의 오만이라 할 수 있는 행복, 우리가 당연하게 여겼던 풍요였을 뿐, 유일하게 분명한 것은 아직까지는 멀리 있을지 몰라도 죽음, 그리고 지금 우리를 덮치는 위험뿐인 것처럼 느껴졌다. - 51쪽에서 발췌

그러고는 얼마 지나지 않아서 자신이 집착하던 안정된 삶에 대한 기대가 허망한 환상일지도 모른다는 쓸모없는 결론부터 내리고 본

다. 참으로 소심하고 허약하기 짝이 없어 답답하다는 말이 절로 나오는 캐릭터다. 하지만 에릭 무어의 사고 흐름을 따라가다 보면 생판 남의 생각 같지 않다는 동질감이 드니 희한한 일이다.

환상이 있다. 정상적인 하루는 정상적인 다음 날을 예고하고, 날마다 우리 삶의 수레바퀴가 완전히 새롭게 회전하지는 않는다는 환상. 우리의 삶이 행운의 여신의 변덕에 따라 좌우되는 것은 아니라는 생각 말이다. - 80쪽에서 발췌

의심의 부식성
작품에 대해 공리적 해석을 붙이는 것은 적절하지 않아 보인다. 하지만 이 고통스런 작품 내내 작가는 무슨 말을 하고 싶었던 걸까? 혹시 작가가 드러내고 싶었던 핵심 주제 중 하나가 '의심의 부식성'은 아닐까?

의심은 산(酸)이다. 그게 내가 아는 한 가지다. 산은 물건의 매끄럽게 반짝이는 표면을 먹어 치우고 지워지지 않는 흔적을 남긴다. (……) 에이리언이 부식성이 강한 액체를 토하자, 그 액체는 순식간에 우주정거장의 한 층을 먹어 치웠고 차례로 다른 층까지 먹어 들어갔다. 내 생각에 그 액체는 의심과도 같았다. 의심은 아래로 내려갈 수밖에 없고, 오랜 신뢰와 헌신의 수준을 차례차례 부식시키며 더 낮은 수준으로 내려간다. 의심은 언제나 바닥을 향한다. - 114쪽에서 발췌

우리 마음속의 의심과 오해는 세상을 보는 틀을 한꺼번에 바꿔버린다. 에이리언이 토해내는 액체처럼 의심은 굳건해 보이는 우리 삶의 토대를 가차 없이 부식시킨다. 한번 부식되기 시작하면 자체 중력에 따라 아래로 아래로 한없이 내려간다. 어쩌면 쿡이《붉은 낙엽》을 쓴 이유도, 근거 없는 해석과 불완전한 추리가 얼마나 끔찍하고 위험한지 낱낱이 보여주고 싶어서였으리라.

결론적으로 인간의 고통스런 문제 대부분은 사실에 의해서가 아니라, 그 사실에 대한 나름의 해석으로부터 온다고 정리할 수 있을 것이다. 그래서 2천여 년 전 에픽테투스도 이런 말을 남기지 않았는가. "사람의 마음을 혼란시키는 것은 사건 자체가 아니라, 사건에 대한 그들의 판단이다"

죽음까지 긍정하지 않고서는 이 책을 읽은 뒤의 아픈 마음을 잠재울 수 없다.

《붉은 낙엽》의 작업을 마치고 고통과 슬픔의 극한을 경험한 후 커다란 카타르시스를 느꼈다. 독자들과 마찬가지로 옮긴이 또한《붉은 낙엽》에 등장하는 것처럼 속수무책, 아무 일도 하지 못한 채 사랑하는 사람과 여러 번 사별을 경험했던 것이다. 결국 옮긴이가 어찌할 수 없다는 체념으로도 삭여지지 않는 아픔에 대항해, 세월과 함께 만들어낸 유일한 명제는 다음과 같다.

죽음이란 일체 변환의 순간, 그리고 그 후의 경험이(죽은 자에게도 경험이 있다면) 산 사람들이 생각하는 것만큼 나쁜 것만은 아닐지도 모른다.

 독자께서 이 책을 읽고 가슴이 찢어질 듯 아팠다면, 이 무해한 추론을 통해 조금이라도 진정하기 바란다. 어디 다른 평행우주로 가서 《붉은 낙엽》의 결말을 바꿀 수 없는 한, 이 자학으로 똘똘 뭉친 작가에게 독자가 대항할 수 있는 길은 오직 그것뿐일 것 같다.
 마지막으로 이 책을 읽고 대리체험을 통해 불완전한 추리, 의심의 파괴적 성질을 사무치게 느꼈다면, 함께 사는 누군가를 좀 더 믿고 사랑해주기를 부디 당부 드리는 바이다.

 피니스 아프리카에 출판사의 박세진 대표, 번역을 맡겨주신 (주)고려원북스의 설웅도 전무, 편집을 담당한 나혁진 씨에게 고마움을 전한다. 그리고 이 책을 읽어주신 독자들께 한 번 더 감사드린다.

2012년 12월
장은재

옮긴이 장은재
서울대와 동 대학원에서 심리학을 공부했고, 현재 출판 기획과 번역을 하고 있다. 『붉은 낙엽』에 등장하는 키이스와 같은 나이인 중3 아들, 부인과 함께 살고 있다. 옮기는 내내 자신의 가족사와 겹치는 부분 때문에 힘들어 했다고 전한다. 옮긴 책으로는 『시간의 종말』 『다빈치형 인간』 등이 있다.

붉은 낙엽

초판 1쇄 2013년 1월 7일
　5쇄 2023년 11월 11일

지은이 토머스 H. 쿡　옮긴이 장은재
펴낸이 설응도　편집주간 안은주
영업책임 민경업

펴낸곳 고려원북스

출판등록 2014년 1월 13일(제2020-000184호)
주소 서울시 강남구 테헤란로 38길 14–12, 동영빌딩 4층
전화 02–466–1283　팩스 02–466–1301

문의 (e-mail)
편집 editor@eyeofra.co.kr
마케팅 marketing@eyeofra.co.kr
경영지원 management@eyeofra.co.kr

ISBN : 978-89-94543-54-3 03840

이 책의 저작권은 저자와 출판사에 있습니다.
저작권법에 따라 보호를 받는 저작물이므로 무단전재와 복제를 금합니다.
이 책 내용의 일부 또는 전부를 이용하려면 반드시 저작권자와 출판사의 서면 허락을 받아야 합니다.
잘못 만들어진 책은 구입처에서 교환해드립니다.